U0522553

目录 CONTENTS

第一章
PAGE // 001
[解约]

第二章
PAGE // 045
[盛典]

第三章
PAGE // 063
[夜雨]

第四章
PAGE // 123
[烟花与海]

第五章
PAGE // 181
[探班]

第六章
PAGE // 235
[盈亏]

第七章
PAGE // 289
[南山雪落]

番外
PAGE // 345
["失恋"阵线联盟]

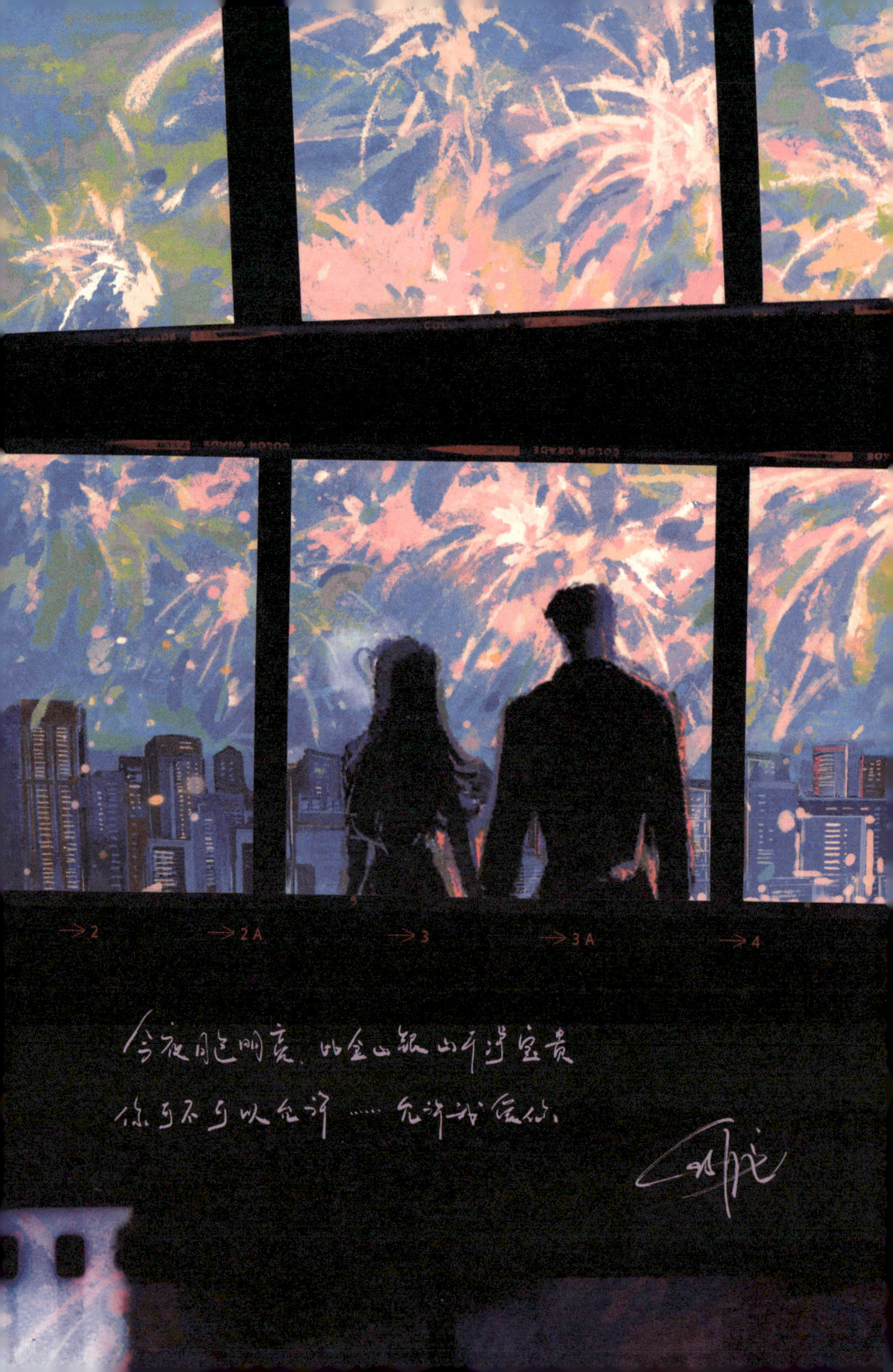
→2
→2A
→3
→3A
→4
今夜月色明亮、比金山银山千倍宝贵
你可不可以允许……允许我爱你。

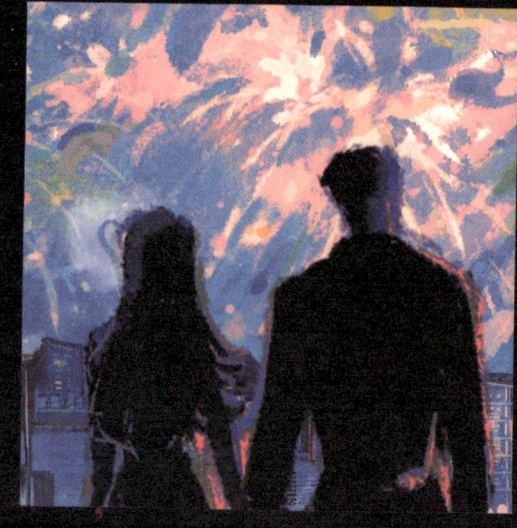

「未经审视的人生是不值得过的。」

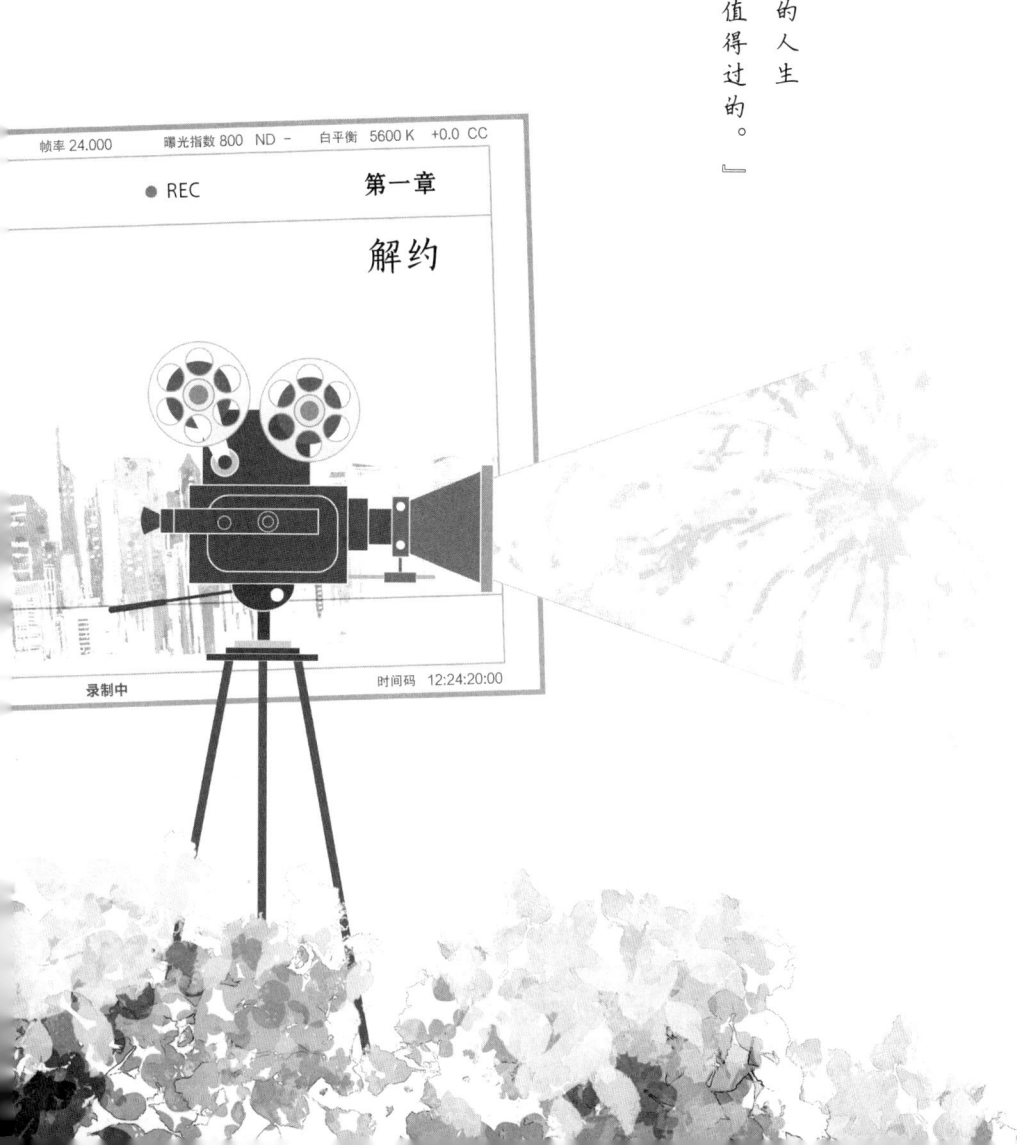

第一章

解约

担着动物新鲜粪便的推车，在砂石地上吱嘎地碾过，留下一道浅浅的辙印。

红日已经落了一半，但气温掉得更快，仿佛带着整个草原一下子坠到了地平线下。燥烈的热气消散，变成一种新鲜湿气，让人觉得清洁。

那个叫哈里的高个子白人老头忙活完了，过来带商邵和应隐去入住的地方。路上经过一片木桩子拦起的黄泥地，里头有一只小象在踩鼻子。

"它的妈妈被偷猎者袭击，我们发现的时候已经奄奄一息了，很艰难才保住这只小象的性命。"哈里介绍，"你可以叫它 Bobby。"

"Bobby……"这名字有种小男孩的感觉。

应隐停下脚步看了会儿，被它自得其乐的憨态逗笑："它为什么踩自己的鼻子？"

"Well……因为它还小，不知道这个长鼻子是什么东西，经常走着走着把自己绊一跤。"

小象知道有人靠近，走到栏杆边，扬起象鼻。它笑得很可爱，一对小眼睛透着狡黠的聪慧，然后无情地冲应隐喷了一鼻子土。

黄泥土十分细腻，如面粉般在空中飘洒。

"咳咳咳……"应隐被喷得猝不及防，一边咳嗽，一边苦着张脸给自己掸灰，"它欺负我？"

商邵看她灰头土脸的，实在想笑，又觉得有欺负人之嫌，便好歹忍住了，只低下脸失笑了一声，摇了摇头。

一旁的哈里可没他这么照顾人，早就笑得前俯后仰，边拍照，边笑着解释道："它喜欢你，撒土是它觉得能让自己凉爽起来的方式，所以也这么对你。"

"你骗我？"应隐不信。

"对上帝发誓，绝对没有。"哈里耸耸肩，"你可以摸摸它的头。"

应隐提防着，一步两步走得提心吊胆。靠近栏杆后，鼓足勇气伸出手，在小象头顶飞快摸了一下。

"好硬！"虽然还是不足两岁的幼象，但不论是皮肤还是那些稀疏的淡灰色毛发，都粗糙坚硬得拉手。

"摸起来像猪……"应隐搓搓手指，呆滞地说。

商邵两手揣在裤兜里，站得倜傥但笑得浑蛋。暮色下，他的双眸亮如辰星。他看上去远比周旋在玻璃高楼与古板会议间时要更松弛、更友善，有一种漫不经心的迷人感。

"别这么说，"他看着应隐，唇角微抬，"在它眼里你很可爱，你这么说，它会伤心的。"

虽然不知在小象眼里她究竟可不可爱，但商邵说这句话时，应隐忽然矜持起来。她心慌意乱，微微撇过脸。

黑色发丝上满是尘土，被落日余晖涂抹成了橘色，拢着她饱受折磨的、憔悴而苍白的面庞。

哈里嗅出气氛，笑了笑，不动声色地引着他们继续往前走。

商邵落后一步，口气轻松地问："你什么时候还摸过猪？"

"一档一言难尽的综艺……柯老师和商陆也上过。"应隐有点难堪。

那个综艺好离谱，没剧本，让嘉宾在村子里靠出卖劳作换取食宿。应隐上的那一期是在贵州。幸运的是，收留她的是村中首富，不幸的是，那个首富是养猪大户……

商邵恍悟："就是让商陆刷羊圈，让柯屿卖杏子的那个节目？"

应隐点点头，抿着唇，看向他的眼中充满求饶的恳切。

商邵被她看得想笑。"好，"他承诺，"我绝对不看。"

保护基地原本就不大，住宿的营地更是简单，只有七八顶硕大的野外帐篷，颜色是与草色接近的那种黄绿色。

商邵从烟盒里取出一支烟，手腕一翻，衔在唇角："我说了，这里住宿条件很差，你未必受得了。"

哈里带她一顶接一顶地参观过去："这是淋浴和解手的地方，这是厨房，这顶是我和另一个志愿者住的，那边两顶住着另外四个女志愿者。"

中间剩下的一顶，便是为他们预留的。

"现在天色不早了，晚餐已经在准备，你可以先休息一下。要提醒你的是，天黑以后，务必不要再出帐篷。"哈里贴心地提醒。

"为什么？"

"因为你极有可能受到野兽的袭击，比如……狮子。"

应隐愣住了。

Chapter 01

哈里摊摊手,表示情况就是如此:"虽然我说的是 in case of,以防万一,但真的不能出帐篷。"

应隐头皮发麻,脑中闪现营销号的推送:"影后应隐遭狮群分尸,现场惨烈,粉丝痛哭哀悼!"

她一个扭头,无比利索地钻进了帐篷里。

野地帐篷高大宽敞,可供人直立行动。屋角放着一张一米五宽的气垫床,铺着红色织纹的毛毯,上面放着羽绒被子。

一大一小两张茶几带收纳功能,放着电热水壶和一次性纸杯,其中一张桌面上还摊着笔记本,上面是密密麻麻的文字和简笔画,想来这里原本是工作间,是为了安顿他们而临时收拾出来的。唯一能让人放松的,是两把亚麻白的营地月亮椅,它们为这里带来了一丝度假气息。

由树干与枝丫造就的挂衣杆上,挂着两件厚实的羽绒服。商邵咬着烟,将其中一件取下,为应隐披上:"马上就降温了,多穿点。"

说完,他匆忙地取下烟,撇过脸去咳嗽了几声。晚风从空荡的营地间卷过,带来野性的气息,风声中夹杂着一种小动物的叫声。

应隐紧绷的神经稍稍松弛下来,长舒了口气:"还是鸟叫让人安心……"

商邵指尖掐烟,喝了口水后瞥她一眼,好笑地说:"小姐,是鬣狗。"

晚餐简易,是海蟹肉炒饭,但水果切了满盆,芒果、山竹和菠萝的味道香甜浓郁,另外还配了佐餐的爽口淡甜酒。

哈里很健谈,气氛全靠他调动。这个小小的野生非洲象保护营地完全是志愿性质的,他们游走在苍茫的塞伦盖蒂国家公园,救助那些意外受伤、落单或患病的野生动物,同时也要跟拿着真刀真枪的盗猎者斗智斗勇。

"我第一次遇到 Leo 时,是去剑桥演讲筹款。"哈里看向应隐,向她介绍,"我只有一间小小的阶梯教室,有一些学生来听了演讲,报了名,但我知道,这些对我来说杯水车薪。后来他走了进来,一身 suit(西服)英俊挺拔。"

商邵垂下脸笑了笑,散漫地警告他:"别加戏。"

"No, no, no."年过六旬的哈里无比认真地说,"你进来,在座位上坐下,那一瞬间我就知道会有什么不一样。我至今还记得自己看着你双眼发表演讲的感觉,你让我觉得我讲的每句话、做的每件事,都是无比重要而意义非凡的——Well,虽然实际上你什么表情也没有。"

应隐安静听着,暗蓝色的夜幕下,她的目光越过窄窄的蛋卷长桌,看向商邵。

　　水果的香气伴着晚风一阵一阵地扑面而来，那种热烈的甜味弥漫在她的呼吸间。

　　哈里说的每个字，她都感同身受。

　　他是一个轻轻瞥你一眼，就能令你感受到强烈宿命感的男人。

　　营地的发电机功率很大，声音隆隆，对动物很不友好，因此只运作到八点。八点后，黑夜彻底来临，全营地也进入静默，只靠各自帐篷中的马灯照明。

　　这里淡水有限，应隐很简单地冲了个澡，进了帐篷就开始打喷嚏。她的行李丢得一干二净，下午的行程又匆忙，商邵只来得及让人给她备了些基本的贴身衣物。他把自己的衬衫扔给她当睡衣："将就穿，别着凉。"

　　他的丝质衬衣平整又柔软，应隐径直套上。好宽松的廓形。她偏过脸去，将袖子很认真地往上叠了一叠。悬在帐篷顶端的灯光昏暗，温柔地笼着她微湿的发梢。

　　商邵吃过药，回眸时见了这一幕，话到嘴边倏然忘了，目光耐人寻味地停留在她身上。那是一种很克制的耐人寻味，带着他自己都未曾发觉的晦暗的沉迷。

　　应隐叠好袖子，抬起脸时，眼前的男人已经恢复了正常，只是手中的一小瓶纯净水已被他饮尽。

　　"下次还敢不敢这么心血来潮了？"他漫不经心地问。

　　"敢。"应隐眼神明亮，"为什么不敢？"

　　商邵笑了一声："过来。"

　　应隐原本双膝跪在气垫床上，听了他的话，直起身子迈出一条长腿，赤脚踩在暗红色的佩斯利花纹地毯上。

　　商邵就着她别扭的姿势圈住她。白色衬衣下原来藏着那么纤细的腰肢，不堪一握。

　　他的手掌握住她的腰，灯光下，深廓英挺的脸俯近她，声音很低地问："刷过牙了？"

　　应隐蓦然被他问得发窘，知道他即将要做什么，心跳在胸腔里乱七八糟。这帐篷是否太挡风，否则空气怎么会如此闭塞，让她呼吸不畅，面上一阵一阵地热？

　　应隐轻微点了下头。商邵盯着她右耳垂上的那颗淡红色小痣，沉下去的

Chapter 01

一把嗓音带着颗粒感，语调是那么缓慢优雅："很认真地刷了吗？"

这叫什么话？问的是刷牙，但总让人疑心有别的蕴意。

可是他嗅着她的发香，气息滚烫地在应隐的耳廓边轻拂，让应隐撒不了谎。

"认真地刷了。"应隐轻熟的声线带上不明显的颤。

从里到外，仔仔细细，漱了不知道几遍口，口腔壁和舌尖都发涩。

要吻上的时候，商邵的唇停住。他屈起的指侧轻抚她脸："不应该亲你，省得你又感冒。"

应隐抿了下唇，想抗议他的戏弄时，小巧的、从未被人光顾过的耳垂，落入了他温热的吻中。像是有电流从脊背窜过，应隐僵硬在他怀里，从骨缝里渗出细密的、酥麻的颤抖。她闭起眼，双手攀着他的肩，在他的吻中自觉地仰起了脖子，侧过了脸。

修长的天鹅颈，纵使在惨淡的灯光下也散发出了如珠如玉的莹润光泽。那里面掩着她情难自禁的咽动。

原来他的唇舌那么厉害，不只是会亲吻嘴唇。她连耳垂上的痣都招架不住他，被如此慢条斯理地吻弄，湿漉漉的。

颈项上是什么时候盖上了他覆着薄茧的手，下颌又是什么时候被他的虎口卡住的，应隐一概不知，只知道细腻的脖颈被他的唇反复流连，连同那根露出的锁骨。衬衣的螺钿纽扣散了数颗，领口从她肩头朝一侧滑落。

"商先生……"应隐难以自控地叫他，也不知是跪得久了还是如何，她的身体都发起抖来。

"怎么？"

应隐眼眸湿润可怜："膝盖疼……"

商邵哑声失笑，帮她把衣领拢好。他的欲潮来得快，去得也迅速，仿佛受他召唤、为他所控。他在她臀上轻轻拍了一下，神情已经恢复不动如山的那种淡然："睡觉吧。"

气垫床发出一阵咯吱轻响，是应隐坐了回去。晚上果然降温快，她展开羽绒被子，裹住自己，两颊红红的："我想借你手机用用，方便吗？"

商邵便把手机抛给她。

应隐其实不想应对国内那一堆烂糟事，但今天到底是她的生日，她最起码应该跟应帆打声招呼。接过手机，她先给应帆打了个电话。

应帆看到香港来电，估计以为是诈骗电话，接起来时语气很敷衍，直到应隐叫了她一声："妈妈。"

"你手机呢?打你电话一直关机。跑香港去玩了?"

应隐老老实实地回答:"手机被偷了,这个是我朋友的。"

商邵饶有兴致地轻瞥了她一眼,眸底晦色还没消退。

应隐被他的戏谑目光弄得呼吸一紧,心不在焉地听应帆絮叨了一阵,报平安道:"知道了,没什么,就是怕你担心。"

她跟妈妈打电话的模样很乖,像个细路妹[*]。

应帆叹了口气:"你还知道我会担心你啊,大生日的在微博上被骂成那样,又找不到你,别说我,俊仪也急死了。"

应隐怔了一下:"谁骂我?为什么要骂我?"

这回轮到应帆发怔:"你没看微博啊?"

"还没来得及看。"

她现在对登微博有种抗拒感,宁愿玩小号,也不乐意上大号去营业。听应帆一说,她拧起眉,在商邵的手机应用里找到微博,点了进去。品牌给她买的那条热搜"又到了应隐说得偿所愿的日子",她是知道的。除此之外,热搜榜上并没有她的名字啊。

她手动搜索,进入"实时"界面。营销号的通稿铺天盖地,都说阮曳从她手中抢了角色,但没人骂阮曳。道理很简单,没有傻子会选择在应隐生日时,欢天喜地地昭告天下说自己抢了她的角色。

阮曳不是傻子,所以这个通稿,只能是应隐安排的。

实时都在骂她和麦安言,说他们蛇鼠一窝、沆瀣一气,欺负公司小白花,是十二年来一如既往的肮脏手段。

应隐的表情凝固只在一瞬间。商邵敛了神色,蹙眉问她:"出什么事了?"

"我……"应隐紧锁眉头,"说来话长,商先生,我先打个电话。"

现在是坦桑尼亚晚上九点,北京时间凌晨两点。麦安言刚骂了阮曳一通,正在问候宋时璋全家老小,看到香港来电,想也不想就摁断。反复三次后,他暴怒接起:"扑你臭街啊!乜嘢?!^{**}"

"是我。"

麦安言一愣,熄了火,用力吞咽一声。

"小隐?"

---

* 小女孩。

** 什么?!

Chapter 01

"解释。"

"你看到了?"

"我对不起你,手机丢了,现在才想起来去看一看。"应隐淡淡地嘲讽,"你有什么要交代的吗?"

"不是我安排的,你信吗?"麦安言深吸一口气,"是宋时璋买的。我刚刚已经骂了阮曳一顿,她不是刚跟宋时璋好了吗,又没你这个性,哪敢跟宋时璋顶嘴?姓宋的要借她埋汰你,她不知道,我也不知道,我真的、真的是被阴了个措手不及。"

应隐沉默许久。

"你听我的,我已经花钱撤下去了,广场*很快就会被控住,你不用急,好好过生日。"

"你还知道我过生日啊。"应隐笑了笑。

"生日快乐,小隐,无论如何,我都不会这么对你。"

"你不会吗?用我给阮曳抬轿的通稿,不是早就准备好了吗?"应隐的声音自始至终都很冷静,"生日发,效果应该很好吧。阮曳虐到粉了吗?"

"小隐,你说这些没意思,公司路线归公司路线,我跟你的情谊……"

应隐忍不住笑起来:"你跟我的情谊,十二年,够你麦安言买几辆跑车?"

"你别忘了,"麦安言顿了顿,胸口起伏,"你双相最严重的时候,是谁陪在你身边,是谁说服汤总不要放弃你,又是谁去品牌那里挨个道歉谢罪,请他们再给你机会,给你时间?两年!应隐!从你轻度抑郁到双相,你吞安眠药自杀,是我背你去的医院!手术室外面只有我!只有我在等你被救活!"

"你声音好大啊,安言。"应隐眨了下眼,"如果不是我记着这些,你觉得,我会一次又一次接你塞给我的烂片,带你新签的演员,上那些无聊的通告和综艺吗?"

麦安言总疑心听到了她的哽咽,但她的声音又是那么平静。

他深深地呼了口气:"我们不提这些了好不好?我不会害你,你赚够了钱,想拍什么拍什么,要多艺术就多艺术,趁年轻,不要走出粉丝视线……我不会害你,即使我对你不够好……我也不会害你。"

应隐抿了抿唇,低下脸,还是没忍住眼泪,但没出声。除了商邵,没人

---

* 微博搜索里的"实时"模块。

知道她在生日这天哭了。

"隐隐?"麦安言叫她小名,沉默了片刻,"你会信我,是吗?你心里会没事的。"

"是的,"应隐落着眼泪,面色带着嘲讽,语气却十分沉稳、镇定,"我没事,跟以前一样。"

她在这一瞬间同时表现出了脆弱、伤感、冷静、缜密和虚与委蛇。这样的演技,该是影后的演绎时刻,却荒唐地出现在她生命里。

麦安言松了口气,但隐约他又觉得心底不安。他好像错过了应隐,错过了她生命的一道岔路口。可是那道岔路口是什么,麦安言还想不清楚。

一亿三千万的违约金,应隐不舍得的,他笃定。何况应隐说没事了,不是吗?

应隐挂了电话,默默垂泪一会儿,深呼吸,把手机还给商邵:"让你见笑了。"

"原来你也是会发火的。"商邵在床边坐下,伸出手去,指背被她的眼泪濡湿,"不过一边哭一边发火,到底还是你更吃亏些。"

应隐破涕为笑:"我经纪人这个人啊……"她吁了口气,微笑道,"比我还爱钱。我们认识得早,他是小助理,我是小龙套,拿了通告费,在他的出租屋里一起数余额,觉得未来很有奔头。商先生……"

她哽咽一下:"人一定会变的,对吗?"

商邵没回答。他知道,她此时此刻并不需要他的答案。

等应隐自己揩掉眼泪,他才问:"我刚刚好像听到宋时璋的名字。他还在为难你?"

"他……看上了跟你跳过舞的那个小姑娘,我不知道是他为难我,还是那个小姑娘跟我不对付。"

"我好像记得,"商邵口吻淡淡的,"我让康叔把戒指还给他时,告诉他今后你有我护着。他不应该——"

"告诉他什么?"应隐愣怔,打断他。

"告诉他,从今以后,你有我护着。"商邵淡漠地重复一遍,不把这当什么重要的事。对他来说,护下应隐,和给她递出一把伞,是同样难度的举手之劳。唯一的区别是,他倒也没那么好的兴致和善心,会向路过的每一个人都伸出遮风挡雨的伞。

"你说的不是应隐这个人你要了?"应隐小心翼翼地问。

Chapter 01

"电视剧看多了?"商邵瞥她一眼。

应隐噎了一下。

"不过……"商邵悠然补充,"虽然没这么说,但目前来看,事实也差不多。"

应隐脸烧起来:"他骗我。"

她恍然大悟,后知后觉,啼笑皆非,又时过境迁般地释然:"他居然骗我说,你要让我当情妇,我居然也信了。"

"这样。"商邵轻描淡写地回道,"他送了几桩生意想跟我合作,我会重新考虑的。"

"商先生,你好小气。"应隐抹一抹眼泪,玩笑道。

商邵笑了笑,并起的双指在她额上点了一下:"你知道马赛人吗?很久以前,马赛人的成年礼,是单独猎杀一头狮子。他们会用最干脆利落的方式,解决对方的性命。同样的,如果一群狮子用一击毙命的方式杀死了猎物,它们也会受到当地人的称赞。他们把这个叫作——荣耀杀戮。"

"荣耀杀戮。"应隐定定地复述了一遍,看着他,露出微笑,"商先生,今晚我是你的学生。"

国内凌晨三点。一个著名娱记接到了一通来自香港的电话。

"宋时璋的房子在霞光园第九大道第二栋,阮曳最近应该都在那里。"

"你是谁?"那人没听出她的声线。

对面似乎微微笑了一笑,轻快地回答:

"当然是……阮曳的私生粉。"

这一年年末的娱乐圈,注定会很热闹。

宁市机场高速至星钻之夜会场路段,柏油路静谧顺滑,一辆黑色阿尔法穿插超车如行云流水。

保姆车内,应隐一边在造型助理的帮助下穿上高定、整理好裙撑,一边凑过脸去配合化妆师的粉扑。在她的右手侧,发型师正争分夺秒地挑高发顶,为她编绾出蓬松的公主头。

车载液晶显示屏中,正播放着一场活动的直播。画面中,星钻之夜红毯活动正依序进行,新起势的国模走了开场,男女团等流量面孔紧随其后。

"快到了快到了真的快到了,"庄缇文一指压着蓝牙耳机,对电话那头急得冒火的PR(公共关系专员)一连串地保证,"绝对准时到!"

二十分钟前。宁市机场，公务机专属停机坪上，自坦桑尼亚跨越大洋飞行而来的湾流 G550 缓缓滑停。

　　舷梯刚刚降下，一道穿绿裙的身影便奔跑而下，如一道翠色的风一般，一口气跑向航站楼，跑过海关，直奔地下停车场。

　　康叔派过来的司机接手了俊仪的驾驶工作，在那道翠影一个箭步冲入车厢时，他便点火、挂挡、打转方向盘，以带有强烈推背感的速度将阿尔法驶出地下掩体。

　　车内，赶时间的女明星摘下帽子，披散长发，口罩下的面容秾华姝丽，但双眸沉静如水，声线轻熟镇定："朋友们，时间有限，开始吧。"

　　程俊仪坐在副驾驶当领航员，勤勤恳恳地播报前方路况和预计用时："还有二十三公里，离进入市区还有八公里！"

　　直播中，红毯已进入中段，上场的是熟面孔的青衣和新晋小花们，阮曳也在此列。

　　"《星钻》那边要疯了。"缇文挂掉电话，长舒一口气。

　　储安妮唰地套上黑色丝质手套，转动保险箱密码锁。咔嗒一声，锁芯弹开，露出里头一整套天价粉钻珠宝。

　　她双手将珠宝小心托出，紧张而绵长地深呼吸："我一没试过在车上做红毯造型，二没试过把一套三千万的珠宝带出工作室。"

　　车内又回到安静的繁忙中，只有缇文的电话铃声再度响起，她不得不第十五次重复："快到了！还有十分钟！"

　　"半个小时前你就说还剩十分钟！！！"PR 怒吼。

　　这不是随便的小公关，而是《星钻》杂志的老牌明星编辑，专门负责明星们上封面、拍摄广告和专访等事项的企划与行程。她被派来对接应隐，体现的是杂志对应隐的重视。

　　音量杀人，缇文不得不把手机拿远，整车人因此都听了个清清楚楚。
　　"电话给我。"应隐伸出手。
　　缇文把手机递到她掌心。
　　"喂。"应隐配合化妆师的指令，闭上眼睛，"是我。"
　　"应老师？"PR 听出她的声音。
　　"你去找晚姐，告诉她，如果我开天窗，就由她先上。"
　　"乘晚吗？她恐怕……"PR 表示为难。
　　"她会答应的。"

Chapter 01

从这一通电话后，PR 的夺命连环电话终于结束了，可见张乘晚确实答应了她的请求。

"咦？张乘晚这次这么好心。"俊仪又讲大实话，"她后面肯定要找你帮忙。"

应隐笑了笑："上次她抢压轴，弄得 Moda 那里场面那么难看，我帮了她，她总该帮我。人情往来嘛。"

"你还不如说是她看在你跟她一起买了法国酒庄的分上。"俊仪耿直无比。

一整车人都笑起来。

半个小时后。原定倒数第二个出场的张乘晚提前走上红毯，面对摄像机娴熟地摆着 pose，丝毫看不出先前 Moda 那一场的难堪风波。

主持人想必从耳麦中听到了前场的调度，知道要拖延时间，与张乘晚有来有回地调侃起来。她跟曾蒙的交往早已公开，众人都知道她好事将近，主持人便围着这些话题打安全牌，问她对婚礼的憧憬，对婚后生活的畅想，等等。

就在张乘晚的红毯时长即将超过三分钟时，红毯尽头，一台低调的黑色阿尔法缓缓停靠。

作为年底压轴的时尚晚宴活动，星钻之夜会场星光熠熠，交警大队的铁马和雪糕筒划出交通管制区域，黑衣保镖交手而立，分布在二十米长的红毯两侧，维护着红毯秩序。

保镖身后，重重叠叠的黑色警戒线和铁马拦得住失控的人潮，拦不住成千上万道狂热的目光和宛如子弹射击般密集的快门声。

这是《星钻》红毯的传统，不设置专门的红毯等候区，而是直接从下车那一刻起便见真章。明星从车内俯身而出的这一瞬间，就开始接受全世界闪光灯的照耀和摄影镜头最严苛的捕捉。

粉丝的哭喊与尖叫刺破天幕。

谁是巨星，谁的国民度最高，谁家喻户晓—— 一切流量营销都在这里退潮，买水军的无所遁形，热搜限定"爆"的新顶流捉襟见肘，在这里，唯一的定海神针只有星光，星光，还是星光。

张乘晚和主持人同时屏住呼吸，将目光投向红毯尽头。

黑色阿尔法秉承了一以贯之的低调、尊贵，锃亮的车身上流淌着会场的熠熠星光。

咔嗒一声，如男模般的安保人员打开后座门，镜头推近，一条穿香槟色缎面高跟的纤细长腿，稳稳地迈向了地面——

应隐挽着手拿包，压着裙摆，自车内俯身而出，佩戴粉钻项链的颈项如天鹅般自微俯的优雅姿态中抬起，连带着那张美得如梦般的脸也出现在镜头前。那一瞬间的尖叫排山倒海，闪光灯几乎照亮了这片天空。

红毯尽头的张乘晚很艰难才克制住翻一个白眼的冲动。但她不得不承认，应隐就是这个年代最有星光、最有巨星气场的女星，一骑绝尘，有且仅有她一个人。

尖叫持续了很久，久到坐在港3迈巴赫里的男人觉得吵。

这台迈巴赫后座的液晶屏中，还从未播放过如此毫无意义的画面。康叔打转方向盘，留心听了会儿主持人的播报，笑道："应小姐赶上红毯了？"

"嗯。"

"她还真是……"康叔一时词穷。

"胆大包天。"

康叔笑出声来："还不够大胆，如果够的话，就该让你这台车送她上红毯，我想场面会很热闹。"

商邵一手支着额，散漫地笑了笑："还不到时候。"

他的目光停留在显示屏上，看着应隐走完红毯，接受采访。很奇怪，从他的私人飞机下去的，明明是个素面朝天的妹妹仔，此刻却风采卓然，美艳得让人不敢直视。

港媒惯爱造生词，商邵此时此刻却觉得他们好歹有个词造得不错：恃靓行凶。

她确实有为所欲为的资本，也着实为所欲为了一点……包括那晚在塞伦盖蒂的帐篷里，一定要就着打火机的火苗看他的文身。

草原上的夜，拥有绝对的黑沉。月光和风都透不过帐篷顶，一时间，只能听到外面窸窸窣窣的动物爬行声，以及鬣狗的怪叫。

在如此多的怪声中，帐篷里的一些喘息与唇舌交吻的水声，就显得不是那么明显了。

应隐第一次在野生大草原过夜，有一种小鹿般的惊惶和紧张，这股紧张助长了她身体的敏感，经不起任何的风吹草动。她伏在商邵怀里，贴得很紧，又很老实。

其实场面不应该失控的，因为她才借了他手机打了通低级的爆料电话，当了回很有心机的坏女人，把手机还回去时，都不太敢面对他深沉的目光。

直到上了床，她贴在他怀里，有些吃不准地问："商先生，你会不会觉

Chapter 01

得我是个坏女人?"

"坏也是有自尊的,你的标准这么低,很侮辱'坏'这个字。"

应隐无言以对。

商邵笑了笑:"何况是我教你的。"

应隐仰起下巴,双眼在黑暗中更显清亮,过了会儿,她攀着他的肩,自他的喉结亲吻起,流连向上,吻过颈项,吻上下巴,最后贴住他的唇。

商邵轻轻侧了下脸,语气镇定沉着:"别这样,会传染你的。"

"那你下午在干什么?"

商邵被她问住。他下午在干什么?至酒店的一路,他始终让她倦懒地坐自己怀里,呼吸交融,吻了一路。

这时候反倒装什么正人君子。

装也装不像,眸色已经暗了,他手指揉上她的下唇,最后掐住她的下巴,动作停顿半秒,发狠地吻上去。

一跟他接吻,应隐的骨头和肌肉就泛出酸软,气喘吁吁中听到商邵说了一声:"别乱动。"

这氛围浓而危险,应隐稍稍屈起一条腿,问了个十分不知死活的问题:"商先生……你……会那个吗?"

商邵静了静,沉哑淡然地问:"你觉得呢?"

"你不是功能……那个吗……"应隐觉得自己多少是有点缺根筋了,怎么这么扫兴?

男人都要面子,何况是商邵这样的男人?在床上问这种事,也许是要被他踢下床的。

商邵勾了勾唇,产生一丝兴味:"所以呢?"

"所以你每次跟我……你会不会都很难受?"应隐很贴心地问,"会不会觉得很煎熬呢?"

商邵觉得,确实是挺煎熬的。

"我想碰它一下。"应隐冷不丁说。

"你想什么?"商邵一脸幻听的神情。

应隐鼓起勇气,但气势很弱:"我想试试看能不能帮你。"

商邵忍得心头火燥,闭上眼,心脏阵阵发紧。他确实有自制力,可以固若金汤如马奇诺防线,也可以不堪一击如马奇诺防线。

"睡觉。"他冷冷按下应隐的脸,"没到你操心的时候。"

应隐呼吸不畅,灵机一动:"那我……那我想看看你的文身。"

"不方便。"

"有什么不方便的?"应隐故意很天真地问,"是因为文得很幼稚,不能见人吗?你是不是文了一个海绵宝宝?"

"不是。"

"你自己的名字?"

"没那么非主流。"

"一个'3'?"

"不好看。"

"你都在意好不好看了,还不给人看?"应隐精准地抓住他的漏洞。

商邵:"……"

应隐从被子里爬起来,去茶几的储物箱里翻箱倒柜一阵:"我刚刚明明看到的……"

"找什么?"

"找到了!"她高兴地说。话音落下,啪的一声,一簇火苗自她指尖跳起。

"有灯。"商邵提醒道。

"不要,灯太亮了,会看到你不愿意让我看的东西。"应隐松开打火机,帐篷内倏然再次陷入浓黑。

商邵只感觉到一阵香风靠近,窸窣一阵,应隐爬进他怀里,纤细的脊背像猫似的舒展。

她双膝跪着,一手撑着气垫床,另一手按住打火机:"这个刚好。"

商邵尽量保持镇定、冷酷,以熄灭她的兴致:"别玩火,很危险。"

"嗯?"应隐歪了下脸,"霸总台词?"

"不是那个意思。"商邵额角一跳,忍耐着问,"你觉得在那种部位玩火,是一件安全系数很高的事情吗?"

应隐窘了一下:"我保证不会伤到你。"

她语气实在委屈又小心,商邵心软,沉舒了口气:"只看一眼,别乱动。"

"嗯。"

"过来。"

应隐膝行两步,更贴近他身前。商邵从她掌心抠出打火机,按亮:"我自己来。"

在小小的火光中,应隐抿着唇,很用力而乖巧地点点头。

黑色的内裤腰线被他拇指指腹轻轻带下,露出腹股沟上的一小行字母。

Chapter 01

太黑了，看不清。太小了，看不明。太难辨认了，她需要靠得很近。

帐篷里安静无比，只剩下火苗的簌簌声。帐篷外，两头狮子的喘哼沉甸甸。商邵喉结滚动。

"看不清。"应隐低声说，滚烫的鼻息喷薄在他那侧敏感的肌肉上。

"可以明天白天再看。"他好冷静，冷静得不像个正常人。

"商先生。"

应隐念着他，葱管般的手指就着他的拇指，将那条腰线更深地压下。

商邵一直认为，自己是一个很有自制力的人。

他的前女友于莎莎是个在英国土生土长的华裔，但比许多欧洲人更为决绝虔诚地笃信天主教，坚持拒绝婚前性行为。这种性行为并不单单指最后一步，而是包含所有边缘性举动。交往两年，商邵对她发乎情，止乎礼，始终严格尊重她的信仰，不让自己越雷池一步。

香港小报写她"完璧出嫁"，虽然用意猥琐恶俗，但确是事实。

其实有数次，于莎莎自己也情难自控，撒娇暗示他可以稍稍打破这种尊重，突破一些无伤大雅的边缘。但商邵都坚定不移地拒绝了。

平心而论，于莎莎的身材虽比不过应隐，但也不差，自有性感之处，不至于勾不起男人的兴趣。商邵也笃定自己并非那种肤浅的、会因为女人身体而意乱情迷、放浪形骸的男人——无论如何，他都没有道理，只是被应隐看着，在被她温香的鼻息轻拂着时，就起兴了。

这种起兴猝不及防，且毫无转圜余地。

打火机的火苗笔直地燃着，发出燃烧时独有的簌簌声。

这一簇微小的火苗能照亮的范围有限，它映在商邵的小腹，橘色的光笼罩着应隐伏下的脸，让她舒展的眉、垂敛的眼、玉般的鼻，花瓣般的唇，都染上了一股脆弱的乖净。

帐篷内的黑暗是冰凉的，是从塞伦盖蒂原野中渗出的冰冷，但应隐感觉到一股一股的热气，就在她的脸侧。浓郁的热气侵犯着她的呼吸。

"文的什么？"应隐咽了一下，若无其事地问，假装没感到脸侧的危险。

她吞咽的口水声很细微，挑动商邵的神经。

他闭了闭眼，很努力地克制住鼻息的不稳："是古希腊语，明天再写给你看。"

"疼吗？"应隐仰起脸，跃动的火光倒映在她眸底。

商邵半眯的眼黑沉如深潭："还好。"

应隐的指尖半挑起带有光泽的黑色腰带，往下轻轻一勾。她屏住呼吸，瞳孔边缘不自觉地涣散，心里感到一阵无措。拇指从打火机上松开，光跳了一跳，熄灭入浓重的黑中。

一时间，谁也看不见谁。

"商先生，我是第一个看到你文身的人吗？"应隐仍旧伏着，没起身。

"你是第一个。"商邵深呼吸，努力不让自己的嗓音太异常。

"还有别的第一吗？"应隐十分天真地问，将手轻轻贴了上去。

她的手柔若无骨，掌心如绸缎般丝滑。但勇气到此为止，她也不敢造次。

"应隐。"商邵嗓音发紧地叫她一声，"别这样。"

应隐径自问着："这样呢，我也是第一个吗？"

商邵的喉结滚得厉害。过了会儿，黑黢黢的影中，应隐伏下身去，嘴唇轻轻贴在他的文身上。

"这样呢，商先生？"

等不到回答，她被他一把拉起，膝盖趔趄一步，整个人跌伏进他怀里。他太用力，扣得她腕骨发疼。

"你对别人也这样？"商邵的掌心压着她后脑勺，眯眼问。

其实这里半点光源也没有，谁都捕捉不到对方的表情，唯有呼吸沉热地交织。这冲淡了应隐对他的仰望、崇敬、畏惧和尊重。

"哪样？"她明知故问，另一只手翻开纯棉的轻薄布料。

好沉……在三十六年的人生中，商邵从没被别人这样对待过，以至于这股陌生的刺激沿着他脊背强烈蹿起，过电般地掠夺他的心跳。他在这一瞬间呼吸停滞，思维停止，只从鼻子里发出沉重灼热的一声闷哼。

应隐不知道，他这样的男人，是绝不允许自己失去主动权的。他将五指拢入她浓密的黑发，迫使她仰起脖子。应隐纤细的一截颈落入他凶狠的亲吻中，接着整个人都被彻底压下。

床垫的咯吱声让人不堪忍受。商邵一边吻着她，一边低伸过手，将她的手无情地拨了出去，换上了自己的。

应隐"唔"的一声，下一秒，手背被抵上一抹幼滑的湿痕。

"你别动。"喘息中的音色喑哑，发出一道低沉的命令，"我自己来。"

她邃然睁大眼睛，身体里的劲儿都泄了，酸软在商邵怀里，由着他那样充满占有欲地吻和作弄。

那抹湿痕始终停留在她手背上，且越演越烈，抵着，蹭着，打着滑。

Chapter 01

他好像是故意的，故意要让她沾上不干净的气味，抑或是警告她，拆穿她的叶公好龙行为。

应隐也没掐表，脑袋昏昏涨涨的，不知道过了几时。结束时，她也不知用时长短，是快是慢。她只晓得氛围浓郁，她一只手掌湿淋淋的。

过了会儿，商邵按亮了一盏马灯，托起她的手腕，用纸巾一根一根地擦过她的手指。他的动作不紧不慢，有种沉默的优雅。擦干净了，将纸在掌心揉成一团，这才抬眸看一眼应隐。

应隐脸色红得厉害，被他看一眼，骤然觉得紧张，但湿润的眼眸中又全是委屈和赌气。

"怎么？"商邵一时没理清她复杂的情绪。

"你好过分。"

"不是你要的？"

"我……"应隐一时词穷，"我要这个干什么？"

"我怎么知道。"商邵低声笑了一下，将纸巾处理了，"你不喜欢，没有下次就是了。"

"我……"应隐又词穷。

她张了张唇，被商邵只手捂住。

他掌心还都是欲望的味道，带着他自己洁净的香味，给人以又冷又热又浓又淡的倒错感。

"别说。"

他捂着她口鼻，眸色还是很暗："喜不喜欢都别说。"

说不喜欢，实在不中听。但要是说了喜欢，他以后还怎么自控？

应隐躺回他怀里，被他从身后圈坐着："文身到底是什么？"

"The unexamined life is not worth living——'未经审视的人生是不值得过的'，不过我文的是古希腊文，所以你看不懂。"

"未经审视的人生是不值得过的……谁的名言？"应隐问。

商邵笑了笑："这是柏拉图《申辩篇》里的内容，写的是苏格拉底被雅典法庭处死前的辩护词。你知道吗？"

应隐点点头："高中时学过，苏格拉底被法庭以亵渎神明和教唆青年的罪名判处死刑。"

"正是。决定文身时，文身师问我想文什么，我说了这句英文，又手写了古希腊文给他看，他认为古希腊文的字形更有图案美。"

"是不是很疼？"应隐又问了一次。

"确实,这应该是浑身上下最疼的部位了。"商邵勾了勾唇。

应隐似乎能想象出,当初在剑桥哲学系求学的他,是如何在那个下午意气风发、英姿勃勃地奔跑过康桥,决心走一条经得起审视的人生之路。

那是他二十出头时的故事了,岁月已经把那样的他留在了康河碧波荡漾的倒影中,走到她面前的,是现如今这个身居高位、喜怒不形于色的成熟男人。

"商先生,那你现在过的,是经得起审视的人生吗?"应隐问。

商邵垂眸看她。

"至少到这一刻为止,我还没有后悔过。"

"不知道应小姐今天这场晚会,要到什么时候结束?"康叔出声问道,打断了商邵短暂的回忆。这回忆实在算不上正经,虽然有一个柏拉图式的结尾,但中间的过程迷乱得让他喉头发紧。

他松开一颗扣子:"晚上九点去接她,现在先去公司。"

康叔明察秋毫,知道去公司是顺便,因为公司大厦离会场较近。

他劝道:"你又是去德国开会,又是去坦桑尼亚,伤风还没好,不如先回家休息,到钟了我安排人来接就是。"

"无妨。"商邵无视了康叔的劝说,在闭目养神中,听着主持人送应隐走下红毯。

虽然商宇自上而下都是得力骨干,远程办公系统也十分便捷,但他离开半个月,还是积攒了许多重要决议等待他拍板签批。

勤德置地大楼的董事长办公室灯火通明,与星钻之夜的明亮别无二致。只是一处安静无比,缭绕的沉香烟雾中只有男人伏案思索的身影;一处却是高朋满座、欢声笑语,香槟酒中倒映出纸醉金迷。

应隐拿了个奖,奖项名字水得她都记不住,上台时握着水晶奖杯,发表了一通得体的获奖感言。今天的这一身高定着实压场子,抹胸款,高腰线,粉色裙摆层层叠叠,被裙撑撑得饱满蓬勃,在台上盛放着星光。

台下流转的目光十分热闹。

宋时璋近乎着迷地看她,阮曳看一看她,又看一看宋时璋,麦安言候在场侧,预备着等应隐一下台就把她堵住。

应隐下了台,没走两步,果然看见了麦安言。她把奖杯递给他:"送你了,摆你办公室去。"

"别埋汰我,我又不是办展览的。"

Chapter 01

应隐哼笑了一下:"我下班咯。"

"下什么班?"麦安言看一眼表,才八点半多一点。

"下班就是下班咯,有什么不行的?再说了,你不顾着你的阮曳?她不是得了年度最具潜力女演员奖吗?"应隐低调地沿着会场角落走。

麦安言被她揶揄得没办法:"我真错了,但你现在走了,C位谁站?到时候大合影一放,都发现你不在。"

"这有什么,我也不是时时刻刻都在的。"应隐勾一勾唇,"群芳斗艳,不一定要有我。"

"小隐。"麦安言跟着她,念她的小名。

他们对彼此都很了解,他不会听不出她的弦外之音。

"没有任何一个经纪公司,可以给你在辰野同等的地位、同等的资源。你是辰野十二年的一姐,但去了别人那里,只能屈居第二。你想演的片子,我会为你争取,但换了别的经纪人,他也有他的嫡系要培养。"

"你在说什么呀?"应隐懒懒散散地问,"什么这个那个的?"

麦安言知道她又开始了那股甜美娇嗲的敷衍,但他不为所动,继续说:"辰野是有自己的投资出品的,我们主投、主控的资源,可以保你每年固定出现在大银幕上,别的经纪公司也许商务资源不错,但组不起自己的盘子,你说到底也是去别人地盘上唱戏,怎么会有在自己家自在?"

"嗯。"应隐点点头,"你说得不错,我都知道。"

"你生日那件事,是我失察失职。汤总也难得过问了,他要请你吃饭,你有什么想谈的条件,可以跟他谈。"

"我没有,公司和汤总对我的好,我感念于心。"

会场动线曲曲绕绕,应隐好不容易才找到了贵宾电梯口。

麦安言安静片刻,陪她等着电梯:"换衣服,我们去吃消夜。"

"不行。"应隐望着电梯楼层,回眸对他扬唇一笑,"我要去收生日礼物的。"

电梯到了,应隐走进去,光洁的手臂悠悠横阻:"止步吧,安言,你在担心什么呢?一亿多,我哪舍得?"

麦安言看着她的双眼:"我怕你舍得。"

她给了他一个很释然的笑:"别怕,小麦。"

那是他们相逢于微时对彼此的称呼,他叫她小隐,她叫他小麦。

"我保证不会轻易离开你的视线。"她松弛的笑让人如沐春风,但双眼明晰坚定,语句一字一句,落地有声。

麦安言一时怔住，就这么放任她走了。

电梯门缓缓闭合，将应隐美丽的脸渐渐掩在冰冷的门后。

显示屏上，电梯没有上行至休息室，而是去了地下三层。

港3已提前等候，静默如优雅的兽。

应隐提着蓬大的裙摆，毫不怜惜地从停车场地面拖过。

她没上另一侧，而是按开商邵那边的门，单膝跪着爬了进去。

粉色大拖尾如盛开的玫瑰，被男人如扇骨般清俊的手拉起，继而拖拽进去。

应隐跪坐在商邵身上，一回生二回熟，她现在挺无法无天。

"需不需要提醒你，其实你的座位在另一边？"商邵拿她没办法，一指按下迈巴赫的自动关门键，一手贴住她腰。

"这里好。"应隐凑上去，在他唇边快而轻地碰了一下，小小的耳垂染上粉色。

康叔平稳驾驶着车子，目视前方，情绪平稳。但是上帝保佑，这一件件、一幕幕，他是真有些吃不消了。

商邵没升挡板，气定神闲地注视着她数秒，直到应隐败下阵来，他才伸出手去，揉了揉她那个有小痣的耳垂。

俯近她耳边的声音低沉："应隐，你是越来越没有规矩了。"

亏得迈巴赫内部有能供成年人平躺的宽敞空间，应隐的大拖尾裙才不至于难受地堆叠在一处。

香槟色的内饰与她玫粉色的裙摆相得益彰，光裸的上半片脊背像一匹泛着珍珠光泽的绸缎，正贴合在商邵的掌下。

商邵实在难以想象，怎么有女人的身材会是这样子的，有肉的地方非常具有肉感，瘦的地方，譬如脊背，弓起时，几乎能看到脊椎骨节。

"让康叔把挡板升上。"应隐凑他耳边悄声说，那只手掩过来时，带着香风。

"为——"

应隐一把捂住他唇，表情灵动："嘘。"

商邵停顿一下，将唇贴她耳边，热气拂着她的耳廓，沉下嗓音问："为什么？"

应隐圈着他脖颈："我不好意思。"

商邵轻声失笑，吩咐康叔："把挡板升上，应小姐觉得不好意思。"

Chapter 01

应隐暗暗尖叫：什么人啊?!

康叔咳嗽一声，眼底带着笑意："好的，少爷，应小姐。"

挡板缓缓升上，应隐的脸也快烧着了。"你故意的……"她有气无力地说。

"康叔是自己人。"

"是你的自己人，不是我的自己人。"应隐脑筋一抽，鬼使神差地说。

商邵顿了顿，形容沉冷了些，回到了那一股子意兴阑珊的模样，拍一拍她腰，道："别扫兴。"

应隐无声地笑一笑。其实她最擅长入戏了，所有导演和合作演员都说，应隐入戏最快，谁都会被她感染、蛊惑、欺骗，被她带动着进入那个以假乱真的戏感中。

她刚刚确实不该说这样一句败兴的话，好像在戏剧舞台上，冷不丁地打破了第四堵墙。

可是为什么？她为什么要在这样高兴的时刻，故意说一些煞风景的话？那些气泡太好了，太美丽，太梦幻，让人沉醉，她不煞一煞风景的话，要怎么办呢？跌到那些梦幻的泡影里吗？

"今晚拿奖了？"见她迟迟不说话，商邵抚一抚她光洁的肩，主动问。

"什么人气还是什么实力奖，"应隐忘了个干净，"不重要。"

"是不是要庆祝一下？"

"嗯？"应隐想拒绝，但一想到刚刚已经扫兴了一回，不能再有第二次了，便点点头，"也好，有好事要加紧庆祝，这样好运才会牢牢积攒。这是我妈妈教给我的吸引力法则。"

商邵听她说得天真，不免笑了一笑。

应隐说到此处，稍稍坐直，仿若想起了什么，继而颇为认真地看了他数秒，珍视而郑重地吻上去。

商邵被她吻得意外，但一怔后，便交臂搂紧了她。

迈巴赫驶过街心，广场上，巨大的圣诞树已经完成了亮灯仪式，正在夜幕下闪烁着缤纷的星光。

吻了一阵，商邵抚一抚她的颈，低声说："给你准备了香槟。"

后座中控上有一堆旋钮和按键，商邵拨动其中一个，带有阻尼的盖子静谧升起，应隐这才知道这里原来是个小冰柜，里头斜插着一瓶香槟酒。

"哇。"她轻声赞叹一句。

紧接着，咔嗒一声，隐藏式的杯架推了出来，上面倒挂着一对纤尘不染的高脚杯。

应隐注视着他的动作,见他两指轻巧地夹住透明高脚,手腕翻动,将杯子取出。轻薄的杯壁互相磕碰,发出风铃般的叮当声。

她不知怎有人能将一个取杯子的动作做得如此赏心悦目,优雅至极。

"拿好。"

应隐便乖乖拿好,一手一只。

"啵"的一声,商邵拔开软木塞,香槟的甜味顺着气泡晕进空气中。

"你不是说,这是妹妹仔喝的酒?"她跟他翻旧账。不会说粤语,只发了"妹妹仔"三个字的音。

"那你是吗?"商邵好笑地看她,沉沉一眼。

应隐不好意思看他,蚊子般地"嗯"了一声。

"在别人面前也这样?"

应隐摇头,声音更轻下去:"只在商先生面前这样。"

话说出口,未免有卖乖的嫌疑。但她说的是实话。

商邵没有追究真假,目光停在她脸上,半晌,他与她高脚杯相碰。气泡升腾,酒体摇晃。

"Cheers."

酒香伴了回程的一路。

某个路口转弯时,应隐没坐稳,在商邵腿上趔趄了一下,酒液泼洒出来。

"高定!"她一声惊呼。

商邵的解决方案很简单:"买。"

储安妮打电话来,惊恐万分地问她怎么没拆项链、耳环、手镯、戒指:"三千万!"

在商邵又说出"买"字前,应隐斩钉截铁地回复:"晚上一定还到你工作室!"

"喜欢的话……"

"不喜欢!"

商邵低声笑着摇了摇头:"你不是喜欢珠宝?粉钻还不错,挺衬你。"

应隐为他的花钱速度感到心惊:"如果全世界的珠宝都衬我,难道商先生要都买下来吗?"

商邵若有所思,继而挑了挑眉:"原来我怀里坐的是一个仙女?"

Chapter 01

应隐咬着下唇笑起来，招架不住他戏谑含笑的目光，趴进他怀里躲着。商邵看得出她有一些醉了，屈起手指，用指侧在她脸颊上刮了刮。

他指间的气息让人沉迷。应隐闭上眼，微醺地嘟囔着问："那我是仙女吗？"

这话太羞耻，商邵没可能说出口。他没出声，但鼻息带笑，在她额上印下一吻。

车子驶进海洋馆庄园，在门前停下。应隐赤脚迈下，半抱半拖着淡粉色渐变的裙尾。深邃的蓝色天幕下，真丝云纱堆叠着，在她身后像抹浪花。

商邵手里拎着她那双高跟鞋，把康叔看惊了。

用人也呆了，蒙了一阵，着急忙慌地伸出手："少爷，我来。"

商邵指尖捏烟，淡淡地说："冇事。*"

应隐进了房子，在门廊的奶白色大理石石阶上坐下，双手托腮等着商邵。她对这座房子还不太熟，恐怕会迷路。

女佣给她拿了软皮鞋："应小姐，这是上次您穿过的那双，地上凉。"

应隐换上，等商邵到了跟前，仰起头问："商先生，我的礼物呢？"

"在后面。"商邵牵起她，从房子的中心穿过去，推开通往后院花园的门。

房子后院的绿茵场同样宽阔，但营造出了从高山草甸到砂石花园再到热带丛林的景观变化，一道宽阔的河道蜿蜒曲折，傍晚起了雾气，氤氲着淡蓝色的河面上，停着一艘单人皮划艇。

月色下，一匹袖珍的小马欢腾着四蹄，嘚嘚儿地跑了过来。它棕色的皮毛油光发亮，但自头顶至后颈则覆盖着浓密的浅金色鬃毛，这些鬃毛柔顺极了，也蓬松极了，随着奔跑和夜风的吹拂，一线水瀑般向后扬起，在月光下简直像发着光。

应隐被美得倒抽一口气，甚至都没能出声，右手紧紧掩住唇，双眼瞪得很大，目不转睛地看着小马。

小马四蹄修长，宛如踏雪，到了跟前，马蹄声清脆地笃笃两声，站定了，喷一声气。长睫毛、大眼睛，抬头看人，透着懵懂与机灵。

它好矮，似乎才一米二三，只到应隐心口左右。

"它还没有名字，你想给它取什么？它是一匹小公马。"商邵牵过它的缰绳。

---

* 没事。

"Pony？"

商邵笑了一声："这种马在国际上的命名就是 pony，你给它取名叫 Pony，就好像给狗取名叫狗。"

应隐一指挠了挠头。"嗯……"她想了一阵，"Rich！"

商邵倒也没有很意外，无奈地说："行。"

"我想摸它，它会踹我吗？"

"不会，它血统纯正，脾气很好。"

这是他委托朋友从英国挑选的，皇家牧场的纯种血统，乘坐专机抵达国内。过海关要些时间，为了赶上生日，他不得不动用人脉。小马在他庄园里养了数天，度过了最易水土不服的日子，现如今已经恢复了活力。

应隐伸出手去，摸一摸它水亮的鬃毛："它像唱摇滚的。"

商邵失笑："那你不如给它改名叫 Rock。"

"不要，Rich 很好，就要 Rich。"应隐伏下身，细条条的胳膊搂住马脖子，"Rich，Rich，希望你快快长高。"

"它不会长高了，就只有这么高。"商邵打破她不切实际的幻想。

"嗯？"应隐松开手，上下打量这袖珍的小马，"好可爱……"

她又紧紧搂住它。搂得太紧了，弄得人家唞唞儿挣扎起来。

"喜欢吗？"商邵问。

"嗯。"应隐闭着眼点点头。这马还不如她的裙摆大。

"可是我没有这么大的院子，也没有人专门照顾它。"应隐现实地说。

"你可以把它寄养在我这里。"商邵不动声色。

"嗯？"应隐睁开眼，有些茫然，"不是我的礼物吗？"

"是你的礼物，我只是帮你托管。你想它的时候，随时可以过来陪它玩。"

应隐看看商邵，又看看马，看看马，又看看商邵。半醉的脑子不太灵清，她觉得自己好像掉进了什么陷阱，但一时又挑不出哪里不对。

"当然，你也可以选择把它带回去，我会帮你请专人照顾。你的房子，应该只有三百多平？它可能还没住过这么小的地方，需要习惯习惯。没地方跑步，但在你楼下多转几圈也还行。"

应隐："……"

"怎么？"商邵唇角含笑，轻瞥她一眼，问道，"这样也不行？或者……我给你重新买个房子？"

为了一匹马重新买个别墅，跟为了一碟醋包一顿饺子有什么区别？但这

Chapter 01

个类比太接地气,应隐确定这个男人听不懂。

她醺醺然,暂时不去想这些,脸贴着小马蹭一蹭:"我可以骑它吗?"

"如果你现在只有十岁的话,可以。"

"那我可以干什么?"

"陪它玩,看它无忧无虑地成长。"

"它可以活多少岁?"

商邵的笑敛了些,神情温柔下来:"顺利的话,四十岁,不顺利的话,几岁都有可能。"

不知道是不是自己的错觉。但应隐似乎看见,这个喜怒不形于色的男人,在刚刚那个瞬间居然是伤感的。

她怔怔地站起身:"商先生,你也有过一匹自己的小马。"

商邵勾了勾唇:"它叫 Black,通体黑色,额心有一抹梭形的白,是我六岁时的生日礼物。"

余下的话不必再问了。

应隐攥着裙摆,背对着她的小马。那马无忧无虑,似乎很喜欢这里的海风、青草与月光。这与它在英国的故乡太像了。

商邵上前一步,将应隐搂进怀里:"送个生日礼物,怎么还送伤感了?"

她的耳廓很凉,商邵用手揉了揉,又用掌心拢住。

"送你回去,还是留下?"

这样的问题问一位女士,她还能怎么回答?

"回去。"

"恐怕没有车了,也没有司机。"商邵气定神闲。

应隐心里受惊,仰着双眸。眼睫上忽然落下一吻。

"留下来。"

康叔早就命人收拾好了客卧,在二楼。

商邵绅士地将人送进房间:"早点休息。"

说了早点休息,人却不走,还牵着应隐的手,揉一揉她微凉的指尖,又反客为主地在床尾凳上坐下,拉她到怀里。

应隐单膝跪坐,腰肢软着,溺在他深邃的目光中。

商邵伸出一手从她颈侧绕过,捻过那套繁复的粉钻项链的某处。钻石沉甸甸地坠下,没进应隐的粉色纱裙中。他看着她的眼,手指落下,至裙子的隐藏锁扣处。

为了更好地贴身束形，这裙子后背有一排很细密的铰扣，密密麻麻足有三四十个，又紧又小，肉眼看去天衣无缝。

　　他对女人衣服真是内行，手指也真是灵活有力气。

　　第一二个铰扣松开时，被束缚了一晚上的胸口也跟着松了口气。应隐深深地呼吸，闭上眼，软在他怀里索吻。她的手臂肌肤贴着商邵的颈侧，因为交颈拥抱而彼此摩挲。

　　商邵一边吻着她，一边动用两手。高定裙子自上而下解开，连着那粉钻项链一并从应隐身上沉沉褪下。她就像一枚珍珠，被从粉色的壳中剥离。

　　一时间她完全不敢起身，倒伏在裙上，只一片脊背裸露，像美人鱼伏在夜晚的礁石上。

　　她的兴致低不难看穿，商邵缓了缓，一手扯过床尾毯，将她整个裹住："别勉强自己。"

　　"我不是……"应隐咽了咽。

　　"不要紧。"商邵打断她，"你心里有事，情绪不对，我们下次再说。"

　　应隐两手交叠，拢着毯子，从商邵腿上起身。她眼看着商邵站起，形容似乎有些冷淡。

　　"商先生……"

　　"早点休息。"商邵往门口走，吩咐道，"项链可以交给康叔，他会派人帮你安全送回去。"

　　"我扫你兴了。"应隐急切地说，见他脚步停下，才缓下声问，"对不对？"

　　"没有。"商邵取出最后一支烟，在掌心磕了磕，垂眸道，"我跟你说过的，这种事要想愉快，也得有点天赋，当然，也要你情我愿。等你愿意那天再说。"

　　"我愿意，但不能是今天。"

　　商邵点了烟，吁一口，指尖习惯性地点了点："怎么，身体不方便？"

　　"没有。"应隐摇头，"我……我想找你借钱，我不知道先跟你上床再借钱好，还是先借钱再上床好。"

　　她为难地抿了下唇，嘟囔道："好像哪种都不对……"

　　商邵一怔，刚刚冰冷的气息柔和了些。她肯开口找他借钱，实在出乎他的意料。

　　"要多少？"

　　应隐动动手指计算："违约金一亿三千万，加上递增赔偿金两千一百万，共一亿五千一百万，我现在有四千二百……"

Chapter 01

商邵："直接说。"

"一亿。我想先预支剩下的七千万，然后再借三千万。"

一亿现金，不是个小数目，足够让一家中型企业起死回生了。

商邵走向她："你要这么多钱干什么？"

"赎身。"

康叔刚给庄园内的用人们交派完明早任务。

这是应隐第一次在这儿过夜，他特意交代了对她生活习惯的照顾，诸如衣物用品尽量要真丝的，喜欢喝甜酒和热红酒，食材上要注意清淡去水肿，少碳水、多优质蛋白，健身房的一些器材也要提前按她的身高和体重重新校正，也许她第二天一早就要去锻炼。

交代完，他上二楼，冷不丁看到商邵正抱着人从客卧里出来。

"怎么？"他蒙了。

第一天留宿就睡主人房，这不符合他对商邵和他承袭的教养的认知。

"在里面抽了根烟，空气不太好。"商邵面不改色心不跳。

中央空气净化系统加随时可以打开的阳台门加强劲对流风……说这些。

康叔再度看了眼他面前的男人：怀里抱着人，揽着女人肩的那只手还夹着烟。"为了避免污染您卧室的空气，建议您抽完了再进去。"他彬彬有礼地说。

那点揶揄无法逃过商邵的眼睛。他瞥康叔一眼："多嘴。"

通往二楼的奶白色大理石旋转楼梯明净典雅。商邵沉稳迈上，几步后想起什么，回眸跟康叔说："睡衣选得不错。"

那睡衣是牛油果绿桑蚕丝质地，细肩带，最衬应隐。他中意应隐穿绿色，看着沉静可口。

一进主人房，应隐就觉得离谱。顶级酒店拿来做总统套房的面积，只摆了一张床和几个造型立柱，L型的一道落地窗让风景一览无余，正对窗外的是一张三米长的沙发，奶油白的纳帕皮，在这屋子里显得很小。

商邵抱着人，在沙发上坐下。

应隐怕他被她坐得腿酸，磨磨蹭蹭想爬走，被他拦腰捞了回来。

"让你走了吗？"他气定神闲地按住人。

"外面有人……会被看到。"

"没人。"

应隐想换个姿势背对窗外。但商邵不让。

他按着她的腿，让她面对窗外坐着，脊背紧贴着他的胸膛。

"商先生……"应隐要哭。

"不动你。"

应隐鼻子里轻轻"嗯呜"一声，是抗议："你又没信用。"

"是吗？"商邵花了两秒反思，"也对，那不装了？"

他一指勾下她睡裙衣襟。吊带本来就长，衣襟一拨，里头的风景就要露出来。

"不不不……"应隐软软地挣扎求饶，"你是正人君子……"

商邵笑了笑，手抽了回来，拧过她下巴吻她。又将她一双长腿并拢，回到了侧坐在怀的姿势。

"讲一讲为什么要借钱。"他问的话像个正儿八经的投资人，但行事实在像昏君，让人觉得这一亿是在劫难逃了。

既然已经开了口，应隐也没什么好隐瞒的了。

"我经纪公司对我的规划，和我自己想要的不同。以前我没想过离开，因为违约金一亿三千万，另外还要加上每年三百万的赔偿金。我的合约十年到期，现在是第三年，那么就是七个三百万，合计两千一百万。这笔钱对任何明星来说，都几乎是天价。更何况这些年影视行业不景气，靠我自己攒，很难。"

一亿五千一百万赎身，这个条件确实可以把一个人钉死。

"我在圈里的咖位，反而让我寸步难行，即使有公司想接手我，也要考虑很多。第一，我的人气饱和，商业价值饱和，很难再开发出新的高度，但一亿多的违约金是实打实要掏的，就好像豪门球员的转会费，成本和吸金价值不匹配，让很多公司望而却步。有一家公司抛过橄榄枝，但他们要求我一年拍两部偶像剧，我不愿意。

"第二，一个公司的资源，很难同时喂养两个当红影星，七七八八的营销费，奖项运作的公关费，围着我转的人力，都是成本。我的空降，对任何公司的一姐来说都是威胁。曾经有另一家公司接触过我，但他们的一姐选择所有通告罢工，这件事最后也就不了了之了。"

"你自己呢？"

"我自己……此前没有走，也是出于两个原因。第一个原因，我跟经纪人其实也算是一路彼此扶持过来的，他帮过我很多，虽然他很商业、很现实，但念在情分，我不想跟他闹僵。第二个原因就很务实了，我在这里毕竟是一姐，所有资源都倾向于我，否则也不会红了十二年，所以其实我原本是

Chapter 01

没必要走的。至于现在……"

她深呼吸，微笑道："商先生，你能预见自己的命运吗？我能，每个当红的明星都能。我们都会走下坡路，但在真正的谢幕之前，我不想观众想起我后几年的作品，居然都是商业烂片。"

商邵点点头："第二个问题，解约了以后，你下一个东家找好了吗？"

"我想自己做。我需要一个合伙人，目前暂时没想到合适的。"

商邵一时想起缇文前两天也找他借钱。

小姑娘有笔创业资金，纯用来投着玩儿的，有个几千万。前两天在电话里支支吾吾，说不够。

商邵当时没想明白，她有什么生意需要这么高额的起步。"囤石油？"他想出一个非常靠谱的答案。但这件事难度系数很高，既玩路子也玩胆识，缇文能有此野心，倒让他欣赏。于是他对缇文说，做这桩事一亿太少，给她三亿先玩，但凡她有能耐真的搞完，哪怕最终只赚了一分美金，他也会为她继续投资。缇文听了直呼离谱。

现在他知道了，缇文要囤的，是远比石油更金贵的东西。

商邵垂眼看着应隐，唯一的新问题是——缇文的身份一暴露，他要怎么哄她？

逗留一夜，应隐第二天天刚亮就跟小马告了别，怒气冲冲地下山。

她步履匆匆，背影中也能看出愤怒。一辆奔驰在她身后慢悠悠地跟着，司机脚尖轻抵着油门，她走一阵，车跟着滑一阵。

"别跟着我！"应隐的眼神像是能杀人。

"少爷说您总会走累的，这里不好打车，我得跟着您。"司机关心，"您累了吗？"

一屋子的人都跟他们大少爷一样彬彬有礼、油盐不进。应隐七窍生烟："我不累！"

商邵站在餐厅窗边，看着应隐的身影由近至远，直至成了悬崖边的一个小白点，与远处深蓝色的大海形成强烈对比。

"昨晚上还好好的，今天怎么这么大气性？"康叔给他倒咖啡。

"找我借钱，我没借。"商邵笑了笑，拈起英国细瓷杯耳。

"借多少？"

"预支七千万，借三千万，共一亿。"

康叔挑了挑眉："这确实不是小数目，不过应小姐愿意开口向你求助，以她的个性来说，已经很难得，你舍不得借？"

"有什么舍不得的？"商邵啜饮一口，"只不过她个性又要强、又识趣，真借了，以后把我当债主看，我不是自讨苦吃？"

好不容易有了一丝进步，让她在他面前不至于那么拘谨又战战兢兢的，他没兴趣开倒车。

康叔脸上表情丝毫未变，旁话闲提："你之前提过的那尊清雍正粉青釉梅瓶，昨天下午已经拍了，顺带的还有 1990 年那组 Henri Jayer*，今天晚些就送过来，是给你提前醒上，还是等大小姐过来时再品？"

商邵不甚在意，只随口问了一句："成交价多少？"

"清雍正粉青釉梅瓶八千三百五十万港币，已经直接送到夫人那儿了，她很中意。Henri Jayer 三百二十万港币，一组六瓶，算是好价。"

商邵琢磨过味儿来，回眸瞥了康叔一眼，似笑非笑："你想说什么？"

"她气成这样，你也不冤。"

商邵挨了他老人家一通揶揄，也不动怒，云淡风轻地笑一笑："我又没说不帮忙。你等下给她账户转两千万，就当作是预支的合同酬金，然后跟缇文约个时间，让她来见我。"

视线再度回到绿茵地上，应隐已经打开车门上车。商邵放了心，去衣帽间换了西服，开始新一天的繁忙公务。

应隐坐进车里时闷不吭声，双臂交叠环着胸。这个庄园大得该死，她再愤怒委屈，也没办法摔门就走，气焰无端矮了三分。

车行至市区，应隐倏然改了主意，吩咐道："去最近的 4S 店。"

下午，在花园内除草的康叔听到用人来报，说山下有人送车过来。他摘了手套，听岗亭那边的门卫汇报道："是一台新的五菱宏光。"

康叔没懂，一手捏着白色棉线劳保手套，一边问："乜系'五菱宏光'？**"

门卫再度确认一眼："五菱宏光，电车，新款，没挂牌，说是邵董加急预订的。"

负责送车的 4S 店销售一路战战兢兢，开至一半就已经在忧愁等会儿怎么下山了。终于按指示到了山顶，倒车进露天充电桩时更是大气不敢喘，毕竟一旁的顶配保时捷 Taycan 杀气腾腾，蹭一下他就得折这儿了。

康叔看着这薄荷绿的小车，对它和商邵同时产生了极大的怀疑。

---

* 指由著名葡萄酒酿造师 Henri Jayer（亨利·贾伊尔）酿造的珍品葡萄酒。

** 什么是"五菱宏光"？

Chapter 01

"您好,这是您预订的车子,检查无误就可以签收了。"销售递上送货确认单,边佯装镇定边狂咽口水。

康叔瞥一眼账单。五位数?再数一遍。真的只有五位数……保时捷的半条保险杠都买不起。

签完单,康叔绕车一周,站远了,手抵下巴凝神思索,还是不太能理解。

他拍了张照发给商邵。不得不说,在花园和别墅背景下,这薄荷绿的小车还挺上镜。

勤德置地会议室。满屋子西装革履的高管都肃静着,眼巴巴地看着刚走进来的太子爷读了一眼讯息内容后,脚步微凝,极无奈地笑了一下。

什么意思?下次生气,就有车可以代步下山了?

应隐挑完车子回家,一口气补了几小时的觉,中间接到缇文跟她请假的电话,她也没当回事,很爽快地批了。

等她一觉醒来,已经是下午三点。

俊仪跟她汇报完行程,长出一口气:"就剩一个星河奖了,之后就可以安安心心挑剧本,等着过年。对了,栗导的剧本已经出来了,他约你吃饭,让你挑时间。"

应隐懒懒地歪在沙发抱枕间,沉吟一阵:"等星河奖后吧。"

"好嘞。"俊仪记上一笔,"对了,你知道吗?今年星河奖的赞助商有勤德哦。"她爆料完,怕应隐不记得,补充道,"就是商先生集团旗下的。"

"知道。"应隐一肚子起床气。

俊仪不触她霉头,转开话题道:"公司的年会安排已经出来了,听说汤总也难得会出席。"

"几号?"

"十二月二十一号。"

应隐点点头:"那我得加快了。"

"加快?什么加快?"俊仪迷茫了一下,"啊对了,柯老师今天上午找过你,听说你在睡觉,让你下午回电给他。"

"他下凡了?"应隐倏然坐起,"不是一直没信号吗?"

"柯老师说他们今天一天都在博卡拉休整,之后还要回去补拍,最近雪山气候多变,很难讲。"俊仪在手机里调出号码,替应隐拨了出去。

博卡拉天气晴朗,柯屿正在白塔上晒太阳,接了电话,未语先笑,叫她一声:"靓女。"

应隐呜的一声就哭了,眼泪汹涌。

柯屿被她哭得一个激灵,迟疑地问:"难道在热搜上,我已经雪山失事死了?"

也就是他,这种玩笑也开得云淡风轻的。

应隐哭得更厉害:"你再不出现我就要死了……"

柯屿耐心地等她哭了三分钟,才听到她说:"借我钱。"

柯屿:"……"

"借我钱。"应隐吸吸鼻子,加重重复一遍。

"三个月没联系,张口就是借钱?真有你的。"柯屿失笑一声,"多少?"

"一亿。"

"把我卖了能凑合。"

应隐泫然:"那五千万。"

"没有。"

"三千万,两千万——别找商陆借,我不要他的钱。"

商陆就坐在一旁。听到应隐的话,柯屿默默将话咽了回去,问:"出什么事了?"

应隐张了张唇,还在打着腹稿,柯屿却已经了然地问:"你要解约是吗?"

"你怎么知道?"

"安言给我打了很多次电话,早上我回过去,他让我劝劝你。"

应隐倒回沙发中,揪着黑丝刺绣抱枕的金穗子:"你劝吧。"

此情此景何其相似。当年柯屿一心要解约时,也是应隐风风火火地来劝他。时移势易,说的人与听的人换了个位置。

柯屿用指尖掐着草芯,沉默了片刻,从容劝道:"解吧。"

"你不觉得我傻?"

"觉得。"柯屿干脆地说,"但不重要,你一向是聪明务实的,能做出这种决定,看来辰野对你很差。解约要多少钱?"

"赔偿金加违约金共一亿五千一百万,你借我两千万,等我把多余的房产和投资出清了,三年内还清,好吗?"

"好,那剩余的呢?"柯屿一针见血,"不管怎么样,你手里的钱都还差得远。"

"剩余的……"应隐深吸一口气,自嘲地笑一笑,"有人不借,但我还有

Chapter 01

朋友，总能凑到的。"

挂了电话，她翻着通讯录和微信好友列表。在娱乐圈经营数年，她不是没人缘，但又有谁能大方掏给她几千万呢？钱不是大风刮来的，投资、消费、理财，就算是明星，流动资金在一亿缺口面前，也不过是杯水车薪。

应隐翻完了通讯录，又拨打银行客户经理的电话："我现在名下的房产你是知道的，可以贷多少？"

俊仪已经完全呆住。

银行需要时间才能答复，应隐挂了电话，对俊仪笑了笑："怎么？吓傻了？"

俊仪跪到沙发上："我觉得我对你关心不够，你发生了什么事，做了什么决定，我都不能及时发现。对不起。"

应隐抱一抱她："没关系啊，一切还是很好的。"

俊仪没看见她微红的眼圈。

在娱乐圈十二年，落得这样四处借不到钱、赎不了身的下场，也是一桩幽默事了。应隐自嘲自乐，闭上眼伏在沙发靠背上，雪白的身体被四周的金线刺绣抱枕埋着，金灿灿又重彩的苍白，不知道是天鹅濒死，还是蚕蛹等待破茧。

这天宁市降温，外面灰蒙蒙的。缇文一进了屋，先在空调暖风中松了口气，才奔上二楼。一推门，里头一股死寂，如同世界末日。

她脱下大衣，思索了一路的开场白全丢了，单刀直入地说："我有件事要宣布。"

剩下的两个人无精打采："哦……"

"我准备自己创业了。"

应隐眼珠子动了动："你要辞职吗？"

"我要辞职，然后——"缇文认真地说，"应小姐，你有没有考虑过自己单干？"

俊仪："她考虑过，她没钱。"

"我有。"缇文面容坚毅。

应隐心如止水："快过年了，你不理财，财不理你，好好存着……"

"不，我下午见了一位投资人，他对我的生意很感兴趣，所以投了一大笔钱，加上我自己的——应小姐，我可以为你付清违约金。"

应隐掀一掀眼皮："一亿……"

"一亿五千一百万，我能出八千万。剩余的七千一百万，应小姐，我相信你是有的。"

"我没有。"

"你不妨打开账户看一眼。"缇文坚持道,"就看一眼。"

应隐不动,小管家俊仪帮她动了,她用手势密码解锁,惊呼一声:"哇,你现在有七千多万!好多钱!我再数一遍!"

应隐一把抢过手机,蹙眉翻看出入账记录。上午有笔两千万的打款,她睡过去了,没注意。

她两手握着手机,深吸一口气,瞳孔闪亮:"财神爷显灵!"

缇文也跟着一笑,一手扳开手提电脑:"这是我昨晚为你设计的方案,综合了目前你手上所有的项目剧本、通告、综艺、代言,以及辰野的艺人队列,市场竞争对手这两年的业绩口碑起伏。"

应隐一脸困惑。

"还有就是,我查询了过去十年来,娱乐圈所有解约案例的判决书和庭审记录,虽然按照合同,我们要掏一亿五千万,但是我有把握帮你谈判,或者说请律师帮你争取到一亿以内。当然,前提是你愿意,因为一旦开撕,场面会很难看。"

"还有这份表格,是我收录的公开对你表示过欣赏的台湾、香港导演,以及他们近几年的项目表现、在海外电影节上的口碑和影响力。不过这个不急,因为我认为栗山的项目不可错过,值得你为此留出档期。"

俊仪呆若木鸡:"缇文,你这几天晚上不睡觉,就是在弄这个?"

缇文瞥她一眼:"如果囤石油,我不仅要去公海上漂半年,还得跟索马里海盗枪战,跟这个比起来,我宁愿花几个通宵做PPT。"

虽然下午去见商邵,对他做了为期半小时的汇报以后,他只言简意赅地赐了四个字:"花里胡哨。"

缇文把电脑丢给俊仪膜拜,而后对着沙发上的应隐半蹲下,诚恳道:"应小姐,我一直在找一个我自己感兴趣的领域,我觉得艺人经营和影片制作很有意思。不知道你愿不愿意给我这个机会?我们两个分别出资八千万与七千万,那一千万就当作我的诚意,我们五五分账,一起重新开始。"

一个年轻人的行事作风,一定会被她所崇拜的人深深影响。

应隐眯眼看着缇文,觉得那股强烈的熟悉感再度涌上来。

当时在储安妮的工作室,她建议自己选 Musel 时,也是如此头头是道、气定神闲、胜券在握。

应隐冷静地说:"你要跟我合作,首先得告诉你我你的真实身份。"

Chapter 01

"我姓庄,香港人。"缇文说得再简单不过。

人事录用手续都由HR经手,应隐没有过问,竟不知道原来她是香港人。应隐是豪门通,缇文只说了这六个字,应隐便明了了。

俊仪一头雾水,又莫名其妙被震慑到。

她肃然起敬地学一遍:"我姓程,内地人。"

应隐点点头:"你母亲姓商,是上一辈的商家三小姐,商檠业是你的舅舅,商邵……是你的表哥。"

"表哥说……"缇文迫不及待想解释。

"所以,你会对商邵那么熟悉,知道他几时去相亲,知道他谈过什么女朋友,秉性脾气如何,闻得出他的香水味。你给我当执行经纪,我的高定出问题,是你通风报信,所以他才带我飞一趟欧洲。还有呢?你还监视了别的吗?"应隐冷着脸,不算咄咄逼人,但气场强,让人心口滞闷。

"我给你当执行经纪,是你邀请在先,我心动在后,虽然讨教过他的意见,但他那时绝对没别的心思。"缇文对天发誓。

应隐冷笑一声:"没有别的心思?你也信。"

缇文一呆:"邵哥哥确实是正人君子,家风端正,应小姐你——"

"家风端正,包括在车上玩女明星吗?"

缇文无言以对。

应隐一根手指戳戳她肩膀:"你表哥表里不一,金玉其外、败絮其中,禽兽不如,人模狗样,人面兽心!你说,他同意你来当经纪人,有没有居心叵测、居心不良、步步为营、心机深沉?"

商邵一手挽大衣,另一手夹烟,听了这一连串精彩成语,垂首笑了一下,鼓起掌来。

房内三个女人都是一僵。

缇文硬着头皮说道:"院门没关……"

商邵走了几步,穿着黑衬衫与西裤的身影出现在房门口。

他形容散漫,眼底带着未尽的笑意:"缇文的表哥不止一个,不知道应小姐你说的是哪一个?"

不大的卧室内缭绕着淡淡的香烟味,与原本的小苍兰香氛交织在一起。

应隐半倚半卧在贵妃榻上,怀里抱着抱枕,一只胳膊肘挂着,嘴里轻轻咬着葱尖儿似的指甲,就是不看他。

赌气着呢。末了,她冰冷干脆地说一句:"谁玩女明星说谁。"

当着两个外人的面给他甩脸色，可见气性非同寻常。商邵心里了然，吩咐道："缇文，带小姑娘出去。"

小姑娘程俊仪还眼巴巴地望着两人间的暗流涌动，冷不丁被缇文一拽胳膊。她低声道："走呀！快走！"

卧室门是白色的法式对开门，"丰"字格中镶水纹玻璃，透着人影。缇文拎走了俊仪，又体贴地将门给关上了，咔嗒一声落了锁。

这是商邵第一次进应隐的卧室。灰黑色的罗马假日床，纯白色荷叶边四件套，临窗摆一张绿丝绒贵妃榻，黑丝抱枕上的金线虎绣栩栩如生。

卧房面积不大，一目了然，但大约能体味到她的生活品好。外头天冷，没阳光，百叶帘半垂下，映出很淡的光影。百叶轻，被空调风吹得晃悠，连带着那映下的一条条老虎光纹，也跟着在地板上浅动。

其实不过一个呼吸的工夫，短得商邵还没将大衣放下，应隐却先坐不住了。她起身下地，走得目不斜视，经过商邵身边时果然被他顺势扣住："没让你走。"

还真是会反客为主的男人。应隐冷冷"哼"一声："这是我的卧室，我是要打开门请你走。"

她最近总是你啊你的，叫商先生的时候越来越少，也不叫什么阿邵哥哥。

商邵沉沉看了她两眼。看够了，掐烟扔大衣，将人一把打横抱起。

"你干什么？"应隐脚尖勾着穆勒鞋，面色惊慌。

"哄你。"

轻慢的两个字，冰糖渍进话梅里。

商邵将她稳稳地在床上放下，目光锁着她，手往底下伸去，将拖鞋从她脚上摘走，继而重量压下，身体带着体温覆上来。

"那辆玩具车，你买的？"

"什么玩具车？"应隐别过脸。

"够你开下山吗？"

"哼，可以开三百公里。"

她头发浓密，蓬松柔软地堆在颈侧，像一蓬乌云。商邵撇开这蓬云，看着她珠贝莹润的颈项和耳垂，将脸伏下，鼻尖抵着她耳后。

昨晚上没睡个整觉，今天记挂她，又料想缇文是搞不定的，因此一整天都提着精神，将会议公文都加紧处理好了，才能在这下午三点多的光景来见上她一面。

应隐被他鼻尖抵得痒，想躲，但躲不了。商邵笑一声："不借你钱，真的就这么生气？"

"不生气。"应隐嘴硬着，但鼻尖一酸。

要不是走投无路，急于脱身，她会想到跟他借钱吗？以她高傲的性子，做了不知几天的心理建设才开得了口，到头来却被他拒绝。

委屈是其次，多半还是难堪。这种难堪并非来自丢脸或羞耻，而在于认清了自己对他的一厢情愿。男人是靠不得的，再有钱的也一样。

商邵拧过她的脸，神色平静，不疾不徐地讲着："早上康叔给了你两千万，就当作是合同预付金，不算你借我。这样你跟缇文出资比例相当，解了约后，工作室的启动、新电影的投资也有余裕。律师我已经帮你找好，他是咏诚的合伙人，你可以放心交给他。"

"你给了缇文多少？"

"她自己有三千万，我给了五千万。"

"你要当我老板？"

商邵笑一声："你跟她五五持股，这里面没我的事，等她赚了钱，五千万按利还我，这样你放心了？"

"所以你可以借给她五千万，却不能借我。"

"你跟她比？"

话一出口，应隐蓦地没声了，连带着呼吸也似带有重量地往下沉。

商邵迟迟没有说话，不带情绪的双眼半眯着，似乎在探究她。末了，他徐徐地问："缇文是我表妹，你觉得，你可以跟她比？"

一股酸涩直冲鼻腔，连带着的还有铺天盖地让人浑身都烧起来的羞耻，或者说耻辱。

在这种耻辱中，应隐却倏然想通了，灵台清明，茅塞顿开。对啊，他没有义务借给她，或者救她于水火。帮是情分，不帮是本分，她怎能因为他不借钱，就迁怒于他？她更不该不自量力地跟缇文比。表的堂的都是一家，拿着香港身份证，说着香港话。

她跟缇文比，多少是有点摆不清自己的位置了。

应隐想通了这一层，心情平和起来："商先生，你别误会，我只是想，预支七千万虽然理亏，但也不是没先例，何况我们有合同在，我又是公众人物，无论如何都不会赖账的。此外再借三千万，我原本想，对商先生这样的人来说，无非是漏漏指缝的小事。"她笑一笑，"是我想得太简单了。不过我刚刚重新盘点了一下，我昨晚少算了一千万，账户里其实差不多有六千万，柯老师再借我两千万，银行贷我两千万，这就一亿了。我还有别的投资可以转手，房子、酒庄、铺面、写字楼、股票、基金，没问题的。"

"你还没回答我。"商邵对她这一堆明事理的台词都视而不见，径直问，"你觉得你在我心里，可以跟缇文比？"

应隐别过目光："我不觉得，刚刚只是一时口快，别笑我了……"

商邵拂开她的额发，洞悉的目光看得她身体轻颤起来。过了会儿，他低下头，如气氛所预告般地吻住她。

应隐被他吻得想哭，手握成拳，负气地在他肩上又推又打了数下，冷不丁被他一把扣住，按到了枕上。

枕头柔软，她手掌和小臂都陷进去，掌心被商邵拇指有力地抵住。

他吻得很强势，应隐泄了力气，身上冒出一股薄汗，睡裙也卷到了小腹上。

商邵贴着她，鼻息湿热地笼在应隐耳廓，字句也很低哑："应隐，下次可以换个更重要的人比。"

应隐一愣，激烈的气喘还没停下，胸腔里又随着这句话鼓点擂擂，弄得她耳朵内外都是声响，仿佛耳鸣。

商邵再度吻她，这回捞起她，将她整个贴抱进怀里，手掌压实她脊心，吻得人像折颈的天鹅。

卧室对开门的水纹玻璃外，人影晃动。

俊仪压着声音："怎么不吵架呀？也不摔东西？我还等着进去劝架呢。"

缇文："对啊，怎么不吵呢？在讲道理吗？"

"哄人的时候讲道理？"俊仪颇为了解应隐，"我们小隐不吃这套。"

缇文："表哥跟别人不一样，他总有办法跟你讲道理，不听也得听。"

屋内潮热，各种香味氤氲，密不透风的，应隐觉得喘不上气，面红耳赤。她是吃不消了，恳求商邵放过她。

连着坦桑尼亚的两晚，她的身体就没休息过，总疑心自己会缺水。昨夜在他别墅，真丢不起半夜让用人来换床单这种脸，在她语不成句的央求下，商邵才大发慈悲地抱她进了洗手间。

他的洗手间通透明亮，一气贯通的大理石台面五米长，上面是同样长度的高清银镜。镜子里，她发丝凌乱、衣不蔽体，浑身哪处都在颤，而他却齐整地穿着黑色睡袍，脸上不辨喜怒，充满一股危险的掌控欲。

好难堪。应隐当场哭了。如果不是这么过分，早上又说不借钱，她也不至于气得当场就走。

Chapter 01

应隐此刻被禁锢着吻着，想到这点，刚刚抚平的气又冒了出来。可是她也没有多余的力气把人推开，只能转开脸，躲过他的吻，尾音轻颤，哼着叫他。

商邵漫不经心地"嗯"一声。

"我……我还在生气呢……"

商邵的动作和亲吻都停下来："还在气什么？"

"你把缇文安插到我身边，给你通风报信。"

"这个位置很重要，我不放心别人，何况如果不是她过来了，你的合伙人还没着落。"

"你这是因果倒置。"应隐终于看准时机，翻身下了床。

睡裙薄，掩不住她胸前风光，看得商邵目光晦暗。他沉舒一口气，拧了拧领带："当时没想别的，缇文也没有背叛你，别怪她。"

应隐扯起一张毯子裹住身体，要推他出门。

商邵脚步没动，看样子是有些疲倦，俯身紧抱了她一会儿："最近很累，原本是想在你这儿睡个午觉的。"又亲了亲她耳廓，不知道是无奈还是惯她性子，"如果实在很怪我，就冷静一两天，气消了再找我。"

这次不等应隐再赶，他主动拎起大衣，走至房门口。

门被拧开，一直试图听墙角的两人立刻"咳咳"两声，像两只麻雀般分头跳开。

这屋子隔音好，应隐心里有底，镇定地拂一拂乱发："送商先生下楼。"

俊仪"哦"一声，打量商邵。领带确实有些乱了，熨得笔挺的黑衬衣也起了褶，让人想歪。

应隐瞥了眼缇文："庄小姐也一起走吧。"

缇文瞪大眼睛看她表哥，商邵揽过她肩："让应隐好好休息，别打扰她。"

脚步声从二楼至楼梯沉下，渐远，一路到了院子里，引擎声响起。

司机热着车，商邵手挽大衣驻足，略略抬眸望了一眼。

二楼窗前没有人影，只有半扇百叶帘依旧遮着。

缇文跟他一前一后上了车，脑子里忍不住就想起应隐那句"包括在车上玩女明星吗"。天啊，这迈巴赫到处透露着一股……淫靡的气息！

她眼神乱瞟，商邵让她安分点。

"你不是说交给你吗，原来你没想好怎么哄啊？"缇文哪壶不开提哪壶。

商邵眉心微跳："闭嘴。"

"你不会耽误我生意吧。"缇文已经操心上了。

商邵睁开眼眸，语气寡淡："我的那份哄好了，没哄好的是你那份，你自己想办法。"

缇文是个行动力强的，隔了一天，她换上全副大小姐装束，拎上她最便宜的公文包——爱马仕黑金，开着两百多万的奥迪小超跑登了门。

俊仪挂着扫把在门口，趾高气扬："哟，庄大小姐来了。"

缇文将她轻轻一瞥，轻快地说："走开，自己玩。"

她这次是带着律师的建议过来的，敲了门，应隐正捧着一杯热茶坐在窗前。听到动静，她毫不惊讶，径直问："如果我不想跟辰野撕上法庭，你有什么办法可以谈到一亿？"

缇文一怔，松了口气："你不生我气？"

"是我邀请你来的，这是我们的缘分，与商先生无关。"应隐放下茶杯，"说说你对工作室的想法。"

"我这个人不算长情，所以现在只想把你一个艺人经营好，将来如果你能走通自己的路，而我又对这行还有兴趣，我才会考虑运营别的艺人。除了艺人经纪，我还准备在香港另外注册一间公司，为我感兴趣的电影项目投资，当然，它也主要是服务于你，所以今后你会是带资进组的影后。你可有意见？"

应隐笑了笑："我没意见，只要你有钱。不过这样的话，你的业务不就跟你另一个表哥重了吗？为什么不直接跟商陆合伙呢？他的三月影视这几年没少赚。"

"那你又为什么不干脆去柯屿的工作室呢？据我所知，柯屿在三月影视也有股权，你们又是密友，你又何必大费周折要自立门户？"

应隐歪了歪脑袋，对她伸出手："合作愉快——如果你能搞定辰野的话。"

三天后，麦安言接到了来自香港咏诚律师事务所的来电，对方表示要就应隐解约一事来跟他谈谈。

麦安言恶狠狠地抽着烟，固执地强调他会与应隐本人沟通。

挂断后，他首先拨通电话给辰野第一大股东汤野。

虽然汤野已经退居幕后很多年，手边又有太多能赚钱的产业，对辰野差不多快到了放任自流的边缘了，但应隐是公司最重要的艺人资产，麦安言必须把这个消息通报给他。

第二点不足为外人道的理由是，他的顶头上司、辰野的执行总裁与他素

Chapter 01

来不合,麦安言打心底里不服他。

汤野抽时间听了他的汇报,语气毫无波澜:"小隐是个懂事的,又看重钱,她肯掏一亿多的违约金,说明公司把她逼到了这个份上。"

"主要还是从宋总那儿开始……加上最近公司推小阮,委屈了她。"

"嗯,他的作风我知道。"汤野不置可否,转而问,"你争取过了?"

"上次星钻之夜,我想跟她推心置腹谈谈的,她没给我机会。后来我又找了……柯老师。"麦安言吞咽一下。

汤野听到这名字,不意外。静了半晌,他笑一笑:"他不会帮你劝的,你是无头苍蝇,自乱阵脚。"

"我不能放她走,公司也不能。"麦安言斩钉截铁。

"放了吧。"汤野简单地说,"一亿就一亿,不要紧。"

"汤总!"麦安言听了这轻飘飘的三个字,从椅子上噌地弹了起来,"不能放!十二年,你舍得,我不舍得!我可以弥补回来,她想走什么艺术路线……"

汤野淡漠地打断他:"小言,早知今日,何必当初。十二年好聚好散,你让她有空见一见我,就当是朋友道个别。"

他没什么谈兴,交代完就挂了电话。麦安言两手扒着办公桌面,头低了很长一阵子。

走出办公室,他敲响了执行总裁的门。

执行总裁姓赵,喜欢别人叫他 William 赵,土生土长的宁市人,不过爱称自己是香港居民,善于钻营,思路比麦安言更为商业。公司弃大银幕保小荧屏的战略路线,就是他提出并拍板的。他对应隐的评价不高,曾在公司内部会议上直言,一年在电影院里见她一次,观众早厌了。

William 赵额阔面方,却有一双单眼皮的细长眼,给人感觉很违和。

麦安言略过了跟汤野越级汇报一事,把应隐的解约要求讲给他听。

"可以,合同怎么写,就怎么来。"他很爽快,顺便问,"你之前是不是提过,她谈恋爱了?"

"是。"

"这一点上,没有追责空间?"

麦安言震惊了一下,理清头绪,镇静劝道:"没必要,William,我们的经纪合同以及商务合同虽然有道德约束条款,但三方约定的是,只要不闹到公众台前就好,私底下谈无所谓,何况她还跟公司报备了。"

说话间,助理南希来电。"微博词条说有当红小花被拍到新恋情,要不要关注一下?"

现在狗仔营销号爆料前,都有个预热喊话过程,一是为了吊足"吃瓜群众"的胃口,二是预留出公关时间,要是封口费谈得拢,那自然是勉为其难地浅赚一笔。

但是现在网友也不吃这套,说是当红小花,也许是个野鸡十八线,说是顶流,其实就是个常驻综艺咖。

评论区一水儿的冷嘲热讽,威胁他:"你最好是真的拍到了当红小花和资本大鳄,别到头来给我搞个十八线和县城房地产商。"

麦安言看了片刻,察觉到对方的用词是"当红小花"和"资本大鳄",并扬言"本条不接受公关,绝对扬名立万,一战成名"。

William 赵也看了,沉吟一会儿:"公司还有谁谈了恋爱?"

"阮曳和宋时璋。"

"这个宋时璋……算了,不会是他。"William 赵做了决议,"宋时璋有自己的传媒集团,如果被拍到,应该早就压下了,走不到爆热搜喊话的阶段。"

"但也可能是应隐。"麦安言提醒他,"她的男朋友身份也不一般,她之前上了超级游艇,靠的就是她男朋友的人脉。"

"那正好。如果是她被拍到,那么第一个是商务代言全解,我们可以进行资源再分配,第二个是道德约束条款也可以利用起来了,这方面索赔的空间是很大的,加上解约金和赔偿金,能不能谈到三亿?"

麦安言心里咚地跳了一声,不得不说实话:"William,我刚刚跟汤总打了电话,他的意思是一亿放人走,没必要搞得那么难看。"

"汤总不关心这些,不过我身上是背着 KPI 的,年末财报好不好看,怎么跟股东们交代,那可都是我的责任啊。"他牵扯起面皮一笑,拍了拍麦安言的肩膀,"何况我们也没做什么嘛,只是没及时公关而已。想开一点,万一拍到的不是她呢?"

麦安言回了办公室,抽了三支烟后,才拨出应隐的电话。

"律师找过我了,我也找过汤总了,他放你走。不过我问你,你跟你男朋友,有没有被人拍到?"

应隐也看到热搜了,但她丝毫没慌,如实而带着丝讥意地说:"我不知道。"

她确实不知道,这上面的两个人,究竟会是她和商邵,还是阮曳和宋时璋。她等着跟麦安言和阮曳一起开牌的时刻。

Chapter 01

"公司已经决定了,不会提前公关。"

"那很好,我也习惯了。"

"小隐……"

"别这样,安言,我们以后还可以做朋友,逢年过节常往来。"应隐爽快地说,"祝你一年更比一年高。"

营销号预告的时间是晚上六点。与此同时,一同上热搜的,是星河电影节完整的提名名单,以及明天颁奖典礼的词条。

应隐没有奖项提名,明天是作为颁奖嘉宾出席的。储安妮为此给她选了身正红色的晚礼长裙,十分典雅出众。

挂了麦安言的电话,应隐跟缇文击了个掌,又各自窝回沙发椅中,梳理着她名下所有的商务代言和邀约影视项目。

"不过还是不要提前开香槟,因为如果热搜爆的是我的话,我们省下的五千一百万,恐怕又要打水漂。"应隐抬抬眼神,虽然如此提醒,但神态不见紧张。

缇文却不担心:"我想,一定是阮曳和宋时璋。"

"为什么?"

"因为他的传媒集团虽然很厉害,但并非没有对家,兴许……这个营销号,恰好是他对家旗下的呢?"缇文抿唇一笑,"爆料的一定是个聪明人。"

应隐一笑带过:"借你吉言了。"

她醉心新事业启程,没有闲心玩手机,以至于商邵问她要不要来看小马时,迟迟都没收到回复。

三天了。现在已经是第四天。

小马原本在草地上欢腾着,但它身边的男人气场实在太过阴沉,以至于两岁的它懂得了太多不该懂的人情世故。看着他的脸色,Rich 的四只蹄子嘚儿嘚,嘚儿嘚,一声声慢了下来。

商邵等了十分钟未果,改微信为电话,拨到勤德总裁办那里。

电话里的声音冰冷不耐:"明天电影节,原计划谁去?"

「想见你是安排,真的见到你是天意。」

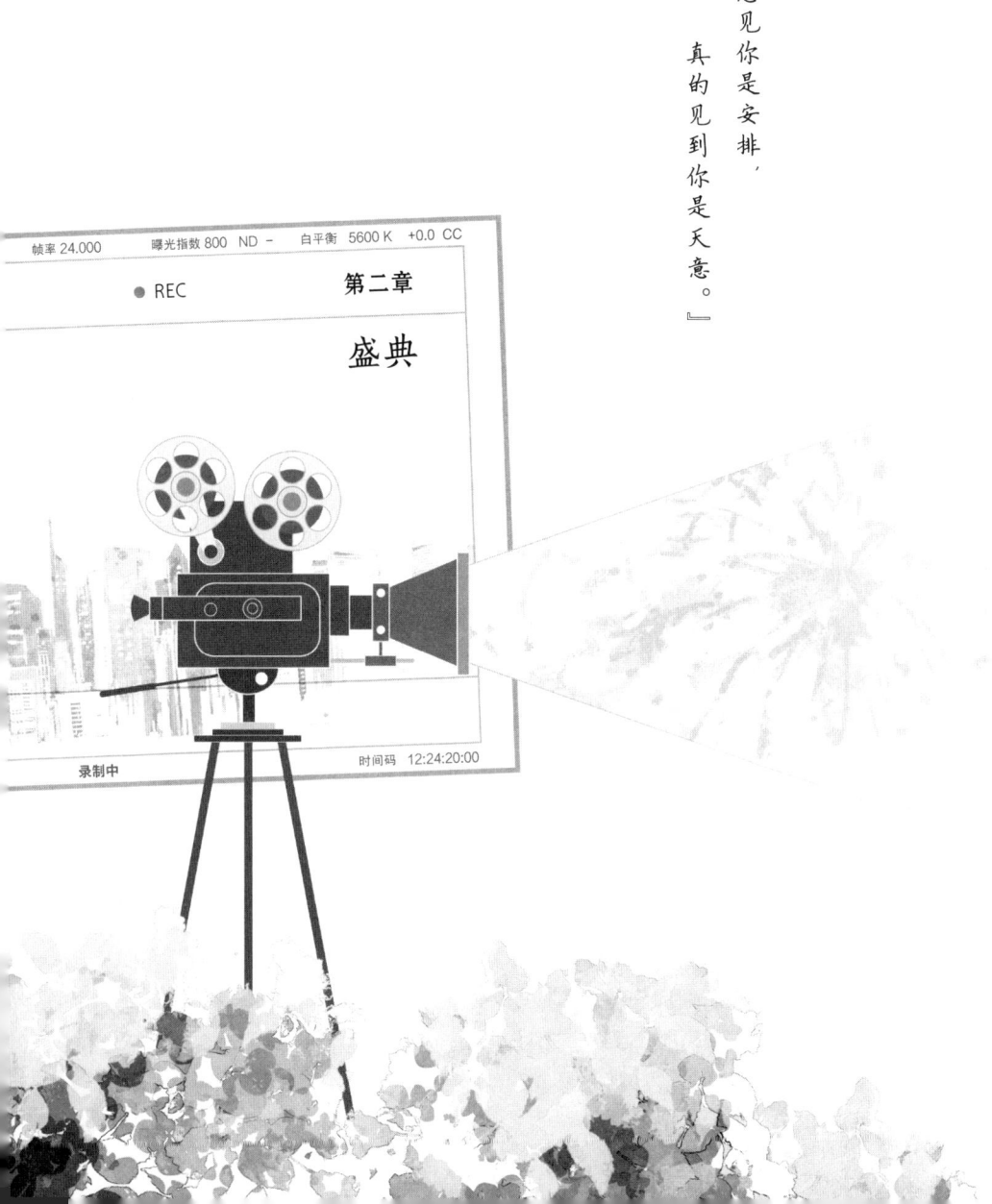

第二章 盛典

勤德原本的几百号人，佛系得可以直接去寺庙敲木鱼，现如今太子爷亲临常驻，虽不怎么直管，但上至总裁下至扫地阿姨，到底还是有所顾忌。

金渊民，勤德一把手，向上管理的佼佼者，揣测圣意的智多星，高调做事、低调做人路线的忠实践行人，终于决定在这个年末搞个大的，让太子爷和董事局都看一看他们铿锵的进取心。

"我们勤德就是太低调，怎么说也是宁市房产前二十龙头企业……"

"金总，二十位的龙头是不是有点长了？"

"……总而言之，星河奖这个赞助可以有。"

按星河奖主办方提供的赞助招商企划，赞助企业的Logo将出现在明星签名板上，在直播时全程露出，此外还有主持人口播、红毯介绍、派代表作为颁奖嘉宾等待遇，更特殊的是，电影节结束后，还有一场明星扫楼互动。买词条、冲热搜，品牌部今年的KPI直接齐活了。

这桩事不需要向集团报批，流程走不到商邵那儿，金渊民只在上一周的员工食堂日跟他顺嘴提过。他想着是先垫垫底儿，到时候出成绩了，再来发喜报邀功。

但金渊民没想到，太子爷对这事还挺上心。

"主办方那边要我们派一个代表出席，点将一圈，没人敢上，最后只能我忝列参加呀。"

他讲话文绉绉，听得西服店的老裁缝都要笑起来了。

"明天几点？"商邵问。

"红毯直播是下午三点开始，颁奖典礼在八点。"

"我去。"

"啊……啊？"金渊民西服脱一半，慌忙找补，"邵董，这个活动和我们赞助的级别完全不需要您亲自出席，而且流程太长，很浪费您宝贵的时间！"

"不浪费。"商邵公事公办地交代，"你把活动rundown（流程）发给Cassy，有什么细节也一起对接给她。"

Cassy是他董事办的行政助理，与康叔的工作互补。康叔多负责私密事务和应酬类的行程,琐碎的公事安排就交给 Cassy 来操心。

通完电话,金渊民看着穿衣镜中腰不算粗、腿不算短、头不算秃,勉强可称玉树临风的自己,不禁悲从中来。

枉他还加急定制了套男士礼服。

Rich 在一旁静止不动了半天,见眼前男人挂了电话,才凑到他跟前卖乖。

一匹小马还能怎么卖乖呢?它四蹄朝上,很卖力地打了两个滚。

商邵跟着蹲下,面无表情地看它作态。

半响,玉骨似的手伸出来,在它额头轻点了点。他冷淡地说:"你真系嘥心机,冇人中意你,你明唔明?"[*]

Rich 才两岁,听不得没人中意它这种鬼话,蔫头耷脑地被饲养员牵走了。

过了快一个小时,应隐才有空看手机。

她没胆量对金主的微信消息视而不见,措辞十分体面:"最近比较忙,Rich 有商先生照顾,我很放心的,就是给你添麻烦了。"

这语气比对前同事还不如,商邵眯了眯眼,一时很想问她前几天是谁把他主卧的镜子弄脏的。但他没回。

康叔跟行政助理 Cassy 通完了电话,到处找商邵,最后在书房里看到他在写毛笔字。

宣纸落了几张,康叔弯腰捡起,上头写着"惠风和畅"。

这四个字字形极美,意境令人如沐春风,但写字的人散发出的气场却是风雨如晦。

"点?"[**] 商邵走完最后一笔,将毛笔轻轻搁下,波澜不惊地问道。

"Cassy 把流程安排发过来了,有一点小问题。"

商邵拣起一旁的热毛巾,慢条斯理地擦着手,问:"什么问题?"

"赞助商需要走红毯,以及当颁奖嘉宾,活动是全国直播的,所以……"

商邵不常活跃在媒体面前,高级别的活动由董事局主席商檠业亲自出面,其余的活动,自有各分集团的一把手及新闻发言人出镜。如此大张旗鼓,实在不符合他一直以来的行事作风。

---

[*]　你真是白费心机,没有人喜欢你,你知道吗?

[**]　怎么了?

"用金渊民的名字。"商邵冷淡地说，"名义上还是他出席。"

康叔点点头，帮他把宣纸铺好，商邵又吩咐："都扔了，写的什么东西。"

康叔心想，你还知道这四个字被你写得杀气腾腾啊……

"Rich怎么样？"

"刚玩够。"

"派辆车，送到应隐那儿。"

康叔："……"

"她不是忙吗？送过去见一面，玩够了再带回来。"

"你亲自送过去？"康叔为他感到欣慰。

多聪明的台阶，多自然的示好，就算是雪山也该消融，就算是坚冰也该融化……

商邵扔下白毛巾，冷冷瞥他一眼："没空，我也忙。"

Rich出远门，乖乖跪坐在一台厢式货车上，直到马脖子都累了，才到了应隐家。

车厢门解锁，饲养员牵着它进院子，马蹄声在青砖石的院子里清脆响起。

应隐惊喜地喊了一声，蹲下身抱住它，心里扑通扑通跳，迟迟不看驾驶座的人，可是过了会儿也没再见有人下车。再过一分钟，车子干脆就掉头出去了，停到了院外坡道旁的那棵桃花心木下。

"商先生他……"应隐以指为梳，边捋着小棕马的浅金色鬃毛，边装作不经意地问道。

"哦，"英国来的饲养员说道，"他说他忙，没空。"

缇文一个头两个大，赶紧把小马缰绳塞到俊仪手里："俊仪，你陪它玩。应小姐，我们该等热搜了。"

热搜在晚上六点准时揭晓。

"阮曳宋时璋"词条迅速冲上高位，直至带着"沸"字上了榜一。

爆料的营销号发布视频，画面模糊但场景完整，配的旁白也很损：

十一点，刚下了综艺通告的阮小花在车上打起了瞌睡，显然已经很困，不过她想睡的地方，完全不是自己那间上过真人秀的百来平小三居，而是位于霞光园第九大道的某豪宅。这是大鳄鱼才能进的地方，我们这种小鱼小虾自然是没资格进去的。

第二章 盛典

　　阮小花想必也很清楚这一点，进了第九大道，下车时大摇大摆，根本毫无顾忌。嗯，不过没人来接她。她自己上了楼，二楼灯亮着，虽然拉着纱帘，但此时已是深夜，除了宋姓大鳄，还有谁能在这儿呢？哎！她自己扑了上去！妈呀，真是会情郎的心情吧，这激动难耐的，我都脸红啦！
　　唉，想宁市这阵子寒流来袭，天寒地冻，大鳄鱼有温香软玉在怀，小花朵有健壮雄躯为她遮风挡雨，只有小编拿着望远镜在寒风中瑟瑟发抖，只能叹人命好喔！

评论区炸锅：

　　哇！小编你很会写呀！
　　视频呢？交出来！我今晚就要看到温香软玉和健壮雄躯！
　　楼上吃点好的吧……
　　健壮雄躯真的有笑到，凑不齐四字可以不凑的。
　　看在阮曳算八线的分上，夸你一句能干。
　　不是，就我一人关心应隐吗？宋时璋不是跟应隐好事将近吗？
　　阮曳当了宋时璋跟应隐的小三？不会吧不会吧，宋时璋眼瞎啦？

没出两分钟，"应隐"也冲上热搜。

　　@应隐，姐，你男人被抢啦！
　　广场别太好笑了，阮绿茶找金主关应隐什么事？别来沾边。
　　恶心，还以为宋时璋真跟应隐好呢，还不是烂人一个。
　　半夜买好事将近的热搜，是应隐在找场子？当时她跟阮曳已经抢上了？谁来捋捋时间线啊？

　　缇文一半欢喜一半愁，又是叹气又是笑："就知道你也躲不掉，怎么样，辰野还会帮你公关吗？"
　　作为准合伙人，她还没为应隐物色好合适的公关代理，一时间也有点措手不及。
　　应隐拿起手机，挑一挑眉："为什么要公关？你太小看网友的能力了。"

Chapter 02

五分钟后,有一位口碑相当不错的娱乐橙V博主发出博文:

突然想起来应隐生日那天的抢饼通稿。大制作,献礼片,大牌扎堆,栗山监制,关门弟子操刀……当时就觉得阮曳作为一个连上星剧都没有的小小花,何德何能啊?现在看来都是真的吧!太狠了阮姐,又抢男人又抢戏,吾辈楷模,膜拜!

评论纷纷赞同:

真的,应姐这波又丢男人又丢工作,怜爱了……
笑死,生日那个通稿绝对是阮姐买的吧,胜利者的耀武扬威吗?有点子恶心呢。
虐了虐了,已被虐成隐粉呜呜……

随后,娱乐大组里高楼平地起。主楼内容是应隐很久以前的一场访谈截图。已经没人记得记者问了什么了,只知道截图的画面是,应隐对镜头微微笑道:"抢我男人,可以,抢我工作,不行。"
楼主:"献上应姐表情包,应姐给我杀回去啊,说到要做到!"
下面跟帖都是"哈哈哈""撕起来""撕得再响些"。
两个小时后,全网有了基本认定:阮曳靠傍大佬走捷径,抢到了她根本够不到的资源,而这份资源原本属于应隐。
拥有多年吃瓜经验的网民们擅于联想,只要给他们一根线头,自己就会越扯越多。很多反常的事件都有了"解释",比如应隐在辰野的待遇下降,辰野金牌经纪人分出极大心力去力捧阮曳,阮曳走上了 Moda 时尚大典的红毯开场……舆论全盘反噬。

咔嚓一声,手机快门声响起,俊仪为应隐和小马拍了张合照。
画面中,应隐弯下腰,与小马额头贴着额头。暮色四合,深蓝色的天,橙黄的灯,寒流从宁市退去,这样的夜晚,确实是惠风和畅。
应隐在八点准时发了澄清微博:

阮曳是我后辈,艺人一切发展路线和工作都由公司安排,她既没有抢我的资源,更没有抢我的"男人"。至于有关我和宋先生私交的各类谣言，长期以来虽然不堪其扰，但澄清显得大张旗鼓。今天牵扯到阮曳，我不得不说，请大家停止散布谣言，我跟他们清清白白，并无瓜葛。

她配了一张图，是她和 Rich 刚刚的合影，宁静优雅，举重若轻。

后援会训练有素、整齐划一，将这条微博转发盖满了广场，营销号随后跟进，将她从这桩闹剧里摘了出来。

应隐并不关心这件事的后续收场，不管是麦安言还是宋时璋，都是打公关战、玩弄舆论的高手，事情总会被他们处理好，事态总会平息下去。但没关系，他们现在人仰马翻就够了。

马蹄声悦耳清脆，Rich 被应隐挽着缰绳，已经绕房子走了五圈。好小，它都绕晕了。

缇文对整个事件的节奏走向叹为观止。舆论的反噬来得快速迅猛，连带着把应隐跟宋时璋的新仇旧恨也一并清了，应隐的姿态却如此云淡风轻，甚至是高风亮节。可以说，整件事一丝一毫的细节都没有浪费，堪称精致。

她是个聪明人，并没有追问应隐有无提前做舆论工作，有没有安排话术，只是似笑非笑地睨着应隐："应小姐，我又认识了你新的一面。"

晚风徐徐，不知哪位邻居在修剪花园，送来新鲜的青草味，令应隐想起塞伦盖蒂草原，以及那个轻描淡写地教她"荣耀杀戮"的男人。

"你还认识得不够。"应隐勾起一侧唇，"缇文，你觉得我做这些，是不是出了好大一口气？"

"是。"

"但是，我不是为了出气。缇文，你要记住，进入这个圈子，要学会的第一件事，就是'以待时日'。每一件事都有它最好的时机，在这个时机到来之前，不必轻举妄动。也许那些日子你会很难熬、很憋闷、很屈辱，但一定要记得，先胜后战，谋定后动，顺势而为。"

缇文怔了一下，目光意味深长："你让我刮目相看。"

应隐轻点下巴："过奖了。"

"我记住了。"缇文点点头，"所以今天，你'以待时日''顺势而为'的是……"

"我说过了，抢我男人，可以，抢我工作，不行。"

应隐回眸，冲她扬唇，笑得明媚："明天举行星河奖颁奖典礼，这之后我约了栗山吃饭。那个女革命者的角色，我要它物归原主。"

Chapter 02

第二天，星河奖的闭幕仪式暨颁奖典礼，在宁市大剧院如期举行。

这是华语电影界的最高奖项之一，历史源远流长，口碑牢固丰厚，每一届入围和获奖的作品都可圈可点，每一次牵头的展映、论坛与创投会，也都成果颇丰。这是华语电影人在每年年末最隆重的盛会。

电影节与那些时尚红毯不同，讲究大气得体而非博人眼球，因此不管带没带作品、有无提名，明星们都收起了争奇斗艳的心思，个个都穿得无比端庄，仪态亦端得无比大方。

嘉宾们在红毯上的逗留时间也很短，主持人口播后，嘉宾上台、签名、合影、点头致意，然后下一位上场。

只有零星的几位有例外，会获得一段简短的采访，譬如协会委员、本届星河奖的评审团、获得提名的剧组和演员们，以及——赞助商代表。

没人敢在电影节红毯上抢压轴，压轴位置都留给了被提名的剧组和那些圈内大佬，应隐在六点前走完了红毯。

进入会场，有专人带领她就座。她的座位在舞台右侧，方便她进出后台、上去颁奖。

"应老师，咱们今天要颁的奖有两个，一个是最佳女演员奖，一个是最佳原创编剧奖，时间大概会在八点半，一前一后，辛苦您。跟您一同颁奖的嘉宾是我们的赞助商代表之一，等会儿我会领他过来。"

可容两千人的剧院内，红丝绒靠背椅在灯光下雍容华贵，每一张椅子上都放着写有嘉宾名字的香槟色卡牌。

应隐身旁的那张卡牌上写着"金渊民"三个字。

"给我安排陌生人合作啊，"应隐揶揄她，"到了舞台上尬住了怎么办？"

"哪里，"电视台被抽调来的小姑娘还算机灵，"就是知道您一定能 hold 住，才这么安排的，加油！"

应隐笑了笑，起身去跟相熟的电影创作者们打招呼。

场外，红毯走秀渐至尾声。

镜头前的男人着一身黑，全身仅手腕上戴了一只腕表，但这表看上去也十分其貌不扬，除此之外唯一的饰物，便只有鼻梁上的一副银色眼镜了。

他签名的时候显然是有卡顿的，写了两笔后想起什么，才半道改为"金"字。将马克笔还给礼仪小姐时，轻轻颔首说了声谢谢。一把好嗓音，一派好风度，纵使身上充满距离感，也让人脸色一红。

"金先生今天是作为勤德置地的赞助商代表出席，既然到了现场，那在这么多获得提名的作品中，有没有您特别喜欢的作品呢？"主持人是电影频道的当家花旦,端庄地微笑着问。

本来最后都没剩几个流量明星了,观众散了不少,但这会儿,弹幕又重新热闹起来:

> 金总我可以!
> 我去,好有气质,腿好长!
> 勤德置地是吗,校招我来了!
> 可以说吗?手控病犯了……
> 禁欲的手!
> 大佬气场好强……怕了……

缇文密切关注着直播,看到商邵登台,直接一口水喷了出来。

康叔也在看,毕竟这是千载难逢的机会,但面对这些弹幕,老人家觉得有些许吃不消了。总有种在看他家大少爷游街的感觉……十分痛心!

商邵很少看电影,不过主持人既然问,他便颔首,以优雅沉缓的语调,雨露均沾地答道:"都喜欢。"

> 虽然敷衍,但又让人觉得真诚……
> 大佬说什么都有分量,我懂了!

主持人临危不乱:"那请您为全体电影人送上一句祝福吧。"
商邵从不在别人场子里喧宾夺主,简短地说:"祝中国电影越来越好。"

> 虽然简单,但又让人信服……
> 这就是大佬吗,我有点悟了。
> 怎么说呢,也不是没见过总裁,但好像跟他不太一样……
> 大佬有点鹤立鸡群了,别的赞助商代表一比之下好接地气啊!
> 啊啊啊那个表!六百多万!
> 大佬凭亿近人……
> 凭亿近人凭亿近人!
> 换个思路,这么低调,也许是大佬最便宜的表……

跟主办方的评审团们合了影后,商邵先行下红毯。

Chapter 02

走红毯没什么,这些场面比各个国家首府的接待仪仗要儿戏、随意得多,但到底有太多镜头,闪光灯闪得人心烦。商邵转了转腕表,压下眉宇间的不耐,对前来接待的工作人员颔首致意:"辛苦。"

小姑娘大气不敢喘,心想这位大佬怎么气场如此有压迫感,比那些巨星还压得人抬不起头。

一路战战兢兢地将他送往落座区,她讲话都带起抖了:"金先生,这是您的位置,您今天要负责颁发的是……"

她把跟应隐说过的话,原封不动地跟他重复了一遍,末了,续道:"跟您一起颁奖的是应隐女士。"

话说到这儿,正好走到座位旁。两人的脚步齐齐站定,应隐只听得一声女士的细跟高跟鞋声,以及一声男士的皮鞋声。那皮鞋声像敲打在她心上,她下意识抬眸望去。

西装裤包裹的腿很长,黑衬衫质地考究,领带的温莎结饱满优雅,再往上,目光经过喉结、下颌,至鼻梁,最后落入一双她这几晚总做梦梦到的眼中。

她浑身紧张僵硬,噌的一下就起立站好了。

红色晚礼裙的裙摆跟不上她的速度,在座椅边摩挲一阵、晃荡一阵,才落了下来。

商邵面无表情,透明镜片后的眸色深沉,没有透露出半丝情绪。但他身边的工作人员可以明显感知到,这个男人的气场松弛了,不像刚才那样烦躁不耐,好似为谁温和地沉了下去。

虽然十分沉迷于他充满洁净感的香水味和气场中,但流程还是要走。小姑娘提起精神,介绍道:"金总,这位是应隐,应老师,星河奖最佳女演员。"

她又转向应隐:"应老师,这位是勤德置地的总裁,金渊民先生。"

金……金……

商邵伸出手。"应老师,"他字字沉稳,"幸会。"

他叫她"应老师",这样端正的口吻,这样一本正经的客气与珍重,很要命。

应隐深吸一口气,堆起甜美的笑容,握住他指尖,蜻蜓点水般地捏了一下:"金总,很荣幸。"

场外,红毯迎来了本届电影节的会长和副会长,两人携手走过镜头,宣告红毯到此结束;场内,颁奖典礼开幕在即,会场灯光已有序调暗。

两人比邻而坐。应隐十分专注地翻着主办方放于每个座位的折页物料，心里打着鼓："商……金先……金……"

"不准叫金先生。"商邵淡淡地说。

"金总怎么来了？"应隐小声问。

"巧合。"

应隐将折页翻出了声响，似有意见："这么巧？"

商邵真心实意地回答："确实没想到这么巧。"

他本来还在想到了会场后不知如何才能逮到她，哪里想到剧本如此合他心意？

"真的不是你安排的？"应隐撇过脸，有些孩子气地抿着唇，但双眼明亮，似甘愿不信，想听他否定。

"安排了一半，另一半是天意。"

"哪一半是安排，哪一半是天意？"

随着灯光沉下，会场的嗡嗡声也默契地小了下去。

在没人看得见的角度，商邵对应隐略抬了下手指。两人光明正大地交颈，但保持在社交礼仪的界限内，仿佛只是为了不打扰别人。

应隐耳廓温热，渐至发烫。她耳中的声音低沉，在今夜只为她温柔。

"想见你是安排，真的见到你是天意。"

恢宏隆重的管弦交响乐响起，大幕拉开，主持人登场，星河奖颁奖典礼正式开始。

现场除大屏外还有几块分屏，随时切换会场内的画面，镜头冷不丁就会给到这个前辈那个影后的，尤其是前几排的嘉宾们，无不是演艺圈内举足轻重的投资人和创作者，更是正襟危坐，随时恭候镜头造访。

应隐端坐着，不敢轻举妄动，就连视线也不斜一斜，谁得奖了她鼓掌都无比认真，谁发表感言她都听得无比入神。

直到半个小时后，工作人员躬着身来找："金总，应老师，我们可以去后台候场了。"

两人走出过道，走下数步台阶，绕过回廊，在专人的指引下来到后台。

那回廊曲折悠长，墙面包着红丝绒，头顶雪白的吊顶上，一盏一盏的筒灯投下圆形光圈。前场人声倏然远了，不知道这位得奖者说了什么风趣妙语，引得会堂内轰然一阵笑声，如站在山顶听浪潮一般。

工作人员在前引路，应隐和商邵落于其后。

Chapter 02

其实原本只是一步的距离。可商邵那么不动声色地控着场，以至于应隐顺着他的节奏，不知不觉离了前头两步、三步，直至四五步远。

筒灯照得人浑身发烫，那么亮，似乎将一切都暴露在明晃晃的注视下。

应隐知道，她不该有举动的，但过了会儿，终于还是转过脸去，目光很轻、又很慢地落在商邵的脸上。

商邵脚步微凝，声线沉了下去："应隐，别这么看我。"

应隐的目光像只被惊起的蝴蝶，抖了一下，又回落到正前方。

"你别误会。"她耳垂泛红。多少有点此地无银三百两了。

商邵静了一息："误会什么？"

不等应隐有所回复，他叫停工作人员："稍等，有一通公务电话。"

候场时间还很充裕，小姑娘不疑有他，点点头："您请便。"

她想，这位总裁一定是嫌后台人多眼杂，不方便谈正事。

一旁正是男女洗手间的等候区，摆着长条凳，落地花瓶里插着鲜花。香氛冷冽，感应灯倏然亮起，应隐被商邵单手抱在怀里，压在镜上。应隐一声惊呼压在嗓中，闭上眼，浑身软了下来。

迟迟没有人走动，灯又暗了下去，小小的等候区再度陷入深灰色的暗影中。

隔着一堵墙，工作人员听到这位嘉宾冷淡沉稳的声音："容华那片地，住建局的批复怎么说？"

电话那头是真金总，接了太子爷的来电，心里充满疑虑。这会儿邵董不该在会场吗？太无聊所以提前走了？倒不是他的风格，他是不误事的人。

听到问话，金渊民提起精神，一五一十地汇报。

商邵也一五一十地听，一手挽着应隐的细腰，脸埋在她颈侧，不疾不徐地吻她高高仰起的下巴。

他的呼吸平静，没有一丝紊乱。

他确实很镇定，不镇定的话，如何能提前想到不能吻这件事呢——接了吻妆就会花，花了妆就会露馅。他只折磨隐秘处。

应隐被他单手禁锢在怀里，被吻着的颈中咽动不断，几乎就要逸出低吟。

金渊民汇报完，听到商邵"嗯"了一声，没夸也没贬，不置可否的意思。他一颗心上不上下不下，套近乎问："电影节，邵董您参加得怎么样？会不会觉得无聊？"

商邵的吻停了下来，笑了一下，公事公办，清冷禁欲："不无聊。"

挂了电话，商邵的另一只手也终于落到了应隐的身体上。他的怀抱圆满了，应隐也觉得身体另一半的空虚圆满了。

工作人员始终靠在廊壁上等着，听到动静，抬起头来。是商邵先出来的，过了一会儿，应隐才出来，手上带着一丝未擦干的湿气。

"应老师，耳钻……"工作人员示意了一下。

这是串钻石瀑布耳链，原本很顺地垂着，但此时有一束折住了。

她上前去，帮应隐轻柔拨了一下："好了。"

应隐轻道一声谢，埋怨地瞪了商邵一眼。

前后不过耽搁了一分多钟，到了后台，上一个获奖感言刚发表完毕，这之后还得颁一个奖，才会轮到他们。

"应老师，您是熟悉我们流程的，到时候就多麻烦您啦。"现场策导之一迎上前来，对两人先后致意，又对商邵笑道，"金先生也不必担心，只要按照我们的台词卡念就可以了，没有即兴的部分。"

后台气氛松弛，等候的时间不算漫长，一段串场词后，衔接音乐响起。应隐深呼吸一口气，换上得体的笑容，与商邵共同走上舞台。

储安妮给她配的这一身实在太好，是很大气端庄的正红色，配上黑发雪肤，出众而不浮华，很能压得住场。

弹幕掀起了一股小高潮：

　　影后影后影后影后！
　　太期待了，新旧影后交接！
　　这届提名都比应隐年纪大，不知道该说别人大器晚成，还是她太能打？
　　不是新旧交接而是惺惺相惜！！！

商邵西装革履地站在她身边，不怎么开口，十分低调儒雅，但弹幕还是很难忽视他。

　　这不是刚刚红毯上的大佬总裁吗？
　　没想到他跟应隐一起颁奖。
　　可以浅嗑一下吗？好有感觉是怎么回事？
　　有请新人入洞房——
　　楼上进度太快了啊喂！

Chapter 02

大佬哪儿都好,就是名字有点显年纪大……(这是可以说的吗?)
金渊民很好啊,哪里老?(在近景暴击中胡言乱语。)

坐在前排的宋时璋脸色微微一变。镜头刚好切到他,他面色黑沉,下颌角紧了紧,似在咬牙。什么金渊民?玩到这种场合,当是情趣吗?但他也不敢有什么动作,接连两个谈妥的投资突然流产,他知道这是什么意思。

昨晚上热搜的那一场闹剧可还新鲜着呢,在应隐的主场切了宋时璋,不知道是导播故意为之,还是不小心的事故?

镜头很快切走,看来确实是事故。但弹幕已经铺天盖地嘲讽起来了:

宋大鳄在镜头里一闪而过,但是好像不太高兴呢!
笑死,阮曳呢?阮曳不得在下面气死?
阮曳也配来这里?先演上电影再说吧,网大也行啊!

网络直播上的热闹并不能影响到现场分毫,两人念完了台词,引出入围名单。大屏幕上,影像流动,依次播放提名作品片段,并辅以声情并茂的旁白解说词。展演完后,两名高挑的礼仪小姐端着颁奖托盘上台,当中放着奖杯、证书及获奖人信封。应隐拆开,理所当然地邀请商邵与她一起共享此时此刻,宣读出获奖人的名字。

两人一靠近,镜头也跟着推进。纵使商邵的绅士寡言中透着明显的疏离,但弹幕还是欢天喜地地嗑起了CP:

一红一黑,好像结婚现场!
隐宝笑什么啊?好像拿着婚书傻乐的新娘子哎。
我记得应隐气场蛮强的,今天怎么软乎乎的?

一些娱乐博主看热闹不嫌事大,截图两人同框镜头,连带着上面无法无天的弹幕一起,配文道:"谁能想到看个颁奖典礼也能嗑起来?"

评论区深以为然。"只要颜值在,万物皆可嗑CP!""告解,已经代入一些豪门言情文了。"

娱乐小组也有人零星发帖:"大佬确实很出众,所以我忍不住搜了下勤德置地的官网……那个……新闻里,金渊民好像不长这样啊?是他们贴错了还是电影节搞错了?"

有人一牵头,大家都纷纷醒悟过来,本着求知精神遍搜勤德置地的新闻。所幸金渊民出席活动不多,只有两则久远的媒体通稿中出现了他的脸。那时候金总裁还没为脂肪肝痛下决心减肥,一百六十几斤,裤腰带兜不住啤酒肚,一双笑眼,怎么看都不是台上这个清隽儒雅、不苟言笑的样子。

事情的发展有些超乎商邵的预料。在他的预想中,满场都是养眼明星,绝不会有人无聊到去关注一个平平无奇、沉默寡言、无趣朴实,看上去拘谨局促、气场弱小的赞助商代表。

康叔正牵着 Rich 散步呢,接到公关专员的舆情提醒,对着满屏幕的"大佬""六百万名表""小说照进现实""豪门贵公子",一时间不由得陷入了沉思。

商邵颁完两个奖下台,便接到了康叔的电话。

一通电话结束,董事办接到命令,将带有金渊民照片的通稿全网删除,同时公关部那边浑水摸鱼,发帖称:

这个金渊民已婚,孩子都上初中了,大家就不要乱嗑了吧,尊重下素人家庭。

别嗑女明星和总裁了,人家有原配,看了不硌硬吗?

应隐粉丝,真别嗑了!到时候挨骂的又是我们!没有花粉会给正主拉郎,望周知!

这么精准的粉圈话术,商宇的公关部是万万想不到的。追星专家、商家三小姐商明宝看着立竿见影的效果,得意扬扬地给商邵打电话:"大哥,你要谢我吧?"

"想要什么?"商邵笑了笑,还算温柔耐心。

商明宝有段时间没到他面前碍眼,这会儿有点皮痒:"我想到你家里住几天。"

"不行。"

"为什么?"商明宝伤心起来,拖长调子撒娇。

"你已经谈恋爱了,不方便住我这里。"商邵冷漠地回。

"那你告诉我,你今天怎么跑电影节去了?"她精准击中要害,"你不会是去追什么人吧?"

商邵的否定轻描淡写:"金总病了,我代为出席。"

"哼哼,"商明宝冷笑两声,"你觉得我信吗?"

商邵没精力跟她打迂回，敛起温柔，认真叫一声"Babe"，让她先自己玩去，并叮嘱她不要将今晚的事告诉别人，想要什么跟叔说。

应隐在一旁默默听了一路，先是觉得他难见地温柔，接着听到他说"已经谈恋爱了，不方便住我这里"，后面又是亲昵的一声"Babe"，心里已经默默有了一个答案。

他前女友来找他呢……这么温柔。

住一起，还叫她"Babe"，比"BB"好听，比"Baby"清新。

商邵收了线，敏锐地察觉到身边人似乎有某种失落。此刻没外人，会堂的侧门近在眼前，他脚步顿住："怎么了？"

"商先生，你跟你前女友……还挺要好的。分手了还是朋友吗？"应隐交握着双手。

商邵一听就知道她误会了："刚刚那个——"

"应隐。"有人叫了一声。

商邵和应隐同时抬头，眼前之人风度优雅，窄而深的眼褶，显得眉眼深沉，天然含情。

是下一个颁奖嘉宾，沈籍。

应隐怔了一下，没想过会在这里跟他相遇。

她的仓促掩藏得极好，转瞬即逝的一丝，半秒后，她便毫无挂碍又充满风情地笑起来："沈老师。"

沈籍对一旁的这位金总没有兴趣，礼貌地致意后便只看着应隐："刚刚在台上表现很好。"

很奇怪的夸奖，像是长辈或老师在提点，且那么自然而然，仿佛在此之前他指导过她许多遍，他有立场为她的成长欣慰。

应隐抬起手，抚了下光洁的臂，说："您过奖了。"

人在某些情绪下，是很难控制自己的肢体语言和微表情的，再训练有素的人都是如此。这些拘谨、局促、不自然，都不应该属于应隐。

商邵一句话没说，脸上一丝表情也无，但周身气息已经沉了下去。

"你最近还好？有段时间没见——"

"沈老师。"应隐叫他一声，打断他，"我该进去了，不好缺席太久的，镜头会扫到。"

她不知道，如果是寻常的旁人，她根本不会一连说三句话来找理由告辞，她只会大大方方地甜美笑着，敷衍说"先进去，下次聊"。

沈籍怔了一下，体悟过来，瞥了一旁的商邵一眼："好，改天再见。"

两人擦肩而过，一个往后台去开奖，一个回会场。

商邵落后一步，情绪复杂地看着她的背影，等待她停住脚步或转过身，邀他一起走。

但应隐没有。她似乎完全忘了，忘了刚刚还在意他是否跟前女友藕断丝连，在叫谁 Babe。

她看上去心不在焉，或者可以说是……心神不宁。

应隐重新进入会场，过了片刻，身边那个座椅仍是空荡荡的，她方才回过神来。商邵怎么没来？

她从晚宴包中摸出手机，给他发微信消息："商先生，你先回去了吗？"

按星河奖的颁奖顺序，演技奖和技术奖是穿插着颁的，当然，最大的悬念"最佳影片奖"，还是放在压轴。此时才近九点，颁奖典礼还有好长一阵子才结束。台上的沈籍风度翩翩，谦逊又幽默，引得台下众人脸上浮现出阵阵会心笑意。

应隐握着手机，过了几分钟才等到商邵的答复："在外面抽烟。"

镜头扫过，应隐将手机滑进晚宴包中，定下神，做出听得十分认真的模样。开奖时刻到来，最佳摄影奖不负众望，如潮的掌声中，没人注意到一袭红裙的女星悄然起了身，从会场侧门低调地离开。

寒潮走了，夜晚暖潮浮动，温暖的湿气氤氲，让人疑心到了春天。空气中有不知名的果木香气，她推开玻璃门，来到这条走廊的尽头。

露台上空无一人，只有墙角的烟灰缸中倒碾了一截烟尾。

应隐伏上栏杆，在温潮的风中站了会儿，给商邵拨电话。

他那头也很静，问："怎么？"

"你走了？"

"走了。"

他那头这么静，应当是在车厢中。应隐顿了一顿，又问了一次："真的走了吗？"

"真的走了。"

她还想说什么，背后冷不丁响起一道声音："夜里凉。"

应隐吓了一跳，回过身，见下了台的沈籍站在自己身后。她攥紧手机，匆忙中按下一个手机侧键，以为已经将电话挂断。再开口时，她的声音透出不自然的紧张："沈老师。"

"我在台上看到你出来了，刚好想抽烟。"沈籍夹着烟，掌心向上递给应隐，"抽吗？"

Chapter 02

应隐摇头。

沈籍笑了笑："还以为你什么时候开始抽烟了。"顿了一下，他低沉了声音，有些温柔地问，"是有两年没这么面对面讲过话了，还是三年？"

"记不清了。"

"最近还好？"

"还好。"应隐话赶话地回着。

"是吗？我看你跟宋时璋的绯闻传了这么久，还以为是真的。"

"假的。"

"我担心过。"

"沈老师。"应隐打断他，很迫切地岔开话题，"嫂子还好吗？上次晚宴听说，她刚怀了二胎，孕吐很严重？"

沈籍停顿片刻，将烟咬上唇角，垂着那双深情的眼："她很好，已经不怎么在我面前提起你了。"

应隐讪笑了一下，不知道该怎么接话。这里空旷，幽蓝的夜空漫无边际，但她仿佛无地自处。沈籍的老婆在片场防她防成什么样了，拍摄时，那道视线如火炬，比摄影机的存在更惊人。在那样的视线下，她常常觉得自己衣不蔽体，是个不足为信的婊子。

但导演严格，眼中不掺沙子。她们都没有办法。

尺度戏那么多，每每清场，听着摄影机运转的声音，看着宾馆吊顶上那盏翡翠琉璃灯，应隐眼前总浮现出片场外，沈籍老婆的那一双眼。

他老婆后来接受采访，被询问担不担心老公因戏生情。她笑颜温婉："不担心，沈籍不是只喜欢身体的肤浅男人。"

避嫌三年，无论什么场合下相遇，他们都不说话、不寒暄。别人提起合作，他不说话，她说记不清。如今猝不及防遇上，沉默倒显得真有什么。

应隐想直接就走，又迟疑是否该再关心几句他妻儿老小。搜肠刮肚间，听到沈籍叫她一声："小隐。"

应隐条件反射地望过去。

沈籍遥望着她双眼，最终念出一个陌生的名字："美坚。"

黎美坚，是他们那出戏的女主角之名。

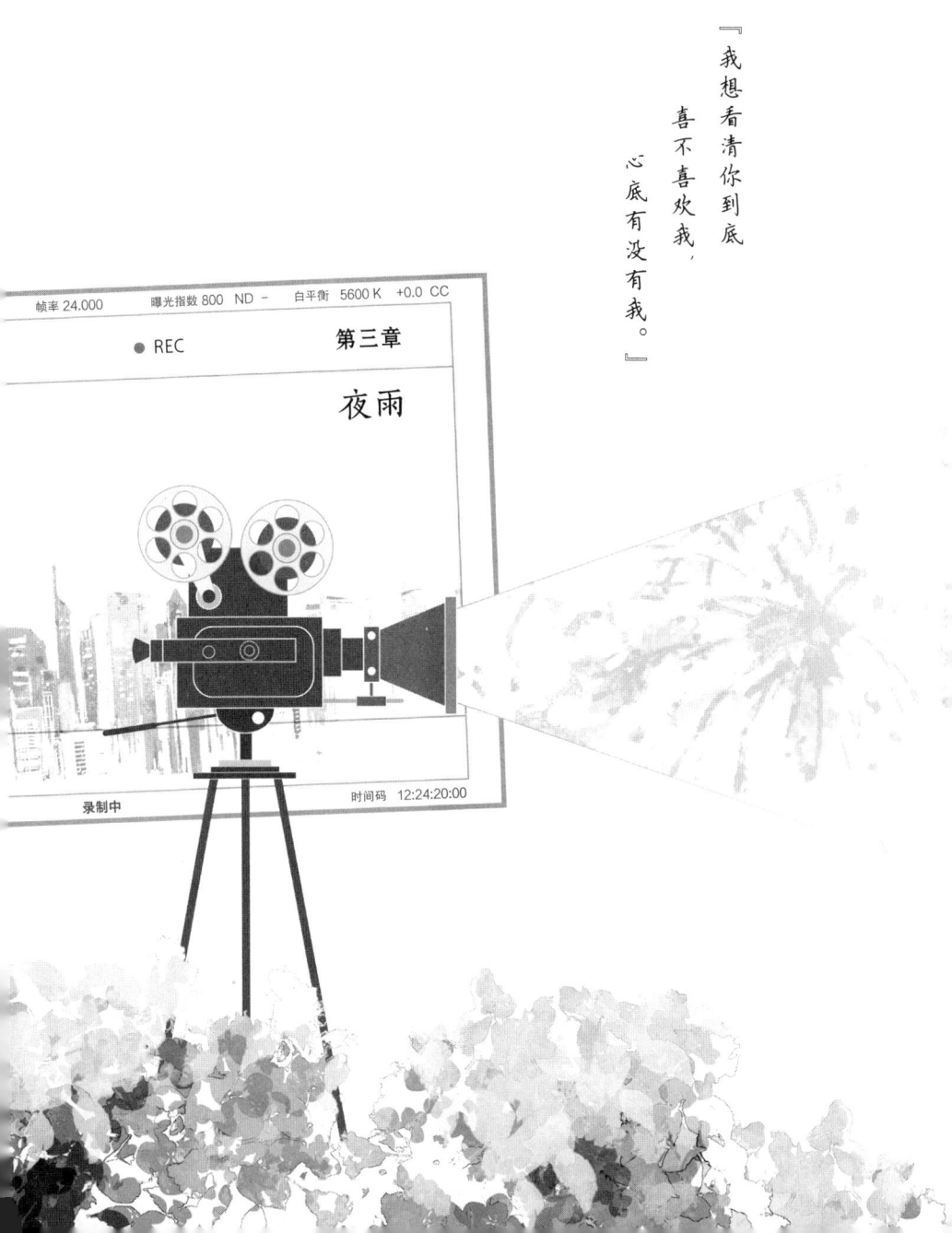

「我想看清你到底喜不喜欢我，心底有没有我。」

帧率 24.000　曝光指数 800　ND -　白平衡 5600 K　+0.0 CC

● REC　　　第三章

夜雨

录制中　　　时间码 12:24:20:00

一支烟的工夫，叙旧太短，寒暄太长。

沈籍终究没能抽完这支烟。在应隐告辞前，他先捻了那剩余的一长截，说："我先走。"

黑色玻璃门外人影离去，应隐如释重负，站在夜风中。刚才情急之下挂了商邵的电话，既唐突也冒犯，不知道他会不会生气？但突然被挂了电话，他竟然也没有重拨回来。

拇指移向通话记录，正要点开，身后再度有了声响。

"为什么魂不守舍？"

应隐的双肩一颤，扭过头来，怔怔地看着商邵。

他身上沾着夜露潮气。这人走到哪儿，都是出大厦入车，出车厢入大厦，鞋尖不沾尘埃，对地毯的脚感远比对水泥路面更熟悉。应隐想不通，一个本该坐车离开的人，怎么会沾了夜露？

"你不是走了？"

"又回来了。"

"走路离开的？"应隐不解。

"交通管制，走回来的。"商邵轻描淡写地说。

几百米的距离，一路红灯长龙，街道水泄不通。司机将他在路口放下，他走回来，司机则绕远路慢慢转回剧院的地下三层，以待接他。

待惯了高楼，习惯了自云端俯瞰，商邵有段时间没在街边走过了。人行道上电动车飞快，如箭矢般飞掠过棕榈树的叶影。他一边走，一边心口发沉地听着电话那端。

那是种惴惴的、如同溺了水的感觉，发着闷，让他呼吸不畅。

脚步越走越慢，最终不自觉停住。电动车一声尖锐长鸣，在那声"美坚"中，他条件反射地挂断。

"为什么回来？"

"忘了一件东西。"

应隐料想他也不会为了自己去而复返。但刚刚见到他的第一秒，心里是有期待的，藏了一些半高的雀跃。

"忘了什么？"

商邵不答反问："为什么一副心神不宁的样子？"

"没有。"

商邵没有强行要她承认，自然地岔开话题问："刚刚在走廊上，被打断前，你问我什么？"

"我问……"应隐磕绊住，回想了一下，败下阵来，"我问了什么？"

不过二三十分钟前的对话，她就已经忘了个干净。否认自己心神不宁，还真是很没说服力。

"你问我为什么还跟前女友藕断丝连。"

"啊？"应隐更努力回想，"怎么会？无缘无故的。"

"因为我在跟我妹妹打电话，你误会了。"

应隐终于想起来，什么"住过来""Babe"之类的，心底窘了一下："是，我误会了。"

"我前女友快结婚了，我跟她没有什么联系，不存在藕断丝连，也没有所谓分手后还是朋友。"

应隐点点头。

"你觉得，我是那种会跟已婚人士再续旧情的人？"商邵不动声色地引着话题。

"没有。"应隐矢口否认。

"还是说，"商邵停顿一下，盯着她，徐徐地问，"偷情这种事，在你们娱乐圈很常见，所以你很自然地就往那个方面联想了？"

应隐唰的一下抬起头："商先生，我没有那个意思。"

"那你为什么会这么问？"商邵一步步走近她，"为什么不是别的女人？为什么不是别的暧昧对象？难道不是你觉得，偷情这种事，人们很习以为常吗？"

"那只是下意识的反应。"应隐思绪乱糟糟的，轻拧着眉，"我不了解你的感情史，我只听说过她，我……"她放弃解释，爽快地道歉，"对不起，是我以小人之心度君子之腹，不该听到那些对话就发神经——"

不知不觉间，商邵的两只手都撑上了栏杆，将她拢在怀中。

他像是没预料到她会这么说，过了一会儿才问："发什么神经？"

"发……"应隐仰面看他。她完全被他牵着鼻子走了，冥冥中，总觉得有哪里似乎不对，不知道他真正在聊的究竟是什么。

"告诉我。"

Chapter 03

应隐索性自暴自弃地承认："商先生，对不起，我不该吃你前女友的醋，让你扫兴了。"

商邵这次缓了许久才稳住心神，将这一场试探勉强进行下去。

"你这么懂事，确实能当个好情妇。"

应隐不知道他什么意思，震惊且难堪："我不明白你的意思。"

"如果合约结束，我结婚了，但舍不得你，你愿不愿意？"他的绅士中有股高高在上的施舍，"我会对你比现在更大方。"

应隐陡然睁大眼，神情却很麻木："我做不到。"

他要结婚的。她都快忘了他要跟太太朝夕相处，生儿育女，共度很多很多个夜晚。远比一年三百六十五天更长久。一天连一天的，他和太太将是明月照着的长河，而他们只是一截小水渠子。

蟪蛄不知春秋，如今忽然知道了，一阵惊痛掠过四肢百骸，像是一并知道了自己的浅薄，自己的命短。

商邵观察着她，似乎要看清她的拒绝几分是真，几分是缓兵之计、假装清高、故作姿态、待价而沽。

"为什么做不到？"他不疾不徐地问，没刚刚那么冷酷了，像是有了商量，"商业联姻也好，政治联姻也罢，我跟我未来的太太想必没什么感情，她的样貌和身材也一定比不过你。何况你懂事、识趣、知情解意，一定比她的大小姐脾气更能让我放松。"

他这样温柔地权衡，比刚刚冷酷地在商言商要更刺痛人。

应隐沉默许久，忽而笑了一下，看进商邵晦暗的眼眸中："钱又赚不完。商先生，我还要留着时间跟自己喜欢的人过。"

她将脸撇进夜色中，不知道商邵的脸色倏然变了。

半晌，他阴沉着脸一字一句："应隐，谁是你喜欢的人？"

他问岔了，这不是他计划内的问题。他要探寻的，明明是她和那个沈籍的关系，明明是她是不是曾经为了别人放下过骄傲与自尊，甘愿去当一个有妇之夫的情人。

一个影帝能有多少钱？她愿意跟沈籍有婚外情，是有情饮水饱。那点情意，比他一个亿的合约，在她心里分量更重。

商邵从没想过，一个洞悉人心、善于谈判与操控局势的人，会在一场小小的对话里失控。他周密的、严谨的问话，被他自己亲口带偏了方向。

应隐迟迟不回答他。

挂在露台栏杆上的手渐渐在关节处泛出了青白，俄而当中一只抬了起来，捏住她的下巴，将她的脸缓慢而不容置疑地转了过来。

"告诉我。"

"没有。"应隐爽快地说。

商邵的脸色已然很难看，听到这干脆利落的"没有"，眸中情绪又是微变，像是措手不及。

"真的没有？"

"真的没有。我有契约精神，要喜欢谁，也会等合约期结束了。"

会堂内掌声雷动，又是谁发言结束了。

商邵点点头。

他其实很想问，我呢？如果不是因为喜欢，为什么会想要一个和他平等的开始？为什么要在他面前保全那份骄傲？为什么在德国喝醉了酒，会哭着问他"现在不要，将来也不要吗"？又为什么要因为一通稍显暧昧的电话，就毫无逻辑地吃起前女友的醋？

但他什么也没问，而是松开手，往后退了一步。

两人拉开距离，风从当中温润地穿行而过。

"回去吧。"他不知是改变心意还是得到了答案，"被别人看到不好。"

应隐确实该回去了，她的座位靠前，动不动就会被镜头扫到，何况这里也不是多隐秘的避风港，随时会有人过来。

她敛着面容，从商邵身边擦肩而过。

"要是我不允许呢？"

玻璃门推了一半，穿堂风更劲。应隐的黑发被吹得凌乱。

"什么？"她转过脸，迷离着眼神。

"要是我不允许，你在合约结束后喜欢上别人呢？"

应隐笑了一下，维持得天衣无缝的大方爽快，在这一句里冒出了冲天的酸气："商先生，到时候你有娇妻在怀，还有闲心管我喜欢别人？"

她走出门，红裙迤逦，低声艰涩地说："只要她心底有你，不就好了？"

那个"她"，占尽了重音。商邵心口一震，手中烟管几乎被他掐断。

玻璃门闭合，须臾又被人打开了。他追出去，在空无一人的长廊上，牢牢拧住应隐的手腕："跟我走。"

应隐踉跄了一步，转过来，眼眶和鼻尖都红着，眼底满是负气。

"干什么？"

"我说了，我忘了一件东西，所以才回来取。"

"你忘了——"应隐挣扎了一会儿，听明白了，骂得不在点上，"我不是

Chapter 03

东西！"

商邵勾了下唇，拨出电话："联系剧院，让他们找人接应，顺便准备一套女士工作服，M码。"

"我穿S！"应隐咬牙。

"她穿S。"

电话那端的康叔略抬了下眉："好的，给我方位。"

商邵报了最近的通道口。

挂掉这通电话，他又打了第二通。

"应隐病了，后半场颁奖典礼缺席，你联系电影节主办方告罪，顺便准备通稿。"

缇文："……"

走廊上，一阵脚步声由远及近。商邵听见，抱着人闪身进卫生间。黄色清洁警示牌在门口支起，隔间门砰的撞了一下，接着便上了锁。

"这里……"

应隐没能说完，商邵捂住了她的嘴，用干净的那只手。

两人用眼神交流。一个问，不说了？一个承诺，不说了。

商邵移开手，拇指碾一碾她唇瓣，低垂的眼眸中尽是温柔而深沉的绮念。

他低下头，就势吻上去。

他刚刚昏了头，差点忘了今天来是要带她回去的。什么醋意，什么嫉妒，什么前情，都要留在回家后再慢慢计较，怎么能因小失大，放跑了她？

接上吻了才想起，他们已经五天没吻过。简直漫长得难以忍受。

应隐原本想推他的，手贴上他肩的那一瞬间，却改推为抱，用力环住，由着他将自己托起来，脚尖踮到高得不能再高。

站不稳，尖细鞋跟在瓷砖地面上发出零星的磕碰声。

他吻她几乎发了狠，不住勾缠着她的舌尖，汲走她口中津液，让她连呼吸都不能。

他知晓她一切没出息的反应，贴在她耳边低声问："回家？"

应隐摇头，主动解他的领带，摸他的喉结。

门板砰的一下震颤得剧烈，是她被商邵压了上去，脊背贴着香槟色的门，脸高高仰起，闭眼沐浴在灯光下。

手机反复振动又自动挂断。

两通后，门外传来叩门声，有一道声音试探地问："请问，是林存康先生需要衣服吗？"

两人谁都没理。

外头人叫了数声"林存康先生"。应隐反而比商邵更早地清醒过来，推着他的肩膀，唇稍分，刚获得喘息之机便迫不及待地说"商先……"，又被商邵封住。

"有……有人！"一句简单的话，破碎得不成样子。

她又能有什么办法？两只手都被商邵压在门板上，涂有玫瑰色甲油的手指无力地蜷着，掌心被他拇指抵得酥麻。

电话再度振动时，商邵终于停止了吻她，抱着她，脸埋在她颈侧，一边平复着深呼吸，一边从兜里摸出手机，缓了缓，道："喂。"

那头是康叔的声音："剧院说找不到你。"

"我在洗手间，不方便出去，让她放门口。"

康叔怔了一下，备的衣服是女士 S 码，显然是给应隐的，现在怎么又成了他不方便出去了？他多余一问："Men or women？"

还真没多余问。商邵顿了一下："女士洗手间。"

康叔："……"

门外找"林存康"的工作人员接了通电话后，果然没声了。她转身走向女士洗手间，试探地往里走了几步，说："您好，我把衣服和口罩放洗手台上了。"

里头一道绅士之语："有劳。"

等她的高跟鞋声远去，渐至无声，商邵才抚一抚应隐的脸："我去帮你拿？"

应隐点点头，一边将裙子勉强遮过身前雪白。

商邵拧开门，先是洗了个手，继而将两个纸袋拿进来。康叔吩咐人办事向来很周全，里头不仅有一套黑色铅笔裙工装，就连鞋子也备了双中规中矩的。

应隐松了手，高定裙子又滑了下来，半堆在胸前。她微微咬着下唇，像是羞赧，也像是难堪，配上锁骨与颈侧那些淡红掐痕，让商邵看得眼眸一暗。

裙子解了半天，似乎打结了。她身上冒出薄汗，又羞又急，背过身去，放轻了声音说："帮我……"

商邵瞥下目光，刻意地无视了她自凹陷到饱满的腰臀曲线，专心致志地帮她绕开那些系带与铰扣。

Chapter 03

解开了,他靠上另半侧门,摸出白瓷烟盒。里面只剩一支,此情此景倒是刚好,谁让他口干舌燥,气血翻涌。

沉香烟雾弥漫开来,与洗手间原本的香氛交融,一冷一热。他自背后把人抱回怀里,夹烟的手和另一手齐上阵,动作散漫地帮她系着衬衫扣子。

烟静静地燃着,烟灰抖落一截,应隐两手被他握在掌心,呼吸不畅,在他怀中转一个身。两张唇又急不可耐地吻到一起。

他没想过有朝一日,自己会跟人在这种地方情难自禁。

一套小小的制服穿了半天,拿过来是板正的,穿好后是揉皱的。烟也没怎么抽,跌着一串红星落到脚下,被两人热吻时的脚步踩灭。

再这样下去真不行。商邵深吸一口气,主动分开,一手抱着应隐的脑袋,一手将她的铅笔裙拉下,四周一片潮热气息。

"跟我回家。"

"回家当你的情妇?"

商邵将手指在她脸颊滑过,最后落她唇上:"你这张嘴,还是接吻好一点。"

应隐枕他肩上,闭起眼:"我当真了。"

"我没这个嗜好,也没这个打算。"

"不是我通情达理、知情解意,身体又让你欲罢不能吗?"

"哪个情妇像你这样知情解意?会失业的。"

应隐忍不住勾一勾唇:"是你自己说的。"

"我还说过很多,你怎么不记得?"

"比如呢?"

"比如你个性高傲,委曲求全伺候人这种事,你做不了。比如我不是宋时璋,用不着靠养情妇、养明星来充实自己。"

"可刚刚那些话也是你说的。"应隐抬起眼,"商先生,我看不清你。"

商邵笑了一笑:"妹妹仔,如果我是连你都可以看清的人,我在商场上要怎么办呢?"

"可是你看得清我。"她看向他的神情里有些微乖巧的委屈。

商邵垂眸,静望她一会儿:"也许我也不是那么看得清你。"

"商先生,"应隐原封不动地回敬给他,"如果连我都看不清,你在商场上要怎么办呢?"

商邵笑起来,笑过后,敛住面容,温柔的眼神被一种更深沉的东西垫着。他偏过脸,又吻上应隐。

第三章 夜雨

"也许是因为,我在商场上只需要看清别人的得失利益在哪里,但在你身上不是。"

两人的呼吸都浅浅地止住。应隐不敢抬眼,心里静得像无风的湖泊。

"我想看清你到底喜不喜欢我,心底有没有我。这是我不擅长,而且唯一失败过的事。"

心口的震颤引起那面湖泊的涟漪,那阵涟漪从心到身,令应隐不自觉地发起一阵抖。

她没有再问,为什么商先生要看清我心底有没有你?那是种本能的害怕,对于即将到来的危险和深渊,她本能地止住脚步。她害怕,怕往前一步,自己万劫不复。

商邵的视线锁着她的眼:"怎么什么都不问?"

应隐摇着头:"我们要走了……"但她的手腕被商邵牢牢攥着,怎么脱身?

"问我,问我为什么想看清你喜不喜欢我。"

应隐轻蹙着眉,鼻腔酸涩得要命。"我不问……"她不住地摇头,手也在商邵掌心挣着,想挣脱出去,"我们该走了……"

商邵无动于衷:"为什么不问?告诉我,你在怕什么?"

"我不怕什么。"

"我想看清你喜不喜欢我,心底有没有我,因为我——"

"商先生!"应隐蓦然提高了音量,一直躲闪的双眼也终于敢抬起来,明亮得不可思议,也惧怕得不可思议。

她的眼神在哀求他。

商邵如酷暑严寒,心意纹丝不动,一字一顿、清晰深刻:"应隐,因为我心底有你。"

应隐的呼吸陡然滞住了,眼睛还是瞪得那么大,身体像是被定住。她的时间,她的世界,都一起被这句话定格住。

过了好半天,她才说:"商先生,别喜欢我。"她用力闭上眼,灼热的眼眶里忍住了眼泪,"或者,只给我一点点到为止的喜欢,一点合约界限里的喜欢,一点逢场作戏的喜欢。"

"为什么?"

他今夜问了无数个为什么,很多次他是明知故问,要亲口听她解答,但这一次,他真的不明白。

他这样的人,能说出"心底有你"四个字,已经是郑重。但他没想过,有一天，他会连一份"喜欢"都送不出手。他的"喜欢"好像很烫手，是什么洪水猛兽、灾厄难星，会给她带来无尽的磨难和灾害，所以她不要。

思绪又回到了今晚被他意外听到的电话。

"所以，你心里确实喜欢别人，只是他有妻儿家室，你们不能相守，所以你才答应我的合约。"商邵心口堆满了艰涩，庞大得如西西弗斯受罚推动的那块巨石。

那块巨石被他艰难地推上去，又不停地滚下来，反复如此，将他的心口碾烂。

"你只想要我们合约界限里，一点以假乱真的喜欢，好让这一亿挣得不那么无聊。"

应隐已经听出不对劲，只是还没来得及开口，便听到商邵笑了一息，很温柔地说："你看，我确实不太擅长判断别人心底有没有我。"

他的温柔是一种自嘲式的温柔，和许多许多的释然。为什么要许多许多的释然？大约是不够多的话，不足以掩盖他呼吸里微妙的急促和冰冷。

"商先生——"应隐急切地叫他一声。

商邵将两指压住她唇。应隐噤了声，看着他又垂下首来，眸光落在她近在咫尺的面容上。他很温柔、很细腻地吻她，厮磨她的唇瓣。就这样静静吻了一会儿，他稍稍分开，讲话又轻又平静："我以为你喜欢我，是我误会了。"

眼看他转身要出去，应隐不顾一切地叫住他："你说谁有家庭不能跟我相守？"

商邵停顿住脚步，沉默了一下才说："今天那个男演员。"他不知道名字。

"沈籍？"应隐怔住，醒悟过来，"你听到电话了？"

"起先是你没挂，但是听到他跟你说话……"商邵深吸一口气，背对着她，"对不起。"

"我跟他……只是合作过，我不喜欢他，我们没有任何关系，他叫我美坚，那是我们电影角色的名字，叫黎美坚，是个舞女……"应隐说得很乱，但不妨碍她否认的语气坚定，"这些都不重要，我不喜欢他，以后也不准备喜欢他。"

商邵点点头："我应该直接问你的。但是直接问你过去的情史，我想我没有立场，也不想让你知道，我做出过偷听你电话的举动。"

"你问得很糟糕，还不如直接来问我。"

商邵笑了一下:"是,我向你赔罪。"

他拧开门,戴上黑色口罩:"你整理一下,我在外面等你。"

身上没烟了,他洗了很长一段时间手。听到身后门锁拧动声,他动作一顿,按下镀铬的水龙头:"走吧。"

剧院外,户外射灯如探照灯般,将灰黑夜空照得很亮,粉丝聚集着,久久不愿离开,都指望散场后能目睹偶像一眼。

喧闹声透过楼体,进了电梯后,才算是安静了些。

一路无话,港3接了通知,早在电梯厅一侧候着。司机是自己人,见商邵过来,下了车,恭敬为他打开车门。应隐和他一左一右落座。

为她着想,商邵让司机把后窗遮光帘降下,但挡板却只字未提。

街道两边,交警摩托和警示牌的红蓝灯闪烁,透过纱帘倒映到应隐的眼底。她一直没说话,笔直地坐着,回过头来时,看见商邵靠着椅背,闭着眼眸,像是睡着了。

银色眼镜架在鼻梁上,冲淡了他平日的高高在上感。应隐忽然觉得,他睡着的样子也未免太不松弛,太不开心,眉头轻蹙着,双唇抿合,好像梦里一件愉快满意的事情都没有发生。

到了海边庄园,他送她上楼,彬彬有礼地道晚安,忽然提起:"你抽个时间,我带你见我母亲。"

应隐愣了一下,答应一声,紧张起来:"我要做什么准备吗?"

"不用,正常出现就好,只是给她看一下我有人交往。"

应隐更短促地点点头。

跟在身旁的康叔十分诧异地看了眼商邵。明明一个多小时前,网上到处都是他的脸,他还特意叮嘱,让人不要走漏风声给温有宜,以免她起疑。怎么短短一个小时,他就改了心意?

但康叔什么也没说,直到下了楼,他才问:"之前不是说,还不到见夫人的时候?"

商邵脚步稍顿:"她不喜欢我。"

康叔明白了。商家的泼天富贵,不是谁都想承受的,他怕应隐望而却步,更怕温有宜不喜她明星的身份,所以他藏着掖着,做一百种准备,上一百道保险,只想等万策齐全时再见面。

但既然应隐不喜欢他,那么这些疑虑、谨慎、投鼠忌器都显得多余了。见一面,暂时了了温有宜的担心,余事都休提。

"但是依我看……"康叔迟疑着,"应小姐明明对你有意的。"

Chapter 03

"我今天提了,说我中意她。"

左右也没人说,商邵当成逸事讲给身边唯一的长辈听,唇角噙着散漫而解嘲的笑意。

"那她……"

"她不要。"

商邵仔细思索应隐那时候的反应。其实,他看得一清二楚,也记得一清二楚。但那些画面被他快速地封存在脑中,不敢细看。到如今,他怀着对自己近乎残忍的冷酷,一帧一帧地回忆,一字一字地思忖。

"她看上去被我吓到了。"商邵转过脸,对康叔勾了勾唇,"怕得厉害。她说,只要我一点逢场作戏的喜欢,恳请我不要真的喜欢她。"

康叔心中剧恸。他跟他妻子是丁克,三十六年来,他把商邵当儿子看待。

"康叔。"商邵叫他一声,"不然还是算了。"他垂眸道,"一年以后,找个人联姻。"

"Leo!"康叔欲言又止。

商邵又笑了一声:"有烟吗?给我一根。"

今天月色也不明亮,潮气弥漫上天空,形成丝丝缕缕的云,鸦青色的夜空下,他的身形看着消瘦。他接过康叔给他的烟,过了会儿才垂下脸,笑着摇了摇头,将烟抿入唇中。

"你在想什么?"康叔问。

"我在想,她这么喜欢钱,也不能顺带喜欢我,可见我确实不怎么样。"

"Leo,你明知道不是这样的。"康叔斩钉截铁地说,"想嫁给你的人很多,但是缘分不可以强求,你跟她还有一年时间,万一呢?"

"其实她拒绝我的时候,我就该提出终止合约的。"商邵冷静地说,"但我舍不得。"

"那就留住她。"

"你知道我不是强人所难的人。之前多多少少,我觉得她喜欢我,也许畏惧多一点,崇敬多一点,但多多少少也有一点喜欢。"商邵掸了掸烟灰,"其实,作为继承人,我想找一个自己爱的人结婚,多少有点自私任性。商綮业不说,是因为他没有资格说,毕竟他跟小温是真心相爱。但这种婚姻,在我们这种圈子里有多珍稀,你也知道。我给了自己十六年,是时候了。"

"怎么会难得?二少爷那边,还有三小姐……"康叔绞尽脑汁,想找一点有说服力的例子。

"他们是他们，长子是长子。我继承的东西和责任，总要平衡，不能既要这个，又要那个。何况，继承人不好当，继承人的老婆就好当？说实在的，康叔，一想到哪个女人将来要嫁给我，我也很为她惋惜。"

"你跟应小姐还没到这一步，你不需要想这么远，你可以拥有一段纯粹的、单纯的恋爱，Leo，为什么总是要未雨绸缪？"

商邵点点头："我今天问了她一个问题，问她将来婚后，愿不愿意当我的情人。"

"这不是你的风格。"

"你知道这句话里面，就算九十九分是为了试探，剩余的一分，也是真的。我自己知道，我确实动过这种自私的念头。把她养在外面，生孩子，一年几个亿地养着，无所谓，我养得起，她想要什么我都能给她，远比当一个未来的商家主母，被架在台前端庄微笑要自在得多。"

康叔深深地呼吸。他为商邵竟然动过这种念头而心惊。

"商家没有这种传统，商家几代人，都没有这样的传统。"他加重强调。

养外室、生私生子，是一个大家族走向衰败的源头，抑或征兆。家和万事兴，对婚姻和家庭的忠诚，是商家代代相传、刻在骨子里的理念和教养，更是朴实的祖训。

"我知道，我只是有那么一瞬间，非常卑鄙地想过。康叔，想一想不犯法，二十四小时当正人君子，有一秒钟的心猿意马，就当奖赏。但是，也只能到这里了。"商邵捻灭烟，"唔该嗮*，多谢你听我谈心。"

"你去哪儿？"康叔对着他的背影喊。

商邵的背影已快融入夜色，没回头，只是半抬起手，扬了扬两只指头："划会儿船。"

康叔忘了，他也忘了，今天把人带回来，原本是要好好道歉的，为之前的借钱，为缇文身份的隐瞒，还有过去五天没有去哄她的迟钝。为了哄人，他费了一点心思。

这点心思现如今放在次卧的茶几上。

应隐在沙发上坐下，看着面前小小的扭蛋机。那扭蛋机真的很袖珍，但精致，精致得像八音盒，透明玻璃罩中，一颗颗扭蛋亲密地挨在一起，琉璃色，在水晶灯下反射着细碎的光。

应隐没去洗澡，看着扭蛋机笑，笑了半天，并起双膝，将脸埋了进去。

---

* 十分感谢。

Chapter 03

他还记得她一不开心就会玩扭蛋。小时候玩不起，长大了才玩，是时过境迁的补偿，迟到的抚慰。如果他现在在这里，会不会倜傥地站在一旁，单手插兜，绅士地问一句："应小姐，听说玩扭蛋能让你开心起来？"

应隐不知道是笑还是哭，脸上是笑的，眼眶却很湿润。

她伸出手指，拨了拨上面的发条。一阵机梏转动声传来，咔嗒一声，小小的洞口中滚出一枚琉璃圆球。应隐捡起，盘腿坐在沙发上，深吸一口气，满面微笑地将它转开。

一枚鸽血红的宝石，沉甸甸地落在她腿间。方形的，大约有5克拉，太正的红色，就算在佳士得，也是佳品。

应隐的笑容怔住，掂在指尖，对着水晶吊灯的灯辉看着。那切割的棱角折射出的碎光晃人眼。她倾身，将它放在茶几上，又扭出一枚。

黄色的梨形钻。

粉色的冰糖钻。

祖母绿的圆钻。

剔透的透明钻。

……

她转着，拆着，一枚接一枚，一颗接一颗。在黑色茶几上，五颜六色的宝石排成一行，两行，方阵。

啪嗒一下，一滴眼泪落上去，晕开，与这些宝石格格不入。应隐跪坐到地毯上，又哭又笑，紧紧抿着的唇缝里满是眼泪。

不知道开到第几颗时，一枚蓝宝石落了出来。

是戒指。被四周镶嵌的透明钻石托着，如众星拱月。

应隐猝不及防，呼吸止住，心口一片冰冷，眼眶却越来越热。她终于再难控制，狼狈地呜咽一声，哭出声来。

这是他带她买的第一枚戒指，他用这枚戒指留住了他们的那个夜晚，用这枚戒指从宋时璋那里护住了她，用这枚戒指强行续写了他们的未来。她赌气地还给了他。他说他丢了，她不要的东西，他也绝不会留着。

可是它现在出现在这里，熠熠生辉，华贵纯美，像海洋的一滴眼泪。

应隐鬼使神差地将手指套入，垂着的脸上，一丝表情也没有。但她的眼泪太多了，眨也是泪，不眨也是泪。

下一秒，房内身影跌撞。她蹲坐太久，腿那么麻，跌跌撞撞，一脚踢到茶几，痛得龇牙咧嘴，但脚步并未停止，从二楼奔下，如夜风奔袭，急切而温柔。

康叔正撑开一把伞，诧异道："应小姐，你还没休息？"

"商先生呢？"应隐用掌心抹掉眼泪，好让自己的视线重返清晰。

"他在那边划船。"

"我去找他！"

"哎——"康叔没来得及叫住她，声音落在她身后，"要落雨了……"

外头真滴着雨。那夜风是暖的，雨水也是暖的，很缓慢、很稀疏地落在草木间，很久才落一滴在应隐的脸上。

她跑得飞快。

商邵玩皮划艇的习惯是在剑桥念书时留下的，这是他独处的时刻，不喜欢被人打扰，因此河道被设计为单独掩藏在树林间，两侧荆棘花丛盛开，与步道之间隔着距离，蜿蜒通往不同的方向。

泥土在雨水下逐渐松软。

应隐凝神静听着桨板搅动水流的声音，深一脚浅一脚地走在灌木丛中。雨势更大，让她脚下变得泥泞。她抿着唇，任由雨水淋透她，也不愿意开口叫一声。

只要不叫他，就会在下一秒迎来转机，看到他，遇到他，撞进他怀里。她跟自己打着这样倔强的赌。

应隐从没在这园子里深入过这么远，这里黑黢黢、静悄悄的，路灯很高地悬在头顶，将灌木间的阴影照得可怕。山林间有风声、雨声，以及夜晚活动的鸟叫声。能把鬣狗的叫声听成鸟叫的她，这时候是无知者无畏，是飞蛾扑火。

高山榕有十二三米高，黄色的果子啪嗒一声落下，正正好好砸在应隐头顶。

"啊。"

她痛得情不自禁叫了一声，两手捂住头顶，蹲下身来，脸上写满懊丧委屈。

商邵猝不及防看到的就是这样一幅画面。雨下得太大，他在半道停了船，取坡上岸，正要越过灌木去步道时，看到应隐蹲在花影树影间。

"应小姐？"商邵喉结滚动，有些迟疑，叫出对她最初的称谓。

应隐站起身，手从头顶挪开，暗淡的路灯下，她浑身湿透，满身狼狈，脸上落满雨水。但她用力抹一把脸，苍白的脸上安静着，有一股倔强，有一股坚决，有一股接受一切的平静。

是的，我知道前路如此，我也要去。

Chapter 03

  商邵一句话也没说。他们就这样隔着不远不近的距离，静静地望着彼此。深夜的雨，落在芭蕉和天堂鸟的叶上，噼里啪啦地交织出夜里混沌的气氛。

  雨很大，她迎着暴雨，蓦地跑向他。短短几步，他用力、沉稳、紧固地接住。抱住她的力道几乎要把她的腰折断。

  应隐攀缘着他的肩膀，他捧着她的脸，分不清是谁更急切，更主动。

  他们不顾一切地吻上。

  衬衫紧紧地贴在身上，应隐身上白色的衣物几成透明。

  商邵不仅吻她的唇，也吻她的额，吻她的眼，吻她的颌面，吻她的颈。他的吻比雨点落得更密集。

  应隐解他衬衣的扣子，自领口至下，黑色领带被她抽走，落在灌木上。

  她自己又工整到哪里去。

  "应隐，说你喜欢我。"商邵折着她腰，眉宇间全是雨水，双眸中风雨如晦，"说你中意我。"

  "我中意你。"应隐一开口就带着哭腔和鼻音，她大声说，"我中意你，商先生，我喜欢你，我很喜欢、很喜欢你，比你喜欢我更早地喜欢你。我想跟你交往，我想被你喜欢，被你亲吻，被你珍重，我想维港的烟花是你为我而放。我喜欢你，喜欢到害怕你喜欢我。如果你也喜欢我，我要怎么办？"

  她几乎号啕大哭，两手无力地揪着他的领口："我已经这样了，如果你也喜欢我，我要怎么办？"

  商邵搂着她的手臂紧了又紧，几乎将她一副骨头搂断。

  翌日。

  应隐被一个闪念惊醒：床单湿了！

  她梦里颠来倒去的，只记挂着这个：用人会来换床单，到时候很丢脸的！要阻止他们！或者找一个合适的借口！

  她唰的一下坐起："我们昨晚在床上喝水时弄洒了——"

  屋子里空无一人。

  她身上睡衣丝滑，身下床单干爽，海风从半开的窗中吹入，吹起月白色的窗帘。一旁茶几上，那十几枚钻石珠宝还是她昨晚亲手列好的模样，在日光下远远看去，像十几颗水果硬糖。

  应隐抓了把头发，表情溢出痛苦。好痛……她刚刚爬起身的动作幅度太大，刀割般疼，浑身的骨头和肉也像散了架。

门外，走廊上一道脚步驻足，传来压低的讲话声。

"她醒了吗？"

"还没听到动静。"

"把汤给我。"

商邵的声音很好辨认，应隐心里一紧，紧皱着眉头，火速一个翻身躺下。

商邵推门进来时，白色被单刚刚落下。她背对着门侧躺的身体在被单下隆起一道薄薄的轮廓。

商邵就这么站在门口，静静地看了会儿。

他昨晚几乎没睡。原本觉得自己对这种事毫无兴趣，也不认为自己会上瘾。在三十六年的人生中，他当然也自我纾解过，但那感觉不过一瞬，还不足以让他沉沦。但现在，他食髓知味。

从禁欲到重欲，他的转变未免太快。

欧美每一所老牌名校，都有一个神秘的兄弟会，加入兄弟会的，都是这所学校里最豪门、最"高贵"、门第和血统最顶尖的人，他们从父辈那里继承财富、名望，同样也继承兄弟会的席位。平民子弟想要加入兄弟会，需要突破层层戏弄和考验。那些戏弄直击人的尊严，但即使如此，每年新生还是趋之若鹜，因为只要入席，就代表拥有了顶级人脉。

在剑桥兄弟会，不管想或不想，商邵身边都没有缺过人投怀送抱。平心而论，论身材火辣程度，欧美人有天然优势，又放得开。他不是没见过好的皮囊，也不是没被人极尽所能地勾引过。但他都无动于衷。

在这样空白的经验下，很奇怪，他的精神从昨晚那些浓郁的影像中抽离出来，分神一秒所想的，并不是高潮原来这么快乐，而是"跟她原来这么快乐"。

他不眠不休了一夜，心脏发紧，但激素和多巴胺让他兴奋。坐在电脑前开集团高级别会议，他精力充沛，思路清晰，丝毫看不出通宵未眠的痕迹。

倒是他父亲、董事局主席商檠业，一针见血地问："今天怎么没去公司？"

在香港总部时，商邵很少迟到早退，新年夜也是他陪商檠业一起慰问员工，可以说，他全年无休，将长子的责任尽到极致。

商檠业不好骗，商邵还不想让他知道应隐的存在，不冷不热地回："发烧。"

父子关系早就跌到冰点了。商檠业沉默片刻，让他好好休息，别太操劳。

Chapter 03

应隐拿出影后的功力装睡,双眉舒展,呼吸平稳,肢体松弛,只有胸腔里的心率几乎飙到了一百八。也不知商邵有没有看出她的破绽。看一眼得了,赶紧走吧,很尴尬的……

然而事与愿违。应隐先是听到了一声轻磕声,像是有什么陶瓷器皿被搁到了床头柜上,继而是衣物的窸窣摩擦声。

商邵慢条斯理地解着西服和领带,看她装得这么辛苦,便将袖扣也摘了。

宝石袖扣被丢进金属置物盘中,发出咔嗒的一声脆响,应隐也连带着吞咽了一声。

他想干什么?

她很快就知道了,因为商邵轻柔地掀开被子,单膝跪上,重量下压,像是要躺进来跟她再睡一觉。

再睡一觉会死的!应隐噌的一下半坐起,白色被单在身前紧紧捂着,想警告他不要乱来,却痛得倒抽了一口气。

她又忘了,她现在是受了伤的女人,容不得生龙活虎……

商邵轻笑了一声:"早安。"

他衣冠齐整,不过是脱了西服和领带,将袖口挽了上去。白衬衣,黑西裤,像是刚忙完了集团的事。

应隐迅速从头红到了脚,衬着她的肤色,像早春那种渐变的粉玉兰。

她也不知道自己为什么要脸红。可是待在他的房子里度过了如此荒唐的一晚,第二天又若无其事地打招呼问候早安——这种流程,她真的不熟练。她又不是失忆,分明记得昨晚上的一声声、一幕幕。

"商先生……"应隐声音小如蚊呐,"早上好。"

商邵在床沿坐下,一手插在裤兜里,意有所指:"你昨晚上叫的,好像不是这个。"

应隐半咬着唇,充满哀怨,幽幽地瞪他:"我不记得了……"

"那正好。"商邵点点头,手指停在衬衣纽扣上,似要解开,"我再帮你回忆回忆。"

"不要不要不要……"应隐两手都去按他,一手按前臂,一手按他手背,近乎求饶。

她很小声地说了一个字,商邵没听清:"什么?"

"疼。"

商邵不自然地咳嗽一声,喉结滚了滚,声音沉哑下来:"我看看?"

"不要!"

"早上医生过来了,给你配了药,"他努力轻描淡写,"吃过饭了再涂?"

应隐脸色红得滴血,目光躲闪着:"你昨晚干什么了?"

"抱你去洗澡,帮你清理,顺便让人换了床单。"

"你有没有说……"应隐两手紧攥,清亮的眼眸无比认真且充满希冀,"是我们喝水不小心倒在了上面?"

商邵:"……"

她可能不知道,那张床单有多狼藉,透湿、斑驳。

他沉默了一下:"我屋子里的每个用人,应该都比你聪明。"

应隐的声音里带起小动物般的呜咽了:"你让我怎么见人……"

商邵叹一声气,无奈地看着她:"我亲自换的,扔在地上,命令他们直接扔掉,这样可以了吗?没有人看到。"

难为他大少爷既没伺候人洗过澡,也没亲手换过床单。他十指不沾阳春水,生下来所见的世界就是有序、明亮、整洁的,二十四小时的生活都运行在一种甜美的规则中,天堂也不过如此。用人来铺床单,见他已经亲手将旧床单扯下,堆在墙角,心里早惊吓了一遍,何况室内气味微妙,郁塞着一股令人脸热的气息,更使得这一举动欲盖弥彰。

应隐噘着一点唇,苍白的面容上有一种静思的哀伤,眼睫上挂一颗泪珠要掉不掉。

"我还是个明星呢……"

商邵既心疼又好笑,将她拉过来圈进怀里:"不然,找个中医调理一下?"

"嗯?"应隐一时没懂。

商邵贴在她耳边说话。"就问他……"他的声音沉了,眸色暗了,"有没有什么办法,可以让我女朋友不要那么多水?"

应隐几乎受了惊,想逃,反被商邵用力搂抱住:"不闹了,饿不饿?"

应隐倒不饿,但难以启齿。

商邵看出来了,失笑一声:"渴?"

应隐双手捂面,点了点头。

"甜汤要不要喝?他们特意为你煮的。"

"是什么?好喝吗?"

"雪燕、牛奶、红枣、银耳……炖……"商邵实在记不清食材,"桃胶,或者燕窝。"

Chapter 03

他端过碗,银匙在里面搅了搅,牛奶晕开,掺着漂浮的透明桃胶,看着很有食欲。

应隐小心接过,一口一口抿着,问:"这个汤很好吗?"

"补气血。"

"咳……"应隐猝不及防,脸埋在小碗里心虚得要命。

其实用人还给她炖了一堆汤汤水水的,康叔还把自己珍藏多年的千年参都拿出来了,但商邵是"君子远庖厨",讲不清里头门道,索性等待会儿吃中午饭时,让她自己尝。

喝完了甜汤,又喝了小半瓶水,应隐又开始犯困,揉揉眼睛说:"商先生,我不是一直在床上吃东西的,你会不会嫌弃我?"

商邵笑了笑,搞不懂她的脑回路:"不要紧,午饭想在这里吃也可以。"

"我想睡觉。"

"我陪你?"

应隐紧张地拘坐着,两手拳头攥得紧紧的抵在腿上。这意思像是拒绝。

商邵站起身,沉默一下,手指从她发间捋了一捋:"那你好好休息。"

他说完便走,走了两步,听到身后人问:"你不忙吗?"

商邵停住:"不忙。"

"你公司里没事?也没有应酬?"

"都没有。"

"不会耽误你吗?"应隐手心冒汗。

商邵转过身,不走了,一颗一颗解着纽扣,看着她的眼睛回答:"不会。"

他的体温灼热,身上带着外头雨过天晴的味道,是一种雨水被太阳烘过后的水汽味。

"太阳雨。"应隐没头没尾地说。

她被商邵捞入怀中,枕着他的臂膀,嗅着他身体的气息。

"刚刚陪 Rich 玩了一阵子,确实下了一会儿太阳雨,它淋湿了,抖了我一身水。"

应隐勾起唇:"你还干了什么?"

"把昨天没停好的皮划艇划到码头,拴好。水位涨了不少,以后别这么晚自己过去,坡道滑,水深,会有危险。"

应隐点点头,安静了一会儿,仰起头来。商邵便俯首吻住她,跟她接了一个很安静的吻。她嘴里很甜,舌尖温软。

"商先生，你不累吗？"

"不累。"

"我累。"

商邵忍不住失笑："对不起，下次不会了。"

他捏一捏应隐的胳膊，揉一揉她的腰，问她这些地方疼不疼。

"疼，感觉被你揍了一顿。"

她乖乖软软的，带一股将睡未睡的困意，让商邵心底一片柔软。

"下次轻一点。"他承诺。

"你真的是第一次？"

"嗯。"

"谁教的？"

商邵笑了一息，亲亲她额："我当你是夸我了。"

"哪家报纸写你功能障碍？"

"怎么？"

"我要投诉他们写假新闻，未经证实便发布，有违新闻求真务实之精神。"

"好，不如先把它们买了，然后让你去好好给他们上上课？"他几乎对她百依百顺。

"那你呢？"应隐梦呓般地问道，"你一直骗我。"

"我没有试过，"商邵忍笑，点点她鼻子，"万一，他们写的是真的呢？话总不能说太满。"

何况她每次努力安慰他的样子实在太过可爱，让他忍不住逗她。

应隐没话讲，嚓唇以示不满。

快睡去时，才听到商邵问："为什么之前不告诉我，你其实没经验？"

"没什么好告诉的，能知道就会知道，若是不能知道，或者没有知道的缘分，又有什么好提前说的？"

她最终还是在商邵怀里睡着了，贴着他怀，枕着、揽着他的手臂，像一束长梗花挨着他。

这花被他搂得紧之又紧，他几乎不舍得松手。

康叔那支千年老参炖的补汤从上午温到了中午，又从中午温到了傍晚，也没等来人喝一口。砂锅坐在文火上，清澈汤水被汨汨顶起，气泡的咕噜声闷在盖中，听起来十分静谧。

Chapter 03

负责管理饮食后厨的艾姑跟康叔面面相觑,请示道:"少爷也就算了,好歹用了早点,应小姐也不饿吗?"

康叔略一思忖,移步往二楼去。敲门的声音十分克制。

商邵醒着,半倚坐在床头,正在手机上处理公务,闻声,他拨了电话回去。

康叔也是头一次碰到这状况,从门口退开几步,恭恭敬敬地问:"要不要起来用餐?"

商邵的声音很轻:"她还在睡。"

"四点了,不如起来垫一垫肚子?否则晚上又该睡不好。"

商邵想了想,"嗯"一声:"再等会儿,你先让他们准备,五点开餐。"

康叔不由得提醒:"你今晚约了谭北桥,六点,荣欣总店,最迟五点要出发了。"

商邵记得:"知道了,照常安排。"

他打完电话,又在手机里回复了几桩请示,吩咐秘书处追办几件要紧事。

在母亲温有宜的教养中,床是单单用来睡觉的地方,除了卧病,其余时间都不可以在上面,不可在床上吃饭喝水、学习办公,更不能躺着看电视。商家所有人的卧室里都没有影视设备,床头柜只放书,小孩们被允许在入睡前,拥有不超过一小时的阅读时光。

商邵第一次在床上处理公司事务,且一处理就是一下午。

其实他午间睡了半个多小时便醒了,看到应隐睡容,心底忽然不舍。这期间她一直睡得安稳,偶尔被吵醒也就是迷糊一秒,随即便换一个更紧密舒服的姿势依偎回去。每当这时候,商邵就会放下手机,亲一亲她的发顶、额头和眼睛,紧一紧搂着她的臂。

至四点半,商邵再放不下她也得起身了。他回了自己卧室,洗澡、剃须、整理仪容,换上西服,又从自动上弦的表柜中选了一只气质沉稳的。做完这些,他回到二楼,亲了亲应隐的唇角:"我走了,晚上见。"

应隐蒙蒙的,眼睫毛颤了颤,想醒,没醒过来。

商邵忍不住笑,加深吻,贴她耳边问:"晚上等不等我回来?"

应隐像被催眠,下意识地顺着他话道:"等……"

商邵心满意足,从没有一天,在出门前,他就已经开始期待回家的那一刻。怕应隐一人难堪不自在,他留了康叔照顾她,另要了一名司机随行。

荣欣楼是老字号,自民国年间便门庭若市,引待各级要员、军阀、司令，分号一路开到了港澳，后来几经易主，这只总店倒是艰难守住了。谭北桥是岭南人，请商邵在这儿用餐谈事，颇有点尽东道之谊的自得之意。

用餐期间，谭北桥对一道粥点颇为中意，亲自邀他品尝。

待商邵抿尝一口，略一颔首之后，谭北桥一拍大腿，对他说："你知道这粥叫什么？"

商邵表示愿闻其详，谭北桥便说："这道粥名叫金宵出白玉，里头的门道，得让老板亲自跟你讲。"

荣欣楼的东家竟然真的在。他少说也是名声响亮的一方富商，会在这儿，想必是谭北桥提前安排的。他走过来，周到地一一介绍，用的什么水，哪里养的稻，几时的鲜笋，哪处海的鲜虾瑶贝，乃至里头的姜丝也必须是越南哪处专田种植的。因为四时四季的时鲜不同，所以春夏秋冬来喝，风味各有细微不同。

但是这么多讲究，端上桌的，却只是一碗简简单单、至纯至淳的白粥而已。

商邵放下汤匙，点一点头："富贵之底，至清之味，很难得。"

"你看，"谭北桥对荣欣楼东家笑道，"我就说他肯定是懂的。"

这粥难得，不是那些乱编噱头哄骗人的，大厅和包厢都点不到，必须是登记在册的贵客提前预订了，才能尝一口鲜。

商邵接了东家名片，想到什么，垂首的脸上有不太明显的笑意。

"笑什么？"谭北桥问。

"想到一个人，"商邵漫不经心地言语，"她跟这粥挺像。"

谭北桥不解其意："我倒是头一次听说人跟粥像的。"

他是附庸风雅，商邵犯不着跟他说，笑一笑，把话题略过去了。

用过餐，敲定几桩意向框架，商邵主动告辞。谭北桥本来还想请他去酒庄坐坐，看出他心不在这里，便爽快放了人。

港3驶过街角，花店灯火通明，穿深色西服的男人走进去，几分钟后出来，怀中鲜花在十二月中旬的冬夜温柔而热烈地绽放着。

康叔的参汤到底没浪费，晚餐间，应隐喝了一碗又一碗。

碗不大，小巧玲珑的，捧在她掌心正好，康叔要给她添第三碗时，应隐推脱说喝不动了。

"那怎么行？"康叔绅士地服侍她，"这一碗盛不了多少，我下午联系了一个年纪大的中医朋友，他说你这时候正要进补。"

Chapter 03

应隐:"……"

"医生和护理我已经安排住下了,应小姐你要是有什么不舒服的,一定要第一时间通知我。"

应隐眉头紧蹙,眼神中带着震惊与惶恐:"我没有任何不舒服!完全没有这个必要!"

康叔不深聊,点到为止,颔一颔首:"那看来是少爷关心则乱,杞人忧天了。"

应隐想到商邵,耳垂染上薄粉,尴尬到无地自容。没事做,她只好又开始喝参汤。

喝了一会儿,小鸟胃灌了一肚子水饱,问:"他晚上回来吗?"

康叔抬腕看表:"应该快了,今天睡前要喝热红酒吗?"刚好圣诞也快到了,很应景。

应隐摇摇头:"我明天有事,今晚就要走。"

康叔做出恍悟神情:"你跟少爷提了吗?"

"还没。"

康叔便很不动声色地说:"难怪他出去时,心情还很好。"

应隐默默咀嚼了会儿他这话,藏在里头的迂回意味被她揣透,忍不住抿住唇角,撇去一抹上扬的笑意。

吃了晚饭,她终于有气力去走一走散散心。雨过天晴的好夜色,像苍郁的宝蓝色天鹅绒,风从海边吹上悬崖,浩荡又温柔地贴着起伏的原野扑至脚边,卷起她身上那件过长的男士衬衫的衣角。时日闲散,只供消磨,她都快忘了自己是个每年上一百个通告的女明星了。

Rich 最近正在换草吃,专机从英格兰一趟趟运草过来,成本好说,清关是真麻烦,饲养员考察了十几家高端马场,正一样一样给 Rich 试。

"它很挑食,可以尝出不同,每次都精准地剩下另一半。"饲养员说。

应隐抓一把新鲜草料,叹一声气:"你这时候过得这么金贵,到时候分开了,跟我走了,你怎么办呢?跟我住小房子,吃小区里的绿化草,每天活得像小驴拉磨?"

Rich:"……"

它哼一响鼻,金色鬃发一抖,像匹上了发条的玩具马似的,颠颠儿地走了。

小矮子,还挺神气。

应隐来不及气急败坏,便听到身后一声轻笑。

她转过身,黑色长发被风漫卷。

商邵站在夜空下,怀里捧一束淡色长梗花,配野浆果,用旧报纸包着,像是忽然起兴的随意之举。

"你的小马为你背井离乡,不远万里,你好意思让它吃苦受罪?"

挺浪漫的画面,怎么张口就是道德绑架?应隐神情里写满了娇嗔的敢怒不敢言,商邵更笑,挺温柔地命令她:"过来。"

应隐挨过去,在商邵意味明确的眼神中,听话又状似不情不愿地圈住他腰。

"不欢迎我?"他低沉了声问,将怀中花垂至身侧,另一手搂住她。

应隐这才用了点力,彻底抱住他。怎么办,她不擅长谈恋爱。这件事好像比在名利场上当交际花还难。

商邵牵住她,领着她往房子里走,又将花交给用人,嘱咐他们将花着水醒好,送到应隐房间里养着。

应隐找准时机:"不用了,我今晚就得走,下次再过来。"

商邵完全当没听到,把她并腿托抱起来。

这姿势熟悉,昨晚上就着这姿势他干了什么,应隐还历历在目。她紧张起来:"不要不要……疼……还疼呢!"

商邵失笑出声:"你在想什么?我又不是什么毛头小子,尝了一次就没日没夜满脑子想着。"

应隐:"……"

商邵抱她进了书房。他书房比卧室稍小一些,但也十分空旷,陈设一目了然,屋内的线条都做了打磨,没有冷冰冰的锋利感,反而如流水般。哑光感的白铺满天地,有股智慧宁静的韵味。

商邵抱她在腿上坐下:"我还有些公务要处理,你在这里先自己玩会儿?"

"我不玩,我要回家准备——"

话没机会讲完,被商邵吻住。

圈坐在怀里的姿势太适合接吻,应隐被他吻得晕乎,软软地喘了一会儿,商邵问她:"你要回家干什么?"

"我要回家……"又被吻住。

他好像在戏弄她,但吻得认真。商邵第三次吻完她,再问时,应隐不回家了:"明天早上再说……"

康叔亲自端了红茶上来,至门口,没出声,识趣地转身走了,顺便体贴

Chapter 03

地帮他们把门带上。

应隐赤脚,长腿并着,白衬衫和黑发都被吻得凌乱。他明明无时无刻看着不禁欲,接起吻来却充满危险气息,好像随时想要占有她。

两人都没注意到上楼的动静,直到有一只属于少女的手拧开门把。"噔噔——Do you wanna build a snow ——啊!!!"商明宝两手捂脸,发出一声尖叫,把里面的两个人都吓得一激灵。

天可怜见,她昨晚硬被康叔赶了回去,今天可是特意过来一解兄妹相思的!

怎么会!她敬爱的!稳重的!不苟言笑的!可以出家的大哥,怎么会在书房这种正经地方,抱着一个女人吻得难解难分?!

商明宝深刻记得,那个下午,她一个无忧无虑的细路妹,只是想窝在他书房里看一场短短三十秒的偶像直拍,却被他冰冷无情地单手拎出来关在门外!那个时候她才八岁!

商邵反应很快,一把将应隐的脸按进怀里,看清楚是商明宝后,才深沉一呼吸,冷冰冰地说:"出去。"

商明宝心里一抖,眼睛从指缝中露出来:"大哥,我有一个价值千金的消息,你想听吗?"

"……"

商邵懒得理她,安抚性地拍了拍应隐的腰:"我妹妹,别担心。"

"要见吗?"应隐轻声问,脸上烧着,十分尴尬。

"你想见就见,不见,我就把她轰走。"

商明宝:"我听着呢!"

商邵一记眼刀横过,商明宝嘴巴一撇,能屈能伸地忍了。她欠了大哥五百万,不可以任性妄为。

应隐压了压心神:"改天好不好?今天不方便。"

商邵尊重她,赶人的话到了嘴边,却倏然改了主意:"择日不如撞日,她不是什么要紧的人,我想让你见。"

"不是什么要紧人"的商明宝,还没来得及抗议,就听到她大哥说:"过来,我给你介绍。"

应隐心悬到嗓子眼,先是从商邵腿上起身,继而深呼吸,抚平身上宽大的男款衬衣。换上得体的微笑后,她才转过脸来。

商明宝的眼神从好奇到吃惊,从吃惊到茫然,最后喃喃道:"哇,大哥,你玩好大哦。"

第三章 夜雨

商邵波澜不惊："叫嫂子。"

这两个字一出，商明宝还没什么反应，应隐先心口一紧，条件反射便拒绝了："不用不用……你好，我叫……"

其实她走到哪里都不必自我介绍的，但此时此刻，她定一定神，十分认真谦逊地说："我叫应隐，是个演员。"

商明宝当然认识，怎么会不认识？她闭上嘴，咽下吃惊："你好，嫂嫂嫂……嫂子，我叫明宝，明珠的明，宝贝的宝。"

"明宝。"这名字一听就知道是掌上明珠，享尽宠爱。

"也可以叫我 Babe，Babe 是我的英文名。"

应隐一怔，笑起来："Babe。"原来昨天那通让她吃醋的电话，就是商邵跟她打的。

商明宝本来已经被震撼得神志不清了，透过大玻璃窗，看到外头一道远光灯由远驶近时，又猛地想了起来。她慌不择言、语无伦次、满脸惶恐地说道："大哥，价值五十万的信息我先预支给你，你要记得补给我哦——商檠业已经到楼下了！！！"

劳斯莱斯的远光灯破开海边夜幕，正笔直地穿过前庭草坪，径自往正门口来。

商明宝话音刚落，便看到她大哥脸色骤变，猛然起身，三两步就到了窗前。

视线中，劳斯莱斯车速越来越慢，即将打转方向盘侧位泊车。

下颌线随着咬牙的动作而绷了绷，很显然，这个男人此刻忍下了一句脏话。

没时间多说，商邵拽住应隐手臂，一边将人带向书房门外，一边冷静地吩咐："家里房子够大，你先往偏僻的地方躲一躲——别去外面，我会担心，他不会待很久，等我安排。"

应隐鞋也没来得及穿，赤脚跟着他跌跌撞撞，男士衬衣下的两条长腿就这么光裸着，任哪家家长看到了，都会觉得两人不成体统。

楼下，黑色轿车已经泊好了位，司机下车，绕至侧面，躬身打开车门。

商檠业从后座迈出，身上穿的还是在集团开会的那一身，衣冠楚楚，器宇轩昂。他在二十二岁时迎来了人生中第一个孩子，现年五十八，跟康叔的年纪不相上下，但两人风度显然不同。按理来说，商檠业要操心的事务更多，还有五个"不成器"的子女成天气他，但或许是保养得当，又或许是商

Chapter 03

家人天然的基因使然，使得他看上去连五十都没有。

他走了两步，闻讯的康叔匆匆赶来，脸上是难得一见的紧张："董事长。"

商檠业"嗯"一声，径直问："他还好？"

康叔不知前情，谨慎而模棱两可地回："大少爷很好，此刻正在书房。"

商檠业蹙眉："不是发烧了吗？怎么还工作？"

康叔瞬间了然，咳嗽一声："大少爷您是知道的，一刻都不肯让自己放松。"

商檠业脸色和缓，但还是冷哼了一声。

康叔满脑子都是怎么拖延时间，但商檠业气场太强，又明察秋毫、洞若观火，寻常的蹩脚理由只会让他怀疑。一时间，康叔只能唤过一名男用人："快上去告诉少爷，董事长来看他了。"

男用人得了他的眼色，颔首说一声"是"，脚步平稳但匆匆。

楼上，应隐已经被商邵拉到了走廊中段。商邵握着她肩，正视她双眼："我不能再耽搁了，你自己先待一会儿，等我，好吗？"

应隐虽然还蒙着，但正色地点点头。商邵脚尖已经调转，想了想，还是不放心地多说了一句："答应我，别乱想。"

等他走了，应隐才明白他说的"别乱想"是指什么。他是怕她误会，觉得家长来了，只能匆匆忙忙躲起来，不是正牌女友的待遇，受了冷落、委屈，觉得难堪。

其实反倒是商邵多想了。应隐从没想过要见他父母，尤其是代表权威的父亲。

男用人到书房门口时，商邵刚步履匆忙地赶回，随口一句"知道了"，接着便清了清嗓子，随用人一起到电梯口迎接。

商明宝跟在他身后，听到她大哥吩咐道："等下机灵点，知道吗？"

商明宝坐地起价："五百万知道，一千万努力，一千五百万卖命！"

商邵瞥她一眼，手指点了下她，像是要批评教育，话出口却倏然变了："成交。"

两人脚步刚至电梯口，电梯就到了。电梯门开，康叔跟在商檠业身后走出。见了明宝，两人都是一怔。

康叔不知道商明宝是什么时候潜入的，只能跟商邵不动声色地交换着眼神。商邵安抚他，让他少安毋躁，接着在沉舒一口气的中途，故意剧烈咳嗽起来。

"怎么还咳嗽了？"商綮业问，那份关切被压在紧蹙的眉后，瞧着像审讯。

商邵把嗓子咳得哑了些，手抵唇回道："昨天划船时淋了雨，感冒发烧一起来了。"

商綮业又转向小女儿："你呢？怎么也在这里？"

商明宝只顾撒娇："我……我想大哥了呀！"

"他一个成天上班下班应酬的人，你想他有什么用？"商綮业一句话听不出好坏。

明宝心想，那可不是，他现在可有时间在书房和女明星谈恋爱了呢！

商邵引着他父亲往书房走，恭敬又略显冷淡地问："爸爸今天过来，是有公事吗？"

商綮业本是来关心他的身体的，闻言怔了一下，生硬地说："你来内地也有一段时间了，我来听听你的想法和计划。"

到了书房，奶咖色浮雕暗纹地毯上，一双女士羊皮居家穆勒鞋瞩目。

商邵："……"

忙中出错，百密一疏。

商綮业皱眉，商明宝赶紧跑过去弯腰捡起，双手将鞋抱在怀里，对商綮业讨好一笑："嘿嘿。"

多说多错，她光笑，不说话。

眼锋交错的瞬间，她明明白白地向商邵示意：我堂堂千金之躯帮你女朋友抱鞋子，加钱！

商邵一脸由她去的无奈，一颔首，不耐烦地比了个五。

"你不是不让她进你书房吗？"商綮业淡淡地问。

商明宝抢着答："大哥重病，我是来给他端茶倒水的！"

重病……商邵不得不装出焦头烂额的感觉，又叫了声"Babe"，半是提醒半像威胁："别乱说，让小温担心。"

温有宜又不在当场，他反倒担心吓到她，至于面前这个父亲，形同空气。

商綮业忍耐又忍耐，才让表情和缓下来。他确实很后悔了，早知道带有宜一起过来，场面也不至于这么不尴不尬。但这不孝子一人在内地工作，骤然发了烧，他怕温有宜关心则乱，吃睡不好，所以才孤身一人来探望。

这种情况下让他述职聊工作，别说没个当父亲的样，连人性都没剩多少了。商綮业改变主意："既然发烧，就早点休息，养好了精神再工作。"

Chapter 03

商邵不动声色地松一口气:"我送您下楼。"

"我没说要走。"

"……"

商橥业轻描淡写地说道:"港珠澳大桥也不短,我既然来了,明天就顺便去勤德看看,也跟谭北桥见一面,你有什么不方便的难处,跟我讲,我去跟他聊。"

难处当然有,但商邵沉默一息,说:"一切顺利,不劳您操心。"

"你还是怨我把你派到内地。"商橥业停顿一下,"商宇这些年多亏有你,你心里不服我知道,但万事万物,越难才越显珍贵。"

"没有不服,你一切决定都是正确的、有先见之明的。"

商明宝和康叔都大气不敢喘。又来了又来了,父子间的夹枪带棒、明捧暗讽,这几年他们都见了太多次。

其实大哥之前不是这样的。明宝心里想。

商邵以前是个很温和谦逊的人,一派谦谦君子风度。商宇总部几千号员工,从上至下都很喜欢他、信服他。他每一次新年夜都会慰问值班员工,给海外市场的同胞送上祝福,红包派得很丰厚。相比于董事长商橥业的严肃敏锐,他虽然同样明察秋毫,但场上常给人留情面、留余地,场下又绝不拖泥带水,做事手腕十分漂亮。

至于在家庭里,商邵更不必说。他孝顺敬爱父母,关爱兄弟姊妹,因为是长子,行事又稳重,大家都喜欢讨他的意见。有什么喜欢而不舍得买的,过一段时间,就会出现在他们房间里。商陆八千万港币的常玉真迹,商明宝六百多万的古董爱马仕绝版皮包,还有数不清的礼物、难题,都是商邵出手搞定的。

明宝始终记得,常惹爸爸生气的是小哥哥商陆,而不是大哥商邵。他一点都挑不出错,行事完美到妈妈温有宜说:"Leo,放松一点也没关系。"

是从什么时候变的呢?一贯温和的人变得沉默寡言、捉摸不透。他宁愿花很多时间去看鱼,去森林坐在帐篷中听雨,去海上玩帆船,也不愿跟身边人说一说体己话。

气氛焦灼,商明宝不由得挽起商橥业的手:"爸爸,你第一次来大哥这里,我们去参观一下好不好?"

商橥业脸色稍霁,点头同意。一长串人亦步亦趋地跟在身后,走了几步,听他冷淡吩咐道:"康叔跟着,其他人都去休息。"

外人走干净,只留下小女儿和长子在身边,商橥业才觉清静。他细细地观察商邵起居的每一处空间，以此来确认他过得好不好，在这里心定不定，是随便对付，还是认真对待自己的日常。

"你如果还是在介意莎莎那件事……"他想了很久才开口。

"不介意。"商邵真心实意地说。

"我承认，当初对待你们的方式欠缺尊重，也很独断专行，你心里有意见，我接受。"商檠业仍坚持说，顿了顿，语气沉郁，"但是 Leo，这么久了。"

商明宝碰了碰商邵的手背，要他把握机会，不要放跑爸爸难得的温情流露。

"莎莎做错了事，是我心甘情愿了断，跟你没关系。我也很钦佩你的远见和敏锐，谈不上有意见。"商邵脸色未改，滴水不漏地回，"别太高看于莎莎在我心里的地位。"这句其实也是骂人的，导火索又怎么能称之为主因？他是请商檠业好好反省自己，别从外部找理由。

商檠业当然听得出，一声讽笑硬生生忍在心口。他没有资格讽笑，因为五个子女对他各有各的叛逆，各有各的脾气，这么多年，要不是温有宜温柔包容，他的家庭关系恐怕会挺糟糕。

商明宝叹一口气，揉一揉额头。救不了了救不了了，她只能打岔说："爸爸，你晚上要住这里吗？"

见商檠业要点头，商邵立刻拒绝道："我只有一间客卧，已经——"

话来不及讲完，客卧那扇门开了。双方隔着数米的距离，都愣在了当场。

应隐身上穿着昨晚上那身剧院工装，小西服、白衬衣和铅笔裙在这里格格不入。

商檠业面无表情："这位是？"

他一开口，应隐几乎腿软。好可怕！跟他一比，商邵简直说得上是和颜悦色！

头上重如千钧，大脑一片空白，应隐下意识地看了商邵一眼。

她左思右想，觉得穿着那衬衫实在不方便，所以才特意回来换了衣服，然后准备开车溜走。她希望商先生不要怪她，更希望商先生不要误会她是故意为之。

商邵的情绪累积已经到了顶点，他不介意再激怒商檠业一次。但在他亮牌前，应隐已经率先反应过来，一鞠躬，很紧张地说："您好，我是今天来应聘的家政，迷路了，对不起！"

Chapter 03

商邵眸中的怔色转瞬即逝,最终演变为一种复杂微妙的晦色。

绮逦酒店娱乐集团,不过是游离在商宇集团外的副产业,代言人和广告片,都没有达到能进入商檠业视线的分量。他一个日理万机、年过半百的董事长,也完全没空关注什么娱乐圈,因此,商檠业跟应隐是"纵使相逢应不识"。

但他面色仍然不算好看。家政服务是要住家的,这个女人做这份工作,是"漂亮"到了成何体统、有辱家风的地步。

"康叔。"商檠业唤一声。

一直跟在身后的康叔上前来:"董事长。"

"你来说。"

康叔只能硬着头皮编:"是今天来试用的,觉得不太合适,已经辞退了。"

商檠业什么话也没说,目光轻轻地将应隐从头到脚瞥过,点点头:"既然迷路了,那就找人带出去。"

就这样?好像比预想的简单。

应隐长舒一口气,再度鞠了一躬,在众目睽睽之下穿过走廊,继而被人送了出去。

客卧门半掩着,商檠业推开,一眼环视而过。

瓶内插着鲜花,床铺显然有留宿过的痕迹,一件男士衬衫搭在床尾凳上。

商明宝反应极快,一个跨步横栏在商檠业面前:"爸爸,我长大了,你不可以随便进我房间。"

"这是你的房间?"商檠业眯了眯眼。

"我昨天过来就睡这里的。"商明宝理直气壮地说。

"那些珠宝,也是你的?"商檠业眼尖得很。

明宝一扭头,发现茶几上五花八门的全是裸钻,用力一"嗯",斩钉截铁道:"都是我的,是大哥送我的——大哥对吧!"

商邵心思全在应隐身上,一时间没关注这小貔貅又在招财进宝,心不在焉地应了一声:"是我送的。"

商檠业没再说什么话,转身走出:"家里要用人,不可能都从香港那边派,自己找是对的,不过……"他淡淡提醒商邵,"你这样的身份,不应该留太漂亮的用人在身边,为你未来太太着想,还是找普通点的好。"

商邵的房子到处都是窗,将外头视野一览无余。夜色下,一辆小车从前庭驶出,灯光微弱,气势短小。

这显然是一辆经济型的代步车。

商橥业沉默看了半晌,倒也真有些疑惑了。难道,不是商邵金屋藏娇,她真是来应聘的?

应隐扶着方向盘,一直到开下山路了,心跳都还没平复下来。她确实要回家,这辆小车也确实是拿来用的,但总觉得剧本有哪里不对……

三十公里的路,幸好这厂商没打虚假广告,小车电力满满地开回了家。

缇文撕开了大小姐身份,住回了市中心的豪华公寓,只有俊仪在这儿独守空房。见了应隐,她仿佛迎接九死一生归来的奥德修斯般,热泪盈眶地扑了上去:"呜呜,我还以为你不回来了!"

应隐有气无力地踢掉鞋子:"什么也别问,我要先泡个澡。"

泡了半小时,她才觉得回魂。

商邵早先给她发了微信消息:"怎么真走了?"

应隐在床上翻一个身,延迟回复道:"本来就要回家的,明天要跟导演吃饭,还要去公司解约。"

商邵过了一会儿才应:"我给你重新买辆车,别开那辆,我不放心。"

应隐赶忙回:"我有车,那辆就是买着玩的。商先生,你爸爸走了吗?"

商橥业本来是要留宿的,但商邵这大小加起来两千平的房子,宁愿用三百平来展示一幅艺术家真迹,也不愿意多做一间客房,显然不欢迎任何人打扰。唯一的客房又被商明宝占了,他只能去住酒店。

商邵刚把商橥业送出门,便给应隐拨了电话:"他刚走。今天是不是吓到你了?"

"没有,是我给你添麻烦了。"

她太懂事,商邵一时不知道说什么。想了想,问:"身上还疼吗?"

其实还有一点疼,但应隐摇摇头:"不了。"

简单聊了几句便各自挂断。

应隐精疲力尽,入睡得很快,不知道商邵正在来的路上。他是自己开车过来的,副驾驶座上放着一个纸袋,里面是医生配的药。他压着限速开,幸好深夜路况畅通,红灯也没遇上几个,抵达时,应隐只来得及做了半场梦。

那梦不太愉快,被半开窗下的谈话声吵扰。

"商先生?"

Chapter 03

"她睡了？"

"睡了。你怎么来了？"

"来送药。"

"什么药？"

"嘘，别吵醒她。"

此后一路无话，只有落在花砖上的脚步轻缓。

上了楼，俊仪不想让他进房间，犹豫道："是我去叫醒她，还是你把药给我？商先生不避嫌吗？"

商邵提着卷了封口的纸袋，有些无奈地看着俊仪，没说话。

俊仪傻了几秒，福至心灵，忽然懂了，脸涨成了个番茄。她火速往旁边一闪："那那那……"

商邵比起一根手指，俊仪立时安静了，用气声应道："需要我帮你把车停好吗？你还走吗？"

"看情况。"

法式对开门被无声地拧开了一扇，灰黑的夜色中，一道身影显得很淡，先是不紧不慢地脱了外套，继而隔着被子压了上去。

应隐已是半睡半醒，一时间分不清是做梦还是真的，"嗯"了一声，闭着眼找他的唇，要他的吻。

商邵吻上去。唇是热的，舌也是热的，气息更热，带着忘俗又让人上瘾的香味。

应隐缓缓清醒过来，睁开眼，在升得高高的月色下，看清了商邵的五官轮廓。他洗过澡了，穿一件贴身的T恤。

"商先生？"她语气意外懵懂，像没料到。

"不知道是我，那你在跟谁索吻，嗯？"

应隐解释不通，声音轻轻："梦到你了。"

这四个字真要命，商邵深深地看她一阵，抚着她的脸更深地吻下去。

屋内一直没开灯，两人的声音只近耳语。

"怎么突然过来了？"应隐的胳膊伸在外面，环着商邵的颈，月光下一截玉色。

"不放心你。"

"让俊仪招待司机喝茶。俊——"

商邵捂住她的唇："我自己开车过来的，她去睡觉了。已经快一点了。"

应隐的心如漂浮在浪潮上，起起伏伏，气息也跟着升落。她的眼神在暗淡的影中也很亮，像是有意见，又像是有期待。

"要我走，还是要我留？"商邵音色沉下来问。

应隐答不出话，想到那半场不愉快的梦，就着环抱他的姿势主动亲吻上去。

她要他留。

高支棉的被单，在两人拥吻之间发出窸窣摩挲的声音。吻着吻着，被子显得碍事，被推到一边，两人贴得亲密无间。

应隐喘着气，枕在商邵怀里，从睡意中彻底清醒了过来。

"你父亲有没有怀疑？刚刚好尴尬，我去换衣服，不知道……"

"不要紧，是明宝带错了路，不怪你。"

应隐带着鼻音"嗯"一声。

"既然撞见了，怎么不等我介绍？"

"没想到。"应隐无声地弯了弯唇角，"下次再说。"

她如此轻巧地揭过去，商邵没再问，只是很深入地抚吻她。

"我给你带了药。"他很认真，但呼吸里的温度骗不了人，"现在上？"

"已经好了。"应隐轻轻挣扎起来，但被他压束得服服帖帖。

耳廓被他讲话的潮热笼着。

"乖，让我看看。"

可是，又没有开灯，怎么看？

这点暗淡的光线，只够应隐看清是一管白色的小药膏。那药膏盖子被旋开，挤出一抹在指腹上。伤口就在浅处，他看着她的双眼，轻柔地帮她将药抹平。

应隐经不住他的深沉目光，只能闭上眼，细眉拧紧，睫毛微蹙。

药上了半天，收效甚微。

商邵讲话还是那样低沉而波澜不惊的，但很过分："药都化开了，宝贝是不是好不了了？"

确实一时半会儿是好不了了。应隐被他握住脚踝时，满心底都在想，明天一定要把微信名改成"隐隐带伤上班"。

从应隐家去公司，比从海边庄园出发更近一点。商邵被生物钟唤醒时，冬日的清晨才蒙蒙亮。

按他平时的作息习惯，他会在五点五十分起床，去河道上独自划一个来回的皮划艇，然后去鲸鲨馆，陪 Ray 坐一会儿。一人一鱼聊不上天，思

Chapter 03

绪都沉静在它的游弋和彼此的对望中。做完这些,他才会在餐桌前坐下,雷打不动地喝上一杯意式。在用餐前,康叔已将今天重要网站的头版推送打印好,放在他的餐桌旁,以供他扫阅。每天早晨七点四十五,商邵准时出门,前往公司。在港3上的时间,是难得属于他自己的阅读时间,古典哲学著作很耐读,一天不过翻阅十几页,远比不上大学时期的阅读量。这是他在枯燥公务中,用以保持清醒和思辨的方式。

晨曦自微敞的百叶帘中投下淡影,老虎纹浮动在那张绿色的丝绒贵妃榻上。商邵睁开眼,花了一秒想起自己正身处哪里。没有船,没有鱼,也没有报纸,他一时不太知道,多出来的时间该用来干什么。

应隐的睡眠习惯是朝向外边侧躺,因此是背对着他的。商邵将人强行捞回怀里,在额上亲了亲。

她觉浅,即使精疲力竭,眼皮也还是颤了颤。睁不开,光动唇,含含糊糊而充满依赖:"别走……"

"不走。"商邵搂着人,看她累透了的模样,心底也有一秒钟的反省。

昨晚上没想折腾太久的,但结束时也快两点。他有理由,因为她还伤着。应隐也不知道是喜欢还是难耐,哼哼唧唧像小动物。

又睡了半个钟,其间商邵给康叔拨了一通电话,让他开港3过来,顺便带一套干净的西服。

俊仪早就准备好了早餐,在卧室外徘徊了好几圈,愣是没好意思敲门。直到楼下传来引擎声,从走廊探身一看,是康叔开着昂贵的迈巴赫。她一拍手,冲下去请他解救。

康叔抬腕看一眼表:"不急。"

他向俊仪讨要一杯现磨豆浆,优雅地喝完了,递给她一个纸袋。"克什米尔的小羊。"

不是暗红色的款式,而是浅驼色,更适合女孩子日常穿搭。

俊仪瞪着眼睛,康叔说:"这是你请我喝豆浆的谢礼。"

俊仪一掩唇:"康叔叔,我们年龄不合适。"

康叔被她呛到:"我夫人在香港大学教书,我们感情很好。"

俊仪大窘,康叔笑着:"下次有适龄男孩送你礼物,你要是对他也有意,收下就是了,别说这些,也别问。只有一点苗头的时候,是不适合直白的。"

"那适合什么?"

"适合静静地等待,给它时间好好地生发,就当观察一株植物的生长,好果歹果,都不辜负过程。"

俊仪还在消化他云遮雾罩的话,康叔却再度看了眼表。

"差不多了。"他暂且告辞,提着罩好防尘袋的西服套装,穿过庭院门洞,往二楼去。

怕吵醒人,商邵换了衣服,在外头的客用卫浴间里洗漱。

三百来平的别墅在商邵眼里勉强算得上是"虽迷你但温馨",但十几二十平的卫浴,多少有点转不过身了。

他用一柄俊仪递给他的软毛牙刷,用应隐充满香味的洗面奶,准备喷定型喷雾时,对着上面"玫瑰姜花精油香型"几个字,皱眉冷静三秒,终于还是一脸凝重地放下。

不行。他现在非常理解缇文在这里住下时的心情。

换上西服后,商邵回到卧室。应隐被他亲得半梦半醒,听到他问:"什么时候再去看 Rich?"

"嗯……"应隐哼了一声,脑子转得很慢。

"今晚?"

应隐点点头。

"那明天呢?"

"明天……"

"要不要陪它住一段时间?"眼前的男人得寸进尺。应隐转开眼睛,还没开口,丰润的唇上便被落下一吻。耳畔响起的声音颇为低沉:"就这么说定了。"

俊仪刚把早餐在院外桌上摆好,便见到商先生从楼梯上下来。他垂眸整理着袖扣,身姿挺拔,步履快而从容,没定型的头发显得比平时年轻,或者说要平易近人些,但配正式西服是违和的。

商邵原本打算去了公司再整理,俊仪却一拍脑袋:"哎呀,我忘了,我们有男士发泥。"

这句话说得不对,打搅了商先生从昨晚至今的愉悦。但商邵动作片刻未顿,将袖扣整理好了,才抬眸看向俊仪:"在哪里?"

俊仪不疑有他:"主卧浴室镜柜的第二个隔层里。"

主卧卫浴。商邵点点头,脸色丝毫未变:"不碍事,去公司再说。"

俊仪去后头洒扫庭院,扫着扫着,挂着扫帚发起呆来。她不能不学着变聪明、变灵光,因为跨越无数阶级向上的相处,如吞一根针,再笨的人也要被刺得灵敏些、诚惶诚恐些。她慢慢想了片刻,一阵风似的跑向前庭。扫帚柄啪嗒一声，在她脚步之后落在水磨青砖上。

商邵已经上了车，见俊仪跑过来，降下半扇车窗："怎么？"

"商先生，那个发泥，是拍电影时用来入戏的。"俊仪气喘吁吁地说，"男朋友死了，睹物思人，她买了好多男性用品，看看看着就哭。"

她说得颠三倒四，商邵从关键词中串联出真相。

眼前的男人表情还是那么波澜不惊，但俊仪能明显感知到，他正从一种沉抑的不悦中缓慢地松弛下来。

"知道了。"隔着车窗，他点点头，"多谢。"

俊仪松了一口气，直起身，目送那扇洁净的车窗缓缓升上，隔绝了里头香槟色的华贵。

应隐一觉睡到十一点，来不及吃饭，随便烘了两片全麦面包，便急三火四地去公司解约。

缇文既已跟她正式合作，解约的场子她当然是要去撑一撑的。两人在辰野楼下碰头，一个职业优雅，从头发丝精致到鞋跟，一个卫衣兜帽盖着长发，腿上穿一条水蓝色紧身牛仔裤，就一双高筒骑士靴还算有点气势。

虽然随意，但缇文不得不承认，应隐是天生的衣架子，时尚感信手拈来。就是眼底下黑眼圈有点重。

缇文体贴地宽慰她："别担心，我们一步一步来，我一定会运营好你的。"

应隐欲言又止，心想，不然你还是跟你表哥说说……

两人进了大楼，刷员工卡，往辰野所在的楼层而去。

这一栋楼驻扎了数不清的经纪公司、娱乐公司以及制作公司，连大堂里的接待都是选秀的落选者。缇文也考虑是否在这里租一间办公室，这样比较方便。

"对了。"两人等电梯时，缇文问，"你的微信名，'隐隐带伤上班'是什么意思？伤哪里了？"

应隐蒙在口罩下的脸红红的。这已经是她今天被问的第二十遍……什么综艺导演，制片人，相熟的前辈老师，亲友，都组团问候她，让她别这么拼。

拼不拼，也不是她能左右的，谁让她的身体这么善于缴械投降。商邵倒是尊重她的"不要"，但稍退一点，便伏她耳边说："怎么办？看来你舍不得我。"冠冕堂皇又毫不客气地再度延续温存。

第三章 夜雨

大办公室内，宣发策划和商务都刚开始下午的工作，见一姐来了，都不自觉起身。应隐一路进去，也听了一路此起彼伏的"隐姐""隐姐下午好"。

为了减少双方不必要的摩擦，应隐解约的消息被保护得很好，除了代言品牌得到了通知，其余人一概不知。应隐的蓝色口罩套在腕上，如常地说："辛苦了，待会儿请大家下午茶。"

应隐对同事向来大方，请的下午茶都是五星级的。话音落下，大办公室里一阵欢呼，没人注意到走廊上的麦安言神色复杂。

辰野高层的办公室沿一条走廊一字排开，麦安言的在倒数第二间，最里头的是总裁 William 赵的。这一面所有的办公室都临着江，有最宽阔的江景风光，应隐一间一间地经过，替麦安言想起他一间一间往里头挪的职场路。

也算是步步高升。想到这里，她心里定了，脚步也在麦安言身前站定："小麦，下午茶也有你一份，笑一笑。"

麦安言果真笑了笑，两手插在裤兜里，算是释然了。

"你知道的，辰野可以公开你的恋情，可以公布你的双相和自杀史，也可以拖着你，打官司，对簿公堂，拖到你所有片约和商务都因为合约纠纷和法律风险而告吹。"

缇文想针锋相对地回敬回去，被应隐一拦。她沉静地望他双眼："我知道，多谢你和汤总的大方和聪明，选择了不那么鱼死网破的方式。"

麦安言把她请进办公室，文件已打印好，一式两份，叠在办公桌两侧。这文件是缇文和咏诚那边一起过目的，应隐拿起，再次仔仔细细地将条款逐一确认过去。

"阮曳的料，是不是你爆的？宋时璋的房子位置没几个人知道。"麦安言给她沏茶。

"怎么会？"应隐笑笑，"她还好？"

"掉了几桩谈好的代言，几个高奢的活动本来是要送她出席的，也暂时搁置了。不过她还好，真正上火的是里面那个。"

应隐知道他说的是 William 赵，阮曳的既定星路被打断，他这个力捧新人的主帅该担心自己的 KPI 了。

"只要宋时璋没掉兴趣，就还是有转折的。"应隐轻描淡写地说，"他手里不是有几十个古偶 IP 吗？就让阮曳当个古偶公主好了。"

麦安言闻言，瞥她一眼："你从谁那里学的话里有话？"

应隐露出那副甜美无辜的笑。

"上次请你吃消夜，让你别解约，你说保证不会离开我的视线，害我梦

Chapter 03

里都在琢磨你到底是什么意思。"

应隐扑哧一笑:"说明你还是在乎我,怕我走。"

"怎么不怕?全中国最年轻的双星满贯影后,就要从我手里飞走了。"麦安言斟好了茶,往应隐面前轻轻一推,"以茶代酒,敬十二年。"

应隐静了会儿,喝了他这一盏茶。

"如果我没有干涉你的接片自由,让你自由自在地追求艺术,你会不会不走?"他还是忍不住问。

"不会,也许那样的话,我已经死了。"

麦安言心头一震。缇文不明就里,怔了一下,捏皱纸页。

"我没有那么多天赋,也没有别人那样的钝感力。你让我拍了那么多烂片,赚了很多钱,就当是保护了我。"应隐抿唇笑笑,"心里有没有好受一些?"

麦安言一时不知道她话语里的真假,但看着她洗尽铅华的笑,就也跟着笑起来,心里松了一口气。

"我的电话永远对你畅通,如果再有下一次,我还是会把你送进抢救室。"

应隐点点头,接过审阅好的解约合同,旋开钢笔笔帽,俯首签下自己的姓名。

最后一笔落尽,她从此是自由身。

"下一步打算怎么办?"麦安言送她到办公室门口,问她的后续安排。

"没想好,走一步算一步,不着急。"

"晚上公司会出正式公告,你签了哪家公关?记得把握好舆论风向。后援会有几个管理比较激进,喜欢对你的事业指手画脚,也许会带头唱衰,你最好别理,让俊仪……"

"安言。"

麦安言的喋喋不休止住了,解嘲地一笑:"我就是个操心的命,你别往心里去。下次看到我买你的黑热搜挡词条,别怪我。"

应隐一笑,口罩堆在下巴,迟迟没拢上去:"真有你的。"

他们穿过那间长数十米的大办公室时,键盘声和电话声都不约而同地慢了下来,停了下来,最终变成一片不安的沉默。这沉默里有一道真相,即将宣之于众。

应隐在门口站住,转过身,目光缓慢地环视一圈。

娱乐圈的人员流动极快,有许多人熬不住,转了行,也有许多人往更高处去了,有人转岗,有人跳槽,这里头没人陪她走过十二年。

办公室重装了三回,她记得清楚,工人来换灯箱片,写真更迭,连带着那些已经过时的时尚被丢弃,但她的脸永远居中,她的电影海报被当成画,挂在最显眼的位置。

应隐用目光跟这一切告别,最终摘下兜帽,双手贴在身前,九十度鞠了一躬。

"隐姐……"有人不自觉叫她。

应隐舒了口气,因鞠躬而倒垂的脸觉得有些鼻酸。

"谢谢大家一直以来的陪伴,"她深吸气,扬起声音说,"祝大家天高海阔,步步高升,身体康健,最后……圣诞快乐。"

祝福完,她起身离开,一刻也没多停留。掌声和此起彼伏的道别都落在她身后,像花园里的翠鸟送走最好的一蓬玫瑰。

通道漫长,铺了红丝绒的两侧墙壁上,十二年的电影海报一幅幅被应隐走过,又一幅幅被她撇在身后。

缇文一言不发,抬眸瞥见她出道即征战海外的代表作《漂花》,那上面的她还有婴儿肥呢,坐在河边,白玉的颈和膀,有种憨态天真的肉欲。缇文做功课时看过这一部的庆功通稿,麦安言拿奖杯,紧抱着她,笑得几乎五官变形。

那时都年轻,不知山高水长,会半途而散。

"他刚刚说你双相自杀……"及至电梯间,缇文才开口。

"很久之前的事了,别告诉商先生,让他扫兴。"

"你们……"缇文想说什么,但她也不知道商邵对应隐有几分真。别人的感情,还是别乱开口为好,免得说岔了,反而误入歧途。

"缇文,我只想留下快乐。如果人活八十岁,这一年要是我最快乐的一年。"

电梯一层层往上,叮的一声响,门开后,阮曳走了出来。大帽子掩着脸,一抬头,挺苍白憔悴的神色。

"真巧。"应隐冲她打招呼,自然流露出大前辈气场。

"我还没分手呢。"阮曳没头没尾地说。

"很好啊。"应隐的语气不经意又天真。

"你不是看不上他吗?苦口婆心劝我离他远点,说他不是好人,到头来又陷害我,想让他放弃我。"阮曳讽刺地一笑,"说得这么好听,还不是见不得我好?"

Chapter 03

应隐随性地笑了一下："你说的都对。"

"隐姐,我也没害过你。你在星河奖贵为影后,是座上宾,我连会场都进不去,何必这么不放过我?"

"你说笑了,你的路还很长,"应隐抿了抿唇,真情实感地说,"我倒是想看看你会走到哪里。"

她走进电梯,按下楼层。梯门缓缓闭合,阮曳不顾一切地说:"宋先生说我是更聪明的你。"

应隐点点头:"那就祝愿你难得糊涂。"

从一楼大堂出来,宁市的天瓦蓝。

跟栗山约的是下午四点,此时过去正好。缇文开车,应隐补觉,像是睡不够。梦里又见商邵,到了地方,依依不舍地醒了,第一件事是摸手机。

商邵今天应该很忙,一直没找过她。应隐没精打采地打字:"商先生今天心底没我。"

商邵实在忙,也实在觉得她可爱。这场汇报重要,有关即将建设的生物医疗实验室,投入规模三期过百亿。他在观看演示时分神两秒,简短地回了个"有",多余的字就再没了。

应隐一时觉得自己被糊弄,又觉得好像没有。

栗山喜喝茶,约的这间日本茶室雅静,禅意空间内挂几幅枯墨书法,梅瓶里插着几枝绿梅。

屋内只有两人,一个是栗山,另一个是他的御用编剧沈聆。栗山七老八十了,但精神头还是很足,一双鹰目炯然有神,讲话中气十足,对记者笑谈说,年轻时可以凌晨四五点就起来伏案工作,这些年不行了,得五点半。沈聆比他年轻十多岁,气质儒雅,花白的头发不焗黑,穿一件简单的T恤也看得出书卷气。

应隐脱了长筒靴,跟在穿和服的侍应生身后。移门拉开,里头沉香袅袅,梅香清淡。

"小隐来了。"栗山招呼了一声,跟沈聆站起来,"介绍一下,这是沈老师,这是应隐。"

应隐惶恐,连声说:"老师坐。"

栗山笑:"你今天是返璞归真,外头都说你是名利场上最老练的交际花,今天见了我们两个老东西,反而紧张?"

沈聆悠然："你是老东西，我可不是。"

应隐忍俊不禁，气氛松快了些。她在蒲团上跪坐下，介绍身旁之人："这是我的经纪人，庄缇文。"

"麦安言没来？他舍不得你演这么低片酬的电影，所以干脆不来了？"

"栗老师……"应隐犹豫一下，"我跟辰野解约了，晚上八点出公告。"

栗山濯洗茶具，闻言笑一笑，八风不动。洗好了两只茶盏，用竹镊子夹出来，在两位女士面前一一摆好，他才说："你跟小岛果然是朋友，一样的路子，一样的想法。"

应隐谦虚："我还远远比不上柯屿。"

"那是，他跟了商陆，越来越像神仙，不像我们凡夫俗子，还要拍点小情小爱。"

应隐笑了一声："我相信两位老师的剧本。"

长长的茶台上，早已叠了一沓纸张，正是沈聆带过来的剧本。"只是初稿，你先看。"

揭开封页，入目便是人物小传，开篇一行字写着：

尹雪青是一个妓女，在三十五岁这一年，她同时拥有了一百万和一张病情诊断通知书。

应隐花了两个小时看剧本。

在这两个小时中，只有缇文和栗山、沈聆在聊天。缇文偶尔还会瞥一瞥应隐，确认她的状态，但栗山和沈聆却一眼未望她。他们好像很了解她，很懂得她，虽然在此之前彼此一次都未深聊过。

庄缇文不知道，这是她素未谋面的、独属于光影和电影人的世界。在这个世界里，他们早就神交已久。

两个小时，窗外头的瓦蓝渐渐成了一种暗沉的橘，最终在暮色下变为深蓝和黑。移门推拉了几次，应隐一概不知。闻到糖渍青梅的香味，还以为到了雪天里。炸天妇罗上了又下，冷餐定食盒从满至空，茶汤一泡接一泡。

翻过最后一页，两行对话落在应隐心里。

你还没有告诉我，雪怎么会是青的。
雪化了，你看见草，就是青的。

Chapter 03

应隐缓慢地将双手捂住双眼,双肩颤抖,不知道是在叹息,还是在压抑着什么。

缇文想关怀,被栗山一个眼神按捺下。他在教她,少安毋躁。

应隐过了五分钟才缓过神来,将剧本还给沈聆,神情自然地抹了下眼泪:"两位老师,这部片,在国内过不了审的。"

栗山失笑一声:"不错,你一针见血。"

"戛纳新规,没有在国内取得放映许可的片子,不能参加展映。国内新规,没有拿到两证的片子,也不能出征海外。所以绕过审查直取海外的路,早就已经行不通了。"

一部电影的成功上映,需要经过影片立项、内容审查和技术审查三步。在申报立项时,摄制方要向有关单位提交基本的剧情梗概和其他基础材料,总局会根据《电影管理条例》给出立项与否的批复,以及修改意见。这是每个电影人都很清楚的一点。新规颁布后,内地电影需要同时拿到开头龙标和纸质的《电影公映许可证》后,才可以出征海外。

栗山颔首,承认道:"确实,我可以说,这部片,从立项开始就注定困难重重。"

他说得含蓄了,以当中的人物身份、感情尺度来说,基本难以立项。难怪以栗山的名望和地位,也只能给出区区百万片酬,难怪麦安言不愿意给她排出档期。

而众所周知,栗山拍片是"核舟记",精益求精,不介意花一年时间磨到极致。他上一部爱情电影,还是二十年前拍的,为了让男女主入戏,让他们在一起相处了整整二十四小时。不多,也不少,正正好好二十四小时,每分每秒都在一起,一分一秒也不少。出来时,男女主演望向对方的眼神如浓到极处的酽茶。

那对主角后来在一起了,再后来又分手了,随着这部电影成为影史记忆。

"栗老师,您这部片子的出品方……"应隐问出第二个关键问题。

"暂时还没有。"栗山点点头,"很难,你知道我们的市场是逐利的,我们有很多钱,但这些钱只能用来赚钱,不能分一点给艺术追求。所以我说商陆和柯屿是当神仙,因为他们有钱,可以保全那些信念。"他从容不迫,垂眸浇着冷掉的茶汤,"古稀之年,为了最后一个想拍的故事,我也得求爷爷告奶奶。"

席间静默了许久,应隐注视他,发现他确实看着比前两年老了。

第三章 夜雨

当初《花心公敌》征战戛纳，何等风光，后来《再见，安吉拉》折下金棕榈桂冠，栗山正是那一年的评委之一。那是属于所有华语电影人的荣耀时刻，他还意气风发，对媒体话筒说，光影世界，仰之弥高，钻之弥坚，要拍到八十八岁。

"应隐，我不勉强，你好好考虑。从最开始，这部片的主角我就已经认定了是你，但缘分是你情我愿，双方共选。你要拒绝，我也不会怪你。"

他最后说："你是天生的体验派，这个故事非你莫属，我的心理医生也随时等候在侧。"

内地导演绕过审查，放弃内地市场，直奔海外——这种事不是没有，但大部分导演和演员的结果都不怎么好。

栗山愿意在艺术人生的末尾碰一碰这样的题材和尺度，一是仗了自己的地位和半生积累，想要硬碰硬，大不了硬着陆；二是都到了尽头边儿上了，还有什么好瞻前顾后的呢？

"十一二年前，你还能跟着《漂花》一起到海外，十一二年后，差不多尺度的电影连能否立项都吃不准。"栗山掂起青瓷公道杯，脸上笑容未减，"可见诸事要趁早，想做就要做。"

拍摄《漂花》那年，应隐刚满十七岁，扮演一个女高中生。有一次放学，她去同学家里借作业，遇见他做雕塑匠人的养父。同学暗恋她，由这次开始，常邀请她来家里写作业、对答案、讲习互助。他却不知道，在他家砌着柴窑的小房子中，他的女同学和他盛年但寡言的养父，已由对视到触碰，由触碰至拥吻。膛灶火红地烧，他们沉默而汗津津，白棉布校服上沾满红泥灰。

这是部复杂的片子，小山村乡民无意识的凝视与恶意，跨越年龄的背德之恋，纯洁与引诱，家乡的抱残守缺与外面大千世界的喧哗热闹都融合在一起。

这里的池塘圆圆方方，外面的河流错综复杂。

她不想去，他要她去。那花终究顺着清澈河流漂向大山外，远离了她的柴窑。

这部片里，爱情、道德、善恶与欲望都显得那么模糊，难以界定。他们台词很少，只有柴窑的火光和纠缠清晰深刻，于是人们不知道他究竟爱不爱

Chapter 03

她,只知道她走后,他亲手雕刻的红泥花一朵一朵在河流上沉底。

应隐拍了这部片,成为许多文艺片导演的缪斯,但她后来再没接过同尺度的片子。她辗转于喜剧片、动作片、市井片之间,少拍尺度戏、裸露戏,花了五年时间,才把"欲"字从她的标签中摘除。

再接尺度戏,是后来与沈籍的那部《凄美地》。大上海是黎美坚回不去的黄粱梦,小港岛是黎美坚最后坠落的凄美地,她在这里被心爱的军官亲手杀死,子弹在她胸口开出一朵血玫瑰。沈籍出不了戏,应隐能理解,死人一了百了,活人苦痛绵长。

"既然在内地连立项都成问题,那么,"应隐沉默很久后问,"您是怎么打算的呢?"

"我正在接洽香港和台湾的出品方,以及国际发行代理,不过坦白讲,进展不算顺利。"栗山坦诚道。

"为什么?"

"因为他们都想指定男女主角。你知道的,三番以外,我可以妥协,但男女主,我只选自己所想。"

栗山是国际名导,欧洲三大电影节的座上宾,商业表现、奖项和口碑没有短板,能演他的主角,是平地飞升。现如今他难得为一部艺术片求爷爷告奶奶,资本闻着腥味儿,不顺手拿捏一番,听着都不像姓"资"的。

应隐笑了一下:"都知道您拍片爱超支,这片子眼看着很难赚钱,要投资确实需要点魄力。"她说着话,似笑非笑地瞥向缇文。

栗山不察,淡然答道:"所以今天把你敲定了,我才好继续谈接下来的事项。有你来演,在他们眼里总算是个保障,也省得他们蠢蠢欲动。"

"不试镜了?"应隐莞尔一笑,"您上次说年前试镜的。"

"我确实还邀请了几位女演员,不过你始终是第一人选,你答应了,余下的试镜工作也就省了。"栗山悠然地跟她打着太极。

应隐若有所思,轻轻颔首,须臾,眼波和话锋都随之一转:"那么之前那部主旋律片……"

"怎么?"

"我想知道开机时间和排期。"

栗山抬眸瞥她一眼,斟茶的动作也一顿:"你要跟我谈什么条件,可以直说。"

"我想要那个女革命者的角色。"

"我说了,你演,对观众的说服成本太高。"

"难道还比不过阮曳在银幕上五官乱飞？"

话一出，余下的人都轻轻一笑。

栗山对她们闹上热搜的事也有所耳闻，但不甚关心，此刻略笑了一笑，打岔道："你们也算同门，矛盾这么深？"

"哪里，我是对事不对人，实话实说。"应隐一股子轻描淡写的正经，"她年轻，既然演古偶鲜灵，就该珍惜时间多演，也算造福观众。电影镜头有电影镜头的苛刻，电视里一分的呆，到银幕上就是十分。这么重要的大制作，这么好的班底，不就该尽善尽美？"

栗山哼笑一声，不置可否："继续。"

"何况她跟宋时璋的关系，全国人民也都知道了。宋时璋是重要出品方，您和导演要看他的面子，大家都明白，但一个重要的革命者角色，让一个花边绯闻闹上热搜的女演员来演，多少有点可惜。"

应隐唇角噙一点似是而非的笑意，她此刻面部神情柔和，让栗山以为那转瞬即逝的野心是他的错觉。

娱记什么时候会蹲拍到阮曳和宋时璋，并不在应隐的掌控范围内，但既然在演员阵容官宣前拍到了，那她不顺手利用，都对不起这天时人和。

对面默不作声的沈聆，此刻目光流露出诧异，为她的敏锐。这片子原定上周官宣，因为阮曳的热搜而暂时搁置了。对于她是否适合演这一角色，主创们和出品方正在研判，宋时璋倒像是冲冠一怒为红颜，要跟谁争一口气似的，咬死了非她不可。

"你的花边也不少。"栗山推道。

"但事实证明，我跟宋时璋的绯闻都是假的，他们才是真的。"应隐轻松一笑。

栗山尚在思考，茶室内安静片刻，应隐却已经悄无声息地收敛了锋芒，变了气质。

"栗老师，您不公平。"她轻声，带着恰到好处的些微埋怨。

栗山有些不解，也有些猝不及防。漂亮女人埋怨起人来，总是招人怜惜的。他一笑："我怎么不公平？"

"这部片风险有多大，您一清二楚。您尚且知道给自己找一部大制作商业片当保障，却不许我找个牢靠的保险。"

"这两部片的制作周期……"栗山原本想反驳，话至中途却断了。

她也没说错。虽然两部片子的制作周期、上映周期是完全错开的，但正因如此，才能当一当向上示好的橄榄枝。

Chapter 03

"你想要的这个角色,戏份压缩在一起,预计要拍一周半。一月份开机。"他悠然起来,公事公办,"你有没有问题?"

"没问题,"应隐深吸一口气,笃定地说,"让我来。"

成了。

"那么这部《雪融化是青》……"

"一百万片酬两部,我买一赠一。"她破釜沉舟,掷地有声。

栗山一怔,目光愉悦兼玩味:"这么讲来,你明年可是要喝西北风了。"

"哪里。"应隐莞尔一笑,"主业不赚副业赚,东边不亮西边亮。"

作为副业、西边、帮她填补亏空的,商邵已经在海边庄园等了她两小时。他在七点结束了公务,婉拒了一场晚餐和一场沙龙邀约,于七点四十五分抵家……发现并没有人在等他。

算了,还是有的。商明宝一米六几的个子,跟屁虫一样,要无视也很难。她跟他一起用晚餐,喋喋不休半刻钟,直到商邵放下筷子,叫她一声Babe:"要么闭嘴,要么出去。"

商明宝抿一抿筷子尖,眼睛斜他:"我有一个解约消息,你要听吗?五百万。"

她现在学会了坐地起价,因为那一罐水果硬糖般的宝石实在刷新了她的三观。想她为了五百万欠款撒娇撒痴,买一双几十万的鞋子还得找尽良辰吉日当借口,没想到她大哥为哄女明星笑一笑,几千万的宝石眼也不眨。没有对比就没有伤害!

"我知道她今天解约。"商邵淡定地说。

见他不上钩,明宝摇头晃脑,不慌不忙:"那我还有一个小道消息,你一定得听。"

"什么?"

"一千万。"

商邵懒得理她,垂眸叹茶:"出去。"

"八百万。"

商邵波澜不惊,只顾喝他的茶。

"五百万。"商明宝咬牙,气势委顿下来,"不能再少了……"

"八十万。"

"……"

商邵这时候才抬眼看她,一手执碟,一手执杯耳,勾起一侧唇角笑了笑，一副怡然从容、请君入瓮的姿态。

"消息过时了，就不值钱了。一分钟，你考虑好。"

商明宝一捶桌子，霍然起身："你！"

商邵略颔首，表示悉听尊便。

明宝好姑娘，能屈能伸，苍蝇小肉也是赚……"成交。"她嘴巴一瘪，骂道，"臭浑蛋。"

康叔在一旁听了全场，忍着笑将八十万从账户上转了出去。

"说吧。"商邵两指点点桌沿，白色衬衣袖口下露出一小截腕骨，蓝宝石手表镜面折射冷光，的确一副难伺候的资本家本色。

"有一部爱情片正在接洽应隐姐，你完咯，要送老婆进组跟别人谈恋爱咯。"商明宝幸灾乐祸。

"别乱叫。"商邵瞥她，提醒她的语气却很散漫。

"喊。"明宝嘟囔一声，但也不太敢造次，"消息保真哦，我的眼线无孔不入，这个导演很厉害。"

"那对她来说是好事。"商邵八风不动，执壶给自己添一杯茶。

拍一部爱情片而已，Babe 会认为这种事能让他方寸大乱，果然是细路妹。

"Huh."明宝发出一个毫无意义的单音节，睨他，"我说厉害，不是指他成绩厉害，而是他调教演员的方式厉害。他拍上一部爱情电影，还是二十年前。为了让男女主入戏，他把他们关在一个房间里，让他们孤男寡女独处二十四小时。"

商邵："……"

"而且他对自己的作品要求十分严格，一场吻戏，如果氛围不对，他可以 NG 二十次，大哥，你知道 NG 是什么意思吗？就是反复亲，反复亲，反复亲，亲二十次。"

商邵："……"

"当然啦，因为他是很厉害的导演，所以拍的片子，跟那些爱情轻喜剧也不同，也许尺度会很大，浓度会很高，到时候上映，全世界都会嗑他们哦。"商明宝挑一挑眉，"这些 CP 粉经久不衰，二十年后，还会为他们意难平，在他们心里，那个男演员才是应隐姐真正爱的人，而她身边站着的，不过是不够爱的将就之人。"

她说完，商邵已面无表情，瓷壶落回大理石桌面上，轻磕出一声响。

商明宝到底是亲妹妹，有恃无恐，忍着笑，眉飞色舞地抿一抿唇。哼，

Chapter 03

让你从一千万砍到八十万，臭资本家，让你见识见识什么叫杀人诛心、见血封喉。她杀完人、诛完心，才假惺惺地安抚："可是这些事，都跟大哥你没有关系啦，因为你跟她也就是玩玩，又不打算走很远的。"

商邵却没理会她这一层。他高大的身躯陷在扶手沙发中，沉默着，手指停在淡蓝青花的壶柄上，若有所思地、缓慢地摩挲着柄尖的雕花鎏金。

"你刚刚说的那两个男女主角……"过了好半天，他才漫不经心地开口。

"他们拍完电影就在一起啦，不过后来又分了，二十年过去了，他们还是很多人心目中最适合彼此的那个人……"不知道为什么，商明宝这一句话倒是语速越来越慢，声音越来越弱。忽然之间，在沉重迫人的气场中，她不再敢看商邵的眼睛。

商邵却什么也没说，只是从沙发上起身，抬腕看了一眼表："快十点了。"

康叔跟上去："是不是休息？"

"她今晚要过来的，是不是路上耽搁了？"商邵伸出手，"手机。"

康叔脸上明显露出意外的神色。

"怎么？"

"她已经在家里了，我看俊仪发的朋友圈，好像在钻研剧本。"

商邵一怔，心里不知道什么滋味。

"我看看。"

康叔点开俊仪的朋友圈。照片中，应隐裹着毛毯，舒服地陷在书房那张墨绿色雪茄椅中，正全神贯注地看着手中的一卷册子。黄铜落地灯的光线柔和，点缀出她眸底的星光。她好像把他忘得一干二净，径自回了家，也不问一句他有没有落班，有没有得空。

商邵的呼吸是刻意绵长的，但浸了些烦躁，被他压着。

他先是忆及在这张椅上对她的第一次亲吻，才对康叔勾勾两指："给我烟。"

烟衔上唇角的同时，他拨出电话。康叔上前一步，划动打火机砂轮，为他拢手点烟。商邵甚少需要康叔服侍到这么细致，但他此刻既想抽烟，又想听电话，烦躁与欲念都是因她起，一双手竟难顾全。

电话响了一阵子才被匆忙接起。应隐的声线带着鼻音："商先生？"

她刚又哭过一阵，此刻手心揉着一团纸巾，眼睑红红的。怕他听出异色，才努力装得沉静。

商邵静了静，问她："怎么不过来？"

第三章 夜雨

"过来……哪里？"应隐有些蒙。

"早上不是说，晚上来看 Rich？"虽然是他单方面自说自话，但她迷蒙着"嗯"，也算是答应。

应隐想了片刻，隐隐约约牵起印象："Rich 挺好的，等我有空了再去看它。"

商邵这次更沉默。

"商先生，如果没事的话……"应隐急着想挂电话。她看了两行剧本，眼泪又盈出来。不能再聊了，会露馅。

"有事。"商邵冷然打断她。

"嗯？"

"Rich 可以不看，我呢？你不想看我？"

等了两秒没回复，他掸掸烟灰，笑了笑："不想？"

太子爷能问出这样纡尊降贵的话，应隐哪敢说不想？

"想，"她只花了一秒便从戏里抽离，语速由快至缓，"想的！很想……"说完了，方觉这几个字情感浓烈。

"想，怎么没电话？"商邵不好糊弄。

"怕你忙，不敢打扰……"应隐小声应道。

"怎么也没发微信消息？"商邵徐徐逼问着。

应隐答不出，听筒紧贴着，脸颊和耳廓都被压得生疼。

"我白天比晚上忙，你倒是敢打扰？"

应隐辩不过，嘟囔一句："可是你也没找我。"

商邵被她抱怨得措手不及："我……"

"你晚上忙完了下班了，也没给我发微信消息。要是商先生你早一点给我发微信消息，我现在已经在你面前了。"

商邵一指扣进领带中扯了扯，半眯了眼，声音低沉下来："你在怪我？"

应隐呼吸软下来，"嗯"了一声，问："不准吗？"

"准。"

这一句"准"让她不自觉抿起唇笑，手指无意识地玩着钩针花毯："商先生，你晚上会不会又偷偷过来？"

商邵已经走至庭院，修长指尖正触到驾驶座的门，听了这一句，将手放了下来："不会。"

他转身往回走，冷静平淡地说："太远，下次再说。"

应隐："……"

Chapter 03

挂了电话，康叔陪他上楼休息。商邵进书房，沉默地将金丝楠镇纸自宣纸上抚过压平，毛笔蘸墨，提笔——

笔尖在宣纸上空悬了半晌，没了下一步动作。过了数秒，毛笔被商邵搭回笔架。

"过几天是不是要出差了？"

一直候在一旁的康叔回："是。"

"去几天？"

这是圣诞节前最后一场海外差旅，之后海外分公司便放假了，他也得以进入一年当中难得的松弛时段。

"六天，五个国家，加来回路程一共八天。"

"回来是几号？"

"二十三号。"刚好是平安夜前一天。

"八天。"商邵沉默一下，轻描淡写，"你抽个时间告诉俊仪。"

"这么重要的事情，你还是该亲自告诉应小姐。"康叔不动声色。

商邵看着空白的宣纸，两手撑在书案边沿："是吗？"

"我想是的。"

"要不要当面说？"商邵问。

"当面说会显得更尊重一些。"

"是不是该提前说？"商邵再问。

康叔颔首："那当然是要提前说。"

商邵一点一点地将问题推到了他想要的终点："我出差这么久不能陪她，是不是应该趁能陪的时候，多陪一点？"

康叔颔首，彬彬有礼地一躬身："我马上为你准备好车辆和司机。"

他老人家这回是吃一堑长一智了，提前在车内挂上了一套洗熨平整的西服，又另外准备了一整套商邵用惯了的生活洗护用品，私底下交给司机，叮嘱道："别让少爷知道，悄悄交给那个叫俊仪的姑娘，让她放在卫浴间里，教她说要是少爷问起，就说是应小姐吩咐她做的。"

司机虽然不懂，但办事利索牢靠，一一记在心里。

商明宝站在门口跟康叔一起目送商邵离开，一直到车子驶出大门后，她才歪起脑袋嘶了一声。

"三小姐有什么问题？"

商明宝满脸疑惑："我明明在大哥这里住了两天，怎么感觉每天都见不着他呢？"

康叔笑了一声:"好了,要是你不嫌弃我这个老头的话,我们可以坐下来饮茶叹世界。"

明宝是个孝顺乖甜的女孩子,知道康叔跟他太太丁克,年近六十膝下无子,很关爱年轻小辈,因此,明宝也很乐意陪他喝两杯茶。

"康叔,我要问句不中听的。"她往红茶里疯狂加牛奶。

康叔一眼看穿她的小算盘,堵她道:"你如果要问大少爷对应小姐真不真,这我恐怕也回答不了。"

"你也看不穿?你是最了解他的人。"

"没有人了解大少爷,我也只是凭习惯和直觉。"

商明宝嘻嘻一笑:"那你觉得,比之前的于莎莎怎么样?"

她不喜欢于莎莎,见过几次,觉得于莎莎的热烈直率真让她招架不住。但她也不敢说出口,因为大家似乎都喜欢于莎莎,她要是说不喜欢,反倒像是她找事。想当初她大哥孤注一掷要开订婚宴,大愁的是温有宜,小愁的就是商明宝,还有一个无能狂怒的是商槊业。

康叔沉吟一会儿:"不好比。"

"为什么?我可没见大哥对于莎莎这么大方。"

"但这些钱,对大少爷来说其实算不上什么。"

"可是大哥那样子的人,居然会舍得让人进他书房。"

"少爷为应小姐破的例不止这些,不过三小姐你还是别知道的好。"

商明宝不是什么不谙世事的白痴少女,她心里有联想,又想到商邵跟应隐吻得难解难分的那一幕,脸上刺挠起来。她大哥吻起人可不老实,手停在不该停的地方,根根筋骨用力,充满了一股近乎失控的占有欲。

商明宝捧着杯子喝一口茶,嘟囔一句:"那到底真不真心?"

康叔如实说:"我不知道。"

今晚出发比昨天早,抵达时,还没到十一点。

商邵没洗澡便过来了,晚上风寒,他下了车,长腿迈上坡道,手中抽开西服,清俊的身影在月色下颀长一道。

俊仪听到那一声门铃声,心里就猜到是他。小跑过来,见他西服底下着淡蓝衬衣,难得没系领带,领口敞开两颗,看着有股松散的温柔。

"她休息了?"

"没,在后院读剧本。"俊仪一边说,一边拉开铁艺大门的插销。

"我去看看。"

Chapter 03

俊仪"嗯"了一声,也不过去打扰,但听商邵若有似无地问一句:"她今天提起过我吗?"

俊仪客观且无情:"没有。"

商邵怔忡,不知道该如何反应,只好略笑一笑。

他在夜色下穿过门洞,走过通明的一楼厅堂,来到后院。水磨青砖的院子每日被俊仪精心洒扫着,很干净,在月光和路灯下泛出青黑色的微光。微光上,躺着应隐。

她怀里抱着一盆花,似乎是株茶花幼苗,剧本卷得略有些软了,散在小腹上。

商邵的脚步顿住:"应隐。"

应隐在发呆,听到人声,很细微地"嗯"了一下,过了会儿才反应过来。

"商先生?!"

她抱着山茶花幼苗,连滚带爬地起身。十七八摄氏度的气温,她只穿了一件灰色方领长袖 T 恤,下半身是白天穿的那条紧身牛仔裤和骑士靴。

商邵脱了西服仔细为她披上,接着才问:"在干什么?"

"我……"应隐有口难开,"想找一找人物状态。"

商邵停顿片刻,将她西服襟口拢了拢:"我来得不是时候。"

应隐摇一摇头,把那盆山茶花小心地放下,接着合腰抱上他:"你说了不来的。"

"不舍得。"

应隐被这三个字弄得心底既紧张又酸涩,两条手臂用力,脚尖也踮起,不由自主地索吻。

商邵一手按着她的背,一手托住她的臀,在亲上去前,他沉沉看她数秒,开口命令:"说你想我。"

"我想你。"

商邵这才吻住她。

牛仔裤将她的臀包裹得浑圆挺翘,他吻着,变了味道,并起的掌尖强势地托过腿缝。应隐脚步跌了两下,只觉得他吻得好凶。明明早上刚分别不是吗?只不过十几个小时没见。

俊仪刚把司机偷偷交给她的洗护用品摆好,便听到隔壁书房砰的一声响。原来是门被甩上了。

她又不能开门进去看一看,单知道两人在里头消磨了半个钟。

要是胆子大一点，敢多管闲事一点，推门进去了，俊仪就会知道那牛仔裤难剥，因此只剥了小半，露出小半截凝脂似的腿。也知道那方领的灰T恤，原本是很端庄典雅的款式，倒方便了为非作歹。

应隐心跳急促，嗓子很干，咽了咽平复心情，小声求："不玩了。"

"嗯。"

可是商邵答应得痛快，动作却很慢，又与她相依了一阵，才帮她整理整齐。

"我过几天出差，去欧洲一趟。"

"几天？"

"八九天。会不会想我？"

"嗯。"

"用什么想？"他眸色很暗，问得一本正经。

这种问题，还能有别的答案？应隐装听不懂，咬了一点唇："用心想，用脑子想。"

商邵笑一笑，没为难她："也够了。"

洗完了澡，这篇却还没翻过去，又给揭了回来。应隐被他温柔地折磨着，两人都呼吸一紧，喟叹一声。

应隐被他圈在怀里，听他散漫地与自己谈天，像是无事发生。

"今天解约有没有被为难？"其实他早从缇文那里关心过，没太追究细节，知道一切顺利便放了心。

"没有……"应隐答着，眉心难受地微蹙，嗓音和气息都不稳。

"怎么了？"商邵轻描淡写而明知故问，"什么地方这么难受？"

应隐咬着唇，闭上眼，跟他犟。商邵也不急，若有似无地玩她的耳垂，气息氤她耳廓，低哑着说："宝贝好厉害，好像在泡温泉。"

应隐想骂他，一开口成了"阿邵哥哥"。

她很少这么叫他，平时总是商先生长，商先生短，连着两夜神志迷离时，情不自禁叫老公。阿邵哥哥四字很少听见，商邵眸中情绪一怔，气息屏成难耐的一线。

他吻她的动作染上了一丝粗暴，像是到了失控的边缘："接下来什么工作打算？"

问得好道貌岸然。

"拍电影……"

"什么电影？"

Chapter 03

"革命片。"

"还有呢？"

"还有个……"应隐终于受不住，眼泪直流，"商先生，我好难受。"

"先回答完。"商邵不为所动。

"还有一个没定，八字也没一撇……"应隐终于答完，眼眸沁着水光，被商邵就着姿势翻了个身。这个身翻得猝不及防，她根本来不及反应便失了声，两脚脚跟紧紧抵着，陡然泄去了浑身的力气。

商邵简直拿她没办法，忍了好半天忍过了，才伏进她颈窝里吻她。吻着吻着，终究是忍不住低笑出声。

"是我见识得少，还是女人都像你这样？"他问。

应隐心跳激烈，那阵子过去了，她又羞耻又恼怒："这么好奇，将来多试试就知道了，反正有的是机会。"

脱口而出的瞬间，屋内蓦地无声。

她说错了话。

商邵笑意微敛，就着居高临下的姿势望了她一会儿，指腹碾她的唇："别说这么赌气的话。"

他久居高位，一面无表情起来就显得捉摸不透，应隐一时噤声，心里像压实了块石头。过了半晌，她抿住唇，乖顺地"嗯"一声，当示弱。

但这点示弱并没有敷衍好商邵。最后那丝笑意彻底从商邵眼中消失，他退得干脆利落，起身穿衣，毫不拖泥带水。

直到系好了最后一颗扣子，他方才转向床头，沉默片刻，俯身揉一揉她眼下："家里还有工作堆着，先走。"

不知道为什么，一阵难以言喻的心悸掠夺了应隐，在她意识到之前，她已经一把抓住了商邵的手腕。

商邵回眸，低睨着她，等她开口。等她说刚刚只是赌气快语，并非内心默认了不会跟他走到最后。

应隐咽了咽口水，柔若无骨的手顺着他的腕骨滑下，经过虎口、掌心、指尖，最终安分地垂落。

"路上小心，早点休息。"她最终说了无关紧要的话。

商邵心里的期待也落了下来。他半勾了下唇，没头没尾地说："应隐，你后悔的话，随时可以。好好想清楚。"

应隐听着脚步由近至远，但等了半天也没听到引擎声，心里存了念想，以为他没走。

起身下楼一看，原来是开了昨晚那台电动轿跑走的，因为是电驱，驾驶起来静谧无声，连什么时候走远了也不通知一声。

她一个人在院子里站了半天，不知道现在是几点。

他一个日理万机的太子爷，二三十公里地来，又二三十公里地回，连找女朋友上个床都不尽兴。想到此，应隐便不由得笑了笑。

其实她不后悔。

怎么会后悔在暴雨那天说了喜欢？这是早就想清楚了的事，早就决定了要快乐的事，她不会这么不洒脱。

这句"反正有的是机会"的话，并不是故意为之，只是此情此景下的脱口而出，并不是她在暗示什么、借机埋怨什么、索求什么。

她毕竟什么也不索求。

她毕竟什么都不敢索求。

他是天上月，山尖雪，她向往着，拥有一年就足够，怎么能奢望什么稳定长久？

其实，他明明只要一句"将来也没有机会""不会有别人""只要你"这样的浮滑鬼话，就能让两个人笑一笑翻篇过去的。他倒是也不说。

他太骄傲，不屑于油嘴滑舌哄女人。又或者说，这些诺言在他心里太重，除非真正认定了人，否则他不轻易开口。

这之后的几天，应隐都忙于那个女革命者角色的重新试镜，也跟几家闻风而来的经纪公司、公关代理深入聊了聊。

她跟辰野的解约十分漂亮融洽，没有任何撕破脸的不体面，让业内惊叹，不知道双方到底是怎么达成协议的。

但无论如何，她现在是干净清爽的自由身，没有难缠的纠纷，一时间成了几家大公司的香饽饽。

她跟缇文深入聊过，缇文只想操盘影视和艺人经纪这一块，商务合约太看渠道人脉，需要熟手。

但左思右想，应隐还是拒绝了所有的橄榄枝。

"我还是想要自由。"市中心公寓里，应隐将三顾茅庐的昂叶总裁送至门口，"即使钱少一点，但自由更关键。"

昂叶是业内仅次于辰野的经纪公司，但在商务资源——尤其是高奢时尚资源方面，昂叶是一骑绝尘的。这得益于其主要大股东、总裁叶瑾本人就出自豪门。

Chapter 03

应隐仔细考虑过昂叶,因为柯屿从辰野离开后,就是昂叶给他托了底,双方合作很愉快,柯屿在男奢方面的成绩遥遥领先,也是拜叶瑾这个女人所赐。

"不错,中国的卡门女士。"叶瑾被拒绝了三次也不恼,但用了一种带讽刺性的幽默,"不愧是从十六岁就开始当傀儡的女人,想要的跟别人果然不一样。"

她纤细的手臂下夹了一只孔雀绿的手拿包,手指拨开打火机,点燃了叼在唇角的女士细管烟。

"不过,你不是一直以嫁入豪门为目标吗?这跟你想要的自由更冲突。"

应隐笑了笑:"叶总说得好像很了解我。"

"哪里,你上的那艘游艇非同凡响,不是一般豪门能接近的,就连我也要踮踮脚才能够到呢。应小姐,跨阶级的婚姻是吞针,表面风风光光,谁肚子疼谁知道。你要是真嫁了进去,自由不自由的,可就由不得你了。跟豪门的那些东西比起来,你把商务约签给我,怎么能算是约束?"

应隐被她夹枪带棒、明嘲暗讽地一通说,面上笑得还是很甜美:"你说得不错,豪门里的女人自不自由,看叶总就知道了。你这个出身豪门的长女都这样,嫁进去的外姓人,想当然也不会好过。"

叶瑾夹着烟,公式化地微笑片刻。

"所以应小姐对嫁豪门一事,不过是叶公好龙,对吗?"

"叶总,我们还没有熟到这个地步。"

叶瑾耸耸肩:"好吧,你爱钱,是因为钱能给你自由,但是太多钱,又不太自由。你很聪明,也够清醒,我拭目以待。"

"恐怕要扫叶总的兴,我没打算把恋情——"

叶瑾一笑,手指隔空点点应隐:"不错,我倒是要看看,商邵跟你,谁是输家。"

应隐脸色骤变,等想再稳住时,已经来不及。

"别担心,这件事只有我一个聪明人知道,我都没告诉柯老师呢。"叶瑾吐出烟雾,"Leo 这个人呢,是认定了就可以为对方净身出户、放弃几千亿继承权的人,跟你也算是旗鼓相当了。"

看朋友的乐子有什么不道德的。叶瑾夹烟的手搭在另一只臂上,轻笑至微微俯仰。

她却是没料到,自己岂止是看乐子,简直是火上浇油。

应隐在心底问,他为谁净身出户?又是愿意为谁,放弃了几千亿的继承权?

不知道是凭借怎样的自制力和演技,她才将那丝笑若无其事、纹丝不动地焊在了脸上,以至于连叶瑾这样的女人都没有看穿。

但她的眼神是茫然的。将门本能地合上,又本能地走回公寓客厅,本能地在沙发上坐下,继而躺下。她本能地微蜷侧躺,将一只抱枕抱在了怀里,由松至紧。

净身出户。放弃几千亿的继承权。

净身出户。放弃几千亿的继承权。

净身出户。放弃几千亿的继承权。

应隐将这两个短语在心里默默念了三遍,对这些字眼感觉陌生起来。

他有多少钱?总而言之,一亿一亿的,不当回事。几千万几千万的珠宝,不过是哄个开心。

他过的是什么样的生活?走到哪里都众星拱月、高高在上,别人仰望他,崇敬他,鞋底不沾尘土,手指不染烟火,所有的权势都可以为他打通,所有的财富都不过是过眼数字,他对全世界都意兴阑珊,因为不必争取就能拥有。

又想到在德国的那一晚。她说:"商先生一场恋爱谈得这么小气。"

应隐在此时此刻笑出了声,笑容释怀、天真,像个小女孩,望着天花板的双眼很明亮,眼尾湿了也不管。

那时候看不懂他唇角的那抹笑,现在懂了。

她不知天高地厚,没见过世面,不懂他情深似海。

为别人。

私人公务机从宁市机场起飞,首先前往英国。

商邵等了很久,也没有等到应隐主动找他。

一天。两天。三天。

他自认是一个拥有充沛耐心的人,但当飞机第四次穿行于云端时,他开始坐立难安,以至于有微微失重的错觉。

他喝水、看书、抽烟,都带着烦躁。

灯影下,男人沉默的面容轮廓深邃,但谁都看得清他的不耐。也许那天晚上他不该走,更不该丢下那一句看似冷静、却充满压迫性的"好好想清楚"。

想什么?什么叫"你后悔的话,随时可以"?

Chapter 03

随时可以什么？随时可以暂停、中止、结束关系吗？

不可以。

湾流 G550 降落在法兰克福的那天，月光漫入酒店套房，他站在床边，一颗一颗解开西服扣子时，有一道念头，像冰锥一样突兀地刺入他的意识。

如果她真的想清楚，后悔了，他要怎么办？

> 『今夜月色明亮,比金山银山干净宝贵,你可不可以允许……允许我爱你?』

帧率 24.000　曝光指数 800　ND -　白平衡 5600 K　+0.0 CC

● REC

第四章

烟花与海

录制中　　　时间码 12:24:20:00

应隐做了个梦。梦里她跟商邵有了一个小孩,但没有结婚。她是他全世界皆知的女友、孩子妈妈,或者说,情妇。她有很多很多钱,和一段随时可以中止的关系。

梦做得零散,故事还没走完,梦就醒了。

也许她后来又给他生了第二个、第三个小孩,网友们提起她,不再是中国最年轻的双星影后,而是"应隐还没转正啊?"。也许她生了一个小孩之后便与他断了联系,他那样的人总要结婚的。他身边站着新婚太太,而他们的故事告终于一个非婚生子,和每年被媒体翻来覆去猜烂了的抚养费。

无论哪一种,都不新鲜。这圈子里耳濡目染的,成天听见、看见,悄悄密语、私下流传的,都是这样的故事——女明星和豪门的最终归宿。

梦醒时,眼前白光晃动,是风吹动月白帘子。

应隐睁开眼,看表,不过浅浅睡了半个小时。脸上很干,因为哭过,泪痕没擦,带着眼泪入睡。

她从沙发上坐起,怀里还抱着那只抱枕,怔怔地出了半天神。

那梦里的故事不足以惊吓她,因为至少,她的子宫还由她自己做主。

可是颠来倒去的,又回到睡着以前的那一念。她放在天边仰望的、如月亮般向往的、觉得这辈子都够不到的男人,原来曾经为了别人,主动走下天边。

应隐又想起暴雨里的告白。

"我已经这样了,如果你也喜欢我,我要怎么办?"

商邵听了,会不会心底想笑?穷人没见过金元宝,乍得一锭,两眼放光、战战兢兢,为了守住它形销骨立、如履薄冰,但真正的富人,面对金山也安之若素。

她是没见过金元宝的穷人,那个素未谋面的前女友,是不是富人?她没被认真爱过,以至于对方给她一点小小的、近似于爱情的回应,她就不知道该怎么办是好,要飞蛾扑火,要一脚踩进深渊。而另一个女人被他全身心爱着,却坦然而松弛,夜夜安睡。

好厉害。她很羡慕。

但这份安全感来自偏爱，应隐没有，所以羡慕不来。

应隐在沙发上坐了一刻钟，起身洗了把脸，打电话给缇文，问她后续工作安排。

缇文正在外面看办公室，置业顾问为她介绍了几栋5A写字楼。香港人讲究风水，比老宁市人更甚，她身边带了风水师，将几栋楼的地理位置、风水朝向以及办公室的格局都仔细看过去。

"我刚看了三间办公室，还剩四间，你看剧本累了的话，要不要一起来？"

应隐便换上衣服，打车过去。

天气是一天比一天冷，也得穿个羊羔毛大衣了，长至脚踝，底下套一条深灰色阔腿运动裤，踩一双休闲球鞋，棒球帽和口罩一戴，没人认得出。何况谁能想得到，身价过亿的女明星出门居然背帆布袋，红色保温杯里是西洋参泡枸杞。

合作的置业顾问是熟人，且服务惯了大客户，最知道什么该听什么不该听，因此缇文也不避着，一边看办公室，一边问应隐："《雪融化是青》，你觉得投资前景怎么样？"

应隐旋开保温杯："栗老师应该是冲着拿奖去的，它的投资前景一是在海外发行，二是在拿奖后。我个人的商业价值运营上……"

"老板，你怎么把自己讲得像个商品？"缇文笑。

"本来就是。"应隐完全把艺人属性从自己的人格中剥离开看待，轻描淡写地回，"海外发行的成果，要看制作完成后，在电影节的表现和发行商、流媒体的评估，但是从剧本角度来说，我觉得OK，否则我不会接。至于我个人的商业价值，首先要保证的还是拿奖。"

"怎么保证？"缇文似笑非笑。

"没办法保证，但可以尽人事，你需要找一家非常靠谱的海外公关，在冲奖季全力运营，一千万至五千万美元吧，看情况。"

缇文："……"

应隐笑了一下："好啦，五千万是冲奥斯卡的，我没这么大野心，栗老师估计也没想过。"

"不过我已经看过了这些年香港选送奥斯卡的作品。"缇文歪了下下巴，后文没再说下去。

应隐喝一口热水："你想得太远，干劲很足，但冒进主义和投降主义是相生的。缇文，拍电影、运营电影，都是非常艰巨、复杂的工程，要平衡太

Chapter 04

多、舍弃太多，不是纯艺术，也不是纯商业，你以为这只是一份五百页的项目推进表，其实每时每刻，它都可能脱轨。"

缇文其实比她小不了几岁，但到底刚出校园进社会，在人事与做事上的阅历还有差距。她点点头："我记下了，娱乐圈要讲韧性与周旋，对不对？"

应隐笑着颔首："不错。"

冬日下午的阳光下，她素颜的脸色苍白，透明似暖玉，视线认真地扫过这办公室的每一面墙、每一扇窗。

缇文笑道："你今天心情很好啊？"

像是听到了什么让人啼笑皆非的话，应隐神情一怔，低声失笑："嗯。"

转完了办公室，正听风水师分析间，缇文手机振动。

商邵发信息问："她这几天怎么样？"

缇文瞥了眼站在落地窗前的应隐，回道："挺好的，就在我旁边，帮你叫一下？"

商邵在她出声前制止了她："不用。"

缇文是聪明人，眼珠一转便了然："你惹她不高兴了？"

商邵回："没有。"

他只是尊重她，看穿了她的退缩和望而却步，因此给出一个冷静的时间段。这不是"惹她不高兴"，更不是吵架，也不是冷战，只是两个成熟理智的成年人，心照不宣地去思考某件事情。

至于应隐这么多天都杳无音信……那只是她忙于试镜，且思考得深，并不是刻意不理他。等她想清楚了，她就会找他的。

但这个思考的时间，是不是过于久了？

十二月的法兰克福，早晨七点，商邵用着早餐，向来优雅的举止因为思考而变得有些缓慢。只是后不后悔跟他在一起，这么简单的问题，为什么要想这么久？

银色刀叉柄上的手指，因为不自觉地用力而泛出青白色。为什么需要认真思考？这个问题，难道不是不假思索就能得到答案的吗？

"我不后悔。"商邵的梦里像是听过这四个字了，但睁开眼，他的世界寂静无声。

缇文无知无觉，心情轻快地应道："我想也是，要是你们吵架了，她心情也不会这么好。"

海外随行的助理在这时敲响了套间餐厅的门扉，提醒道："邵董，我们该出发了。"

第四章 烟花与海

叮的一声，男人放下刀叉，点点头，用热毛巾沉默地擦过手，继而推开椅子起身。

他思绪不在这里。助理看穿，提醒道："您的手套。"

商邵将羊皮手套捏在掌心，另一只手苍白而血管泛青，打字给缇文回复："我看看。"

缇文不解："视频吗？"

商邵："照片就好。别吵到她。"

缇文便偷偷拍了一张，发送给商邵。照片中，应隐手里捧着红色保温杯，穿得很休闲，黑色卷发披散着，在冬日午后看着很慵懒。她脸上带笑，认真听置业顾问的利弊分析，神情很柔和，看上去心无旁骛。

商邵很认真仔细地看着。

忙至中午才得空，思绪经繁杂公务一涤荡，反而清晰起来，笑自己这几天作茧自缚。她不回他没关系，他完全可以主动找她。

想是这么想了，拨出电话时，心跳居然加快。也怕她不接。

应隐跟缇文忙活了一天，晚餐时也没闲着，边喝酒边聊栗山那部电影投资的可行性、怎么在香港组盘子等等，看到屏幕上提醒的香港来电，她咬着叉子愣怔片刻，对缇文一笑，将电话接起。

"商先生。"她语音轻快。

太轻快了，反而让商邵不知所措。他幻想过很多种可能，冷淡、沉默、争吵、质问、顾左右而言他，唯独没想过这么轻快的一声。

"吃晚饭了吗？"他滚了滚喉结，最终问了件最无关紧要的事。

"在吃呢。"应隐若无其事地回，叉子拨弄沙拉碗里的紫甘蓝，"你呢？现在到了哪个国家？"

"在法兰克福，德国。"

"注意休息。"

商邵在这敷衍的四个字中沉默。应隐等了两秒，出声道："我还在吃饭，没事的话——"

"你……"

应隐耐心很好地等着他的下文。

商邵将"你考虑好了没有"咽下。不知道为什么，他觉得这个问题很危险，充满着失去他掌控的风险。他换上一个更安全的问题，状似有些冷淡、有些正经地问："你有没有想我？"

应隐一愣，用气息笑起来："想的，你早点回来。"

Chapter 04

　　为了她这一句"你早点回来",商邵真的压缩了行程。原定二十三号回国的,硬是在二十号就提前结束,中途遇到雷暴,不得不在迪拜多中转了几个小时,抵达宁市国际机场时,已经是二十一号的下午。

　　他竟然是从金渊民的朋友圈中,得知了她今天到勤德置地做扫楼活动。

　　赞助星河奖的资费不菲,扫楼是赞助项目书里的既定安排,只不过嘉宾没定。主办方和勤德品牌部碰了头,都觉得既然典礼那天,应隐和金总已经一起颁过奖了,那不如熟上添熟。企划书和流程早就递给了辰野,媒体也早就预约好了,但因为解约一事,麦安言给忘了个干净,快到日子了才交接给缇文。

　　"你要是觉得太赶的话,我们可以申请延期,刚好邵董不是也还在欧洲吗?不如等——"

　　"就按原来的日子。"应隐打断她,一派淡然,"来得及,扫楼也没什么难的,年末了,早点做了安心。"

　　缇文顺她的意,提醒道:"有直播,到时候也会上热搜,你把流程和采访再熟悉熟悉。"

　　往常的扫楼活动,一般是在有剧在播或者有电影要上的宣传期,扫的也都是娱乐媒体公司或流媒体平台总部,像勤德置地这样正儿八经的房产公司,确实是少见。

　　应隐看了下流程企划,没有很正经,但也不算放得开,更像是一个媒体开放日,由明星带着媒体一起来慰问,体验勤德的办公氛围。

　　扫楼讲究平易近人,端大牌架子是不行的,应隐穿得很简单,一件半高领紧身羊绒打底衫配廓形黑西服,耳朵上戴了副时尚感很强的耳钉,看上去像是都市职人。

　　勤德的PR给她和陪同前来的俊仪发了临时工牌,鲜绿色的系带,缀在胸前很亮眼。

　　她们一出电梯门就被团团围住了,勤德员工热情似火,手机举成火炬山,每一只手都在忙着录小视频。应隐的笑如春风拂面,一路招手问好,全程配合得任劳任怨。

　　毕竟是他的公司。

　　彩蛋福利是由"金总"对她进行一场采访互动。为了保护素人金总的隐私,直播间只露应隐的脸,金总和主持人隐在镜头后。

　　应隐自大办公室移步楼上直播间,员工们都回工位工作了,身后只跟着一串媒体和公司品牌部的人。铺着地毯的走廊上,相对排了六部电梯,无人留意到当中一部从顶楼直下,贴有 VIP 专属的那一扇铬色金属门敞开了。

门开,原本该在欧洲的人,此刻出现在勤德的电梯间中。

他是风尘仆仆的,让人疑心身上还沾着德国冬天的风雪,黑色呢子大衣笔挺,指尖一根烟燃到了末尾,正等着要在一旁垃圾桶上摁灭。见到满走廊的媒体后,商邵眉眼中不耐的烦躁落了回去,化为了某种沉寂的安定。

他是乘直升机回来的。公务机还在邻市上空盘旋时,他看见金渊民的朋友圈,知道了她在勤德做活动,当机立断让康叔派直升机到机场。

公务机落地宁市的半小时后,衔接搭载他的直升机降落在了勤德顶楼停机坪。

商邵很少坐直升机,虽然这是往来内地与港澳间最便捷的交通工具,但他坐惯了静谧的公务机舱,很难忍受直升机的聒噪。螺旋桨和狂风的鼓荡似乎还在耳畔萦绕不去,商邵将烟在一旁垃圾桶上顺手掐了,双目一瞬不错地看着应隐。

几台摄像机静谧地运转。有媒体率先反应过来:"金总?"

真金总正在直播间里深呼吸轻吐纳,做足了见大明星的准备,派头拿捏得万无一失。

假金总在电梯外沉默怔忡,苍白眼底染上淡青,机舱内的香氛还未从他身上褪去。

他看上去很疲惫。应隐对他点点头,半生不熟地微笑了一下。

那一瞬间,商邵忽然觉得,她离他很远,他抓不住。

"咱们不是要上去做采访吗?"媒体不明就里。

勤德的 PR 们被架到了火上烤,硬着头皮解释道:"这位是小金总,楼上那位是大金总,今天我们的采访——"

商邵打断她:"上楼吧,我准备好了。"

所有勤德人都倒吸一口凉气。太子爷搬到这边办公以后,董事办的行程就会偶尔流出。他这趟欧洲之旅安排得密密麻麻,在场的人都叹为观止,茶水间闲聊,不知谁苦笑直言:"太子还真不是谁都能当,要换了我,早就撂挑子不干了,当个富贵闲人不香吗?"

现在他刚落地,不赶着休息,反而来陪明星玩过家家。几个品牌部的人将吃惊咽回肚子里,一边匆忙打字让楼上做好接待准备,一边伸手挡住电梯门,将人都请了进去。

商邵和应隐并排而立,怪轿厢擦得太干净,将她面无表情的脸映照得那么清晰。

Chapter 04

上了楼,真金总一脸怨念,有苦难言,忍痛赔笑着将他的影后女神请进直播间,自己在外头踮脚引颈,舍不得走。

"邵董怎么突然回来了?"他压低声音问品牌专员。

"不知道啊。"

"回来了也就算了,装我装上瘾了?"他大逆不道。

专员睨他一眼,悄声道:"金总,金渊民这三个字,放邵董身上听着都要更有气质些呢。"

金渊民吸吸肚子:"滚蛋。"

直播间设置在会议室,透明玻璃窗,在办公区也能一览无余。不少员工都在外头拍照录像,商邵冒名顶替到底,冲应隐伸出手:"应小姐,很荣幸再次相见。"

应隐只轻轻地捏了下他指尖,时长不过一秒。

采访提纲由专员递上,都是提前审核好的,比如"如果没有拍电影的话,觉得自己会从事什么行业","如果不计较钱的话,最想做什么工作",诸如此类。

商邵依序问了几个。他的面容波澜不惊,直至将那张 A4 纸自指间折下,问:"应小姐这段时间过得怎么样?"

俊仪脑袋里冒出问号。提纲里没这问题啊,商先生糊涂了?

应隐答道:"很不错,跟公司解约后,也有了很多属于自己的时间,试镜,聊片约,组建自己的工作室,每天都很充实。"

这是公式化的回答,谁问都一样。

商邵问她:"心情呢?"

应隐点点头,对着镜头笑起来:"也很好。"

"有个粉丝想咨询你的意见。他跟他女朋友吵架了,不知道要怎么才能哄好对方。他女朋友是个……小女孩,可能,"商邵顿了一下,"可能也没那么喜欢他,所以,他有点不知所措。"

俊仪心里警铃大作。弹幕疯了,都在刷屏同一个话题:

> 大佬:其实那个粉丝就是我?
> 大佬不是已婚了吗?他老婆不是很喜欢他?
> 大虐大虐!

应隐轻轻笑起来,仰着下巴很认真地想了一会儿:"我不知道啊,但是

第四章 烟花与海

交往一个不那么喜欢自己的人，很辛苦吧。"她抿一抿唇，带笑注视着商邵的双眼，"所以如果是我的话，干脆就算了好了。"

话筒收音很好，直播间的所有人，都听到了一声陌生又熟悉的声响。那好像是纸张被揉皱的声音。

商邵目光锁着她，脸色森如深潭，偏偏语调平静地问："哪种算了？"

那种平静，是山雨欲来风满楼。应隐略带尴尬地笑起来："如果他女朋友真的不是很喜欢他，我建议他算了，反正能遇到更合适、更爱他的人。不过，我也不是感情专家……"

她的声音远去，似乎交织进了一种白噪声中，如一张密不透风的网，让一贯明察秋毫、稳操胜券的人，陷入了一股茫然。这股茫然让商邵焦躁。

"反正能遇到更合适、更爱他的人。"她是不是在提醒他什么？

想到那晚她脱口而出的那句"将来多试试就知道了，反正有的是机会"。她不是很喜欢他，用这种方式委婉而重复地告诉他，那张合约总要结束的。

直播采访结束，开始时有多少人鱼贯而入，此刻便有多少人鱼贯而出，只剩下商邵一人坐在这间会议室的椅子上。

品牌总监摸不清他脾气，也距离他层级太远，平时根本打不上交道，此时诚惶诚恐地问："邵董，今天的扫楼活动结束了，您要不要去送一下应小姐和媒体工作人员？"

他眼前的男人始终垂着脸，肘立在桌沿，用手支着额头，只是很淡漠地扬了下指尖："让金渊民去。"

"好的。"

人走空，满室寂静。就连办公区内的喧嚣也渐渐落了回去，看热闹的员工们回到了工位上，键盘的敲击声密集地垫在商邵一次紧过一次的呼吸中。

他的心脏也一阵紧过一阵。

玻璃门再度晃动。这一次，阔步而出的身影只有一个。

黑色呢子大衣挂在椅背，商邵只穿了衬衣马甲，步履是整个勤德从没人见过的匆忙。他甚至由走至跑，喉结紧着，目光紧着，完全失了分寸地跑向电梯间，继而不顾一切地按着下行键。

有什么用？他又不知道应隐的车停在哪一层。

司机送他至应隐那栋市郊别墅。门铃久响不应，十分钟后，商邵才后知后觉地意识到，这房子里没人。

是他过来得太早了？司机走了近路，还是她在路上有事耽搁了？想至

Chapter 04

此,终于有了充沛的理由给她打电话。

"你在哪里?"他克制着,呼吸延缓成焦躁的一线,"还没到家,是不是出了什么事?"

"我这几天没住那边。"应隐像是没料到他会打电话过来,"商先生,你在别墅?"

她还这样叫他"商先生",让商邵意外。

"我在这里,刚到。"他掐着没点燃的烟管,"那你最近住在哪里?"

应隐略了过去,径自说:"那我回来,要麻烦你等半小时。"

"应隐。"

"嗯?"

"我回来晚了吗?"

应隐浅笑一阵:"没有啊,不是原来说二十三号吗?提前了三天,我都吓一跳呢,怎么做到的?"

"砍了一些不必要的行程,少睡了几个小时。"

"好辛苦。"应隐勾一勾唇。

"你刚刚说的算了……"

"商先生,我进电梯了。"应隐冷不丁打断他,"信号不好,回去再说?我听不清。"

她头一次率先挂了电话。

俊仪张了张嘴巴,刚想说上几句,应隐却闭上眼,疲惫地说:"别问。"俊仪便什么也没问,只是送她到了家。

商邵没有在车里等,只是沉默地站在路灯底下。他身上只带三支烟,因此最后一支如此珍贵,迟迟没敢点燃,被指尖掐得软烂,露出里头暗黄色的烟丝。

"上我的车。"

应隐很顺从地换乘,没坐他腿上,规规矩矩地绕到另一侧。

挡板升上。他牵住她一只手,冰冰凉凉的。他摩挲着她的腕骨,沉了声问:"怎么不坐过来?"

"商先生,我身体不方便。"应隐为难地说,"那样不健康……"

商邵怔住,几乎感到错愕。一阵极罕见的茫然从他眼中掠过,他皱眉,神色复杂地盯着她:"应隐,你把我当成什么人了?"

应隐垂下脸,刻板地玩着外套袖口:"我没有别的意思,只是你每次……"

第四章 烟花与海

"我喜欢你坐我腿上,是因为我喜欢你,喜欢抱你,不是为了……"那两个字有点难堪,商邵沉着脸,艰难地启齿,"不是为了玩弄。"

应隐点点头:"知道了。"

商邵扣着她手腕,用了些力气,在行车途中坚定地将她拉到了自己怀里。应隐的膝盖在中控上磕了一下,但还好不疼,只是姿势别扭,她不得不跪着调整好,侧坐到商邵腿上。

怀里沉甸甸的感觉充实而充满安全感,商邵深呼吸,不由自主地抱紧她,将脸埋在她的颈窝。连日的疲惫和不安,都在这一刻被抚平。

"你刚刚采访时说的……"他捏她的掌心,又将她的手指握紧,"是不是在对我说?"

"不是。"

"你是在对我说,你没有那么喜欢我,所以让我算了。"

应隐像听到天方夜谭。她怔一怔,哭笑不得的模样,商邵看不见。

"当然不是,商先生——"

"你就算真的没那么喜欢我,"商邵打断她,停顿一瞬,面无表情而沉着地说,"我也不会算了。"

应隐蓦然觉得心口酸涩直冲鼻腔,让她天灵盖都疼了起来。

"商先生,你这样说……我会误以为你很爱我。"她酸楚地说,"我会当真。"

女革命者的试镜要重新开展,但只针对应隐一人开放。

试镜现场,坐着总监制栗山、导演谢不扬、选角导演余长乐,以及所有占大头出品方的代表。宋时璋也在当中。应隐一一问候,将新的试镜片段演绎一遍。没什么翻车的余地,她发挥完美,没给这些人留下挑刺的空间。

"我看……"栗山抱臂环胸,靠在折叠椅上,"就这么定了?"

谢不扬是他曾经的副导演,也算是学生,自然是听他的。余长乐一早就投票给了应隐,也没有异议。剩余的资方代表,虽然各个心怀鬼胎,但利益点不在这个角色上,因此也没有发难。

只剩下宋时璋,他是最大的出品方。

他沉默很久,也没人催他,直到五分钟后,他才首肯:"就这么定了。"

散场,几人都从阶梯教室缓缓而出,宋时璋落后一步,等应隐跟谢不扬聊完了档期,他才叫住她:"小隐。"

应隐礼貌点头,面上含笑:"宋总,好久不见。"

Chapter 04

"你又赢了我一回。"

应隐回得滴水不漏:"宋总谦虚了,工作而已,有什么输赢?谁合适谁上便是。"

宋时璋看她的目光丝毫未变:"你看上去不是很开心。"

应隐还没到跟他诉衷肠的可怜地步,微扬了下唇:"开不开心,也不是给外人看的。"

"你生日的通稿,不是我安排的。我没有那么扫兴。"他冷不丁说。

都过去快一个月了,应隐几乎忘了那通稿写的什么,没想到他还惦记。

"如果我有让你不舒服的地方,你告诉我,或者多担待,邵董那边……"宋时璋最终客气委婉地说。

应隐明白过来,目光流露出复杂和一丝哭笑不得:"你怕得罪他?"

"我在他身上有所图,所以当然怕得罪他。"宋时璋并不避讳,也不恼怒。

硬梗着脖子的是愣头青,识时务者为俊杰,宋时璋白手起家,豁得出去、拉得下脸,低人一等不丢脸,赚钱才是要紧事。

"宋总高看我了。"应隐笑了笑,"我在邵董心里没那么重要。"

宋时璋对她这句话不置可否,陪她自阶梯教室走至走廊,要送她去电梯间。这里是他公司的办公楼,送她出门,也是地主之谊。

其余主创还有会要开,都先行移步至会议室了。应隐顾虑着跟他毕竟传过绯闻,客气地请他止步:"我的助理就在外面休息室,宋总不必送了。"

说话间,一行人刚好从电梯间出来。约有四五个,当首的身材肥壮,半长卷发花白,穿一双黑布鞋。应隐认出来,他是近些年北上的港资代表之一,姓刘,早年间曾是著名的武行演员,如今在香港电影制作协会拥有举足轻重的地位。跟在他身后的,则是一串随行人员,其中一个瘦削的女人,十分眼熟。

应隐在片场浸淫十数年,每天要跟数不清的剧组师傅打交道,久而久之练就了一身记人的本领。正思索在哪里见过时,那个刘姓港资大佬已经停下了脚步,跟宋时璋打起招呼来:"巧了不是?"

宋时璋一派倜傥作风,一边笑着上前握手,一边拍拍他肩膀:"我刚说送应老师下楼,栗导和不扬已经在会议室等着了。"

他既然提了,应隐走不成,只能摘下帽子,勾下口罩,对一行人熟练而甜美地微笑。

几人就着这部主旋律电影寒暄片刻,又默契而自然地互相道起别来,唯独那个瘦削的女人落后一步。

"刘生,我跟应老师说两句话。"她一副自来熟的模样。

港资大佬派头很足,对她倒很和颜悦色,点点头应允了,跟宋时璋补充介绍:"新来的法务,于小姐,这可是伦敦政经的博士高材生。"

"过奖了,"这位于小姐很经得住夸,且热情大方,毫无扭捏姿态,"是刘生慧眼识我。"

她的声音比她的脸更有辨识度,清脆铿锵,带有能去法庭上激辩的那股力量感,让应隐想到欧美那些经常上电视演讲的政客。应隐想起来,上次见,是在香氛活动的酒店里,她正跟她的未婚夫看宴会厅。

她……认识应隐吗?

宋时璋送他们一行去会议室,电梯间只剩两人。

"你是……"

"应小姐贵人多忘事,我们上次见面也是在电梯口,你说巧不巧?"她说着,伸出一只手,在眼前比画着遮了一下,"你上次戴口罩,说实话,还真认不出来呢。"

应隐微蹙了下眉。她不喜欢自说自话的人,因此没寒暄,只冷淡地等着她的下文。

"幸会,我叫于莎莎,是刘宗公司的法务代表。"

"你好。"应隐礼貌地说。

于莎莎笑起来,是那种阳光过剩的笑意:"阿邵什么时候口味变了,他应该不喜欢你这种类型的。"

想起来了,她是商邵的……同学?但应隐不喜欢她的措辞。人与人之间是有气场的,处得来,那不说话也能处,处不来,那无论笑得多热情洋溢,也只觉得难受。她可以感觉到,对方并未向她释放善意,而是充满了一股凝视。这种凝视,让应隐想到沈籍的老婆。

她淡淡的,因为个子比对方高,更显得高冷:"我不知道你在说什么。"

"上次星河奖,他破天荒去走了红毯,我就已经很惊讶了,还以为自己眼花。前两天你去勤德扫楼,他又装了回金总。"

于莎莎说话带有港台腔调,听着微嗲,笑眼明亮,有一股烂漫之气。她看起来有三十一二岁,上挑的细长凤眼,黑直发披肩,显得气质清爽,加之瘦的缘故,因此看着充满元气,有少女感。律政职人的事业属性又为她增添了几分精英气质。

应隐勾了下唇,眼波微转,轻点下巴:"于小姐没别的事的话,我就先

Chapter 04

走了,我助理还在等我。"

"他有没有跟你提过我啊?"

应隐在这轻快随意的问题中,停下了脚步。

于莎莎看着她的背影,或者说身体。

第一次在酒店电梯间偶遇,她就该察觉出蹊跷的,什么峰会的公关会打扮得这么招摇?难道是来峰会吊凯子的吗?而阿邵对她的叙旧竟然无动于衷,目光只追随这个女人。

她后来在星河奖的热搜上看到他的片段。走红毯、出席颁奖典礼、被几百个镜头捕捉,这是最不可能发生在商邵人生里的事情。他们同框颁奖,他一个谨言慎行、不苟言笑的人,在众目睽睽下竟收不住唇角淡笑,看她的时候眸光专注。

第三次,勤德扫楼,藏于镜头后的那把嗓音不只网友记得,于莎莎当然也记得。

商邵不应该喜欢一个女明星的,尤其是一个十六岁就出道,脑袋空空,只有脸蛋和曲线的明星。

于莎莎轻笑了一声:"他是不是跟你说,我只是他的同学?我们差一点就结婚了。"

这道声音、这几句话,在应隐的脑中停留了一会儿,才慢慢地、逐字浮现出正确的语义,像一行古老的刻在岩碑上的咒语,在这一刻耀出金光、发挥魔力。

她毫无防备,怔怔的,那股钝痛要过一会儿才会蔓延上来,下一刻,唯一的念头竟然是——他喜欢的原来是这样子的。普通、瘦小、利落、阳光,似乎很有斗志,头脑灵敏,学历很高。

她们是两个极端,谁身上都没有对方的影子。

"于小姐,"应隐稳了稳呼吸,"你我素不相识,你跟我说这些,我一个字都听不懂。"

"别误会,我已经有新的未婚夫了,不会抢你的。"于莎莎笑了笑,"我只是很好奇,今天见了你,才觉得 Leo 喜欢你也很正常,你身材真好,我好羡慕,他以前总取笑我太瘦。"

宋时璋的办公楼也太小气,电梯就这么几部,楼又这么高,应隐等了半天,总也等不到能载她下楼的那部。她只能听着,怕有录音,或话语间的陷阱设套,因此既不能承认,也不能反驳,只能假装完全置身事外的样子。但她盛气凌人,身体绷得笔直,面色苍白倨傲,是上了热搜会被骂耍大牌的地步。

"好了，我还要开会，得闲饮茶。"于莎莎却倏然停止了攻击，像一头矫健的鬣狗退出了狩猎，"帮我照顾好他，毕竟如果不是迫不得已，我们也不会分开，我心里还记挂他，他也是。"

电梯终于来了。于莎莎甚至伸手帮她挡了下门，一副礼数周全的模样。

"应小姐，再会，下次喝茶向你讨要丰胸秘方哦。"她眨眨眼。

应隐终于忍不住："你好贱。"

于莎莎没想到她会骂人，游刃有余的笑容僵住了。

应隐勾上口罩，在电梯门闭合后，不由得仰起了脸。是鼻腔太酸涩，是眼眶太灼热，她不想哭的，所以仰一仰脸，眼睛睁得很大。

但是人不能十几秒都不眨眼啊。她控制不住地轻眨了下，一行眼泪轻巧地滑了下来，被她面无表情地抹掉了。

商先生眼光真差。

她下楼见了俊仪，第一句说的就是这个。

俊仪一头雾水："商先生联系你了？"

应隐眸底的光暗淡下来："没有。"

自从昨天在车上的那一问后，他们就没有再联系过。应隐明白，以他们的关系，说喜欢、很喜欢、热切地喜欢，都是刚刚好，唯独谈爱太过隆重，或者说太过草率。

毕竟他们刚刚认识不过两个月，上过几次床，有一纸合约和价值一亿的交易，除此之外，还有什么？

商先生应该是一个对"爱"字很看重的人，不允许随随便便一个小明星、小情人，来玷污这个字。所以他表白时，说的是"心底有你"。

她昨天在车上说完那句话后，宽敞华贵的迈巴赫中陷入死寂，连同那个位高权重、高高在上的男人。

"我会误以为你很爱我，我会当真，"她笑着，鼻腔的酸涩只有自己知道，"但你又不是，我岂不是很难堪。"

他一言不发，只是抱着应隐的胳膊松了，脸也从她颈窝处稍抬起，只剩鼻尖还若有似无地触着她的颈项。

车内光线柔和，让商邵陷在轮廓暗影中的双眼晦暗不清。

他让司机掉头回程，送她回家。

俊仪都看愣了，手里捏着高压水枪。来回至多二十分钟，她的车子才刚洗一半。

Chapter 04

从试镜现场回家,应隐在贵妃榻上发了一会儿呆,冬天太阳落山早,不一会儿就天黑了。

黑蒙蒙的天色下,她接到商邵的电话。那么意外,以至于她都不知道该用什么语气,该说什么无关痛痒的寒暄话。问天气吗?

"圣诞节要到了,你想要什么?"反而是商邵率先在电话那端问。

"我……"应隐一时之间清心寡欲,"我没有什么想要的。"

"对我,你什么都不想要?"商邵低了声,再次问了一遍。

"嗯,什么都不想要。商先生有什么想送的,直接送就好了,我都会喜欢的。"她回得很乖巧。

电话那端传来打火机砂轮的滑动声。商邵点起烟,坐在那把折叠椅上,看着深蓝光线中的鲸鲨。烟雾掩着他的面容。

"应隐,你想要什么,我都能给你,前提是,你要告诉我,"他顿了顿,"你要说出口。最起码,让我看到你有说出口的胆量。"

应隐把自己的位置摆得很正:"我对商先生别无所求。"

商邵安静数秒:"应隐,我真的拿你没办法。"

"我可以更乖一点。"应隐抿了抿唇,有些难过,心想,你前女友那么过分,我都只骂了一句,已经很摆正自己的位置,很乖了。

"我不喜欢给对方不需要的东西,因为不需要的东西,是累赘。"

"我认识一对情侣。"他的故事开始得毫无铺垫,"男的跟我差不多有钱,女方出身政要家庭,两人有同样的求学经历,也算是志同道合。不过事实证明,女方只想要他的钱、人脉和权,用来为她和父亲铺路。但很可惜,我那个朋友,给她的是真心。他的真心反而成了累赘。他们分手时,那个女的对他说,如果不是因为你的姓氏,你的身份,我又怎么会爱你?如果知道你是……"他停顿一瞬,似乎咽下了一个名字,"如果早就知道你是某某,那我早在上学的时候就爱你了,又怎么会等到回国,怎么会等到回香港,等到三十岁?"

商邵只要闭起眼,就能想到那一场对峙。

"我一点都不爱你,要是爱你,当年在英国就爱上了,你知道为什么吗?因为在英国我不知道你是大名鼎鼎的香港豪门继承人,不知道你有钱有权!否则,我还会等到三十二岁才来爱你吗?你有什么值得我爱?出了商家的门,我连看都不会看你一眼!"

于莎莎声嘶力竭、带着眼泪的控诉,走出那间公寓时被午后炽热白光所湮没的背影……这些,都会在他闭起眼时,出现在眼前、耳边、心里。

第四章　烟花与海

　　他是从不拖泥带水的人，知道了她跟她父亲在英国的反华政治活动，以及对商陆、柯屿的利用和伤害后，就当机立断提了分手。斩断得太快，不眨眼，不留情，以至于那些阵痛被他冷酷地镇压下了。像打了一剂吗啡，可是伤口还在。

　　那些伤口没有疼的机会，经年累月，成了一种古怪的后遗症，好一阵、歹一阵地出来作祟。

　　他时而想，没有了商邵这个名字，也许他真的一无是处，不值得被看进眼里；又时而想，钱、权，他出生带来，剥离不开，他要学会明白，别人爱他，是连带着他的钱和权一起爱，或者说，他要学会明白，他被人爱是顺便，而钱和权才是"商邵"这个名字的本质意义。

　　其实他真的很喜欢听应隐叫他的名字。

　　应隐第一次听到他讲故事，消化了一下："所以商先生你，是受了他的启发吗？"

　　商邵简直被她的措辞可爱到。"启发"，多么无关痛痒的一个词。

　　他带笑"嗯"了一声："是受了他的启发，谢谢他无私分享经验，让我顿悟。你喜欢珠宝，所以我才送你珠宝；你喜欢扭蛋机，我才送你扭蛋机；你在坦桑尼亚的时候喜欢亲近动物，我才敢送你 Rich，否则你把小动物当作累赘，小动物也很委屈。你虽然不喜欢高定裙子，但是你需要，所以我才带你去游艇。你喜欢钱，我给你钱。"商邵微垂着脸，"妹妹仔，你还想要什么？维多利亚港的烟花吗？那我们就去维港看烟花。"

　　在香港维多利亚港放一场烟花，需要多少钱？需要经过多少重审批？应隐通通都不知道。她只知道，这样一场如梦似幻的烟火表演，在两天之内就准备好了。

　　维港的跨年烟火是历年传统，圣诞夜的花火盛景却是少见。市政没有大肆宣扬，地铁通道和公交站台也没有挂上海报。在维多利亚港购物游览的行人旅客们，于行色匆忙中路过那些公告牌，对烟花告示一瞥而过。

　　香港发行量数一数二的正经报纸上，也依然有版面对社会公众开放，用以发布新婚喜结连理、金婚纪念的喜讯或哀痛讣告。当然，这样老式的做派已经越来越少见，更多是被一些公章遗失公告、商业致歉声明所取代。

　　12月23日的那一版晨间早报，一则新鲜的公告措辞彬彬有礼。

　　　　敬告广大市民：

Chapter 04

维多利亚港将于12月24日,亦即平安夜当晚八点,举行烟花表演,诚邀各位前往观看。

特此敬献应小姐。

委托刊登的当事人,落款为"Rich"。

应小姐是谁?Rich又是哪一位先生?

茶楼里,香煎马蹄糕的清香混着普洱茶的浓涩,玩雀鸟的老头翻过这一页低调的版面,没人当回事。在维港以私人名义放烟花,既要很多很多钱,也要很多很多关系,超过了普通市民的想象。也许这则公告夸大其词,只是放几蓬金穗子而已,根本算不上"表演"。

没有人能想到,这一场花火表演盛大、绚烂,足足放了十五分钟未歇,粉紫色的光雾照亮了整个维多利亚港,以及海港上仰望的每一张脸、每一双眼。若不是为了环保与防止扰民,这场烟花可以永不停息。

它那么梦幻,以至于让一周后的跨年烟火也相形见绌。

港3接到应隐时,还是平安夜当天的白天。

应隐没看到那则报纸,也没有很关心商邵是不是真的要送她一场烟花。从别墅出来时,她打扮休闲,一条螺纹针织铅笔裙,配着长袖半高领紧身针织衫,外头披一件深驼色西服,脚上则是尖头鳄鱼纹切尔西靴。

有打扮,但没有取悦。这一身无疑是时尚而漂亮的,很爽利,但约会的话,似乎欠缺氛围。

商邵想起他们第一次相约晚餐时,她的那一条珍珠白晚礼裙。那时候她美丽大方,端庄婉约,充满了既天真又妩媚的风情。

他当她身体不舒服,问:"要不要把高跟鞋换了?可以穿平底鞋。"

应隐也没多话,竟真的转身回去,换了双浅口平底鞋。

至香港两个多小时车程。行车途中,一路安静,应隐琢磨剧本,商邵看书,偶尔处理公务。他有时候想开口,但见应隐眸光专注,便又收住声,只是视线停留数秒。看她发丝垂落,也想伸手帮她挑上,但她坐得离他很远。

商邵第一次觉得这台车太宽。

这是他爷爷商伯英送给他的二十岁礼物,九十年代一千七百多万的选配落地,到他手上算是有点年纪了,轴距太长,车身超六米,需要挂黄牌,司机要为此专门去考另一种驾驶执照。生产线和品牌被全面收购后,这款车便已停产,人们提起它,会说这是迈巴赫的真正血统,但已经名存实亡。

作为送给一个二十岁青年的礼物,这台总统座驾虽然有情怀和传承意义在,但多少过于严肃、板正。商邵明白,这是商伯英对他无声的寄托和叮嘱。要端方,要矜贵,要慎独,要秩序井然。

旁人不说,但心底总幻想,这样一辆车里该藏了多少纸醉金迷、荒淫无度的故事,但商邵在里面的活动只有处理公务、阅读和思考。这是他内心的方圆,载他往返于名利场,框住他,端正他。他没有想过,有一天他会允许一个女人离谱失度地坐在他腿上,更没有想过他会对此上瘾,甚至渴望、憧憬、等待、要求。

他的秩序是从哪一天开始崩塌的?

"应隐。"

"嗯?"应隐抬起脸。

"你是不是心里有事?"

"嗯。"应隐很干脆地承认,"新的片子太难演了,心里一直惦记。商先生,是不是让你扫兴了?"

商邵眉心的轻蹙转瞬即逝,淡淡地说:"我没有那么容易扫兴,我也没有那么阴晴不定、难以伺候。"

应隐笑了一下,没说话。

港珠澳大桥两边,海天一线,海鸥飞不过这么远,蓝色大海看上去没有任何生机。

商邵终究还是遵从内心渴望,要将她拉进怀里。应隐也不拒绝,依顺地坐过去,任由他抱紧。

"那天在车上,不是不回答你,是……"

"我明白。"应隐不等他说完便点头,脸上神情柔和。

"真的明白?"商邵显然松弛了一些,勾住她手指,再度确认了一遍。

"真的。"应隐加重语气保证,带有一丝俏皮,笑得也很乖巧明亮。

商邵深深地看她一会儿,看不穿她的伪装。在她身后的手准确而有力地掌住她后颈,想要接吻的意思不言而喻。

应隐的抗拒不过一秒,浅得没人能察觉出。她低下头,与他嘴唇若有似无地碰着,交融的呼吸越来越热。

不知道是谁主动,终于真正吻起来。

是否真的是有阵子没这样温存地接触,否则怎会觉得恍如隔世,令他们都感到陌生,也都感到失控?

"身体怎么样了?"商邵低声问,灼热的掌心贴着她的肚子。

Chapter 04

"还没好。"

不是没察觉出应隐有一丝冷淡，但她那么乖、那么百依百顺，带她来香港就来，要接吻就接，会对他笑。也许那丝冷淡和躲闪只是错觉，或者说，是有一点别扭，但是，等放完烟花就好了。

她会明白他的心意。因为真正的告白，不可以在车上，不可以在街角，不可以在暴雨天的夜里，要浪漫盛大、郑重其事，彼此都要体面庄重。

到了香港，先用晚餐。

应隐是明星，有太多不便，商邵便包下顶层餐厅，连电梯也一并包了，一百多层，每一层都上锁，只允许从地下二层直通顶楼。

梯门口派了专人驻守，穿西服、戴耳麦的保安分立两侧，一派正式地谢绝所有观光客。"贵宾专用"四个字冰冷无情，但每个被拒绝乘坐的人，都获赠了一束新鲜空运而至的肯尼亚玫瑰，于是心情便都还好，不至于给这贵宾积怨。

他们不知道，这位贵宾要做的事如此郑重，因此不允许任何一道腹诽或心谤出现。他要每个经过的人，都像烟花底下的游客一样，面带笑意，欢天喜地，只有祝福。

美中不足的是，这家餐厅虽然视野最好，能将维港尽收眼底，但口味却只算是差强人意，当不上最好，因此晚上的餐饮便又另外请了一个团队。平安夜的米其林餐厅向来火热，都是半年前就早早预约出去的，他包了餐厅，弥补了每一桌的损失，又把另一家压台面的主厨请来，用资当然不菲，但这些跟烟花比起来，都不值一提。

一千万的烟花，一千万的十五分钟。

香港的平安夜比宁市更热闹，街道两侧张灯结彩，松针绿的圣诞结挂在每一个橱窗的正中心，配上鲜红色的"Merry Christmas（圣诞快乐）"贴纸，热烈地鲜亮着。车子驶过拥挤的街区，有圣诞老人给街坊派粥，也算是中西结合，港府特色。

应隐蒙上口罩，要下车时，眼前递过一只手。商邵绅士地站在车门一侧，请她搭住。

她不会知道这男人的指尖发麻，也会紧张。

封锁了一下午的电梯终于迎来它的贵客，径直通往三百多米的高空。

餐厅既然被包下，要怎么装扮，自然由金主说了算。现场的小型管弦乐团早已演奏起来，但被屏风隔开了，看不见餐区的景象。肯尼亚玫瑰的芬芳溢满空气，每一朵都饱满着蓬勃的美丽。

应隐在这阵仗中怔了一怔。商邵为她的隐私考虑到极致，用餐期间的侍应生是他从宁市海边庄园带过来的，整个后厨团队，只有法国主厨被允许前来介绍餐牌。

"别紧张，都是你见过的人。"他安抚应隐，双手扶住她肩，"帮你把外套脱了？"

应隐脱了西服，在今天第一次流露出真实情绪："商先生，你怎么不早说？"

她有些不安。

"早说什么？"

"早说是这么正式的晚餐……"她就不会穿成这样了。

商邵把她的西服递给用人，失笑一下："别在意，你舒服最重要。"

应隐脸上还有难色，商邵道："我们两个吃饭，真的不用讲究。你不自在的话，我让乐团和花都消失。"

"不用！"应隐下意识喊住他，"不用……这样就好。"

商邵望了她数秒，认真地低声问："告诉我，你喜不喜欢？"

"喜欢。"应隐短促地笑了一下，"我说过，没人送过我花。"

他今天送了她一片花海呢。要是每天一束，也许能送到九十九岁。

"我记得。"商邵轻点下巴，"你以后，可不可以也不收别人的花？"

应隐几乎为他这句话受了惊。

维港的烟花在八点准时绽放。在这样静谧的餐厅中，两人能听到街道上的惊呼和喧闹。这一刻，万人不约而同地仰首。海港的每一道栏杆前都挤满了人，每一扇落地窗前和露台上都人头攒动，人人举着手机，驻足惊叹，为这突如其来的浪漫失声。

这些烟花在黑色夜空中转瞬即逝，却像是滚烫地烙印在了应隐的视网膜上。

这是因为她表白心迹时的那一句，"我想维港的烟花是你为我而放"。

烟花炸开的声响，几乎让高空玻璃震颤，也让应隐明亮的眸光震颤。她站在窗前，目不转睛地看完，没有拍照，没有录像，没有合影。只是两手贴在冰冷的窗上，像个小女孩。

呵气的轻雾快要消失时，应隐指尖轻滑，在玻璃上画了一瓣爱心。是爱心的一半，左边的那一瓣。画完了，雾带着这一笔画的爱心消失，她孩子气地笑起来，没出声，眼眶不知不觉湿润。

Chapter 04

她没敢回头,不知道商邵那样深沉地、专注地看着她。直至烟花快要放完,他才靠近她,手轻轻地扶在她腰间,与她共享这最后的一分钟。

世界安静了,钢琴版的《Jingle Bells》再度响起。

"下雨那天,你说你想维港的烟花是我为你而放,我记得。"

"谢谢。"应隐客气地道谢,"我会记一辈子。"

商邵察觉出她情绪不对:"你好像不是很开心。是不是烟花不够好看?给我足够的时间,我可以请设计师——"

"好看。"应隐笃定地说,"好看。只是商先生你总是站得这么高,不知道烟花要从地面上看才精彩。"

商邵一怔。他确实从没想过这一层。在地上看烟花,会比这样俯瞰更漂亮吗?他没试过,所以不会想到。

应隐莞尔:"因为烟花是给人憧憬的,在底下看,可望而不可即,一眨眼就消失了,所以显得珍贵。"

"我再安排一场。"商邵的决定简短而迅速。

应隐扑哧一笑,忍俊不禁,觉得商先生其实也有蛮可爱的一面。

"不用了。"她抿着唇。

白色邮轮在硫黄味的硝烟中游曳而过,两岸楼体的灯影,长长地倒映在海港沉默的波澜上。

商邵定了定神:"应隐,有一句话,我一直想等你开口问了,我再说。但是今天……"

奇怪,明明打过腹稿,怎么发挥得还是这么糟糕?

商邵不擅长表白,于莎莎追了他很久,两人是水到渠成地在一起,并没有"你爱我""我爱你"的环节。

"商先生,今天这么好的日子,我向你求一样东西。"应隐打断他。

因为太突然,商邵一时停住了自己即将说出口的表白:"好,你想要什么?"

"我想要……尊重。"

商邵怔忪,不知道她为何这么说。

是他有什么地方失察了,冒犯了她,让她觉得他不够尊重她?他很认真地想。想来想去,床上吗?还是在车里玩的几次?她不喜欢这些场合,更想要传统、保守地在卧室里发生?还是说,她觉得他索求无度?又或者是说,是上一次上床,他就那样走了?确实有失风度,但是她已经满足了,没释放的是他,不算是……他在一瞬间想了很多,搜肠刮肚、全神贯注,因此是在毫不设防时，听到了应隐的那句——

"我后悔了。"

人还在他面前，咫尺的距离，可以闻到她身上的香水味，但商邵觉得血液倒流。

"别开玩笑。"他喉结咽动，有些冷淡地说。

这冷淡是他的保护色，一直表现良好，很难被看穿。

"你那天让我考虑清楚，我一直在考虑，谢谢你给我这么充足的时间。"应隐看着他的眼睛，"我考虑好了，我后悔开始，想停止这段关系。"

她话音还没落，商邵的话就已经接起："我不同意。"

好像怕慢了一秒，这件事就会尘埃落定。

"你看，所以我向你要一份尊重。"应隐笑了一下，"你是绅士，又——"

"都出去。"商邵打断她，命令餐厅里的人都消失干净。

没有人敢吭声，目睹了大少爷的表白失败，大家都在担忧自己的饭碗。多好的平安夜，真是歹运，挣钱吃饭怎么这么难？

"你是绅士，又给了我钱，我除了请求你的尊重，也没有别的本领。"应隐条理清晰地继续刚刚被打断的话，"或者，按合同条款，因为你对我有了肢体触碰，我有权选择终止合约。"

为什么？他做错了什么？是哪里做得不对，所以她才突然要结束这段关系？灯影昏芒下，商邵的眼底一片晦暗。没人能看得清，他的眸光正因为手足无措的茫然和绞尽脑汁的思考而破碎。

她不是说，她明白为什么那天车上他没有直接答复她？这不是他们之间的默契和心照不宣吗？

商邵看着应隐，目光很远，也很暗淡："我以为我们的合约，早就结束了，从你说你中意我的那天开始。"

应隐真实地讶异，轻启朱唇："怎么会？你预付给了我五千万，我才陪了你几天？你父母也没见过我。"

"所以，你才会跟 Rich 说，不知道将来分开了，要怎么养它。"

商邵的手拄上西餐椅背。这是个很突兀的动作，因为灯光暗，应隐也没看清他手上泛出的青白。

"所以那天在床上，你才会说，将来我有的是机会尝试别的女人。"

应隐"嗯"了一声。

"你不是不敢想跟我有未来，你是根本没想过，要跟我有未来。"

"商先生，你的未来这么贵重，不在我想的范围内。"应隐深吸了口气，

Chapter 04

眼睫笑得很弯,双手交握,耸出了很好看的锁骨窝,"你这么有钱,今天晚上短短一场约会,就把我一两部片的片酬给花掉了。"

商邵明白了:"我太有钱,所以你不想跟我有未来。"

应隐一边笑,一边流下眼泪:"对呀。"

她笑着,声线里带释然的笑意。

她的豪门梦,是一场叶公好龙。

如果这豪门里的男人,她不喜欢也就罢了。可她偏偏喜欢,她爱,她一见钟情,无法自拔。她自轻自贱,宁愿收他一亿当一个合约情人,也要走到他身边,坐进他怀里。因为这些爱,她做不到了,做不到若无其事地享受他给予的金钱、珠宝、浪漫和港3来来回回的接送,做不到被他拥抱,与他亲吻温存……然后再失去。

一点的喜欢,可供她游刃有余地玩耍。很多很多的爱,会让她身受重伤。

她很害怕,在知道他曾经为前女友付出的一切后,她居然不嫉妒。她好安分,告诉自己,你本来就不是商邵喜欢的类型,所以现在这样就已经足够,就已经难得,不要比较,也不要去奢望不该有的东西。

这种安分让她害怕。害怕有一天,她的子宫也不受她的理智做主了,安分地跟他非婚生子,不求名分,当一个被在外头养着的情人。

"五千万,等我赚够了还给你。"应隐眨了眨眼,也没好意思抬手擦眼泪,大概是觉得丢脸。

她还有一些国产品牌的代言可以接,因为是上升期的牌子,所以很需要明星来抬高知名度,出得起价。还有一些电视邀约……"电影咖"下凡也不是什么新鲜事了,赚钱嘛,不寒碜。

应隐的思绪已经想到很远,冷不丁被商邵抱进怀里时,怔愣地没有反应。

"你的意思是,你对我的喜欢是假的。"商邵问得毫无情绪,只有微微急促的气息出卖他。他抱得很紧,没有要松手的迹象。

"是真的。"

"你说的很喜欢很喜欢,是哄我。"

"也是真的。"

"你在车上说,会误会我很爱你,好像哭了。是假的?"

应隐磕绊了一下:"是真的……"

"你刚刚在窗户上画的那个形状,半个爱心,是我看错了。"

应隐咽了咽，感觉到身上的手臂收紧。"是真的……但是……"

商邵的掌心扣住她后脑，嘴唇贴上耳垂。郑重而漫长的一秒，让她后面没了"但是"。

他亲她，让她不会说话，很犯规。

她没声了，商邵继续有条不紊："我问 Anna，德国的 Anna，你还记得吗？这次去德国，我又见到了她。她说你是她见过最好笑的女明星，因为怕被人录音、感染性病，所以不恋爱，有被害妄想症。"

应隐皱了下眉："那个是……"

"为什么不怕我录音？不怕我是变态？不怕我有病？不怕我就是为了玩弄你才装了那么久？为什么跟我上床？第一次很珍贵，要给自己爱的人，不是吗？"

"我……"应隐忽然浑身冒汗，眼泪也止住了，"气氛到那里……"

"气氛？"商邵的心和身体都绷得紧紧的，唯独在听到这句话后笑了一下，"原来你还懂气氛？"

"我怎么不懂……"应隐小声下来，像抗议。

"你懂气氛，那你告诉我，今天的气氛是什么？"他哄着，心还是高悬不下，远不如表面看上去的那么步步为营。

"是……"应隐口干舌燥了起来，"给情人的圣诞节……约会……"

"谁是情人？再说一遍。"

"给……"

"女朋友，是吗？"商邵替她回答。

"不是。"

商邵沉默了一下："我喜欢你，你喜欢我，每天接吻、谈恋爱的两个人，为什么不是男女朋友？"

"商先生，"应隐招架不住，觉得头脑昏昏的，"你、你给我一点时间……我要想一下……"

"想什么？"

"我……我讨厌你。"她几乎口不择言。

"讨厌我？"商邵心里骤痛，丝毫不讲道理。

痛过了，闭了闭眼，才慢慢地冷静下来，找回思路："你是认真的，还是在撒娇？为什么讨厌我？应隐，别讨厌我。"

"我讨厌你高高在上，讨厌你……每次都让我自己一个人冷静、考虑清楚，讨厌你……喜怒不定，拔、拔……"那个字说不出口，应隐将目光撇下,"无情。"

"拔什么无情?你们内地的网络用词,我听不懂。"商邵冷酷地说。

"……"

"我让你一个人冷静,是因为我觉得一个人在愤怒烦躁的时候,更喜欢清静地一个人待着。如果你跟我以为的相反,大不了以后你生气时,我赖着不走。我让你考虑清楚,是我的恳请,因为我想你考虑清楚了,就会原谅我,或者消气。你不喜欢自己考虑清楚,那以后,我一句一句跟你讲道理。"

"不要!"应隐脱口而出。

"走也不行,留也不行?自己想也不行,讲道理也不行?"

"……"

"我喜怒不定……我有喜怒不定吗?"他怀疑地问,"也许是因为,我在你这里没有安全感。"

"你在我这里没有安全感?"应隐为这句话瞪大眼睛,感到匪夷所思。

"你喜欢陈又涵那种男人,我确实没有安全感,毕竟我跟他完全不一样。"

"我什么时候……"应隐想狡辩,忽然想起德国醉酒高烧的那一晚。她果然说漏了嘴!

"你看,你不否认。"

"不,我我我……"

"听我说完。"商邵不疾不徐地继续说道,"你觉得我高高在上,我向你道歉,但你把我当金主,当老板,当少爷,又差点邀请我当你一亿的债主,我是不是稍微脸色放一放,你就胆战心惊,觉得我不高兴?"

"嗯……"

"我会练习微笑,学习表情管理。"他很温柔,但听着有取笑的意味。

应隐脊背上已满是细密薄汗。她拿错了剧本,焦躁地茫然着,不知道怎么回事。

"你现在再告诉我一遍,今天的这些氛围,维多利亚港的烟花,上万朵肯尼亚玫瑰,是什么氛围?"

应隐没发现,自己无处安放的一双手不知道什么时候已搭在了他背上。脖子也仰得很累,因为商邵把她抱得很紧。

"是……女朋友……"

"我今天说爱你,会显得太早,还是太晚?"

咚的一声。是哪里的声响？

应隐心脏发紧，眼睁睁得那么大，瞳孔也跟着涣散。她的心被人开了一枪，以至于她的血脉、她的骨髓、她的四肢、她的指尖都麻痹了。

眼泪不讲道理地汹涌。

"你爱我？"她重新问了一遍，唇缝中滑进眼泪，温热的，很咸，"你爱我？"

"我爱你。"

"两个月？"

"不到。"商邵冷静地说。

应隐又哭又笑："好草率。"

"我想等你亲口问我，我再告诉你，否则万一你不需要，这份礼物就会很难堪。但是你今天说后悔，我不信。应隐，我很希望我可以说一句，我身无分文，只有爱你的心最珍贵。但我有太多钱，多到你害怕，那怎么办？"

他望一望天上的月亮。老天保佑，一轮明月照耀东方之珠，海港天涯共美此时。

"今夜月色明亮，比金山银山干净宝贵，你可不可以允许……"他郑重地问，"允许我爱你？"

他怎么会这么问？他高高在上，要爱她，为什么要获得她的允许？他就那么怕，自己的爱送不出去？就那么怕，自己的爱会被人嫌弃？就那么怕，自己的真心会被人弃之如敝屣？

"商先生，我们的感情，从一开始就是不公平的。"应隐紧闭上眼，眼泪滚烫，"你有很多试错的余地，我没有。我要爱你，是舍命陪君子。"

"为什么我有很多试错的余地，你没有？就因为我有钱？应隐，人的心几斤几两，跟钱没有关系，你是一颗心，我也是一颗心。很多很多的钱，并不能让我在爱你时更游刃有余。"

"我现在只是一个普普通通的男人，唯一的优点，财富权势，在你眼里也是缺点，我站在你面前，恳请你给我机会爱你。你没有谈过恋爱，我谈过，我被人伤过心，所以跟你走到一起，也许是我在舍命陪君子。你可以走，我也许输不起。你明唔明？"

他主动提起上一段感情，应隐心里钝痛蔓延。

"你被家里人……拆散，是不是还很难过？"她问得很委婉，不问他是否还惦念前女友。

商邵释然地笑了一下："我没有被拆散，没有人可以拆散我的感情，除

Chapter 04

非我自己不要。"

"你还惦记她。"

"有你没你,我都没惦记过她。"

应隐沉默下来,眼泪半干在脸上。

她的沉默蹊跷,电光石火间,商邵敏锐起来:"你见过她了?"

商邵是个很少往回看的人。跟于莎莎分手后的一年内,于莎莎一直没放弃过联系他,但他始终没有答应见她,也没有接通过她的电话。于莎莎的父亲是英国外交官,于莎莎本人则在香港活动,常常出入于各大高校的演讲和论坛,以及各式星光璀璨的慈善晚宴、公益活动,父女两个积累了不少人脉,于莎莎也曾利用这些人脉来试图联络他。

"我很久没见过她了。"商邵松开怀抱,观察应隐的神色,"为什么说我还惦记她?"

应隐刚刚哭了那么久,脸上泪痕半干半湿,下巴上还挂着一颗。泪珠晶莹,商邵微弯指节,用指侧帮她轻轻抹掉了。

"哭这么久?"他状似好笑,但语气温柔。

灯光氛围旖旎,应隐鼻尖透着轻薄的樱粉色,既不回答这个问题,也不回答上一个有关于莎莎的问题,只是负气地将目光撇开。她不好意思极了,身体里的热度一股一股地往脸颊上涌。

"分手是你提的,哭也是你哭的,这是什么道理?"商邵半靠桌沿牵住她两手,长腿一前一后支着,腰身微躬,"这算是要跟我分手到底,还是答应我刚刚的请求,愿意跟我在一起?"

他一派散漫倜傥,将应隐衬得像个小女生,正被他不疾不徐地哄着。

见她半天不说话,商邵尾音微抬,"嗯?"了一声,要她回答。

"在一起,还是结束?"

应隐闭上眼,手自他腰间环过,把自己往他怀里送。

"我要再考虑考虑。"她嘴硬,鼻尖微酸。

商邵听了这话,哭笑不得,将下巴抵着她发顶,低声哄问道:"这样考虑吗?也不是不可以。"

他腰身被她环得很紧,鼻端溢满她身体的香味,静默一阵,终究是忍耐不住,发了狠地箍紧她,吻她。

应隐被他吻得腰身后仰,几乎要折下,腿软绵绵地站不住,被商邵并着双膝托抱而起。他把她放到长餐桌上,一边吻着,一边将她的针织衫从腰间扯出。

白色蜡烛笔直地燃着,烛光温柔,照亮商邵的眸底。他的唇停在与应隐近在咫尺之处,目光很深,但让人看不穿,只知道危险。

应隐与他安静对视两秒,招架不住,身体早软了下来。她手臂环住他肩颈,主动吻过去,张开唇,引他舌尖勾缠。

这样的接吻才对,而不是今天在港珠澳大桥上那既不投入、也无法抽离的一吻。商邵满足了,悬在胸腔不上不下的心终于肯回落。

他的手用力起来。

用人和乐团都在餐厅外面面相觑,不知道里头到底发展到哪一层了,怎么悄无声息的,既不打架争吵,也没人冲出来走掉。

一个用人打了个电话请示康叔,康叔正陪夫人逛街,接了电话,面色凝重地给商邵拨过去。

响了一阵,他少爷接了,音色沉哑:"冇事。"

挂了这通,没吻一会儿,应隐电话也响。是应帆。

亲妈的电话当然得接,应隐清一清嗓子:"妈妈,圣诞快乐。"

应帆立刻问:"感冒啦?嗓子这么哑,鼻音这么重?"

应隐难堪得要命,嗯啊两声装傻:"可能……可能感冒了。"

应帆关切她:"刚好快元旦了,我来陪陪你?"

应隐不自觉看向商邵,见他轻摇了下头,便说:"不用,我要入戏,不想见太多人。"

"那你今天跟谁一起过呢?柯屿还没回来吧?俊仪这小丫头又被你放了假。"

应隐一本正经地说:"朋友。"

话音刚落,手机被商邵抽走,伸直了胳膊拿远,另一手扣住应隐后脑,强势而用力地吻她。应帆在那边念叨了什么,应隐一概听不清,只全神贯注绷紧了自己,以防泄出什么不雅的声响。但唇齿交融的细微声还是很可疑,应帆问:"你在干什么呢?"

应隐屏了一口气,将手机抢回来:"吃橙子……"

她呼吸不匀,恐应帆听出究竟,草草找了个借口便挂了电话。

咚的一声,手机被男人撂到了餐桌上。

窗外月色如水,楼体灯光的闪烁倏尔照亮她被吻得仰倒在长餐桌上的身影。

虽然只是接吻,但她已经头昏脑涨,修长手臂难耐地往后。该抓枕头

Chapter 04

的，但这里又没枕头。盛了红酒的高脚杯叮的一声，被她指尖扫倒，清脆地碎在地上。

酒香弥漫开来，商邵的动作也停了下来，静了半天，伏在她身上闷声失笑。失态失仪，他简直不认识自己。

门外用人听到动静，终于得以小心翼翼地问："少爷？"

商邵回了一声"没事"，直起身，将应隐也拉起来。

"让他们进来好不好？还有道甜品没尝，还有你最喜欢的热红酒。"

应隐迷迷糊糊地点头，在他出声前，却又蓦地捂住他唇。她的手那么柔巧，反被商邵捉了。他亲一亲她的掌心："怎么了？"

应隐是鼓起了勇气才问的："商先生，你是不是只喜欢我身材好……"

商邵轻蹙起眉："怎么这么问？你身材确实好，但是喜欢你这件事，跟它没有关系。"

"真的吗？"应隐低着脸，"也对，你喜欢瘦瘦小小的，体脂低的……"

话里的苗头很不对，商邵原本不想聊的，此刻沉了些语气问："你在哪里见过于莎莎？"

应隐被他问得一颤，声音轻下去："试镜的时候，在宋时璋公司遇到了。"

"你怎么知道是她？上次峰会遇到，我明明说她是我同学。"商邵抚一抚她眼睫，"吓到你了？我只是不太想聊她。"

"是她先知道我的。她跟我打招呼，"应隐忍了一下，挑一根小线头告小状，"说没想到你现在口味变了，居然喜欢我这样的。"

商邵微怔："她这么说？"

"嗯。"应隐点头，"我们交往的事情，是你告诉她的？你用我刺激她？"

应隐之前都没想过这一层，电光石火间，骤然懂了。

天哪，一定是他们私下还藕断丝连，他主动告诉她最近在交往一个女明星，让她吃醋。她呢，表面上装得不在意，实际上却醋意大发，忍不住到新女友面前来阴阳怪气，说一些很掉素质的话。

应隐想得很投入，冷不丁耳垂被他揉捏。她"唔"的一声，看到眼前男人面色不虞："应隐，少看点小说。"

"哦……"她乖乖应一声。

"所以呢，她还跟你说了什么？"

"我不说。"

"为什么？"

第四章 烟花与海

"你那么爱她,说了你也不会信,会以为我编瞎话故意陷害她。"她很受偶像剧的荼毒。

她不说,商邵倒是已经推测到:"她是不是暗示你,我会喜欢你是因为你身材好?"

应隐吃一些莫名其妙的醋:"你好了解她。"

商邵像是听到了什么好笑的事,微讽地抬了抬唇:"我不了解她。应该说,相处两年,我从来没了解过她。"

"她说你们是被迫分开的。"

商邵点头:"挺像她会撒的谎。"

"撒谎?你们……不是被你父母拆散的?"应隐蒙了,"你不是还为了她要放弃继承人身份,净身出户?"

商邵更愣:"这又是谁告诉你的?知道这件事的人很少。"

听到他没第一时间否认,那股铺天盖地的难过再度淹没了应隐。她只是轻眨了下眼,眼泪就啪嗒掉了下来:"是真的。"

原来是真的。她多少还有侥幸,几千亿的泼天富贵,要什么样的爱情才肯放弃呢?她不愿意相信,觉得有夸大其词、以讹传讹的成分。这些侥幸都在商邵的这一问里,啵的一声如气泡般破灭。

商邵深吸一口气,握着她双肩:"不是真的,我们先把甜品吃完好不好?别哭。"

"嗯。"应隐点点头,掌尖抹一抹眼泪,"还要喝热红酒。"

商邵心疼她心疼到全身冒汗,只觉得一股燥热不停地侵袭他。

"没事的,吃完东西喝完酒就跟你说,好不好?"他再度抱一抱应隐,微潮的掌心拂开她额发,固执地要看进她双眼,"别胡思乱想,不是你想的那样。"

被冷落了好久的后厨,终于开始为最后一道甜品上摆盘工序,外籍乐团弹起应景的圣诞音乐,用人们都松了口气,庆幸他们的大少爷得偿所愿,总算不辜负今夜美景。

今晚应隐喝了不少酒,等最后一杯水果热红酒也饮尽,她彻底陷入半醉。她蒙上口罩,既是逃避也不想败兴,心血来潮地主动说:"我们去逛街,好不好?"

"现在?"商邵抬腕看表,九点多,正是热闹的时候,"不怕被认出来?"

应隐绺一绺头发,将口罩压好,任性道:"不会的。"

海岛的风温柔和畅,带着舒爽的凉意。商邵陪她弃车步行,从弥敦道

Chapter 04

到女人街,他陪她逛旺角那些最旧、最杂、最不起眼的小店。霓虹灯招牌闪烁,林立的楼宇间,什么金丽宫酒店,金多宝唱K,像极了老港片里的画面。十字路口的盲人提醒声敲打不歇,电车落停时,叮叮一声,载上新客,落下旧人。

长长的隧道,锈迹斑斓的过街天桥。商邵已经很久没走过这么远的路,走得热了,他脱了西服,单手拎在肩上。

其实很想牵一牵她的,但节假日的香港有太多内地游客,他不应该拿她的星途冒险。

应隐在金鱼街买了一袋金鱼,金鱼被装在透明的、盛了水的氧气袋里,是"年年有余"的好意头。走至花墟街,又买了一长束橙色郁金香,是"好运花生"的意思。

她怀里抱花掩着面容,另一手提着一兜金鱼,像个下班的职人。

"你打算把这些可怜的鱼放到哪儿?"商邵看得好笑,问。

应隐的脑筋转得很慢:"嗯……大海?"

"会死的。"商邵勾起唇,轻望她,"我家里倒是有一个鱼缸,你要是不嫌弃的话,也许可以养在我的鱼缸里。"

应隐想,他在香港一定有很多房子,也许一个区一栋公寓。

她点点头:"好。"

商邵便接过她那一袋金鱼,抬手拦了辆计程车,应隐跟他并排坐在后座,枕着他肩。车窗半降,窗外灯红酒绿,风呼呼地吹入。

"不去你跟她住过的那一间。"

商邵握紧了她的手:"好,已经卖掉了。"

香港的的士开得飞快,风声那么响,应隐伏在商邵耳边,听见他说:"去春坎角绮逦。"

到了绮逦酒店,他取了存在这儿的一台车,将应隐的金鱼和花都小心地放在后座。应隐困得眼睛睁不开,被他半抱半扶地折腾进副驾驶位。

"回家了。"他亲一亲她耳廓,问一声,"你愿不愿意?"

应隐困死,一心只想睡觉,哪有什么愿不愿意?迷蒙地凑上去亲他唇。安静的地下停车场,商邵站在车外,一手拄着副驾驶的车座,与她深长地接一个吻。

"真的回家了。"他伸手盖下她眼睛,"睡一觉就到。"

香港太小,他虽然硕士毕业后才回来长住,但依然熟悉路况,闭着眼都能开,并不需要开导航。

第四章　烟花与海

如果开了导航，应隐就会知道，这条路线的目的地是"深水湾"。

深水湾商家主宅，占地六千平方米，自山脚下向山顶驶入时，便进入了层层严密的红外线监控中。

因为是晚上，更显得静谧，植被的茂密程度几乎显得阴森了，车子沿着盘山公路转过拐角，豁然开朗，脚下港湾灯火通明，尽收视野之内。

车子开过几重岗亭后，应隐才有转醒的迹象。

好……好庞大的建筑……群？

"不是去你家吗，怎么来度假村了？"应隐用力揉一揉双眼，让自己清醒过来，"通行证，通行证在那台车上。"她还惦记着要办理入住。

驾驶座的车窗降下，山风柔和，商邵一手搭着窗边，另一手扶着方向盘，闻言止不住笑："什么度假村？"

应隐指出一根手指，愣愣的，还没反应过来："这个度假村啊。"

"行行好，这是我家。"

应隐一脸迷茫。

商邵瞥她一眼，似笑非笑："深水湾。你自己说的，愿意跟我回家。"

应隐所剩不多的神智开始运转起来。商家主宅坐落于香港深水湾，占地六千五百三十……营销号极度夸张的盘点一股脑地翻涌在她脑子里，那座被高倍长焦所捕捉到的花园洋楼逐渐跟眼前建筑的形状重叠。

她瞪大眼睛，几乎要逃下车："商邵！"

"嗯？"商邵忍着笑，洗耳恭听。

"我说的回家是……"

"我唯一的一间公寓已经卖了，在香港，我只有这一个家。"

应隐酒都给吓醒了，根根神经都落不着地："我现在这副鬼样……"

我的天。她脑子里又想到上次有一面之缘的商擎业。他好可怕，脸上不笑，让人望而生畏，到了他的地盘，岂不是连头都不敢抬？又想到外界传闻，商家主母温有宜极度讲究、优雅高贵，想到此处，应隐脑中不自觉浮出一个眸中射着冷光、对全世界都很挑剔的高贵妇人……温有宜一定会嫌弃她的！

胡思乱想间，也没发现车停稳了。

"到了，下车。"

"我不下。"应隐死死揪住安全带，"我就在车里睡。"

"别说傻话。"咔嗒一声，商邵将她的安全带解开。

Chapter 04

应隐用力将带子拽牢,不准它滑走:"我可以去后备箱睡。"

"……"

"我走下山。"

"下山十公里。"

应隐拧开门,真下车了。

这建筑固然充满了优美典雅的品位,但就像是压在她心头,让她喘气都费劲,小小的身体如蚂蚁。

她轻手轻脚地关上门,对尚坐在车里的商邵用气声说:"拜拜……"

商邵:"……"

还拜拜。

应隐走了几步,被人从身后一把打横抱起。她受惊,但牢记不能惊动人,自觉用双手紧紧捂住嘴。

"他们住在另一边,"商邵远比她松弛,用正常音量说话,"走过来要十五分钟。"

他很久没回来,用得惯的老人都被带去宁市,因此这半只别墅空空荡荡,只有一间用人房里有人看守。

商邵垂眸,对应隐"嘘"了一声,抱着她三两步跃上台阶。

他简直像个偷偷带女朋友回家住的高中生——偷偷地亲热,偷偷地留宿,偷偷地给她找吃的,然后被父母发现,一五一十地交代早恋经过,再挨一顿毒打。

台阶好多,左转三阶,右转三阶,坐电梯,过走廊,转过一间又一间开阔的厅堂。应隐甚至都叫不出这些空间的名字,不是起居室,不是书房,也不是客厅、活动室,总而言之,转得她眼花缭乱。

她未雨绸缪,矜持起来:"我自己可以走……被人看到不好。"

"酒醒了?"

应隐点点头,努力让目光清明。商邵将她放下地,她腿软,摇晃一下,手去扶墙。仓促之间似乎扫到什么,一尊陶瓷花瓶在立柱上晃了晃。

商邵一个眼疾手快扶住了,轻舒一口气:"一亿二。"

应隐看看这个普通的花瓶,又看看商邵:"多少?"

商邵改口:"十二港币。"

"一亿二,一亿二?"应隐四处环顾,十分茫然,"一亿二,就摆在走廊上?"

"因为它比较漂亮,所以摆在这里。"

第四章 烟花与海

他说着,揽住她肩:"走直线,会不会?"

喝了酒又吹了风,走直线有点强人所难,但看在满屋子一亿二的"艺术品刺客"面子上,应隐不会也得会。

商邵看穿她的心惊肉跳,哄她:"只有那个贵,别的都很便宜,你不高兴,也可以摔了听个响。"

应隐:"不然把我耳朵割了。"

进了卧室,倒有种熟悉的感觉。面积不如他在宁市的那一间,但依然空旷简洁,墙壁与地面是浑然一体的纯白,床在一阶高地上落地而摆,被角被用人掖得齐整。

他扶应隐在床上坐下,半蹲着,牵着她的手:"床单都是干净的,他们知道我偶尔会回来。先带你去洗澡?"

"什么都没有……"

商邵一想:"我让人送过来?"

"会被你妈妈知道。"

"确实,这屋子里没有我的亲信。"

"……"

"那我开车下去给你买?"

他今晚并未喝酒,此时十分清醒。不像应隐,酒量差又贪杯,还一不小心就上头。

应隐点头:"要卸妆油、洗面奶,别的都随意,还有……棉条。"

"棉条?什么棉条?"

应隐脸红起来:"那个……塞下面。"

商邵一愣,欲盖弥彰地清一清嗓子,还是一本正经的样子:"哪里有卖?算了……我问别人。"

他起身要走,两步后,又返回来:"你现在清醒吗?"

"还可以。"

"我没有要为她净身出户过。"他等了一晚上,总算能把这句话说出口。

应隐仰着脸,眨一眨眼。

"我们第一次约会,我不想扫兴聊她,吃完甜品喝完酒,你又醉了,后面又宁愿买花、买金鱼——"

"金鱼!"应隐脸色一变,惊呼,"要缺氧死了!"

商邵只好按住她:"我去拿,不会死的。"

为了她那一袋金鱼,他几乎跑起来。值班的用人房已经点亮了灯,见了

Chapter 04

商邵还没来得及打招呼，便被一句话堵了回去："给我找个鱼缸。"

到了庭院内，开车门，拿花，拿金鱼。月光下看一看，透明的水，橙色的生命，尾巴还在摆，腮鼓鼓的。

他轻轻呼一口气，唇角微勾，笑起来。

怕应隐担心，商邵先把金鱼缸端给她后，才开车下山去买那些东西。难为他站在商场专柜里，一样样地找齐她需要的物品。护肤品和睡衣都好说，唯独棉条陌生，打了电话给康叔，康叔又请教他夫人，这才搞懂哪里能买到。

日化店的柜员为他仔细推荐，他凝眉，用看合同的精神去比较说明书和不良反应。日光灯下，他一身衬衣西裤，矜贵儒雅，一丝不苟且认真，倒让柜员脸红。

等他回来时，应隐早已睡着。她太懂事，怕没洗澡弄脏他的床，便只是伏在被子上和衣入眠，连鞋子都没脱。

那缸金鱼就放在她的手臂一旁，水和玻璃缸被照得透明若无物，金色的掠影偶尔在她安睡的眉眼间扫过。

商邵不自觉温柔下来，看了一会儿，先将鱼缸放到了安全的地方，接着才将她抱到怀里。

"应隐。"他低唤一声，亲吻她唇角，"起来听故事了。"

应隐醒得很不情愿，但好像更想看到他的脸。她转开眼眸，依偎在他颈侧，"还有睡前故事？"

太可爱。要不是她在意，又听了一堆乱七八糟的谣言，他才不舍得把这么宝贵的夜晚浪费在于莎莎身上。

商邵低语："对不起，本来不该叫醒你的，不过我担心你这么睡了，梦里心情不好。"

应隐在梦里确实心情不好，否则也不会想醒来见他。她被他看穿，一股酸楚不讲道理，嘴硬道："我梦里心情好得很。"

"好，那就是我自私，怕今晚不跟你说清楚，我自己梦里不安稳。"

商邵抱起她去露台，让她坐自己腿上，又点了一支烟。

他的讲述开门见山。

"我从没要为她净身出户过，但的确说过一次，是在分手那天，为了逼出她的真实意图，所以说过一些净身出户、只剩几千万身价什么的吓唬她。继承权这件事，我要从头开说，你有没有耐心听？"

应隐点点头,努力提起精神。

"先亲一下?"他实在有点坏。

应隐依言亲他,被他按住了深吻。他的吻里有淡淡的烟草味。

烟雾缭绕中,商邵的眸中实在没有多余的情绪,淡得像在议论别人的事。

"于莎莎的父亲想当议员,她自己也有从政的野心,这两点,我后面才知道。我跟她高中认识,我念皇家公学,她念女校,在一次新年联谊上,我们跳过两支舞,后来再遇见,是在香港大学的一次公开慈善晚宴,说实话我不太记得她,但她认出了我。我们没什么共同回忆,只不过求学经历相似,大学和硕士的方向也有重合,所以相谈甚欢。她很健谈,跟人交流时也相当真诚,个性阳光,爱笑,很热烈坦率。"

应隐在这些形容词里吃了一缸醋,直到听见商邵说:"这些都是她装的。"

"她连你都骗过去?"她吃惊。

"如果她愿意,她可以骗过全世界的人。我知道的所有人,几乎没有不喜欢她的。她尤其擅长和名流圈子打交道,英国很多知名演员都是她的好朋友。她也热衷公益、投身慈善,放弃在英国大财团的职位,为了我来香港从事基础的法律援助工作。"

"她为你牺牲那么多。"应隐心里很不是滋味。

商邵自嘲地笑了笑:"我最开始也这么认为,后来才知道,其实这些都只是她今后的政治资本。这个世界上唯一一个不喜欢她的人,是我父亲商檠业,你上次见过了。"

"嗯。"应隐补充道,"他好凶。"

商邵捏她手指:"不怕,他是看着凶,其实只是人比较古板。我在带于莎莎回家之前,他就已经不同意我跟她交往了。"

"为什么?"

"因为身份不对。"商邵垂下眼眸,指尖轻点烟管,"商家往上数五代都根正苗红,很多生意跟国家紧密相连,但于莎莎父亲是驻华领事,英国和中国香港的关系有多敏感,我想你也知道。所以,商檠业不同意。"

"但是……这对她和你来说都很不公平。"应隐忍下难受,为他说一句公道话。

"所以我争取了。"商邵冷淡地说,"你听到的净身出户,就是这些争取里的一个谣传版本。商檠业第一次跟我们吃过饭以后,对我妈妈说,这个姑娘很擅长撒谎，尤其善于伪装真诚。"

他停顿片刻，释然而解嘲地笑了笑："说实在的，我一直很不服气我父亲的管教，但不得不承认，他确实眼光独到，一针见血。"

"只有他看穿了？"

"只有他看穿了。"

"那你们一定天天吵架。"

"是，吵到兄弟姐妹都躲出去，恨不得不回家，吵到我妈妈胆战心惊，夜夜睡不好。吵一次，大家的怒火就升级一次，到后来，剑拔弩张，我做好了失去继承权的准备。"

"你真的舍得？"应隐的心不知道是为他而揪，还是为自己，眼泪又要掉下来。

"我真的舍得，但不是为她。"商邵言辞笃定，"放弃继承权和净身出户是两个概念。公司的股票、家族信托，还有各种乱七八糟的财产，并不会因为我放弃继承权而失去，大概有上百亿，我不清楚。继承权意味着对集团和家族的责任，我是长子，本身理应承担，但应隐，没有人问过我愿不愿意。"

"你不愿意？"应隐不理解，"许多人做梦都想投胎成为商家的继承人。"

"嗯。"商邵吐了口烟雾，抬了些眸看她，"我确实挺会投胎，否则也得不到你。"

他的情话不经意间有一股命定感。应隐知道他这种时刻一定要吻她，已经乖顺地闭上眼。

他的气息铺天盖地，配着那句话，让她脚底心泛软。

"成为继承人当然有很多很多钱，但也意味着需要承担很多责任。我从小被当作继承人培养，每天唯一的快乐，是跟我那匹小马玩一小时，只有一小时。你看到我现在的生活，永远在处理公务，没有假期，一年国内外飞三百趟，这样的日子我要过到六十五岁，换你，你想不想要？"

应隐本能地摇头。

他揽在她腰间的手臂紧一紧，看着她双眼："妹妹仔，钱到了一定程度，只是数字，很难引起心里的波澜或快感。几百亿和几千亿的生活，从物质上其实根本没有不同，Edward 为什么要买超级游艇，要用鲸鱼皮？因为除了这些，他也没别的余地去彰显自己的财富。富贵是个愚蠢套子，让人失去道德和智慧。"

一个闪念之间，应隐想起来他那另外半件失败的叛逆的事。"你上次说，只做过一件半真正叛逆的事……"

"好聪明。"商邵唇角衔烟，不太愉快地回忆，"当时的情形是，商檠业的专断，三十多年来一直压在我身上的东西，都让我对所谓'继承'厌恶到了极点。从二十岁还没毕业开始，我就已经介入了集团的管理，十几年的耕耘，说实话，我有不舍，但大丈夫当断则断，我可以自立门户，过自己想要的日子。"

商邵轻描淡写地讲完，停顿一瞬，心血来潮似的问："你想不想我放弃继承权？"

应隐吓傻了，几千亿的开关就在她一念之间，她动也不敢动。

"三十八岁前，我还有这个自由，三十八岁以后就不可以后悔了。"他似笑非笑，像是提醒她抓紧机会。

"为什么？"

"因为继承人的培养需要时间，青黄不接是家族传承大忌，如果我在这个位子上坐到超过了三十八岁，那我对这个集团就有责任，无论我喜欢与否。从现在开始到三十八岁，如果我放弃，商檠业还能撑着，我们还能培养新的人，比如让我妹妹明羡接手，然后再把商陆逼回来。"

她看上去震惊又迟疑，脸上写满了"这样真的好吗"，实在好笑。

商邵果然失笑出声，与她有商有量："陆陆的梦想是拍电影，也该拍够了，该我去实现梦想了，对不对？"

从没有人问过他的梦想是什么。

这样的话，他当初也和于莎莎说过，但于莎莎哭着为他委屈，问他怎么忍心把这十几年的心血付诸东流、拱手让人。她连问都没问一下，阿邵你的梦想是什么。

"那……阿邵哥哥。"应隐突然这样叫他。因为是第一次在如此清醒的时刻面对面叫，她很小声，耳朵泛红，惹他亲吻。

商邵果然没忍住亲了她那枚生有小痣的耳垂："怎么？"

"你的梦想是什么？"应隐目光明亮，带着憧憬，"你有这么多钱，还能拥有梦想，你的梦想一定很了不起。"

头一次有人会说他有梦想了不起。有钱人要什么梦想？对他们来说，全世界都唾手可得，谈梦想都显得矫情。商邵敛住笑，心底为她这一句而柔软。

他将烟在烟灰缸中捻灭："没什么了不起的，只不过我在法国 La Base 一直养着一艘帆船，那是我二十岁时送给自己的礼物，我的梦想是开着它，环游世界。"

二十岁时的生日礼物,梦想性不言而喻。

应隐算了算:"十六年了,会不会已经老化?"

她问得很务实。

商邵也笑:"远洋帆艇的造船技术革新很快,所以虽然它被维护得很好,但从技术角度来说,已经过时。"

"再多讲一讲。"应隐不太困了。

"两点了,小姐,我现在跟你讲完,明天也实现不了。"商邵亲亲她鼻子,"先洗澡睡觉?"

"你再讲一段。"应隐不依不饶,"就讲一小段。为什么是这个梦想?"

"因为我喜欢征服。"他说得好自然,轻描淡写的,对这充满野心的两个字毫不掩饰。可是他的面容那么温和、儒雅,心平气静,甚至连眼眸都是平静如深潭的,让人看不出里面原来充满了野心。

"海洋是大自然力量中最愤怒,也最诡谲的,它阴晴不定,充满变数,生死之机瞬息万变。能够完成单人帆船不间断环球航行的,至今为止全世界也只有八十个人。"

"八十个人?"应隐喃喃地说,"八十个人,比我拿奥斯卡最佳女主角还要难。"

可是奥斯卡最佳女主角,还充满了隐形的国籍论、人种论、肤色论,充满了公关季的钩心斗角、一掷千金,充满了好莱坞与传媒资本大鳄的设计与操纵——它再难,也充满了人为操作的空间。但单人帆船环游全球,却只能依靠绝对的运气和实力。这种绝对,就是一种冷酷的公平。

"不是的。"应隐忽然说,注视着他,"是你喜欢海。你首先喜欢海,其次才想去征服。"

就好像演员们首先喜欢表演、喜欢电影,才会想去征服各个电影节的殿堂级奖项。

商邵愣住,又微眯了眼,回应应隐的注视。他的目光里充满了复杂的探究和审视,危险,又似乎带着疑惑。两秒后,他似乎放弃了某种抗拒,倏然松弛了下去:"被你看穿了。"

这种"被看穿"的感觉,是陌生的,却很愉悦,让商邵不自觉将应隐按伏到颈侧,与她交颈,闭上眼,在深深的呼吸中与她耳鬓厮磨。

他已习惯了不被人看穿的日子。即使是亲生父母,即使是长伴身边三十六载的康叔,抑或是直觉敏锐的明宝,在商场上志同道合的明羡,以及深刻交心的商陆,从没有人能看穿他。他说话永远只说一半,只说最底层的逻辑,或最表征的现象,要听懂他的话、明白他内心深处真正的意图,需要一环一环去推,而他真正喜欢什么,不喜欢什么,都很好地被掩藏在他的意兴阑珊下。

"宝贝。"他嘴唇贴吻她暖玉似的颈,第一次认命般全盘托出心底的实话,"我喜欢海,因为海拥有绝对的公平,面对风浪,你可以感觉到一种自我的渺小。那种渺小,让我宁静。"

刚刚明明还很困的人,洗完澡却反而清醒起来,或许是故事勾人,应隐缠着他问个不休。

他的床铺柔软如云端,高支棉光滑无匹,有一种清爽的凉意。而商邵的身体那么滚烫,让她不自觉紧贴。

"哪里可以学帆船?"她蜷在他怀里,枕着他臂膀。

"高中教的。"

"那帆船呢,是不是好贵?"应隐闭着眼。

明明已经很困了,眼睛也睁不开,却还是固执地聊,有一搭没一搭地聊。

"不贵。"商邵的声音带着一股深夜的慵懒,"一艘入门级的单人休闲龙骨帆船,差不多三四十万人民币,好一点的选配八九十万,如果是不间断环球航行的船,这个成本会高一点,可以上到七八千万,一亿左右。"

"又是一亿?"应隐嘟嘟囔囔。

商邵温柔地失笑了一声:"那就换一个单位,一千多万欧元?这个是指船的配置,还有一些别的设备和人员支出。"

应隐睡着了,呼吸平稳两秒,又忽然惊醒,提着精神说:"那你的小帆船,就一直停在那个港口吗?"

小帆船,还挺可爱的。

"毕业回国前,我用它完成了不间断环地中海航行,后来就一直停在那里了。出差顺路的话我会去看看它,但没有再带它出过海。"商邵亲一亲她发顶,"不聊了好不好?留一点明天聊。"

应隐依偎在他怀里,搂着他腰,讲话已经含糊了:"环地中海不厉害吗?"

"不厉害,入门级的,我很多朋友都完成过。"

"不信。"她对他有一股无条件的崇拜与敬仰。

商邵撩开她碎发,捏一捏她耳垂:"好,我是比他们厉害一点,因为我

Chapter 04

是单人不间断环行,也是他们中速度最快纪录的保持者。"

思绪和念头好像在地中海的风浪上浮沉了,可是那风浪如此温柔,承托着应隐,荡漾着应隐,让她昏昏沉沉,半睡半醒。她好像不舍得睡,想跟他把话聊尽,聊到天亮。

深水湾的夜,真安静啊。港岛安睡在他们脚下,深蓝的幕点着星亮的灯。

"商先生。"

"嗯?"

"阿邵哥哥。"

回答她的只有笑。

"商邵……"近乎梦呓。

"睡吧。"

他的吻印在她额心。

应隐翌日睡到了日上三竿。

海风从观景露台吹入,带来遥远的哗哗声,不知道是浪花翻滚,还是风卷林梢。床上只剩她一人,她一时之间有些慌张。万一有人进来怎么办?会把她当小偷吗?还是说,她又要假装一回来应聘的家政?这次可没康叔帮她圆谎。

商邵正陪温有宜吃早午餐。他回家的动静是绝对瞒不过温有宜的,与其等她找过来,不如主动去请安。

今天天气好,煦日柔风,温有宜让用人把餐布置在了她最近喜欢的一处小花园里。

她平日也忙,有太多的下午茶会、慈善晚宴要去光顾,也要打理自己手中的公益基金会,更要操心五个子女的人生大事,关心他们的四季三餐、饮食起居。

商邵跟她聊在宁市的生活和工作,挑有意思的、顺利的部分,免得她又多担心。聊完了,他相当不经意地问:"爸爸什么时候回来?"

商檠业这段时间在新加坡总部那边办公,商邵对此很清楚。不过他行程多有变数,只有温有宜才知道得最清楚。

"今晚。"温有宜回道,一眼看穿商邵的意图,"你又要躲他?"

"见面就吵,我躲开一点,省得让你烦心。"商邵笑笑,喝一口咖啡,顺便瞥一眼表。

第四章 烟花与海

十点,应隐差不多该起了。他拿起手机打字,告诉她去哪里让用人备早餐。昨晚上康叔知道了他们留宿深水湾,连夜安排了一个老人过来,顺便把应隐放在港3上的衣物和证件也一起带过来了。

"你就是过不去那道坎。"温有宜注着茶汤,"事实证明他一点都没错。"她顿一顿,"当然了,你也没错。错就错在爱错了人。"

"早过去了。"商邵轻描淡写地说,"他进入更年期,脾气越来越暴躁,什么时候改了,什么时候才有沟通的余地。"

温有宜抿一抿唇:"你现在懂怎么气人了,跟陆陆反着来。他现在反倒比你让我省心。"

"陆陆在山里还好?"商邵顺其自然地问。

"说是快下山了。"

"陆陆让你省心,无非是因为他的人生大事定了。"

商邵以前从不会主动聊这个话题。温有宜颇感意外,将茶壶放下,瞥他一眼,不动声色地说:"你还知道啊。"

"你刚才说我爱错人,那对于我这个身份,什么样的人才叫对的人?"

温有宜更怔。她的长子问得并不咄咄逼人,温和而不疾不徐的语气,让她一时之间吃不准,他是不是又在为于莎莎的身份打抱不平。

"那个莎莎……"

"我没在说她,她确实不可以。"商邵打断她,"我的意思是,如果陆陆拥有我的身份,是长子兼继承人,你们还会允许他活得这么自在吗?"

他的问法够委婉,但温有宜一时想岔,脸色都不对了:"Leo,你要多自在……你难道喜欢男的?"

商邵一口咖啡呛出来。

温有宜埋怨怨地瞪他一眼:"你以为这些声音我听得还少了?妈妈晚上睡着睡着都会惊醒,就怕你有一天带个男的回来。"

商邵抖开餐巾擦一擦嘴,脸上神色淡漠:"我的婚姻大事之所以难定,是因为你们有你们的要求,男的不行,明星不行,长得差的不行,身世对不上的不行,学历不够高的也不行。你找来找去,无非是这家的千金,那家的小姐。"

"怎么会?"温有宜否认。

商邵唇角勾起一丝微讽,目光却径直投向温有宜:"要是我有一天也带个明星回来,你难道同意吗?"

温有宜张了张唇。不知道是不是她的错觉,但这一瞬间,她几乎被他

Chapter 04

逼得心头一紧,掌心冒汗。她顶住了压力,回答得保守:"明星,也要看是什么明星。如果是人品端正、为人通达、个性坚韧又长相好的,有什么不可以?怕就怕娱乐圈的明星过惯了自由散漫的日子,纸醉金迷又……欠缺某些方面的道德感和自律,那对你来说当然不可以。"

她温柔地看着商邵:"阿邵,你是未来的当家人,你的妻子,是要做妈妈现在做的这些事的,她的一言一行、品行仪态,都会被人拿放大镜看着。你如果娶一个声名狼藉、挥霍成性的女明星,对商家在外的形象来说,你也知道会造成多大的损伤。如果商家的形象不重要,那你为什么不去玩模特、捧歌手、炫富、泡夜店、养情人呢?跟你一起长大的,有几个人没有这么做?"

为了商家的形象,甚至连娱乐公司的运营都要更名为"绮逦",和商宇集团区分开来。

商邵点点头:"人品端正,清清白白,聪慧通透,个性坚韧,长相好,对吗?"

他站起身,抄起手机:"我知道了。"

"你知道什么知道?"温有宜不明就里,警觉起来,"阿邵,你套我话。"

商邵勾了勾唇:"没有,不敢。"

他推开椅子,冲他母亲略一颔首,又道:"别多想,我还有事,先告辞。"

应隐刚吃完早餐回床上补觉。她昨晚上熬狠了,情绪波动又很大,骨子里的怠懒涌了上来。被商邵捞进怀里时,已经又小睡了半觉。

"你回来了?"

商邵看她迷蒙的模样,简直想笑。不知道的还以为他们昨晚干了什么。

"这么困?"他吮一吮她唇,早晨兴致足,他眸色暗了,唇瓣流连至她耳侧,低着声,半是命令半是哄,"舌头给我。"

应隐听话地张开齿关,被他深入地吻了半分钟,也跟着清醒过来。

商邵漫不经心地问:"还有几天?"

"两三天。"应隐睁开眼,眼眸水润又迷离,脸颊的潮红一直晕到眼尾,瞪他。

商邵笑了一声,明知故问:"干什么?"

"明明知道不可以……"应隐不说了,被商邵很紧地抱进怀里。

他喉结滚得厉害,呼吸滚烫起来,既是始作俑者,又是自作自受,半笑着叹一声:"到底是谁派你来考验我的?"

补觉到下午,商邵听用人汇报说温有宜去赴下午茶了,便安下心来带应隐四处转转。

把应隐介绍给父母,是一件要从长计议的事。他既怕吓跑了应隐,又怕在两人感情刚升温的关键时段横生波折,因此慎之又慎,步步为营。但那点叛逆总是时不时冒出来,让他干出把人偷偷带回家的幼稚事。

商宅独占一山,一步一景,曲径通幽。茂密修林中有会所,专为宴请和家庭团聚之用,会所临湖,湖心有小岛,养着数百只火烈鸟。这是商檠业送给温有宜的,因为火烈鸟是忠贞不渝的鸟,一生只择一偶。

谁都没想到,喂了一通鸟,一转身,一向最被钟爱用来避雨静坐的亭下,冒出了商檠业的身影。

父子两个都面无表情,只有应隐受了惊吓。

她正被商邵牵着手。她没化妆,容貌看上去跟那天在海边庄园时别无二致。她脸色苍白,目光惊恐,不住咽着口水,第一反应就是想把手从商邵掌心抽出。但商邵纹丝不动,一松也不松。

商檠业眯眼半晌,目光从两人的手转移到商邵眼底,又瞥向应隐。

她上次开着那辆小玩具车下山给他留下了深刻的印象,商檠业一时之间心情复杂——一向端方自持、精心教养的长子,玩女人玩到了貌美家政头上。

他冷冷看着商邵,最终,一个字一个字缓缓地说:"你,很不错。"

眼前的男人气场太过迫人,比应隐见过的所有男人都更可怕。沉默死寂的十几秒内,她瞳孔空洞地大睁着,既说不出话,也发不出声。

怎么办?刚跟男朋友说完你爱我我爱你的第二天,就要被棒打鸳鸯。

一直垂在身侧的手被人捏了一捏。她回过神侧过脸去,目光微微上仰,只看到了商邵平静的侧脸。

男人利落的下颌线绷也不绷一下,从目光到神情都很松弛,不像是严阵以待。

他还算恭敬地问候商檠业:"爸爸,怎么突然回港了?"

商檠业不吃他这套,转身冷漠道:"给你十分钟,我在书房等你。"

他一走,应隐才觉得周围的空气流动起来。

她终于晓得呼吸了,一颗心怦怦弹在悬崖边:"怎么办?叔叔好像被气到了。"

Chapter 04

"他每天都被气到,是他肝火旺,不关你的事。"商邵牵住她两手,"是我带你回去,还是你再自己转转?"

见他要走,应隐用力,抓着他手掌不放:"他会不会为难你?"

"不知道。"商邵如实而言,想了想,"他可能会给你开支票,让你离开我。"

应隐瞪得很圆的眼睛眨了眨。电视剧里的情节!

"比如……两三亿。"

应隐不由自主地问:"真的吗?"

眼神很亮,尾音上扬——商邵懂了,她这是动心了。什么富贵不能淫,贫贱不能移,她可太能移了。

在他严厉的眼神中,应隐自觉地闭上嘴,迅速摇头表忠心。

"忘了跟你说了,这一次就算真的净身出户,我自己也有十几亿,不是几年前的几千万了。"商邵意味深长地问,"够不够?"

应隐用力点头:"够够够,特别够。"

"十几亿,既比不上宋时璋,也比不上陈又涵。"

应隐咕咚吞咽一下。

逗够了,商邵略低头一笑,屈起指侧蹭了蹭她脸颊:"好了,可以想一想晚上想去哪里玩,等我回来。"

他走之前,还是把应隐搂进怀里抱了会儿。

两人接吻,没把不远处暗中观察的商檠业给怄死。玩出花来了!

管家升叔跟在商檠业身边,虽然早已习惯了他的脾气,但此刻还是气都不敢喘。额头冒汗了半天,才终于见到商檠业脚步动了,耳边传来一声咬牙切齿的吩咐:"先别告诉有宜。"

在书房等了片刻,商邵踩着十分钟的点如约而至。

商檠业站在窗边抽烟,听到脚步声也懒得回头,直接问:"你什么意思?报复,还是叛逆?别告诉我是来真的。"

他这么开门见山,商邵便也没再藏着掖着:"是真的。"

饶是商檠业做了满肚子的心理建设,此刻也忍怒忍到快把烟管掐断:"我承认这个女人确实漂亮,但这世上漂亮女人多的是,学识、教养、见地——我都不说出身了!这些你都通通不在乎了是不是?!见色起意,我都替你感到羞耻!"

他一开始恶龙咆哮,父子俩之间和平沟通的桥梁就断了。商邵也懒得仔细揣摩他话里的意思,沉着脸声声逼问:"所以呢?这个不合你心意,你又打算怎么威胁我？断绝父子关系吗？"

"你！"商檠业粗暴地捻了半截烟，剧烈咳嗽起来，"你要是随便玩玩，没人管你！娶回家不行！"

"凭什么不行？她家世清白、性格可爱、聪慧通透，没有任何不良嗜好，有天赋、有事业、有信念、有见地，你告诉我，哪一点不行？"

商檠业额角青筋直跳："你跟我谈一个到家里没干几天就跟主顾搞到一起的家政保姆清白通透，有天赋、有信念？什么信念？搞男人的信念吗？！升叔！降压药！"

升叔立刻端着水和药片过来，商檠业还没将药片含进嘴里，便听到商邵不可思议的一问："你说谁是……家政保姆？"

"你那个貌美如花的小情人！"商檠业气不打一处来，降压药也不吃了，反手把水杯一砸，一手叉腰，一手解着领带，"有宜呢？我要有宜，我管不了这个不孝子了……给我滚出去！"

商邵平静如水地等他暴怒表演三分钟，才淡定地说："她叫应隐，是一个演员、影后，商陆电影的女主角，绮逦的代言人——你在新加坡绮逦住了这么多天，一次也没抬头看过她的广告？"

商檠业："……"

升叔一声不吭，心想我先走了。

商檠业的身体像被定住，半拧着领带迟疑半天，才问："谁？"

"我女朋友，叫应隐，是个演员。"商邵耐心地再给他重复一遍。

"演员也不行，演员……"商檠业踱步一圈，一时找不到骂的，只好说，"滚出去！"

商邵身体笔直，恭敬地略一颔首，赞扬道："您还真是，发挥稳定。"

出了门，身后又传来一声玻璃碎裂声，不知道商檠业又砸了什么东西，或许是烟灰缸。

升叔端了新的水和药，进去时，商檠业又在抽烟。

"你听过吗，这个演员？"他哑着声咳嗽两下，不耐烦地挥开烟雾。

"听过。"

商檠业："我明明比你年轻，怎么我没听过？"

这话叫人家怎么答？升叔只好说："您日理万机，没听过这些明星，也是正常的。"

商檠业刚被不孝子阴阳怪气一通，现在听什么好话都觉得不对劲，眼神一眯："我们在新加坡这些天，见过她的广告？"

Chapter 04

升叔点点头:"见过,酒店进门的 LED 大屏,楼标旁的户外广告牌,每部电梯的液晶显示——"

商棨业面无表情:"哦,原来我没长眼睛。"

升叔:"……"

温有宜……升叔也想找温有宜……但温有宜不在,他老人家只好硬着头皮说:"但是广告片里化着妆,跟真人还是有很大不同。"

商棨业吞水送服降压药,缓了缓,一通电话打给小儿子商陆。

商陆和柯屿正在下雪的山路上。

越野车内堆满了大包小裹和各种摄影器材,本地向导在前排开着车,从后视镜瞥了一眼后座后,将暖气调高。后座的客人有一位睡了,披着大衣,枕着另一人的肩膀。被他枕着的那个人高马大,膝上搭着电脑,耳朵上挂着蓝牙耳机,正在看剪辑送过来的样片。

雪道蜿蜒,雪层厚而结冰,越野车胎上的防滑链咯吱咯吱,将车子颠得摇晃。

电话振动,来电显示上的姓名十分不受欢迎,以至于商陆特意多等了几秒,才懒洋洋地接起:"喂。"

"你给商邵介绍的什么女朋友?"

"大哥有女朋友了?"

嘟,商棨业那边把电话挂了。

柯屿本来也没怎么睡着,只是连日来高反将他折磨得头疼,昏昏沉沉间听了这么一句,也跟着问:"大哥已经有女朋友了?"

商陆还拿着电话茫然:"我不知道啊,我什么时候给他介绍了?"

柯屿睁开眼眸,静思片刻,像是有遗憾:"其实我真的想过把大哥介绍给小隐。"

"别。"商陆当机立断,"我拒绝这个女人当我大嫂。"

他既在片场把应隐凶到边狂哭边狂吃碳水过,也被应隐气到无能狂怒过,两人之间还有"我最喜欢小岛哥哥了!"的血海深仇,让她当大嫂?他宁愿敲十年木鱼!

"算了……"柯屿又闭上眼,"反正她也觉得你大哥平平无奇。"

"我靠。"商陆忍不住骂一句,像听了天方夜谭,"我大哥什么时候平平无奇过了?!"

柯屿只好说:"打住,反正他们也没机会了。"

但是商邵这两年的变化谁都有目共睹,所有人都觉得他很难再爱上谁

第四章 烟花与海

了，因此听到他有新对象，就连从不八卦的商陆，也忍不住要问个究竟。

商陆的电话打过来时，商邵脑子里和商檠业的那盘棋刚刚交锋过半。过去这半个小时，风云突变、枝节横生，完全打乱了他的节奏和计划，他不得不重新计算，将他和商檠业之间的牌一张张盘清。

铃声响起，他驻足，将思绪暂且抽离出来，眉眼间毫不见焦躁之色。

"下山了？"

"嗯。"商陆懒得迂回，单刀直入地问，"刚刚商檠业给我打电话，问我什么时候给你介绍的女朋友。"

商邵倒是不意外，笑了一下："然后呢？"

"没有然后了。所以你真的有女朋友了？"

"刚确定关系。"

"商檠业会这么问，说明这个人跟我先认识，而且一定是娱乐圈的，八成是我的女主角。"商陆条分缕析，自信满满，逐步推导，"既然应隐说你平平无奇，所以一定不是她在跟你交往。我知道了，你女朋友是——谢淼淼。"

商邵："……"

商陆对自己顷刻之间算出正确答案的智慧十分满意，大马金刀地坐在车上哼笑一声："不错，恭喜你，谢淼淼人挺好，人品一定比于莎莎……"

"等等。"商邵打断他，眯了眯眼，缓缓地问，"你刚刚说，谁说我平平无奇？"

兄弟间的通话十分简短。挂掉电话，商陆轻舒一口气："刚刚差点就说漏谢淼淼曾经喜欢过你了，幸好。否则我大哥吃起醋来，我们四个人岂不是都很为难？"

柯屿："为什么总觉得有哪里不对劲……"

商陆瞥他："有吗？"他轻喷一声，"我还是先安慰纪允吧，毕竟他追了谢淼淼三年。"

纪允是他和柯屿共同的学生，才二十出头，一心苦恋文艺小花谢淼淼，但谢淼淼钟爱岁数比她大的老男人，对小弟弟不感兴趣。

"你等会儿——"柯屿按住他手腕，"别急，别急……"

他一边说，一边思考，但几个月的高反折磨下来，他脑子里像罩了层雾，实在没有头绪。

"大哥还没说，你就别帮他昭告天下了。他肯定有自己的安排。"

"也是。"

Chapter 04

商陆想了想，仍旧给商邵发了条微信消息："恭喜，什么时候让我跟嫂子吃饭？"

商邵暂时没回。他回到湖边时，应隐还在喂鸟。她很明显心不在焉，手里干粮有一粒没一粒地捻着，那群鸟估计都给喂撑了，都支起单腿，把脖子埋成弓字形睡觉。

听到身后脚步响，应隐将手中鸟食天女散花般一把撒了。明明想扑进他怀里的，但也许是怕商檠业就在身后，她脚步暂缓，矜持地忍住了，问："你和叔叔聊好了？"

商邵似看穿她："没人跟着。"

应隐听了，终于一把抱上去，仰着脸："怎么样？"

"托你的福，他觉得你这个家政太漂亮，我不务正业、不思进取、自甘堕落，很让他失望。"

应隐："叔叔……真以为我是家政啊？"

商邵点一点她鼻尖："应该是因为你上次开着那辆小车下山，演得很真。那辆车只要几万块？"

应隐把脸埋他胸前，瓮声瓮气地问："那你解释清楚了吗？"

"解释清楚了，他知道你是谁。"

心底的慌张如尘埃一般，被应隐激烈的心跳怦怦地扬起，迟迟落不了地。她安静了一会儿，不知道在说给谁听："还是不行的吧。"

在片刻的沉默中，应隐听见一声低笑。

"应隐，我是不是可以理解为，这一次你心里是想'行'的？"

其实宋时璋讲的第二个情妇的故事，一直深深地印刻在她的脑海里，像某种警世预言。

有人托付一腔真心，但在有钱人眼里，这不过是为了上位的把戏。也许一个目的明确的拜金捞女，比讲真心的女人更能让他们这种人觉得安全、觉得熟悉、觉得放松。

"我说过了，从没有人可以拆散我的感情，你信不信？"商邵捋了捋她头发。

应隐这次不再沉默，点点头："我信。"

商邵不探究她是真信还是虚与委蛇："我们先下山，我带你去吃饭。"

应隐便回房子里换了衣服。她不敢带妆，怕路人认出来，因此还是素颜，穿着也很随便。

今天的香港岛比昨天更热，几乎有春夏之感，她穿一条宽松的锥口牛仔裤,配浅口单鞋,上身一件鲜绿色对襟系扣针织衫。针织衫紧身,将她的身体曲线勾勒突出,腰是腰胸是胸的,两条胳膊包裹在针织长袖下,更显得十分修长。早上康叔已派人将她的行李送过来,她翻出护垫,在出门前换上了。

商邵开车下了山,在主道上跟他母亲温有宜的宾利相对驶过。

温有宜喝完下午茶回来,完全不知道这家里已经发生过翻天覆地的变化。见了丈夫,她惊喜过望:"我在外面看见升叔,还以为你先派他回来了。怎么提前回家了?"

商橥业此时此刻正在书房外的起居室里不务正业。两人宽的沙发上,他双臂环胸坐着,目视着前方白色法式壁炉上的壁挂电视。温有宜瞥了一眼,不知道他在看什么节目,屏幕上一个女人在追着一头猪跑。

好诡异。她丈夫从不看电影,也不看电视,上一次逼他看电影,是商陆的戛纳金棕榈作品《再见,安吉拉》,至于上一次逼他看综艺……那不得是几年前柯屿和商陆上的那一档了?好像是清理羊圈什么的。回忆至此,温有宜看了眼右下角的栏目标,还真是同一档综艺。

她在商橥业身边坐下:"Honey,你在干什么?怎么突然想到看综艺了?"

商橥业面无表情,冷冷吐出两个字:"解压。"

温有宜:"……"

屏幕上,追猪追出几百米的女人,终于一把将猪逮住了。她是抱上去的,戴着黄色橡胶手套的两手环抱住猪脖子,穿牛仔裤的双腿跪在地上,死活都不放手。

她跑得太快,身后跟拍的根本撵不上。镜头一通乱抖,摄影师气喘吁吁:"应、应老师!你跑慢点!"

身后还有个跑得更慢的,带着不知哪儿的口音:"揪耳朵!揪猪耳朵!"

一顿人仰马翻之中,半大的猪撕心裂肺地叫起来,下一秒镜头一转,女人和猪的正脸终于给拍进来了。

温有宜觉得这女人十分眼熟,但一时之间没准确想起。她跟商橥业一样,双手环胸靠到沙发上,陪她老公默默看了一小时的养猪经。

在这一小时里,这个小小的养猪大户、村中首富的家里,经历了一系列令人目瞪口呆的事件:村中青壮年轮番上门看漂亮女人,提出相亲"叔你给介绍介绍呗",被喷"癞蛤蟆想吃天鹅肉,没见镜头跟着呢吗!";猪圈门没关导致猪崽集体出走,满地乱爬;第二天要被屠宰的母猪在村子里横冲直

Chapter 04

撞，开开心心提溜了半个西瓜回来准备歇一口气的另一名女嘉宾被猪撵得满村乱跑……忙碌的一天最终结束在应老师一边默默抹泪，一边在漫天星光中到处找猪的安详气氛中。

进广告，温有宜沉默一下，恍然大悟："哦！这个应老师我知道！"

商檠业挺心虚，咳嗽一声，瞥她："你见过？"

"我见过，是明羡选的代言人，还跟小岛一起拍了广告片呢。"温有宜都想起来了，"拍的时候，我就在现场。"

"然后呢？"

"然后看到她跟小岛接吻呀。"

商檠业："什么？！"血压突然升到脑门了！

"不过好像是借位。"

商檠业："有宜……话最好一句内说完。"

温有宜："虽然是借位，但当时是陆陆亲自拍的，陆陆脸色都青了。"

商檠业心想，你倒是抬头看一眼我的脸色。

温有宜还在思索："对了，她还是小岛的热门 CP 呢，CP 就是 couple，她说她最喜欢的演员就是小岛。"

所以，他大儿子的女朋友最喜欢小儿子的缪斯，大女儿选了他们两个当代言人，在小儿子亲手掌镜的广告片里，他们接吻了。

商檠业额头青筋直跳。

温有宜忧心忡忡地看着他，问："你回来这么久，是不是跟阿邵见过了？又吵了架？"

商檠业冷哼一声。

"你们以前明明不这样。"

"他以前懂事，现在像十八岁！要气死我！"

温有宜赶紧安抚他："没关系的，等他成家就好了。我下午又帮他物色了几个姑娘，你知道吗？他早晨问我了，到底什么样子的女孩子是合格的，我想着呢，门第什么的都无所谓，既然没决定联姻，那不如放宽一点……"

她从手机里点开相册，温柔地说："你看这个，是……"

还没等她介绍，商檠业便说："他看不上。"

温有宜怔了一下，只好依言换一个："这个是……"

"也看不上。"

温有宜滑到第三张："这个……"

"看不上！"

第四章 烟花与海

看不上看不上，不孝子通通看不上！

温有宜忍无可忍："明明都很漂亮！"

商檠业恶龙咆哮："除了天仙下凡，他现在谁都看不上了！"

"阿邵又不是只看外貌的人！"

商檠业忍耐着烦躁，眉心蹙得死紧："总而言之，你别替他操心了，这么大的人了，终身大事让他自己解决去！"

并非他故意要瞒温有宜，只是商邵和那女人的关系前途未卜，虽然他口口声声那女人家世清白、个性单纯，但娱乐圈的人，恐怕比于莎莎还能演。要是这个应隐真有问题，恐怕最后翻来覆去睡不着觉的又是温有宜。

商檠业有前车之鉴，宁愿自己调查清楚了，放了心，再让温有宜高枕无忧地享受这个好消息。

"但是阿邵又不像陆陆，陆陆直来直往的，阿邵话又少，也不玩浪漫，又一心只扑在工作上，不懂怎么讨女孩子欢心……"温有宜叹了声气，"他要是个花花公子，倒也算了。"

商檠业唇角一抹冷笑简直不能更冷了："你对这个大不孝子有很大误会。他现在会得很！"

大不孝子确实会得很，带应隐去荣欣楼的香港总店喝粥。

那道"金宵出白玉"虽然要提前预约，但对他这种贵宾自然不同。到了地方，上顶楼包厢被奉为座上宾。荣欣楼的少东在香港这边当实习店长，得了他父亲的交代，正要亲自来介绍这道粥，却被商邵谢绝了。

外头人声鼎沸，烹鲜买醉，各色鲜味活色生香，包厢内倒是雅静，雕花格的苏绣屏风上栩栩如生的一程山水，窗外是佐敦道的灯红酒绿。

老酒楼都兴用圆桌，赭红的圆桌腿雕着醉八仙，是民国的老物件了。桌沿的纯银簪花茶壶里泡一饼老树普洱，鸡油黄的两盅瓷里，"金宵出白玉"凝脂般盛着。

包厢里只有他们两人。应隐喝得认真，一口一口，小心吹拂走滚烫沸气，再抿进唇中。第一口平平无奇，但更多的韵味却在舌尖弥漫开来，流连不去。

"还以为是白粥。"她惊奇。

玉一般的粥色至清，怎么能拥有如此多的底味？

"它表面上确实平平无奇。"商邵淡淡地说，"但尝起来还不错。"

应隐起先没觉得哪里不对，直到听到他停顿一下，淡淡续道："有的人

Chapter 04

也是一样。"

"噗——"怪她对"平平无奇"四个字过敏,听了这一句,直接一口呛出来。

商邵瞥她一眼。应隐一边心虚地咳着,一边到处找纸,还是商邵从圆桌上捻了一叠递给她。修长的指骨透着清冷之意,应隐看也不敢看。

"这么大反应是怎么了?"商邵明知故问,口吻很淡,一股不辨喜怒的高深。

"我……"应隐拿小团纸掩着唇,"喝得着急了……"

"你觉得我刚刚说的那句对不对?"

应隐可怜地说:"对。"

"那你现在觉得,我——"

不用等他问完,应隐就自知东窗事发,啪的一声就是一个两手合十、低头滑跪的姿势:"对不起!我不是故意说你平平无奇,更不是故意到处造谣,逢人就说!"

还"到处造谣""逢人就说"?商邵缓了缓:"所以,你确实一开始觉得我平平无奇。"

谁也不知道他在说出这句话时,心里带着几不可察的艰涩。

他仔细回想他在陈又涵那场宴席上的穿着、言行,乃至于跟应隐在走廊上的偶遇、他手里夹着的烟、灯光下的阴影。应该……也不能算很差。

但一想到那是陈又涵的主场,想到应隐见陈又涵第一面就起了勾引的邪念,周遭空气又陡然降了好几度。

应隐捏着白瓷勺柄,犹豫地说:"其实……刚开始以为你整了容。"

这是个始料未及的答案。他不是那种高鼻深目的五官,这一点与商棨业及商陆都不同,相比起来,他东方式内敛温沉的眉眼,实在不必通过整容去获得。

应隐迫不及待地说:"真的整过容也没关系!看不出来的。"

越聊越岔。商邵不耐地抬了抬手指:"过来。"

他将人搂坐进怀里,手掌那么恰好地贴着她腰肢,一点一点审问:"为什么觉得我整过容?"

"因为现在好看。"应隐不假思索地答。

商邵没料到这个回答,怔住半晌才淡淡地说:"不需要这么哄我。"

虽是面无表情,但他喉结分明滚了滚,抱着应隐的双手也紧了一下。

"没有哄你,"应隐认真地说,"你见我的第一面我不知道,我见你的第一面,你也不知道。是在一场婚宴上,好多人陪着你,我隔着小半个宴会厅,远远地看了你一眼。"

"然后呢?"

"别人说这是商家太子爷,我说……"应隐跟个鹌鹑似的开始缩脑袋心虚,"不过如此……平平无奇……其貌不扬……我错了!"

商邵沉沉注视她:"你觉得,我整过哪里?"

应隐的目光一一描摹过他的眉,他的眼,他的鼻,他的唇,他的下巴。"这里,这里,这里……"她葱管似的指尖随着目光,在他的五官上摩挲而下,"还有这里……"

话说完,腰肢后折,她被商邵吻得透不过气。

吻够了,他逼迫自己冷静了一会儿,问:"你有没有考虑过,不是我整容,而是你认错人了?"

应隐点一点头,轻声"嗯"一下:"我后来才想通,但是已经跟很多人说过你平平无奇……"她的声音越来越低,"也许你现在还没结婚,都要怪我……"

军功章里有香港小报"功能障碍"的一半,也有她"平平无奇"的一半。

"你就没有想过,我父亲在新闻稿里长那样,商陆你也见过,我……"实在匪夷所思,以至于他眸底藏笑,"我在你心里,是有多不受基因眷顾?"

"也有基因突变……"应隐揪住他领口,把脸埋进他怀里,"我错了我错了我错了……你没有整容,整容的是我!"

没见过女明星自曝整容的。商邵捏一捏她耳垂:"哪里?鼻子?"

不怪他这么猜,因为她鼻骨实在生得太好,莹莹如玉立,高贵而可爱。

应隐摇摇头。

商邵想到什么,眸底一暗,附她耳边:"这里?"

他一只手托着她针织衫底下的饱满。

很软。

"不像。"

应隐任由他检查一遭、求证一番,才抬起手,贴着他指尖一起捏住耳垂:"这里,这颗痣,后面点的。"

"这不算整容。"

"反正是假的。"

"假的,那怎么每次亲你时你——"

应隐赶紧捂紧他的唇,漂亮的一双眼可怜地瞪他:"别说。"

商邵住了口，扣住她腕骨将手移开，追逐她唇吻上去。

应隐被他吻得晕晕乎乎，嗯嗯啊啊断续地说尽实话。

"我妈妈迷信……找算命先生算了生辰八字，说这里要有一颗痣……是点睛之笔。"她喘一声，"所以十六岁那年，嗯……她带我去做了这颗痣。"

商邵听得好笑："怎么比我们香港人还迷信？"

应隐点点头，眼里被他吻得全是泪花，目光被灯照得迷离。

"这件事只有你知道，可不可以饶了我到处说你平平无奇的罪？"

"所以你第一次见我，还是在陈又涵那里。"

"嗯。"

在他的注视中，应隐的脸色不受控制地染上红："虽然是在那里，但回忆起来，总觉得像是在冰岛见的。"

"为什么？"

"因为看到你的第一眼，就想到之前去那边玩时见过的黑沙滩和蓝冰。"她的勇气和羞耻心都透支，只好紧紧环住商邵的脖子。

商邵一怔，轻笑一声冒出粤语："黐线*。"

应隐紧闭着眼说："我想跟你认识，第一眼就想。"

商邵的唇灼热地压着她的耳廓："为什么？为什么第一眼就想认识我？"

他的心简直被海水泡胀、泡烂。明明知道他是商家少东时，因为觉得他平平无奇便生不出结识的兴致，后来再相见，明明又不知道他身份显赫超过在场所有人，却偏偏第一眼就笃定要认识他。

"因为……"

因为是一见钟情。

应隐说不下去，把这过于直白的一句婉转开来，主动向他索吻："因为我喜欢你让康叔转达给我的那句话，'想要听雨，不必淋湿自己'，喜欢你让他转交给我的那条羊绒披肩，我湿透了，用它擦身体。"

最后一句简直像催情。

"那上面有我的味道。"商邵喉结滚动出低哑嗓音，难耐得厉害。

他车上的披肩不常用，但总是备着，难免沾染他的气息，被他看书睡觉时在膝上搭过。

"我知道。"应隐说完这三个字，尾音仓促得还没落完，就再没机会开口了。商邵吻她，舌面摩挲，卷她清甜津液，彼此情动厉害。

---

* 傻头傻脑。

一顿粥喝得很慢。

离开前,应隐去洗手间,在水龙头底下洗了好久的脸。凉意劲足,把她的面红潮热都带走。

出了荣欣楼已快八点,商邵陪她在夜色下闲逛。

他没开车,不惮狗仔能在人潮中认出他,但应隐不同,口罩蒙得严实。

商邵离她一步远,不敢太亲密,直到垂在身侧的手被她碰到。若有似无地碰到两下后,谁都没说话,但他当机立断,将她牢牢牵住了。

应隐明显抖了一下,但没抽开。

她想要的。想要他牵着她,光明正大地走在大街上,走在熙熙攘攘的人群中,陪她逛遍小店,吃那些最老字号、服务最差的临街食铺,像天底下任何一对普通情侣那样。

如果被狗仔或路人粉丝拍到,就当是送给她和他的贺礼。

商邵完全想不通,她一个平时大门不出只去片场的女明星,是怎么能兴致不倦地走这么多路的。

一直逛到凌晨,这城市不歇,她也没歇。看见亮着的影院灯牌,应隐兴致勃勃。商邵不看电影,她撒娇求他:"陪我看一场。"

这不是正常院线影院,而是专门播放老片、修复好的旧片,以及一些冷门的艺术片的。也不分厅次,总而言之只有一个放映厅,片单二十四小时轮播,冷气开得足,一些彻夜不归的旅人在这里歇足,或赖在椅子上打着瞌睡。

两人进去时,上一场电影刚放映结束。

应隐说话小小声。"这种影院在内地没见过。"她掩唇,"不会放一些奇怪的片子吧?"

商邵想笑,忍住了,以他对影院有限的认知回复道:"不会。"

应隐方才安心挽住他胳膊,靠进他怀里。银幕暗了片刻,放映员换好了胶卷,一束光柱自黑暗中漫溢投出。

开头字幕一出,应隐就觉得有些不妙。

1937·上海

马蹄声震破霞飞路的清晨。

"司令?"一声慵懒而软的声音,显然是还在床上尚未清醒,但尾音带着俏。

Chapter 04

应隐唰的一下坐直。

"怎么？"商邵已经听出来了这道耳熟的轻熟声线。很媚，她倒是没这么叫过他。

"我……我突然不想看了……"应隐到处找包，"我们回家吧商先生好困哦……"

"商先生"和一些莫名其妙的语气词都出来了。

商邵搭膝坐着，两手交握放在膝盖上，按兵不动两秒，直到屏幕上出现演员信息。

领衔主演：沈籍

沈籍穿着一身哔叽军装，身形笔挺，那双极其深情的双眼在大银幕上更显深邃。

画面顺着他的脚步运转，推镜往上，绕过屏风，一张垂帐大床。床榻上的女人小腿纤长、大腿浑圆，半梦半醒地陷在层层叠叠的软被中。

领衔主演：应隐

"这么早就过来？"她说话软媚得很。

片头终于打出影片名，十里洋场灯红酒绿的底，瘦金的毛笔字：

凄美地

应隐啪的一下拍了下额头，紧闭的双眼中闪过两个字：完了。

「为她，我可以是任何一种人。」

第五章 探班

小小的私人影院虽然打理得干净,但马赛克花纹的地砖、红色暗纹的软包折叠椅、绿色的墙漆,都说明这里有些年头了。

临近午夜,来看片的不多,应隐和商邵坐在靠近出口的最后一排,可以看见前面有几个人影在活动。有人在片头中打了个哈欠。

"国语片啊。"谁说了声,抬起屁股走了,经过时,快快地瞥了应隐一眼。

应隐定住没动,等那观众走了,她才双手扳住商邵胳膊:"我们回去好不好?回去我陪你看。"

商邵坐得淡定,二郎腿动也不动,只问:"为什么?"

"这部片是我最不喜欢的,我回去换更好的给你。"

商邵挑了挑眉。他刚刚路过大厅,扫了一眼灯箱海报,那上面几个小字引他注意,写着:柏林影展之夜。

他虽然不怎么看电影,但大名鼎鼎的三大欧洲电影节,还是有所耳闻的。既然能征战柏林,说明影片质量很不错。

商邵安抚地拍了拍应隐手背。她的手背出奇地冰凉。

"就看这个。"他一锤定音。

"可是……"应隐还想努力。商邵却俯近她耳:"你这么紧张,是因为电影里有我不能看的东西?"

应隐用力吞咽,心虚地将目光低低垂下。没有什么他不能看的东西,无非是她职业生涯中尺度最大的一部电影罢了……

《凄美地》和《漂花》不同,《漂花》至今毕竟也有十一二年了,很多场景她已经淡忘,可以面不改色地看完,甚至抽离出来,点评一番自己当时青涩的、全凭直觉的演技。宋时璋说她年轻时有野心,不错,否则她不会艺高人胆大,毛遂自荐去演这角色。那时候懂什么情什么欲?全听导演讲戏,骨相绝佳的脸上铆足劲儿的不服输。

但《凄美地》不一样。它没有那么朦胧,也没有那么"纯欲",是两个成年人之间的欲望缠斗、爱恨情仇。

应隐拍完以后,只看过一次公映版,此后再没点开过。几场清场戏在公映时被剪得一刀不剩，应隐现在只寄希望于，这里播放的版本是公映版。

这是 1937 年的春天，凛冬还未消散，春寒料峭倒无所谓，但日本人步步逼近、图谋华中的消息，却让很多人惶惶不可终日。大上海是今朝有酒今朝醉的，日本人也许要打进来了，也不妨碍歌照唱舞照跳。国泰大影院，周璇的《满园春色》场场爆满，叫好又叫座，电车叮当驶过，百乐门的霓虹灯丝越是入夜越是妖冶。

应隐饰演的黎美坚，在百乐门当了数年头牌。论歌喉，联合影业的大股东搂她坐在怀，哄她说比起李香兰也不让；跳快狐步舞，整个上海再没人比她更轻盈、更从容，只要她一跳，满宴会的阔太富商、影星艳星们，都停下来看她。

冬天的黎美坚，往往在百乐门或哪处达官贵人的官邸里狂欢一宿，穿着黑色掐腰翻领狐氅，娉婷地下了小汽车，在雾色中寂静地走上两步。法租界的柏油路落满了梧桐叶，她走过来，扫大街的苦工也为她暂停两秒。因为如此美的时刻，还想着干活儿，是有罪的。

这话动听，真真假假的赞语听得黎美坚耳朵起茧子，唯独这句说到她心底里。

说这句的，正是沈籍饰演的青年军官徐思图。

徐思图不过三十岁出头，一身哔叽呢料的军装穿得十分挺括有风度，托他南方军阀兄长的福，年纪轻轻就被旁人尊称一声司令，但这一声"司令"有几分忌惮、几分戏谑，大家都心知肚明。

其实徐思图兄长在南边势大，他合该也在南方顺风顺水、花鸟鱼虫地混着，孤身一人跑到上海来，说好听点是前途无量，重点栽培，说难听点不过质子一枚。

黎美坚有许多人可以选，什么炙手可热的金融处长，出手阔绰的新兴买办，无锡来的纺织大王，抑或是这个银行那个银行的浮华小青年，但她都没选。联合影业的董事说要捧她当明星，跟胡蝶、周璇争一争风头，她眼皮子也不抬。

最终是徐思图做了她的入幕之宾。

徐思图有哪里好？大概是肯放下身段哄女人。黎美坚一双赤脚踩他脸上，他也能爱不释手地捧住，让她足弓贴着自己脸，再看着她眼，珍而重之地在脚背上印下一吻。

应隐看到这里就有些受不住了。这场戏拍得早，她跟沈籍还不熟，NG 很多遍。

Chapter 05

她朝商邵那侧扭过脸去，想辩解什么。商邵仍旧握着她的手，只是力道稍紧了紧，偏过脸来，声音压向她耳边："你还有这一面。"

应隐不知道是尴尬还是紧张，只晓得心底的浪潮一阵紧过一阵。

黎美坚和徐思图的第一个吻出现在影片的第四十分钟。导演讲，吻是爱的窗口，所以在影片前四十分钟，黎美坚和徐思图只有你来我往的挑逗游戏，并没有吻过。

第一枚吻，出现在两人分别前夜。日本人动作频频，百乐门的舞也跳不起来了，有门路、懂风声的，都已经提前做了跑路去香港的准备，只有弄堂里的小老百姓抱着襁褓，一边安慰咿咿啼哭的小儿，一边念南无阿弥陀佛，宽慰自己国民党前线数十万大军列阵，总不能眼巴巴将上海这样繁荣的金融港拱手让人。离别在那个清晨匆匆到来，徐思图随政要转移，他雇了车，派了亲信，买了船票，要送黎美坚去香港。

"你喜欢本帮菜，我派了两个姨娘给你，你到了香港，守好门窗，过好日子，顿顿吃贵妃鸡，等我来找你。"

"侬个老婆呢？"黎美坚问。

徐思图有妻儿，再养一个外室，这在当时的霞飞路不新鲜。声色夜场里，有人调侃说这是法国人带到法租界的时髦玩意儿，黎美坚笑问一声："我没去过法国，可是听闻法国的贵妇人们玩得更开，怎么阿拉霞飞路的子弟们，不让自己堂客们把这个也学一学？"

一句话让酒桌上的人都笑起来，有人伸手在她裹在旗袍下的腰上掐一把："乇么你跟徐司令讲一声，由你黎大班首开风气好了！"

徐思图被她问得措手不及，半掩在清晨暗影下的脸闪过片刻迟疑。黎美坚一直以来都是聪明人，虽然对他成家一事心知肚明，但从未提过只言片语。他来找她，她就让姨娘做一桌岭南名菜，他十天半月不来，也没事，黎美坚的日子每分每秒都有男人、都很热闹。

"他们已经在香港了。"徐思图回，"先是去广州，我兄长思念囡囡。"

黎美坚点点头，小老百姓还不知道时局有变时，他已经送了妻儿去安全的地方，又在如今这样紧迫的清晨，跟她玩一桩可歌可泣的生离死别。她微笑着，眼角皱也不皱："可别住在一条街上。"

徐思图在她这一句里发狠吻她，把她推到墙上，银狐大氅从她肩头滑下来，露出动人肉色。

"我到了香港……"他一句承诺到了嘴边，说不出口。黎美坚聪慧地掩住了他唇，为他解围，仿佛不是他说不了，是她不让他说。

"你们是三茶六礼明媒正娶,我一个百乐门跳舞的,散了就散了。"

徐思图把一柄小巧手枪塞给她:"不散。"

吻的时候镜头推了特写,景框内只有应隐被吻着的脸。这里按最初的分镜,应当是中景,但导演认为她面部神情太到位,这样的特写,有助于将她的表演完整收录。

电影氛围太好,应隐一时之间也有些沉浸了进去,冷不丁感到手掌被握得一紧。商邵捏她手的力道失控,原本干燥的掌心一片潮汗,另一手抬起,下意识地想要拧松领结。但他今天根本没打领带。

"商先生。"应隐低声叫他一句。

"我抽根烟。"他起身,离开前,手搭在她肩上捏了捏,"别跟过来,我一会儿就回来。"

他推开应急通道的门,拍遍了裤兜也没找到烟盒,只好出门去便利店买。向来抽惯定制烟的他,对满货架的烟盒失了头绪,挑了盒万宝路。结账,撕开薄膜封条,站在门口雨檐下就抽起来。抽不惯,又或许是抽得急,没两口就被呛得咳嗽。

深夜的便利店鲜少有客,店员默默看他唇角衔烟,继而深深地吸了口气。

再回到影院时,战争场面已过了。徐思图原本随政要撤离,却忽然被派去前线。他是黄埔优秀学员,又跟在他兄长身边耳濡目染,早有排兵布阵的抱负,但淞沪会战节节败退、死伤惨烈,他部下死尽,与军团失散,只能从沦陷区一点点苟且至广州,以待跟他兄长碰面。

黎美坚去香港也不顺利。去香港的船挤得乌泱泱,风浪也就算了,痢疾爆发开来,药不够,全靠个人挨。苏州跟过来的姨娘死了一个,草席一卷,哐当丢进海里。黎美坚裹着披肩,紧紧守着两只皮箱,片刻不敢闭眼。

船上有米高梅的经理,惯与百乐门打擂台的,挖了黎美坚好几次。平时大家相见,油光水滑的头,锃光瓦亮的鞋,现如今脸色发黑,各有各的落魄。

不知过了几个昼夜,眼前出现岛屿轮廓,大家一阵欢呼,莫不有劫后余生之感。

码头上乱哄哄。接人的,拉黄包车的,游手好闲的;印度的,菲律宾的,英国的,各色人种,一时把人看得恍惚。现场这样闹,她不过就是刚把皮箱放下,去搀一把那可怜的脱了水的苏州姨娘,再回过神来时,箱子就不见了。箱子里放着她所有的家当,以及徐思图给她的房子地址。

Chapter 05

"徐司令单说派了人来接咱们,可也不知道那小五长什么样,是黑是黄?"姨娘咳嗽两声。

黎美坚扶她在码头桩子上坐下:"也许小五有我的相片,能认出我来。咱们原地等一等。"

一等等到快天黑,人散尽了,也没人来找她。她只能走开了去,挨个问:"你是不是徐司令派过来的小五?"

问了一周,天已黑透,听到一声落水声,她也没有在意,直到回去时,看到苏州姨娘的蓝布袍子漂在水里。她背朝着天,趴浮在水上,屙痢屙得脱了相,夜色下像一条海藻。

黎美坚在原地站了会儿,转身走了。

米高梅蒋经理的小汽车去而复返,冲她鞠一躬:"黎大班。"

多余的话也没有。她一个舞女,跳了十几年的舞,除了跳舞卖腰,还能做什么呢?蒋经理好歹是个老乡,又有点骨气在,不至于干出把她卖成暗娼的勾当。黎美坚径直跟他走了。

"这么乱的世道,只有自己顾得上自己。"蒋经理往往用上海话说上这么一句,继而开始唱他三不搭七的小调。

小香港既没有百乐门,也没有米高梅,歌舞厅有是有,可是远不如大上海的气派。黎美坚在这儿,是蛟龙困浅滩。印度人体味重,偏喜欢自称自己是这个王子,那个王子,黎美坚坐王子怀里,讲两句英语都要屏着气。还有些毛都没长齐的小赤佬,叫她姊姊,揩她屁股油。

她其实有想过去找一找徐思图的老婆。香港的华人交际圈就那么大,上海来的自成一派,见天儿的舞会或者沙滩排球,要打听徐司令的夫人一点不难。但黎美坚不喜欢自讨没趣。她似乎是有一点爱徐思图了,这点爱让她无法去见那位太太,更遑论请她庇佑。

再后来,太平日子也没过几年,到了1941年,日本人的炮火将港岛炸了个遍,港督举手投降,这座原本逍遥在战事外的太平岛也沦陷了。蒋经理被炮弹炸死了,世道太乱,几个舞女被日本兵给拖到巷子里强奸。

黎美坚保全不了自己,这世上满目疮痍,她失魂落魄地走。

影院银幕黑下来,再亮起时,到了1948年。英国人重新接管了这里,满街走的都是巧克力色面孔,到了晚上,灯红酒绿的片区被划入各方保护伞的魔下。

黎美坚跟了一个有权有势的男人,别人叫他司长。她不打听他的地盘,也不在意他混不混黑、是哪一司的司长,单单就是百依百顺地被养起来了。

偶尔对着镜子跳一段快狐步舞,早不时兴了,她跳一跳,看镜子里自己圆起来的腰身和眼角的细纹。

太太小姐们的牌桌上,麻将摸到二十四圈,谁都乏了。徐思图跟在司长身后进来。黎美坚抽出白板,喊了声红中,惹得大家昧昧地笑。

洋楼一层光线暗,司长的面容模糊不清,只有徐思图的脸从光影里走过,异常深刻。

当着徐思图的面,司长伏下身,自背后圈住黎美坚:"新找了个安保队长,带来给你熟悉熟悉,黄埔军校的青年才俊,淞沪会战里能捡回一条命,真不是一般人。"

黎美坚蓦地眼眶一热,险些掉下眼泪。早听说在广州的徐将军阵亡在前线,十几万军团说散就散,至于他的胞弟,还有谁会在意呢?黎美坚也早就当徐思图死了,哪知道他活着,瘦了很多,沉默寡言,面相都变了,洗尽了浪荡浮滑,变得阴鸷起来。战争场上滔天血海里挣到的一条命,落到旁人嘴里,不过轻飘飘一句"不是一般人"。

黎美坚是个安天命的人,没想跟徐思图再起旧情。可她打着麻将,命他上楼替她取一条披肩,他去而复返,扶着楼梯,看着她的眼睛说:"没有找到,请黎小姐亲自来看一看。"

她的卧房里,甜甜腻腻的一股晚香玉香气,绫罗绸缎挂满了衣橱,黄色玻璃的柜门倒映出铺了墙纸的绿墙。黎美坚一进去,咕咚咽一下口水,口吻正经地说:"不是就在这里?孔雀蓝,带穗子的——"

她猝不及防被徐思图从身后抱住。他抱得她太紧,她旗袍下丰腴圆润的身体都变了形。

"你胖了。"

黎美坚破涕一笑:"三十六七……比不上少女苗条了。"

"十年了。美坚,我找过你。"徐思图喃喃而坚定地说。

"嫂子和囡囡……"

"都死了。屋子被炸平,没一个活下来。"他下巴抵着她脖子,闭上眼,滚下一行泪,"美坚,为什么?"

他这一句"为什么",要问的太多,以至于黎美坚一时之间无法回答。想他妻子大家闺秀出身,知书达理,听闻人也很心善,却落得这样的下场。可是世道艰难,好人坏人,都不过是听天由命。

徐思图蓦然发了狠,将她在怀里扳转过来,不管不顾地吻上去。黎美坚的挣扎根本落不到实处,她捶他胸口一阵,鞋子也踢掉了,被他抱着抵到墙

Chapter 05

上，吻得脱力。

那之后，他们常相会在宾馆。南洋式的楼，一进去，红色的地毯，薄荷绿的墙，顶上吊着琉璃灯。有时候还没到床上，旗袍的盘扣就被扯飞了，露出半片白花花的肉。导演将情欲拍得很到位，未必有真刀真枪的什么动作，不过是握住脚踝、抬起大腿，但让人面红耳赤。

应隐看到这里时，已经明白过来，这不是公映版，而是一刀未剪的版本。身旁的气息冰冷得可怕，但她连望一望商邵也不敢，只好屏住呼吸，乞求他能分清电影艺术和现实。

后面的吻戏太多。沈籍老婆频频出现在片场，就是从这最后的三十分钟戏开始的。吻戏不需要清场，她坐在导演组的遮阳篷下，却不看监视器的画面，而是直接望向片场中的两人。

应隐还好，反倒沈籍首先受不了，找了他老婆哄了一阵。哄过后，他老婆便只盯着应隐，目光如火炬。

黎美坚常常被徐思图咬破嘴唇，疼得涌出泪花，怨恨地仰望着他，徐思图便扶着她的脸，将她眼睫上的泪用心吻去。

这样的偷情，每分每秒都在走钢索。可是她好像顾不了了。在香港的十年，是颠沛流离的十年，她见到徐思图，就想起百乐门和霞飞路，想到那一条街的法国梧桐。他们的爱从来都名不正言不顺，不是他出轨，就是她出轨，除了在宾馆里宣泄，好像也没有别的出口。

后来那一天，她躺他怀里，彼此都汗津津的，轮流抽着同一支烟。烟雾中，她望着天花板，说："你带我回上海吧，新中国要成立了。"

徐思图不语，她翻身坐到他身上。丝滑锦被从她肩上滑下，露出一大片光洁脊背。

她喘起来。徐思图扶着她腰，她颠得厉害，喉咙里逸出低低的呻唤。

身旁椅子砰的一声，折盖了上去。应隐仰首，见商邵在过道间急迫地走出两步，又蓦地回过头来，大步流星地走到她眼前，一把将她手腕扣住拉起。

又是砰的一声。有前排观众被吵到，蹙眉回头来瞪人，只看到一对匆匆离去的背影。

商邵走得很快，推开应急通道门。应隐被他拉扯得跌跌撞撞，浅口皮鞋掉了，她叫两声："鞋！鞋！"

她回首弯腰去捡，起身时，被商邵用力托抱而起，撞上墙壁。

这墙刷的还是那种老式油漆，冰冰凉凉的，应隐被撞得心都要跳出来，不自觉低呼一声，唇被密不透风地封住。

商邵吻她简直失了章法，虎口掐着她的下颌，另一手扣着腕心，将它死死抵住。可怜应隐手里一双小羊皮鞋，被她捏得皱了又皱。

"他吻过你几次？"商邵吐息灼热，呼吸短促，像在努力克制自己。

应隐不敢与他对视，把目光撇开："记不清了。"

这是送命的回答。商邵气息一紧，扣着她下颌的手指劲道那么大，几乎快把她骨头捏碎。他捏开她下颌，火热的舌长驱直入，涤荡着，似要把她口腔里别人的印记都清除干净。

如果这时候有人经过，就会发现这名内地著名女影星正被一个男人吻至狼狈。应隐舌根被他吮得发麻，身体软下来："都是为了拍电影……"

"你看他的眼神，跟看我时一模一样。"

应隐心口一震。

商邵却状似松懈下来了，帮她把口罩压好。应隐脸颊被他指腹蹭过，惊觉好冰。是被嫉妒弄得身体发冷。

"没这么简单。"他的平静也一片冰冷，"知道吗？没这么快就完了。"

他还想干什么？应隐不敢往深处想，光这一句就够让她腿软。

出了影院门，已经是凌晨两点多，原本就僻静的街上门可罗雀。商邵取了车，一手扶着方向盘，一手搭在窗沿，也顾不上一天只抽三支烟的清规戒律了，指尖的烟就没断过。虽炉火中烧，但车辆驾驶却极平稳，光影流淌在车身上，像野兽蓄势待发。

到了春坎角绮逦，商邵径直带她上行政套房。酒店的高级经理匆匆前来，备了果盘和酒，要给大少爷接风洗尘。但敲门数下，只听到商邵难耐的一声："走开。"

应隐那件鲜绿色对襟开衫的扣子早已悉数崩裂，在墙上、柜上、地毯上一阵窸窣咔嗒地响。她被扔上床，柔软的床垫震得她耳边嗡的一声。

商邵目不转睛地看着水痕，被他刚刚的吻弄出来的。

"好了？"他问。

"没……"应隐气势很弱。

"这么大反应，是看你跟他的激情戏看的？"他面无表情，问的问题根本不像话。

应隐羞耻得几乎要缩成一团："没有……"

她眼角泛出泪花，跟电影里何其相似，令商邵想起沈籍的脸。

他因嫉妒着了魔，被占有欲迷了窍。

Chapter 05

"跟他入戏了吗?"

应隐不住摇着头:"没有……"

"撒谎。"商邵拆穿,还是那样冷静地审问,"那几场戏,用的替身还是自己上的?"

他居高临下的眸色里,分明一点光都看不到。

"自己上的……"应隐根本没胆量撒谎,脚跟在被单上支撑不住,染上薄红的脚趾难耐地回勾,"我错了呜……放过我……"

"放过你?"商邵像听了什么天方夜谭,嘴唇贴近她耳畔,声音又冷又沉:"我罚你还来不及。"

在走进那家电影院之前,应隐从没想过会迎来这样一个夜晚。她想逃,但被商邵纹丝不动地禁锢在怀里。

屋内一时没声了,只剩下粗重的呼吸。

商家大小姐商明羡,是个雷厉风行的工作狂。作为绮逦酒店娱乐集团的主理人,她坐拥从全球各地挖来的顶尖职业管理团队,但这些依然无法阻止她在工作上亲力亲为。

她一年到头不是在巡店就是在巡场,澳门、香港、拉斯维加斯三地连轴飞,同时也不忘北上拓展的野心,有适宜的合作邀约,她就会亲自飞去实地考察。艺术性的奢华酒店十分考验主理人的审美和驾驭能力,因此,她也有很多时间花在看展、逛画廊、拍卖与发掘小众艺术家上。

下午一点,刚从内地飞回香港的她,径直前往春坎角绮逦。

她一身职业装束,但并不沉闷,套装是米色的,嫩柳茸色丝巾用一枚珍珠扣扣住,铅笔裙过膝,薄透的丝袜下,小腿细长。电梯上至二十三楼,她脚上那双八厘米高的高跟鞋,随着她沉稳的脚步而敲击大理石地面,发出笃笃的声响。

这是她的标志性声音,绮逦的员工一听到就如临大敌。喝下午茶的、闲聊的、醒神饮咖啡的,都噤了声,问候她:"Monica,下午好。"

但晚了,商明羡已经听到了刚刚的对话。

"不要在背后八卦客人。"她叮嘱,"客人换了四次床单也值得你们大惊小怪?"

知晓全部内情的高级经理匆匆赶来,迟疑了一下,附耳道:"Monica,是大少爷。"

到此为止,商明羡还没发现事情并不简单,只是微怔后点了点头:"大哥来了？还在吗？"

商邵的事自然不方便在下属面前谈。她边移步办公室，边问："什么时候来的？"

"昨天半夜。"

"怎么换了四次？是睡不惯？"商明羡口吻随意地问，扔下包，去即热饮水机上接一杯温水，"不会啊，你们用错了布草？"

商邵在香港唯一一间自住公寓出售后，睡觉就只能回家。虽然可以立刻买一间新的，但这种举动，无疑是在父子战火上浇油，更会令温有宜难过。可是整日回家跟商檠业两人针尖对麦芒，又实在是折寿。到最后，他就只能三天两头往绮逦跑。这间行政套房就是因此而专为商邵留的，但他住进来时很低调，除了商明羡心腹，并没人知道这间行政套房客人的真实身份。商邵都陆陆续续住了快一年了，要睡不惯，岂不是早就睡不惯了？

高级经理显然是懂的，还没回答，脸色已经先赤红起来。

"你脸红什么？"商明羡乜她一眼。

"是……"经理想了想，只能非常委婉地说，"大少爷带了个女的过来。"

商明羡一口水差点呛出来。她咳嗽一声，擦擦嘴，很淡定地"哦"一声，继而放下杯子，头也不回地就往行政楼层去了。

一离开下属视线，商明羡就几乎小跑起来。她大哥那样的人，居然会带女人来酒店留宿！而且明知道在绮逦，他这个妹妹会对他的动向一清二楚，却依然没有换一间酒店。要么，是觉得没有避嫌的必要，要么，是对方身份特殊，不方便登记？

明星？她大哥找了个女明星？

可是为什么要换四次床单？女明星比她大哥还挑，总统都睡得的布草，她睡不惯，要折腾员工换四次？豌豆公主吗？

电梯一路上行，商明羡也严谨地推敲了一路。至行政楼层停下，她稳步而出，放慢脚步，在门口停顿几秒后，才按响了门铃。

"Leo，是我。"

房间内遮光帘未拢，有一层白色纱帘随微风起伏，海港天晴，光线柔和漫漶。商邵半倚坐在床头，垂在床沿外的手里夹着支烟，另一手有条不紊地处理着工作批示。

应隐累坏了，枕在他怀里，半梦半醒着。

听到声音，商邵先轻柔地将人从怀里放下，接着才起身下床。他随意披了睡袍，打开门，一手挂着门框，一手掐烟："早。"

Chapter 05

"早……"商明羡噎了一下。

不知道是对她大哥过于敬仰,又或者是这男人太有主场性的掌控感,以至于商明羡对时间都产生了怀疑。她先抬腕看了眼表,才说:"下午了!"

商邵无声地抬了抬唇角:"嗯。"接着才问,"什么事?"

"我来看看换四床床单的始作俑者。"

虽然她已经压着声音,但房间内的应隐已经条件反射一个激灵,噌的一下就坐直了起来。被单的窸窣声逃不过商邵的耳朵,他只好清了清嗓子,违心地说:"打翻了四杯水。"

"连续四次?"

"你信了?"商邵眉间蹙色一闪而过,半是笑半是咳嗽起来。

商明羡立刻反应过来:"你骗我?"

商邵压平唇角息事宁人:"晚上回家不要乱说,尤其不要对小温说。"

商明羡点头应允,而后问:"不跟我吃饭?"

"太累,等下送餐过来就行。"

商明羡还想说什么,目光也一个劲地往里面钻,被商邵一只手盖上眼睛:"好了,你天天见的。"

下一秒,门毫不留情地关上了,剩商明羡一个人在外面哑口无言——天天见?她哥哥和她助理?!哪个助理?今天和昨天没上班的,是 Lucy,还是 Catherine?不会是 Fiona 吧!

走廊上,液晶显示屏里海报轮换,应隐的代言大片明艳动人,商明羡表情麻木地经过,连头都没转一下。

实在太过悲伤和错愕,商明羡走着走着,就近扶着椅背呆滞地坐下。稍稍整理一番心绪,她强打精神,点开小群。

明羡:"我有一个关于大哥的震惊消息。"

明宝:"实不相瞒,我也有。"

商陆:"实不相瞒,我也有。"

明卓:"哦?"

屏幕上端,群名"大哥今天脱单了吗"分外瞩目。

明羡:"他谈恋爱了!"

明宝:"他谈恋爱了!"

商陆:"他谈恋爱了。"

明卓:"哇哦……"

商明羡震惊。他拐她助理,拐到所有人都知道,就她这个挨得最近的当事人最后才知道，这像话吗？

明羡："都知道，为什么没人告诉我？知道我受了多大伤害吗?！"

明宝："我懂，大姐，对你来说，确实需要点时间消化一下。"

商陆："我不懂，你为什么受伤害？"

明卓："我也不懂，你暗恋大哥？Monica，这不好吧。"

明宝："……"

商陆："……"

明羡："要不你别聊了，做实验去。"

过了会儿，她强忍悲伤，客观理智地说："虽然大哥与Lucy、Catherine和Fiona谈恋爱我都没意见，但是助理变嫂子，我需要很长时间才能接受。"

远在大洋彼岸的商明卓，差点没手一抖把实验材料给砸了。

明卓："啊？大哥一下子谈三个？"

商陆一蹙眉："不是谢淼淼吗？"

商明卓更茫然了："四个？"不愧是大哥。

正在度假的商明宝也呆若木鸡，将四个人名反复看了四遍。什么？她聪慧的大姐，她智慧的小哥，是怎么做到离正确答案十万八千里的？

"应隐"两个字已经打好在对话框里，但商明宝以非人的忍耐力忍住了。

她首先点开商陆的对话框："小哥哥，转我一百万，告诉你正确答案！"

又打开商明羡的对话框："大姐，转我两百万，立刻救你出苦海！"

最后，她风险对冲，点开了商邵的对话框："大哥，需要我替你保守秘密吗？转我1000万，否则陆陆和大姐马上对答案了哦。"

商邵捻灭烟，笑了笑，给小貔貅随手转了五百万。

微信语音里，商邵笑得散漫："今天心情好，当你零花钱，他们知不知道无所谓。"

他声音微哑，透着一股倦懒的餍足之感，明宝一听就知道他坏事做绝。

"拿了钱，不说点好听的？"

吃人嘴软，拿人手短，明宝只好认认真真地说："祝你们百年好合，早生贵子，白头偕老，执子之手，与子偕老，死生契阔，与子成说……"

她报菜名似的乱说了一阵，商邵没听完就关了，将手机扔下，两只手都去环住应隐。

他亲她的额头："渴不渴？房间里的水好像喝完了。"

套房标配八瓶斐泉，都空了。

应隐手指头也动不了，闭着眼乖乖地回："现在还不渴。"

Chapter 05

"疼不疼？"他现在才问句人话。

早上天亮了才睡，到底折腾了几次，实在是记不清了。连他这样作息良好、生物钟焊死在身体里的人，也一觉昏沉睡到了中午。醒来时，人抱满怀的感觉让他心底发麻。

他几乎已经不知道该拿她怎么办才好。不过两个月，到这种地步，说出去徒惹人发笑，以为他昏了头、中了蛊。

但他又怎么敢说一句没有。

应隐点一点头，幅度很轻，头发蹭得商邵颈窝痒。

"你昨晚上……"应隐咽了一下，因为羞耻，"说了很多糟糕的话。"

"哪些？"他面不改色。

"……"

商邵笑起来，亲一亲她发顶："对不起，下次不说了。"

"你的'下次'一点都不可信……"应隐嘟囔一声。

商邵用热吻压她耳廓："用不用帮你上药？"

"不要！"应隐惊慌起来。

他昨晚上确实失控得厉害，为应隐看沈籍的目光，为更久远之前，她和沈籍之间的那一场对话和两三年过去彼此都还在躲闪着的眼神。那么多次的吻里，有没有一次是真心的？有没有一次，是真的抱着有今朝无明日的抵死心态去厮磨、去触碰、去相迎的？只要想到这一点，哪怕只有一秒，他也觉得心脏被绞紧，绞得他发疼，绞得他难以呼吸。

"那部电影，结局是什么？"

"黎美坚的私情被司长发现了，但司长不知道另一个人就是徐思图。他让徐思图解决黎美坚，所以他杀了她。"应隐简单地说。

一个女人的落幕，一段随着时代一起潦倒的爱情的收场，原来在别人的转述中只是这样轻描淡写的几个字。

黎美坚是受了一番折磨和凌辱后，才被拖到徐思图面前的。她望着他，嘴唇动了动。

司长就在一边，一张冷酷的脸隐没在暗处，只有雪茄烟静静地燃着。

枪声响，黎美坚的心口开出血花。她那句话终究没有来得及说出口。

"她刚刚，说了什么？"司长不太关心地问。

"不知道。"徐思图平静地回答，用手帕反复擦拭滚烫的枪口。他垂着脸，跟在司长身后，走出这间血色弥漫的房间，扣着枪托的手死死地握着力，青筋似要爆开。

可是，这把手枪已经上了保险，他是一个拉不开保险栓的男人了。是从什么时候开始的呢？是山河破碎，颠沛流离地苟活，兄长大业的覆灭？还是妻离子散，他走在香港霓虹的街头，舞厅前女人妖娆进出，他心平气和地说自己枪法快而准，可以胜任司长安保的工作？

他早就是一个拉不开保险栓的男人了。

商邵似乎没预想到这个结局，神色微怔，继而无声笑了一下："所以你的那个男主角，三年没有出戏。"

沈籍表白过。在杀青宴上，他站在露台上，对应隐说，我也许真的爱你。他说这一句，算是发乎情，止乎礼，再没有更多的动作来唐突她。

"沈老师，你入戏了。"应隐被他一句惊到，眼睛仓皇如鹿。

"是，但你敢说一句，你没有？"

应隐不敢。可是，入戏的爱，和真正的爱，是如此不同。如果她总是沦陷于光影里的爱，还剩余什么能给现实里的爱？

这么多年来，那些烂片，那些院子里的花啊草的，成为她穿越于光影与现实的唯一桥梁，这桥梁是窄的，桥墩是脆弱的，细细的一根，越来越承受不住她的来来回回。她几乎就要飞在那个美丽幻妙的世界里，一去不复返了。

"为什么他那天说，他的妻子已经很久没提过你了？"商邵漫不经心地提。

总要直面的。应隐脱力了一整晚，此刻内心平静，忽然觉得自己敢跟商邵解释了。

她顿一顿，心平气和地开口："沈老师的妻子跟他很恩爱，这部戏，拍到后面那些戏份时，她就几乎住在了片场里，每一场都盯着看。我们拍清场戏，不管 NG 多少次，拍到多晚，她都在。我被她看着时，总觉得自己像没穿衣服。"

她语速缓缓地说，到这一句，依然要停一停，喘过一个气口，才继续。

"可是她很少跟我说话，她只是看着我，用她那双漂亮的、贤惠端庄的眼睛一眨不眨地看着我，她什么也没说，就让我觉得自己像在游街示众。拍完这样的戏，我们通常都要去做心理疏导，来让自己尽快出戏。在面对心理医生时，他妻子在他身上装了录音器。"

商邵明白了。

"沈籍后来打电话给我，向我道歉，说给我添了麻烦。我们后来基本就很少再见面了，各种场合碰到，只是客气一两句。他说他妻子已经很久没提

Chapter 05

过我,也许是这次入戏,真的让她在意了很久。"

商邵抱紧了她:"应隐,你听好,不是你的错,跟你一点关系都没有。"

应隐疲惫已极:"真的吗?我常常想,是不是我不自觉勾引了他呢?是不是我首先分不清戏内外,给了沈籍错觉和暗示?电影的宣发期,媒体采访,他妻子说不怕沈籍入戏,因为他不是只看身体的肤浅男人。我看着她的脸,她还是那么坦然端庄,目光看着镜头,像穿过了一切,在审判我。我为我的身体羞耻。"

应隐将脸埋在他心口,热泪顷刻间滚了出来:"商邵,我为我的身体感到羞耻。"

她说出来了,在三年无休无止的惶恐、自责、自省和自我厌弃后,她说出来了。没有出戏的何止沈籍一个?她也没有出戏,从他老婆的目光中,从戏里蔓延到戏外的道德困境中。无论她在红毯上多么艳光四射,她在电影里,再也没有拍过任何尺度戏。

"我很喜欢。"商邵用力将她扶起,看着她潮热的脸,蒙眬的眼,认真地、固执地看进她眼底,"我很喜欢。明白吗?应隐,被凝视是每个人的宿命,你是明星,有几千万双眼睛想要通过凝视重塑你、介入你、规训你,但你可以打破它,可以对它说'不'。你很喜欢你自己,方方面面,如果别人不喜欢,是别人的事,好不好?"

应隐点点头,眼睛眨一下就流一行泪,喃喃自语:"我很喜欢我自己。"她笑了一下,眼泪让她看不太清商邵,"我是什么样,你就喜欢什么样。"

这是昨晚上他对她说的话,钉入她的灵魂里,那么深刻、坚硬、牢固。

是她的锚,她的真,她的实。

商邵用指腹为她拭去眼泪:"你是什么样,我就喜欢什么样。"

应隐破涕笑了一声:"可是也许下一次,出不了戏的是我。"

"我会托住你。"商邵眼也不眨地说:"我一定会托住你。"

餐车送上来,跟着一起上来的还有失魂落魄的商明羡。

"到底是 Lucy、Catherine 还是 Fiona?!"

商邵一边亲自检查菜品,一边诧异地问:"我不是告诉你了吗?这三个是谁?"

"都不是?"商明羡疯了。

商邵"嘘"了一声:"别吵她。"

商邵沉吟一阵,命人换了支佐餐酒,撤了两道口味较重的法式炖肉,吩咐完这些,他才转回注意力,顺便道:"客房里的水不够,等下让人送一箱上来。"

哪用等下?他现在说了,自然就有人去安排了,倒是明羡怔了一下:"你不回宁市了?又在这儿常住?"

商邵笑了一笑:"没有,过两天就走,是她爱喝水。"

两人说话音量压得很低,应隐从短暂的补眠中醒来,没听见人声,只闻到食物香气。她本来就累得昏胀,又饿得前胸贴后背的,哪有空仔细想,下意识便往餐厅走去。

穿过起居室的门廊,人声倒是听清了,她愣了一下,想回避,但已然来不及——

商邵陪着商明羡边走边聊,似正要送她出去。

一时间,六目相对,三面相觑,脚步生根,空气凝固,独有商明羡头上一圈问号如有实质。

应隐咕咚吞咽,惊恐目光唰的一下投向了商邵。商邵倒是冷静,手抵唇咳嗽一下:"明羡,这是⋯⋯"

商明羡一摸额头:"我发烧了,我先走⋯⋯"

应隐只在拍摄广告片的那天,以及后一年的圣诞点灯仪式上跟她见过、聊过、吃过饭。在她印象里,商明羡是一个说话做事极其利落,情商又很高的女强人,有她在场,所有绮迤人的精神面貌都截然不同。应隐绝没有想过,有一天自己会把大女人金主吓到精神混乱、口不择言⋯⋯

商明羡要走,商邵也没留,由着她自行消化。走之前,商明羡鬼使神差地回眸,再度看了眼应隐——

"那个⋯⋯"她的手指停留在锁骨和脖子之间。

应隐的浴袍领子微敞,露出其间几处薄樱色痕迹,在她如玉胜瓷的肤色上十分明显。只要是个成年人都看得出,这是何等激烈的情事后才能留下的。

知道应隐脸皮薄,商邵低调地递了一个眼神给商明羡,警告她不要多嘴。待人走后,他十分自然地帮应隐拢了下衣襟,轻描淡写道:"领口开了而已。"

餐备得十分丰盛,但应隐惦记着马上进组,因此只吃沙拉,还是被商邵逼着才喝了小半碗粥。

"明羡她⋯⋯不要紧吧?"

"不要紧,本来就要告诉她的。"商邵剥了只虾,很自然地递到了她嘴

Chapter 05

边,"吃一点,蛋白质。"

应隐不得不张嘴咬住,细嚼慢咽着,慢吞吞地反应过来:"你给……"

"没有。"商邵知道她要问什么,"我连自己都伺候不明白,怎么伺候别人?这种事,只是最近才刚开始学着做。"

应隐得了便宜还卖乖,咬着小银匙,下巴微仰,唇噘着,眼神灵动,但偏偏就是不看他。"商先生不是一个绅士吗?"

那模样真像个小女生。商邵瞥她一眼:"绅士和伺候人是两回事。"

"那……我再吃一个。"

商邵更笑,明明刚摘了手套,闻言又重新为她戴上。他有一种骨子里的优雅,做事与讲话一样,有一股匀缓的高贵,看起来赏心悦目,就连剥虾也不会例外。

应隐看他剥虾看得十分认真,冷不丁听到他问:"是不是可以见一见我那些烦人的兄弟姐妹了?"

"不要,"应隐脱口而出,"太快了!"

"太快了?"

"嗯,"应隐轻轻点头,"我们才刚在一起,怎么可以把家人都见光……"

"你已经见过我父亲了。"商邵不得不提醒她。

"那是意外。"

虽然有些失落,但她的反应也算是预料之中。商邵将虾喂给她:"好,那就不见。"

应隐迟疑着:"你想让我见他们吗?"

真是问了句废话。商邵深深地看了她一眼:"应隐,如果不是因为你是明星,那现在我的世界里,你早就已经尽人皆知了。"

"那……"应隐想了想,"我都没有把你介绍给我的朋友。"

商邵垂眸注着茶汤,闻言一笑:"你可以挑一个。"

"柯老师?"应隐拿起手机,又放下,"不行,他自己的事当时瞒了我好多年,连订婚都没请我。我才不告诉他。"

"原来是这样。"商邵气息里带出笑,"如果他邀请你了,那我们在那一天就认识了。"

"也不对。"他倏尔想起了什么,笑容似有些落寞地敛了回去,"那天陈又涵也在,你眼里看不到我。"

应隐心底蓦然一抽:"不是你想的那样……"

"你自己说的,他又帅又有钱,所以你第一次见他,就勾引他,还把口红印留在了他的衬衫上。"商邵脸色看不出喜怒，但说到这里，目光微眯，停在了应隐脸上，"怎么做到的？他不好接近。"

那点不悦并不比暮色下的一阵薄雾更容易察觉，它转瞬即逝，且是被商邵有意收敛回去的。他不愿在应隐心中做一个可怕的、阴晴不定的男人，可他到底久居高位，即使面部微表情一丝没变，只是气息微沉，就已经足够让别人噤声。他牢记了自己要表情管理的承诺，抿一抿唇："别害怕，我没有生气。"

"我没有害怕。"应隐话赶话地接，怕迟了一秒他会不信。

"我……那天我跟他在宴会厅外的走廊上相遇，我假装没走稳，撞到他怀里，嘴唇蹭了一下。"她诚实而努力地尽可能回忆出细节，"他手上其实戴了婚戒的，但我以为是假的，知道是真的后，我再也没有和他有过单独交流了。"

餐巾被捏得很紧、攥得很皱。商邵点一点头："这样。"

他心底很酸，比在德国那晚听到时更酸。又想到他们第一顿晚餐时，她勾引他的画面。那些画面里，是不是也有她面对陈又涵的样子？

"商先生，那是四五年前的事，那时候的我，跟现在截然不同。"应隐不自觉将一把叉子的柄翻来覆去转着，脸上浮现很难形容的笑，"我那时候心比天高，觉得什么男人都可以征服，什么有难度的事情都可以挑战。现在想来，那种年轻气盛，即使冒着一股不知天高地厚的傻气，好像也不坏。"

"当然，我可以肯定的一点是，即使当时他真的未婚，要带我走，我也会找借口溜的。我说了，我有贼心没贼胆，怕得病，也怕被人拿捏，自毁前程。"应隐再度望向商邵，明媚地笑了起来，"如果我们在那时候遇见，你站在我的门口跟我说：'应小姐，只是那种程度的话，是勾引不了我的。'我也一定拿出浑身解数来征服你。或者，你什么也没说，只是从我的身边经过，我就想把你拿下。"

商邵蹙起眉："应隐，你跟我认识之后，说得最多的一句话明明是知好歹、识时务。"

"嗯。"应隐用力点一点头，笑得更明媚了些，"人是会变的，日子像流水，每天发生那么多事，山也被冲平了，石头也被磨圆了。"

她说得很释然。因为娱乐圈的拜高踩低，名利场的媚上欺下，婚姻、道德、爱情、忠诚、真挚在这里日复一日地暴尸示众，粉丝与资本对人孜孜不倦的规训与改写，还有他说的"凝视"，人是会变的，人怎么能不变呢？怪她心志不坚强。

Chapter 05

商邵没有多问,状似不经意地岔开了问:"你有没有想过,如果有一天你不待在娱乐圈了,想干点什么?"

"我想念书。"应隐不假思索地说,"我跟柯老师聊过好多次呢,他也想念书、教书,可是商陆不让,商陆把他绑架到片场。"

商邵失笑一声。

"这么一想,柯老师好可怜啊,要不然……"应隐再度抱起手机,离奇地把话题兜了回去,"我还是告诉他吧?"

"可以吗?"商邵抿了口茶,敛去唇边笑意。

"可以,我想告诉。"应隐注视着他,"我现在可以告诉了,是吗?"

她墙角的那一枝脆弱生发、摇摇欲坠的野春,确实长大了,开了花,也许会结果。

"嗯。"

应隐当场给柯屿发微信信息。不知道为什么,她打字时心情十分郑重,手指微微颤抖。

应隐:"小岛哥哥,我要认真告诉你一件事。"

柯屿正在加德满都的机场候机。加德满都机场跟它的城市一样陈旧、喧闹,即使是头等舱候机厅也一样。他跟商陆并排坐着,言简意赅地回复应隐:"说。"

应隐:"我谈恋爱了,男朋友是商邵。"

然后飞快地添一句:"别告诉商陆!告诉了跟你绝交!"

柯屿沉默地把这两句话看了五秒钟,吐出沉稳的两个字:"我靠。"

他唰的一下从商陆身边坐直了。

商陆正在补觉,听到柯屿难得骂脏话,他掀开眼皮:"怎么?"

"没什么……"柯屿面不改色,手机捏得死紧。

"你好像受了惊吓。"商陆语气平板地戳穿了他。

柯屿心想,我确实受了惊吓。

"啧。"商陆也不睡了,双臂环胸,满脸不耐烦,"睡不着,满脑子都是我大哥是不是跟谢淼淼谈了。"

柯屿心想,很好,他现在不仅受了惊吓,同时还很痛苦。

"不然……"他不动声色,"你直接问你大哥呢?"

"他要是会直接说,上次也就说了,他这人就这样。"商陆凝眉思索一阵,"程橙吗?可是她四十几了!大哥喜欢这样的?也不是不可以……"

柯屿一声不敢吭。

"我知道了!"商陆握手成拳,在另一掌上击了一下,"是瑞塔!"

柯屿:"……"

本来一口气都提到胸口了,现在又给不上不下地憋了回去。

商陆笃定非常,冷笑一声:"首先,瑞塔是我纪录片的女主角,其次,瑞塔是世界帆船女王,大哥也是喜欢船跟海的,所以跟她有共同语言。唯一的问题是,瑞塔以前喜欢过我……难怪商檠业那天会用那种语气质问我。我可以理解了。Make sense.*"

柯屿:"猜得很好……下次别猜了。"

商陆又闭上眼,倒回椅背上,作势高冷道:"不猜了,反正总会见面的。"

趁他睡着,柯屿未雨绸缪:"你们最近有见亲朋好友的计划吗?"

其实按商邵的计划,新年期间是要带应隐和几个兄弟姐妹一起吃饭的,但应隐之前每年元旦都有通告和晚会,今年难得空了,早就答应了应帆要陪她过节。因此过了两天,在十二月底时,应隐就从香港径自回了宁市。

商邵亲自送她,港3开到了应帆那栋老别墅外,在异木棉的斑驳树影间停下了。

他解了锁,但不舍得放人:"真的不请我进去喝杯茶?"

"不要,"应隐口罩半勾,声音闷闷软软地撒娇,"我妈妈很烦的,会问你好久。"

"不是普通朋友吗?有什么好问的?"商邵明知故问。

"我走了。"她说着就要推门下车,却被商邵拦腰按回怀里:"后天就进组,面也见不上了,就这么算了?"

"只进组一两周而已。"应隐浑身发热。

商邵垂着眼,静望她一阵,深深地吻上去。

"告诉我,你会想我。"他叹息着,鼻尖嗅着她脖颈处的甜香。不知道是命令,还是恳求,抑或是企盼。

这句话总该是她先问的,她先想的,怎么反成他先开口?应隐双手紧紧环住他肩颈,不说话,只一个劲把自己的身体往他手底下、往他怀里送。

香港深水湾。

---

* 说得通。

Chapter 05

小报的几篇报道写得有鼻子有眼，配的图虽然很模糊，但确实可以看得清是商邵。女人的脸蒙着口罩难以辨认，但记者确凿无疑地说，是内地影星应隐。

在报道里，商邵不仅送了她一场维多利亚港的烟花，还在深夜陪她在私人影院看电影、压马路、买花和金鱼。

"开的什么价？"

升叔便将对方开口要的价报了上来。

一千万。商槃业指尖夹烟："你去吧，警告他们，如果这些东西在市面上出现任何痕迹，我都只找他们算账。"

升叔一走，书房又只剩了他一人。烟雾弥漫得厉害，商槃业掸了掸烟灰，看着桌面上的调查报告。

一个有自杀史的女人。

他掐灭烟起身，来到露台外，两手撑上栏杆，深深沉沉地舒了口气。一个豪门的主要家庭成员，是不可以出现自杀事件的，从气运上来说有损，从对外形象上来说，更是万劫不复的灾难。尤其当这个成员是一个家族的主母，更是一个巨星名流之时。

如果她再次病发，在嫁进商家后自杀，社会舆论会是什么样？谁管她有病史，谁管她早就有双相情感障碍，谁管她是出不了戏还是厌倦活着，人们只会说，她受不了门第的压迫，她过得不幸福，丈夫家暴、出轨、性无能、变态，她孤掌难鸣，只是傀儡，她看了太多肮脏的不能与人言说的丑事。乃至于，她真的是自杀吗？难道不是离奇死亡？她是否被人谋杀或被家暴致死，最后真相却被他们的权势富贵压了下去？

这些猜测，会像乌云一样如影随形，永不消散。人们丝毫不会在意，那个深爱她的男人又会在这些流言蜚语下遭受怎样深刻的二次伤害。

商槃业握紧了栏杆，夜色下，一贯冷肃的面容浮现出深深的迟疑和自嘲。在成为一个家族的当权人之前，他首先是一个父亲。他知道商邵的个性，他不能眼睁睁看着他、放任他走进那个痛失已爱的旋涡里。他走不出的，余下这辈子都走不出。

可是，维港的烟花……他爱她。

他这个不孝子，永远爱不对豪门该要的女人。

应隐难得在元旦时得空，应帆高兴，亲自下厨张罗，又早早给她开了两坛新的酒。俊仪也从宁市过来了，陪着她们一块儿过节。

为了赶上献礼时间，剧组后天就开机，应隐明天一早就要飞去影视城。应帆放心不下，抓着俊仪的手，絮絮叨叨地交代她照顾应隐饮食起居。

"赶大夜归赶大夜，该补的还是要补。阿姨给你写的那几张煲汤的方子，你要照顾着她的日子来。今年我买的红参特别好，你多带点过去，到时候呢……"应帆说到这里，停了下来，睨应隐，"你一个人傻笑什么？"

应隐嘴里咬着筷尖，另一手托腮，脸上漾着笑意，也没听应帆在跟俊仪叨咕什么。

"你谈恋爱了？"应帆十级警觉。

"没，没啊。"应隐坐直，心虚道，"入戏呢。"

"一个革命家的戏，你入成甜宠了？"

应隐咳嗽两声："什么呀，我还有戏呢，一个爱情片。"

"轧戏啊？"应帆挺懂。

在以前的香港娱乐圈，演员轧戏是常态，管你艺术不艺术、爱不爱惜羽毛，一年拍个七八部是常态，劳模一些，一年一二十部也不是不行，反正片场之间挨得也近。现在不行，现在讲究一心扑在一部戏、一个角色上，同时进两个组，不管路人还是粉丝都会群嘲。

应隐怎么有这个胆量，只好老实交代："先拍这个，再无缝进组拍第二个。"

缇文的首批资金已经到位，她拟了十几个名字给风水大师，对方勾了个"宁吉"，于是宁吉影像公司便在香港注册成立，作为《雪融化是青》的出品方。有了资金，她和栗山分头行动，一方负责将项目在香港立项备案，另一方则马不停蹄组起盘子，并快马加鞭拿到入境内地的拍摄许可。他们的理想目标是春节前开机。因为片子设定在冬季，牧区的雪顶多下至三月份，再晚一些，就要等下一个冬天了。

栗山的拍摄班底是多少年都合作惯了的，几大主创都因"栗山御用"而在业内享超然地位。虽然农历新年前开机一事有些强人所难，但既然是他的要求，他们便也排除万难地呼应了。

"紧着过年就开机，那你春节要在剧组过了？"应帆掐着指头算。

今年春节晚，二月二十五号，距离现在差不多还有两个月。

"其实也正常，栗老师这部片应该早就是万事俱备只欠东风的状态了，所以一有了资金，也怕夜长梦多，索性先拍起来。"应隐拿柄小钳子夹开龙虾钳，"反正你过年也是去度假，有我没我都一样。"

"你真没谈恋爱？"应帆冷不丁来了个回马枪。

Chapter 05

"真没。"应隐眨一眨眼,很坦然,很无辜。

她不想告诉应帆,因为应帆擅长胡思乱想,比她还会做嫁进豪门的美梦。八字连一撇都画不成的事,让她患得患失干什么?

第二天一早五点,应隐就带着俊仪出发去了机场。

缇文跟她在落地后碰面,剧组的商务车来接,径自把她们送往下榻酒店。晚上各主创都到齐了,一起用了席宴。应隐将缇文引荐给各方,介绍说缇文是自己的经纪人和老板,给足了小姑娘面子,也让她今后开展工作时免受那些不必要的为难。

吃过了饭,缇文当晚便又飞回了香港。没办法,为了跟上栗山的进度,她不得不加快盯住各项报批流程。

应隐并非领衔主演,栗山又提前过问了她的戏份,将排期都集中到了一起,满打满算没超过两周。前一周,她主要在影视城完成剧情在上海的戏份。

影视城所在的城市偏北,气温远非宁市能比,一呵气就是一团白雾,开机仪式上,应隐穿了厚厚的黑色羽绒服,和所有主演一起举着利市合了影。

这是一部群像戏,描述的是"四一二"后一段历史时期的共产党人,片名《潜行》已将一切定了调。

"四一二"后,上海笼罩在白色恐怖之下,探子神出鬼没、盯梢尾随,巡警执棍动辄搜查盘问,弄堂深处,紧闭的门窗上到处写着"非眷莫扰",紧张的气氛压在每一个革命者的头顶。

应隐饰演的角色英玉华,是上海总工会重要宣传刊物的编辑联络员,在躲过又一次的搜捕后,她被迫北上转移,于农村潜伏四个月后,最终牺牲在了国民党新一轮的清党搜捕中。

英玉华穿一身半新不旧的蓝色直筒棉布长衫,提一个花色蝴蝶扣布包,头发剪短烫卷,戴一副银色椭圆框眼镜,给人以不中不洋、既书卷又市井的感觉。

这是造型组根据栗山要求而特意更改的形象设计。漂亮的女人从事革命太过显眼,潜伏成本高,如此市侩的模样,成为英玉华一次次躲过盘问搜查的助力。

但无论如何,上海对一个革命者来说,都太过危机四伏。这个城市里还在坚守的同志越来越少,不是被捕,就是被迫害。终于,在又一次将宣传读物送往秘密印刷点后,回到弄堂的英玉华,见到八仙桌上碗口倒扣,一张纸条字迹潦草:"已暴露,连夜出城,切勿停留。"

拍摄第九天，应隐转至位于更北方的红色革命根据地旧址，进行 B 组的农村戏份拍摄。

原本顺利的拍摄从这一天开始出了问题。

天公显然不作美，先是应隐的那班飞机因为沙尘暴和雷暴而迟迟无法降落，最终被迫降落在两百公里之外的邻市。为了不耽误进度，剧组联系了车辆，将她连夜载往片场。接着后半夜暴雨骤至，又传来前方小段公路塌方的消息，只好绕道另一条砂石路。

这路经过矿区，平时都是大型工程车和火车进出，早将路压得坑坑洼洼了。开了一半，这台临时调度来的商务车果然抛锚，冒雨抢修两个小时后再度上路，抵达剧组时，已是凌晨五点。

B 组的制片主任是熟脸，叫杜若堂，圈内人喊他老杜，油滑得捉不住，惯会捧高踩低看脸色行事的，见应隐遭了这么大罪，隔着两里地就开始叫唤："应老师应老师我的应老师，哎哟，按说走公路也就仨小时的事，谁也没料着塌方啊——打喷嚏了？毛巾呢？怎么没人给应老师送热毛巾？我带您去房间，您扶着点我……"

应隐一连打了好几个喷嚏，白色球鞋刚一下地就是一脚泥。

"这里还下雨？不是缺水吗？"俊仪跟在后面问。

"是啊，"老杜连俊仪的话也垫着，"可不是吗？我们向导也说少见。"

这是个不大不小的景区，也是个自然村落，平时基本没人来，只在春天开梨花时，有一些远道而来的客人。片场就在村子里，剧组则住在村外唯一一间景区酒店中。这种条件下也别挑什么五不五星单不单间了，所有人一视同仁，全住标间，工人师傅们有些就干脆到村民屋子里借宿了。

老杜把住宿条件一板一眼地通报解释了一遍，宽慰道："还是有好处的，热水快，有电热毯，毛毯管够。还好您就拍几天，将就将就。"

哪知这个"几天"变成了一周，又从一周茫茫然地无限期拖了下去。

B 组的摄影和美学风格是钉死了的，唯其光影流淌岁月静好，才更能衬托血色牺牲的残酷无常。一个革命者，她死的那天也许天是蓝的，风是暖的，鸟是叫的，芦苇荡芦絮纷飞，自然界的一切都很美好，但她就是死了，与美好的一切作别。这是栗山一贯的死亡美学，虽然他只担任总监制，但他的风格显然强烈地影响着整部片子。

但事与愿违，剧组迎来的是一连数天的阴天，这对需要自然光的户外戏份来说，无疑是灾难。

除了等太阳，B 组也着实没别的办法。分管这边的制片人天天半夜爬起

Chapter 05

来看星象,就差自己跪地上起一卦了。有时候难得晴一个小时,整个剧组人仰马翻,吭哧叮哐一顿凶猛操作,还没来得及试好光,乌云便又来了。

应隐自抵达的第一晚就受了风寒,头几天感冒昏沉,后面几天别的症状倒是没了,但一睡觉就咳嗽,直咳得胸腔疼。睡不好,第二天仍得早起化妆,然后在对太阳光的漫长等待中昏昏欲睡。

商邵每天例行问她拍摄顺利与否,应隐不想让他多担心,总说"顺利","顺利"得超期了六天后,瞒不过去了,老实交代:"一直在等太阳……"

"等太阳?"

"嗯,没太阳光,就没有导演要的感觉。"应隐坐在小马扎上,答着答着,想咳嗽了,便找个借口说导演找,匆忙之间挂断电话后,撕心裂肺地咳嗽起来。

俊仪一边拍着她的背,一边把一旁沏的八宝茶递给她润喉。她细心,沏茶时将芝麻挑了,多放了几片苹果干进去。

"我借了厨房,给你炖了冰糖梨。这么咳下去不行。"

"这么……拍下去……咳咳……也不行!"俊仪拍得很用力,应隐只觉得肺都快给她拍出来了,"好痛咳咳咳!……别、别拍了!"

俊仪赶紧收了手:"你是不是把药都偷偷扔了?"她凝着眉头。一天三顿按剂量喂的,偏就是不见效。

"我吃饱了撑的……"应隐咳得脸色煞白。

原地待命的剧组和对手戏演员们都很关心她,但关心了这么些天,话都讲干了,再听到,都是见怪不怪的劲儿。

"我问一问阿姨,有没有好的食补方子。"俊仪说。

"别。"应隐按下她手。

进度搁浅到第七天,总制片人、栗山以及从香港来探班的出品方之一一起到了现场。

应隐虽然早猜到那个刘宗是出品方之一,但看到他出现时,心里还是咯噔一声,总觉得病情都更不乐观起来——跟在刘宗身后的,还有于莎莎。

或者说,上次在宋时璋公司见到的那批人里,这次只有于莎莎被获准跟在他身侧。

主演病了,又超时了这么多天,理应首先被关怀。总制片给带了药,嘘寒问暖一阵子,话都让制片主任老杜代为答了。

"怎么一直没安排应老师去省会医院看一看呢?"总制片问。

"塌方公路早就抢修好了,开车过去不过一百多公里。老杜支吾着答不出，应隐主动说："每天就那么点出太阳的时间，走了就耽搁进度了。我还行，白天不咳，只有晚上睡觉咳。"

栗山拍拍她肩膀："你不要太敬业。"

几人去研究拍摄进度，跟天耗下去耗不赢，看有没有什么办法改一改戏。

"又见面了。"于莎莎在应隐面前站定，自然地打招呼。

应隐没理她，一心一意揣摩着剧本。

于莎莎安静一会儿，也不脸红："我上次说错了话，你不要往心里去。也许你有什么误会，毕竟——"

应隐站起身，冷冷地瞥了她一眼："这位小姐，没人对你的心路历程感兴趣。你这么爱说，为什么不跟你的未婚夫说？"

晚上吃饭，她胃口欠佳，喝了两口汤便告辞离席。月光在老梨树下碎成冷光，俊仪陪她往村口走，遇上她总买红枣的老奶奶，对方请她去堂屋喝茶。

这里的经济条件欠佳，土夯的围墙，黄泥裸着的小平房，几只缺了口的陶土罐里用石头压着些腌制菜，独有一只里面插了闲情逸致的野梨花枝，也许是去年春天的，如今已枯败。院子里有一只硕大的土盆，里头种着一株小枣树，大约是等着稍大点儿再移栽到田埂里去。

应隐坐在堂屋里喝茶，用豁口的粗陶碗，喝黄河地下水煮出来的茶汤，望着院外的月光发呆。

望了会儿，她推开条凳起身，问奶奶要了一枚硬币。俊仪给奶奶转了一百块交换那枚硬币，眼见着应隐走到院子里，将那枚硬币埋到了枣树底下。

月光披了她一身，俊仪拍下她埋硬币的侧身，那莹莹玉立的鼻子被月光映得透明。她看着虔诚而专注。

"好啦。"埋好后，她浑身轻松地吐了口气。

"许愿吗？"俊仪问。

"什么呀，无聊罢了。"应隐微笑着，抱紧了身上的羽绒服，"我外婆教我的，除夕夜在树底下埋一枚银圆，第二年，想要见到的人会从远方回来。今天也不是除夕，埋的也不是银圆，只是想到了玩一玩。"

"你想商先生。"

"哎呀。"应隐揉一揉鼻子，"以前拍戏没人可想，现在还挺新鲜呢。"

她不经意地说，垂着眼眸，下巴都咳瘦了一圈。

Chapter 05

俊仪发了朋友圈,可不敢让商邵看到以为她在传话,狠狠心,便将商邵那一圈有关的人都屏蔽了。

柯屿从尼泊尔回国,处理了一堆人情事务,又站了一堆拖欠品牌的通告活动后,没休息两天,忽然说要去探应隐的班。

商陆十分有意见:"什么?你要探应隐的班?凭什么这么关心她?"

柯屿咳嗽一声:"深山老林里拍电影很辛苦的,而且很久没见了。"

"所以,你既想她,也关心她。"商陆冷哼一声,"我在深山老林的时候,怎么不见你探班?"

柯屿忍无可忍:"你在深山老林的哪一天我不是也在!"

柯屿一走,身边没了人,商陆第一时间想到去找他大哥喝酒,然后发现他大哥连人带飞机都不见了。

满载的湾流公务机上,柯屿坐立难安。

要让他坐立难安是需要点本事的,因为他应对任何场面都十分得心应手,但显然,商邵和商檠业都有这个本事。

"其实Leo,探班用不了这么多水果。"他说一句于事无补的废话。

整个飞机物流舱里都是顶级进口水果,一颗葡萄按百元计算,数量庞大,够剧组吃上十天半个月。这当然是康叔命人安排的,因为见俊仪的朋友圈整天抱怨没有水果吃,干得嘴角起皮。

"太多了?"商邵翻着财经杂志,垂眸看一篇报道。

"太多了,来不及吃,也存不住。"

商邵轻描淡写:"那就再送几台冰箱过去。"

柯屿睁大眼睛迷茫了半天,冷静地回:"不是,我不是这个意思,冰箱也要电的。"

"放村民家里,送他们。"

"那得让人家交电费!"

商邵蹙眉,瞥柯屿一眼:"不可以直接帮他们充上几年电费?"

"……"

商邵勾了勾唇,岔开了话题:"陆陆现在还不知道?"

"不知道。"

"他现在在猜谁?"

"一口咬死了是瑞塔,认为她是你的天选良配。"

商邵失笑一声:"他不愿意猜应隐,否则这么多指向,他也该猜到了。"

第五章 探班

"也许他直觉已经有了正确答案，但理智上不愿意相信。"柯屿出卖道，"他说比起应隐是他嫂子，他宁愿敲十年木鱼。"

商邵一手抵唇，思索片刻，西服袖口下的那一圈衬衣雪白。

"电子木鱼好，还是真的好？"

柯屿差点给他跪下了。

公务机降落省城机场，冷链厢式货车和装卸工人已经等候到位。装了整整一车后，路虎载着两人前往位于黄河边的小小片场。

商邵应当是很忙的，柯屿在车上睡了醒、醒了睡，其间他不是在通电话就是在批阅公文。两小时后抵达目的地，他脱了大衣，换上了一件低调的黑色冲锋衣外套，就穿在西服外面。

"等下你就跟别人介绍说，我是你的跟班助理。"

柯屿觉得他对自己的气场有什么误解。

但无论这个理由多么蹩脚、多么漏洞百出，他们到底还是来了。老杜听说有人运了一车东西来这荒郊野岭，先出来看，见了柯屿，眼睛亮了，腿脚也加倍利索："柯老师！"

柯屿还是老样子，冲他笑笑，从烟盒里抽出两支烟，递给了杜若堂一支："还顺利？"

"别提了！"老杜咬上烟，"真要命也是真热闹，栗导也在呢！你也是来看应老师的？"

"嗯。"柯屿眯眼看看这山、这天、这水，吐出一口烟雾，夹着烟的手一挥，"带路吧。"

杜若堂眼尖，余光瞥了几眼商邵，压低声音问道："这是……"

"我助理。"柯屿懒懒答道，"是不是挺不错？"

"是是，挺不错。"老杜心想，你还美呢，调教出来的人没点眼力见儿，连个"杜老师"都不会喊。

柯屿也意识到，等会儿少不了这那那的打招呼，不会叫人也不行。便冲商邵抬一下下巴："叫杜老师。"

商邵一颔首，没什么表情，语调沉缓地叫了一声，给杜若堂听得飘天上去了。什么嗓子，什么语调？被他一喊，"杜老师"三个字像要走上大型论坛似的举足轻重。

今天有些太阳，刚歇工了一条，此刻正等乌云飘走，老杜一嗓子"柯老师来探班了"，顿时引起轰动。剧组不老少熟人，但柯屿拿了戛纳影帝后就固定在了商陆的班底中，很少再出来演别人的戏了，因此一露面，引得全体

Chapter 05

围观。

喧闹的人潮中,啪的一声,一只泡了八宝茶的盖碗摔在地上也没人察觉。

热茶汤泼了一地,里面的红枣、桂圆啊,茶叶啊,苹果片啊,在黄泥地上热热闹闹。盖碗被谁下意识朝前的脚尖一碰,咕噜噜滚远了。

那脚尖穿的是黑色大棉鞋,再往上,深蓝棉裤,浅蓝斜襟盘扣棉衣,一头半长头发整整齐齐地抿在耳后,露出苍白得几近透明的脸。

乌云在此刻飘开了,阳光澄澈,将应隐隔着人潮与商邵对望的眼,照得无处遁形。

一派花团锦簇的热闹中,还是老杜有眼力见儿,喊了一嗓子说柯老师给大家带了水果来。导演组也极给柯屿面子,B组导演的声音透过对讲机传来,让休息半小时,众人便欢呼一阵,一哄而散,都拥到车头去捞水果了。

应隐小跑了两步,在柯屿面前硬生生刹住,挨上去拥抱了一下。

虽然此刻身边没人,但全片场多少双眼睛有意无意地窥着,因此应隐的拥抱只到了柯屿处便停了,轮到商邵,只落得一个半生不熟的点点头。

要是公开了的话,现在就能正大光明地把她按进怀里了。这个念头不合时宜地划过,商邵微眯了眼,想把她看够。

"你怎么来了?"应隐轻声问,话是冲着柯屿问的,眼睛却只胶着在商邵脸上。

柯屿咳嗽两声:"哪有那么多为什么?想你就来了。"

老杜张罗了手下去搬卸水果,一扭头又回来了,搭腔道:"柯老师刚从山里出来,马不停蹄就来看应老师,要不怎么说圈里数您俩真呢?"

柯屿赶紧补上:"友情真,友情真……"

老杜虽然觉得他添这一句多少有些脱裤子放屁多此一举,但还是赔着笑,又寒暄着问:"您不能今天来就今天走吧?一转眼都快三点了,今晚就在这儿歇下?"

柯屿下意识扭头看向商邵,见他首肯后才问老杜:"能不能安排?"

老杜跟他合作过不知道多少回,在商陆剧组里也待过,当即坦诚道:"酒店满房了,原本留了两间,但这不是栗导先来了嘛。别的房间住了这么老多天,都给烟沤出馊味儿了,您住着也不得劲。唯一的办法就是上村子里给找两间。"

他一边说,一边观察柯屿的神色,见柯屿又回头看那"助理"的意思,助理点头同意了,他才说:"也行。"

"那咱们边走边聊?"老杜躬身,探手引路,"这边走。"

应隐带着俊仪一块儿跟在他们身后。老杜话密,原本心里还嘀咕柯老师又该嫌他谈兴好,没想到今天柯屿却对他无比耐心,天南海北地跟他搭着话,倒像是不远万里来看他的。

聊着聊着,不知不觉就把应隐撇下了,老杜没注意到那个奇怪的助理跟应隐走到了最后。

两人谁也没说话,只是肩挨着肩并行,风吹过,应隐撇过脸去咳嗽两声,商邵站定:"感冒了?"

应隐本能地摇摇头,但商邵还是脱下冲锋衣外套给她。

应隐一身戏服,带着戏里的扮相,朴实之中,更显得面庞清丽。商邵为她拢好衣领,帮她把垂落的发丝别到耳后,低垂的眼眸里只看得进她:"见了半天了,连句商先生也不叫?"

"商先生。"应隐朱唇轻启。

"不喜欢这个。"商邵听了,又反悔,漫不经心地暗示叫别的。

应隐心里七上八下地跳。虽然知道随时会有人从岔路口走出,再不济老杜也会回头,但她还是主动勾住了商邵的手指:"阿邵哥哥。"

她细细的指尖是冰的,商邵捉住了,用自己指腹轻轻摩挲一阵。

"很想你。"没什么多余的情绪,一贯的口吻,只有尾音带出了一点若有似无的叹息。

应隐"嗯"了一声,吸了吸鼻子,清瘦的下颌轻点了点。

那阵热泪来得猝不及防,商邵不方便帮她擦,只能无奈地说:"别哭。"

应隐一手拢着衣领,一手抹了抹眼泪。她虽然咳嗽,多余的感冒症状倒是没有,鼻尖毫无阻碍地嗅到他的气息,淡淡的沉香烟草,还有那点洁净的味道,正如这里的清晨。应隐一心一意地闻着。

怕老杜察出端倪,两人脚步再度不紧不慢地跟了上去。穿过坡下的田埂和梨园,沿着坡道一路缓缓上行,老杜的声音在前头忽高忽低:"这里一年也就做一个梨花季的生意,没什么人来,经济基础差,可得劳您将就一下。"

柯屿早看出来了。黄泥土砌的墙,木枝条做的篱笆门,头顶连片像样的瓦都没有。

走着走着,众人在一户人家门前停了下来。

"咦。"还是俊仪能认路,"昨晚上埋硬币的奶奶家。"

Chapter 05

商邵将这一句听清楚了:"什么埋硬币?"

"啊。"俊仪掩住唇,来回看看应隐和商邵。

"一个很老套的习俗,在树底下埋一枚硬币,想见的人会从远方回来。"应隐解释,又嘴硬,"是我替老奶奶埋的,她儿子在外地打工。"

"那你帮她埋的时候,有没有顺便想一想你想见的人?"商邵借着俊仪的遮挡,捏一捏应隐的指骨。

应隐脸上染上薄红:"嗯。"

"见到了?"他更低沉了声,眸底带着不显眼的笑意。

"见到了,是柯老师。"

商邵也不计较,哼笑一声,抬手揉了下她那枚有点睛之笔的耳垂,道:"柯屿的醋我也是会吃的,你生病了,要更小心祸从口出。"

俊仪哪有命听这个,赶紧当先一步跨过门槛,逃到了堂屋里。心想,想不到商先生也会说这些话,而且是用这样一本正经的口吻。商先生做什么事都很认真的样子,难道做那种事也很认真正经?

"唧"的一下,俊仪打了下自己的头。快住脑!

卖枣子的老奶奶正在厨房里切洋葱。这儿冬天不仅水果短缺,绿叶菜也很珍稀,番茄、洋葱、土豆一年吃到头,配上手擀面片和一些羊肉星子,便是一餐烩面了。俊仪这几天没问她买枣子借厨房,因此见了俊仪,不必老杜做开场白,她已将缺了牙的嘴笑豁开了。

老杜顺势将留宿一晚的请求简单提了,奶奶便带他们去西边厢房里看房间。她有一大一小两个儿子,这两个房间便是为两个儿子准备的,不过现在年轻人都去城市里打工,只在农忙时回来帮帮工,因此房间清洁整齐,在这个冬天还没被住过。

不知道是塞了草药还是晒了药材,房间的空气里郁塞着温和的气味,闻着让人心安。老杜先前早将整个村子都挨家挨户考察过,心里有数,拉过柯屿,放低了音量说:"这是剩下几家里还不错的,床未必舒服,但挺干净⋯⋯"

柯屿在他肩上拍了拍:"我不挑,就这里,你帮我好好感谢老人家。"

老杜完成了差事,终于晓得告辞,扔下一句"好好休息"便匆忙赶回了片场。他一走,柯屿只觉得耳根子清静,体贴地跟商邵说:"我出去抽根烟。"

他抽烟,把俊仪也给带走了,两人像两尊门神似的蹲在房门口。

俊仪两手托着腮,蹲着往柯屿那边挪一挪,小声问:"柯老师,路上是不是很煎熬?"

柯屿指尖夹着烟,闻言笑一笑:"谁心里惦记人,谁比较受煎熬。"

正说着话,听到屋里头"砰"一声,不知道谁撞上了柜门。

冲锋衣从应隐肩头掉到了地上,她那件蓝白花色的棉袄很难脱,盘扣绞得很紧。两张唇吻得热烈,却是四只手一块儿去解那盘扣,彼此忙乱一阵,无功而返,商邵便撤了吻,半眯着眼凝视她一会儿,一手抵着她柔软的掌,专心致志地吻她。

那面衣柜是乳白色的,当中镶嵌一面穿衣镜,想必是奶奶请了木工打好,要给儿子娶老婆用的。穿衣镜里照出西装革履的男人和穿蓝布棉袄的女人,男士皮鞋步步紧逼着那双黑布千层底棉鞋,都不像一个年代的。但女人被他吻得眼皮泛红,眼泪从鬓角滑进浓密的发里。

商邵许久没接过这么素的吻,大拇指只能难耐地抵进她掌心,不住地揉捏着她的掌骨,火热的唇舌摩擦,带来充沛津甜的汁水,应隐喘不上气,对他心甘情愿、予取予求。

"妆花了。"他不能再吻,拇指擦着她微肿的唇线。

"没关系。"应隐的脸追逐着他宽厚的掌,让他贴着自己的半边脸,鼻尖深深嗅闻他的掌心。是他的味道。

商邵被她闻得浑身燥热,将领带扯得很松,领结下的喉结不住滚动。手没处为非作歹,单单扣着她的背就用了全力,玉色的手背泛出青色的筋络。

应隐还是闻着他,闭着绯色的双眼,踮脚环住他的脖子:"给我你的香水,给我你的烟。"

商邵两手在她身后交叠用力:"藕线。"

他轻喘着说,找到应隐的耳,从耳垂一路吻至唇,又流连至下巴。

"公司还有事,明天下午就得走。"他低了声。

刚见面就安排离别,他不知道在折磨谁。

"嗯。"应隐仰着下巴,把身体贴着他。

"告诉我,你想不想我?"

应隐睁开眼眸,苍白的脸如凝脂玉,被商邵的指节爱怜地抚着。

她漆黑的瞳里只倒映他的面容:"每晚都在梦你。"

冬日下午三点多出了太阳,正是"天堂光"时刻,山脚下,副导演正拿着大喇叭漫山遍野催人返工:"来来来,瓜、葡萄、车厘子都放一放了,各组就位,五分钟后拍下一条,所有群演这边集合!"

Chapter 05

　　下一条是拍英玉华给村民进行文化扫盲，许多群演是从村里现找的，很逼真，就是每次开拍前都把副导演累个够呛，因为沟通成本太高。

　　应隐将头发捋一捋，带着俊仪准时下山。

　　十几分钟的会面，他们说得少，吻得多。几步路的工夫，她总觉得有事忘记跟商邵交代了，可到底是什么，一时半会儿也没想起来。

　　商邵公司还有会，便没有跟着回片场。柯屿也不想去打扰他们工作，搬了张小马扎坐在门口晒太阳。晚上少不了一顿应酬，好愁。他边愁边晒，晒不了十几分钟，闻讯的栗山果然大步流星地赶来了，身旁跟着几个柯屿并不熟悉的身影。

　　柯屿晒了半天太阳，起得又猛了些，眼前不免一阵晕眩，定下神时，先恭恭敬敬地问候栗山一声"老师"，又顺着他的介绍一一把人喊全。最后被介绍的那个女生，显然是圈内无关紧要的，只是刘宗身边的法务代表。柯屿客气地叫了她一声"于小姐"。

　　总觉得这个于小姐看他的目光不太友善呢。黑粉？柯屿没有头绪。

　　"你一来，他们就派人来喊我。"栗山拍一拍柯屿的肩，"特意来探应隐的班？一个人不远万里的，难为你有心。"

　　"也不算一个人。"柯屿侧一侧身子，让出通往屋里的视线，"还有个助理跟我一起。"

　　他这么说了，虽然是不重要的细节，但所有人还是下意识顺着他的侧身往里看去。屋里一股阴凉凉的暗，四方的幽深空间内，只见到一个穿西服的男人正站着打电话。他身形优越，侧对着门，左手自然地收进裤兜中，露出一圈白色的衬衣袖口，以及一只考究的黑色鳄鱼皮纹陀飞轮表。

　　于莎莎一瞬间如坠冰窖。

　　她当然认得出这个男人。她怎么会认不出？即使隔着距离。

　　他微蹙的眉眼，他侧脸的轮廓，他久居高位难以掩藏的气度，以及那把即使打着一通简单的电话也十分动听沉朗的嗓音。

　　门口的动静，商邵自然注意到了。他既然托了柯屿的情，场面上自然不能让他难堪，遂收了线，自屋内走出。

　　日头在低矮的门楣上晃悠，他迈过门槛，不自觉眯了眯眼，看清于莎莎的那一瞬间，眸中的警惕和冰冷如锋利的刃，但随即又很快地被敛于无形。

　　于莎莎两手绞紧了手提包的手柄。

　　真的是他。他怎么会在这里？是顺路，碰巧？还是……不远万里来探班的其实是他？

商邵的目光却丝毫没在她脸上停留，跟着柯屿的介绍一一打招呼问好。但那股纡尊降贵的味道怎么都消弭不了。在场的都是大佬，圈内举足轻重的人物，结果除了栗山，其余两人在他面前，隐隐有种心头发紧、不敢拿捏之感。

"你好像是……上次颁奖典礼那个金总？"制片人不太确定。

"您认错了。"商邵礼貌地略一颔首，"姓林，叫我小林就好。"

简短地寒暄完，他还得回去继续刚刚那一通电话，便不做停留。转身时，于莎莎终于忍不住叫他："阿邵。"

当着众人面，商邵停下脚步，转过身："于小姐有事？"

刘宗对这位新得的干将十分喜欢，不过短短一段时间，他就把她当干女儿看，问："你跟小林认识？"

"我们是同学。"于莎莎看着商邵的眼睛。

"这么巧？那怎么刚刚没认出来？"刘宗似笑非笑地问。

商邵略勾一勾唇："现在也没认出来，于小姐，我们是在哪里有过一面之缘？"

于莎莎刚想说什么，商邵的电话便响了，他首先接起，继而掩住听筒，目光环视在场众人，颔首致歉道："失陪。"

于莎莎刚编好的话，便只能咽回肚子里。

反倒是柯屿，饶有兴致地回味了过来。这个于小姐，原来就是商邵的前任，当年设局陷害商陆的女人。这件事过去了数年，柯屿从没见过她，当年的真相也都是从商陆的只言片语中拼凑出来的。

那一年，于莎莎唯恐商邵真为了她放弃继承权，也唯恐商邵为她抗争到底后，商檠业真的放弃了商邵，因此先下手为强，想要杜绝二儿子商陆被另立为继承人的可能性。

她做得滴水不漏，如果不是商邵抓住了蛛丝马迹，又剥开她一层又一层转嫁的海外代理，恐怕没人会怀疑到她头上。柯屿不知道商邵处理这件事的经过，只听闻他从怀疑到确定再到设局利用，前后不过一支烟的时间。

他有时候觉得对不住商邵，因为于莎莎能伤害到商陆，弄出这么多风波，也是因他而起。

但柯屿有时又不免觉得，大哥真的很可怕——两年的相处，马上要订婚的进展，能为她违抗商檠业的感情深度，他说怀疑就怀疑，说设局就设局，连一丝丝挣扎、犹豫都没有。这种继承人，真的只有他才能当。

柯屿虽佩服他当断则断的魄力和毫不留情的果断，但往深处想时，也会

Chapter 05

有种不寒而栗的感觉。幸好他人格端正。

"我看,晚上大家一起吃个饭好了。"总制片客气的声音响起,将柯屿的思绪牵回来。

这里面栗山最德高望重,制片人说完,用目光征询他的意见。他点点头:"也好,把小隐一起叫上,还有你这个新助理,让老杜现在就安排下去。小岛,我们也有段时间没聚,晚上一定要尽兴。"

老杜真挺有能耐,下午就派人开车去了市区,拉回来一大车食材,什么河鲜、羔羊肉、进口冰鲜,应有尽有。

借了村子里头脸人物的厨房和饭厅,他和另一个道具师傅亲自撸袖子下厨,热火朝天地忙了两小时,预备开席时,最后一点太阳正好从地平线落尽。

夜戏都在前几天拍完了,应隐收了工,隔老远就看到商邵站在导演组棚底下。现场轨道线路乱着,到处都是插排电线,工人师傅四处忙着收灯罩、摄影机,扛苹果箱。

应隐一边摘围脖,一边小跑过去。那千层底的鞋她穿不惯,还有几步距离的时候,她冷不丁就被绊了一下。

口里的惊呼还没来得及出声,其他人都没反应过来呢,便见一道人影极快地往前一闪,再定睛瞧时,一双漂亮的男士的手挽住了应隐。应隐差点就跪在地上了,商邵两只手都用了些力气,将人挽扶起来,仔细看她的膝盖:"有没有摔到?"

"哟哟,别啊,应老师怎么脸红了?"B组导演打趣也就算了,偏偏从导筒里打趣,一时间"应老师怎么脸红了"传遍了片场每个角落。

应隐拿冰凉的手背贴贴脸,故作镇静地接过了俊仪递过来的保温杯,一边小口抿着,一边问:"什么时候过来的?"

"保一条的时候。"

应隐知道商邵对电影一事一窍不通,故意问:"'保一条'是什么意思?"

商邵失笑一声:"当我是笨蛋?"

两人穿过片场,肩并肩往景区酒店走去。酒店在河对岸,要上轮渡。轮渡是这里必不可少的交通工具,不仅要站人、轿车、小货车、老乡赶集的鸡鸭牛羊也都靠这个过河。上了轮渡,清凌凌的黄河水浩浩汤汤,流速极快,两岸芦苇飘花,天地像融在了一片淡暖色的硫酸纸中。

第五章 探班

轮渡发出轰鸣声,带着人和车辆横渡过去,不过三四分钟的工夫。靠了岸,灰色木石结构的酒店光秃秃地伫立在土坡前,共五层,门口栽着梨树,但此时萧条,唯有几蓬野草被鸟儿从河滩处带到了这儿,蓬勃又灰头土脸地绿着。

商邵是领了柯屿的吩咐,来接应隐过去吃饭的。满剧组的人都晓得他是今天跟在柯老师身边的助理,因此看到他跟应隐出双入对,倒也不怎么好奇。

应隐的房间在五楼,俊仪跟她住一块儿。两个女孩的闺房不方便进,商邵安安静静地等候在走廊上。房内窸窣叮哐一阵,过了会儿,许是收拾好了,门推开一条小缝,应隐扶着门框,看着他的双眼,正经客气地邀请他说:"林先生可以进来等。"

商邵掐住指间那根玩了很久也没点燃的烟,随她走进去。

脚尖将门轻轻抵上的时候,他把应隐打横抱了起来。那件极难脱的戏服已经提前脱了,房内被暖气熏得很干,应隐只披着一件日式斜襟浴袍,带子在腋下系了个蝴蝶结。

可怜的俊仪,度过了人生中最慌乱、最无地自容的十几秒后,听到商邵吩咐一句:"找地方待着。"

这屋子就这么屁大点地方,又不是什么套间,还能去哪儿?!俊仪满脸通红,愤愤不平地闪进浴室,双手托腮,一屁股坐到了下翻的马桶盖上。

应隐脸红得要命:"她还是个小姑娘……"

多余的话也没了,她跟商邵吻倒到床上。藏青色的蝴蝶结带子被一只手轻巧地抽开,丝质浴袍一滑,露出底下纯白色的蕾丝。

"于莎莎在这里,你怎么不提前告诉我?"他慢条斯理地捉弄,一边垂了睫,不经意地问。

"忘了,想告诉的……"应隐忍耐着急促起来的气息,"别……"

商邵笑了一下,将手抽了开来:"换衣服,去吃饭。"

应隐一边从衣柜里挑着私服,一边问:"你们下午见到了?"

商邵坐到了窗边的沙发扶手椅上,将那支烟在玻璃茶几上轻磕了磕,"嗯"了一声。

应隐回眸,他这样养尊处优的男人,待在这种陈旧、古老、散发着些许霉味的房间里,居然也自在。她忍不住多看了几眼,套着薄山羊绒的打底衫,说:"她昨天来的,跟我道歉,说上次不是故意说那些话。"

"哪些话?"商邵敏锐地反问。

Chapter 05

应隐怔了一下:"我没告诉过你?"

"只被我主动猜过一句,说你身材好。"

应隐想了一会儿,玩着袖口:"是我不敢跟你告状,也许她在你心里没有那么糟糕。"

"试试看。"

应隐没话,商邵一手支腮,一手勾住她手指:"坐过来。"

应隐便在他怀里坐下:"其实也没什么,无非是说你跟她情比金坚,被家人拆散,余情未了,心里还惦记彼此。"

商邵无声地抬了一下半边唇角,目光锁着她:"我心里惦记谁,你不清楚?"

他的情话总在不经意处。

"她还阴阳怪气,说我的身材好。"

"你就当她在夸你。"

应隐噘一噘唇:"她还问我要丰胸秘籍。"

商邵真愣了,没预想到:"她原话?"

"嗯,她说,改天一起喝茶,她一定要向我讨要丰胸秘籍。"

商邵皱起眉心,支着额的那只手降下阴影,将他的眉眼掩住。应隐一时间不知道他在想什么,直到他说:"对不起。"

"你代她道歉?"

"我是为自己向你道歉,对不起,交往了这么一个前女友。"商邵捏着她的指节,"我的眼光也不总是这么差的,你要允许我修正。"

应隐抿一抿唇:"看上去,你对她的认识又多了一层。"

"嗯,她以前……坏得高级一点,图的东西也高级一点,虽然一败涂地又心术不正,但我倒也不得不承认,她的某些特质,譬如善于伪装、向上管理、口是心非、目标明确、脸皮很厚,确实是她向往的那类成功人士必不可少的优点。"

商邵不得不承认,他对于莎莎保有的最后一丝有关野心家的欣赏,也随着这句令人极度啼笑皆非的"丰胸秘籍"而烟消云散了。

应隐安静地看着商邵,缓缓明白过来一个道理——对商邵这样的男人来说,女人的"低级"远比"坏"更为致命。

五分钟后,她换完了衣服,俊仪也得以从浴室里出来。俊仪不能陪着应隐去吃饭,便将她的止咳药交给商邵:"饭后半小时吃,一次两粒,吞水送服。她咳得厉害,不能吃发物,不能吃辣的、太咸的,以及其他刺激性的东西。"俊仪掰着手指头一样一样交代,"哦对了,也不能喝酒。"

"一顿饭而已……"应隐想制止她絮叨,偏偏这时候惊天动地咳嗽起来。

她的咳嗽也识时段,分轻重,知道白天要拍戏不能乱咳,便安安静静的,一到晚上收了工,就开始作起妖来。

应隐肺都快咳出来,咳得弯了腰。商邵一边顺着她的背,一边给她递水:"为什么不告诉我?"

"告诉你,不也是一样?多余叫你担心。"应隐迫不及待地灌着水。矿泉水冰冰凉凉的,把她毛刺发痒的嗓子眼润得平滑。

商邵叫了一声俊仪:"以后有任何事,都直接找康叔,不要听她瞎指挥。"

又对应隐一字一句地说:"应隐,你要记住,只要不是上了外太空,在地球上的任何角落,你的问题都不是问题。如果有一天你要上外太空拍戏,那再说。"

他说这些话时,有一股与生俱来、向来如此的笃定。直到第二天整个西北呼吸科资历最老的专家出现在片场给她听诊,以及专人二十四小时为她单独烹制药膳时,她和俊仪才对这句话有了全新的认识。

从酒店出来时天已尽黑,只有码头和轮渡上亮着灯。

过了河,走过梨园,仰头看,漫天繁星。虫鸣声起起伏伏,和着村庄里此起彼伏的划拳吆喝声。那是剧组师傅们在用晚餐,西北入夜冷,两口烧刀子酒将全身血液都喝得活泛起来。

到了吃饭的地方,已经先开席。都是男的,只有应隐和于莎莎两个姑娘,柯屿早留了说辞,让应隐挨着他的"林助理"坐,方便照顾。

应隐入了席,为自己的迟到道歉两句,以茶代酒谢罪。这之后就安安静静地吃自己的,只在那几人高谈阔论时,象征性地笑一笑、捧捧场。

老杜准备的菜色丰盛,但口味重,奔着下酒来的,应隐不能吃,吃了明天该水肿得上不了镜了,商邵便给她剥虾。基围虾算不得新鲜,但聊胜于无,他洗净了手,为应隐剥了几只,又问她:"吃不吃秋刀鱼?"

秋刀鱼是为栗山而准备的,煎好后佐以鲜切柠檬,算是这桌上比较洁净清爽的食物。满桌人都看着商邵如何用一双干净的筷子,将秋刀鱼的鱼背压住,又是如何赏心悦目地将鱼骨整根剔了出来。明黄色柠檬汁均匀地淋入鱼肉,酸涩醒神的香味一时间十分鲜明。

于莎莎面无表情地看着,将一双筷子攥得很紧。

Chapter 05

当着众人面,应隐客气地道谢,商邵拆出湿巾,将山石玉质般剔透的十指根根擦净:"举手之劳,荣幸之至。"

刘宗笑一声:"柯屿,你这助理,很懂伺候女人啊。"

刘宗是从香港电影黄金年代走过来的人物,跟香港电影背后的几道势力都能谈笑风生,这些年香港班底北上很受欢迎,连带着港资捧人的能耐也是水涨船高,因为这些原因,刘宗走到哪儿都被人像尊佛般供着,他呢,也很乐意把整个港影金光都贴到自己脸上。

栗山德高望重,他掰不过,但柯屿不同,毕竟是小辈。因此别人尊敬地叫他柯老师,或者亲昵地叫他小岛,偏刘宗连名带姓地叫他"柯屿"。

柯屿是拿得起放得下的,从容地笑:"林助理是绅士。"

商邵没兴趣在这里听别人拿他做文章,站起身颔一颔首,说声"失陪",推开椅子出门。

饭厅连着后院,劈好的柴火摞得老高,天寒地冻,木柴上都凝了白霜。他抿了一支烟,刚点上没抽两口,听到一声"阿邵"。

于莎莎没穿外套便出来了,讲话呵出浓重的白气,眉眼瞧着很紧张。

商邵从唇边夹走烟,散漫地将她上下打量一阵:"于小姐,有何贵干?"

"你叫我于小姐,连声莎莎都不肯叫了。"于莎莎吸了吸鼻子,"那你叫她什么呢?"

商邵冷淡地勾了勾唇:"于小姐,你当初走的时候,姿态比现在好看。"

"我后悔了。"于莎莎迫不及待地说。

商邵礼貌性地挑了挑眉:"你好像已经订婚了。"

"没有,我们解除婚约了。"于莎莎一鼓作气说,"订婚宴没办成,我提出了分手,因为我忘不了你。"

商邵怔了一下,不为所动,只明白了一桩事:"所以,这就是你一直缠着她的原因。"

"为什么要提她?你给她剥虾,给她倒水,我都看到了。我已经受够了刺激,所以我才会站在这里,跟你说这些。阿邵,你想一想我们以前,你……你真的忘得了吗?"于莎莎试探着靠近他一步,"我父亲已经退休了,我也没有再从事政治活动了,你爸爸反对我们的一切条件,都不作数了。你还在怪我伤害了商陆?可是他和柯屿现在都很好,难道你还不肯原谅我?"

她说着,眼泪掉下来,用力吸一吸鼻子,很难堪又很倔强的模样。

她一点都不相信商邵真的移情别恋,即使他看应隐的眼神那么真,但再真,也不过是对玩物的以假乱真。

当初跟商邵的相识相恋，她费尽心机。她长得不够漂亮，也不够性感，就连学历在商邵身边也算不上多高人一等，可她还是成功了。如今再来一次，她不觉得现在的开局比之前难到哪里去。她可以成功一次，就能成功第二次。只要眼前的男人骨子里没变。

商邵静静地听她说完："莎莎，你有没有想过——"他按下打火机，垂着眼，用那簇火苗反复而百无聊赖地烤着手，"也许我根本没有你想的那么'爱你'。"

零下的天，于莎莎如坠冰窟，僵立在当场。

"我对你的一切，都很爱护敬重。如果你没有做错事，也许我们确实会结婚，第二年我遇到她，从此下半辈子都在心猿意马和精神出轨中度过。"

也许是太冷，于莎莎身体如筛糠般抖起来："你骗我。你撒谎……"她声音也抖得厉害，"你根本不是这种人。我了解你……你根本就不是这种人。"

"为她，我可以是任何一种人。"

于莎莎忽然觉得自己不够了解眼前这个男人。她好像从来都不认识他，不了解他的喜好，不清楚他为一个女人可以做到哪种地步，不了解他的残忍，也不了解他的势在必得。

他以前跟商棠业争取那桩婚事时，虽然火药味弥漫，但于莎莎也没有感受过这种"非她不可"的坚定。这种坚定，甚至击破了道德。可他是一个讲究道德的男人，把道德带进企业，给高管推荐的必读书目是《企业中的道德管理》。

"那么……"于莎莎张了张唇，一时之间不知道还可以说什么。

"你爱我是假的。"她找到话。

商邵掸了掸烟灰，收起打火机，轻描淡写地说："看跟谁比。"

于莎莎又哭又笑起来："但你这辈子只爱过两个人。"

商邵颔首，将烟抿上唇角。在冷夜缭绕的烟雾中，他半垂着眼，意兴阑珊地说："所以，跟她比，你是假的。"

回到宴席，商邵才知道应隐之所以没追出来，是因为被刘宗绊住了。

刘宗端了杯子，一番劝酒词刚说到尾声，脸朝着应隐，想必是冲她而来的。应隐面前的白酒杯满着，她没动，但放下了筷子："刘总敬我，按理说我该一口干了，再陪三杯，但是我进组后从不喝酒，这是多少年的习惯了，还请刘总见谅。"

Chapter 05

"一杯而已,能差多少事?"刘宗还是笑着,举着酒杯的手很稳。

他身体肥胖壮硕,坐如山包,半长微卷的头发花白,掩着他黄褐色的面容。他的家庭医生忠告他要戒烟戒酒,养肝护肝,不过他常说他的肝脏是年轻时打全武行给打坏的,与烟酒无干。他的徒子徒孙遍布全行业,现如今数得上号的武术指导,哪个不尊称他一声师兄或者师叔?再不济,也得叫他一声刘爷。

白酒杯只一指高,一口闷的量,刘宗举了半天,手和脸一块儿酸了。不过他是前辈,面子上还是讲风度,便又劝了一回。

事不过三,柯屿站起身,抄走了应隐面前的酒杯:"应老师明天还要上戏,这一杯我替她干,再陪刘爷你三杯。"他仰起脖子,眼也不眨地干了三杯。

总制片姓孙,海边人,名字充满特色,叫孙庆航。干总制片这一行当,管钱来事是其次,察言观色是大头。见气氛无端沉了下去,孙庆航主动起身,讲了一番漂亮的祝酒词,让大家一起举杯共祝。

商邵进去时,这一轮才刚刚过去。他在门外听了片刻,经过柯屿身边时,在他肩上不经意地拍了拍。柯屿知道,他是在感谢自己。

落了座,商邵目光在应隐面前扫过,附耳问:"喝了?"

应隐轻微地摇了摇头。她手就搭在膝上,借着桌沿的遮挡,商邵握了握,又不着痕迹地松开。

于莎莎也回来了,刚坐稳,刘宗便笑着问道:"你跟这个林助理一起消失了这么久,是老同学去叙旧了?"

于莎莎脸上泪痕半干,一张冻白了的面皮绷得很紧,笑容在脸上磨不开,瞧着有些冷淡:"是叙了一会儿旧。"

"这里你资历最浅,又是刚入行,还不给各位老师敬上一圈?"刘宗淡淡地道。

于莎莎愣了一下。她在社交场上是英国人的做派,端着一杯威士忌就能把满会场的人处下来了,中国传统酒局她倒是第一次经历。这里不仅有座次,有你推我挡的讲究,有敬酒罚酒,还有鲜明的尊卑等级。

刘宗是知道她父亲身份的,还要把汇丰银行的股东介绍给她,私底下又认她做干女儿,但到了这样的场面上,还是不免对她呼来喝去,拿她当个挂件。

于莎莎没有二话,站起身来,一手执杯,一手倒酒,从栗山开始,一口闷一杯,就这样面不改色地敬了一圈。敬至商邵时,她脸上的笑浮起苦涩,带着些微释然，很美丽也脆弱地望着他笑。

"老同学我看就免了吧。"刘宗开尊口。

他其实看不上这个助理，更看不上他能在这里同桌吃饭却不卑不亢，乃至于腔调气度都一丝不减，因此双手抱臂坐着时，刘宗的目光连掠也没掠过商邵。

于莎莎便跳过了商邵。

"应小姐，咱俩巾帼对巾帼，这杯酒你务必要赏我脸的。"她转向应隐。

她是正宗的英籍华裔，土生土长的英国人，中文不算好，也不知道话讲得对不对。

应隐冲她歉意地抿一抿唇，稍稍欠身："对不起，我明天还有戏，不能喝酒。我们可以以茶代酒。"她举起一次性纸杯。

于莎莎看着她葱段般的指，眼前却浮现这双手被商邵护在怀里的模样。她生硬地撇开目光，微微笑道："在座的只有你我两个女人，没道理女人为难女人的。我敬你，祝你容光焕发，爱情事业双丰收，喝了这一杯，明天在镜头前，还是最漂亮的大明星。"

柯屿又想代，于莎莎喊住了他："柯老师，女人之间的局，你代就不合适了。"

应隐捏了一团纸，别过脸控制不住地咳嗽了一阵子。商邵的那只手停在她肩上时，她身躯蓦然一震，迟迟不敢回眸迎他目光，更不敢看满桌人的脸色。因此，她也没看见商邵端起了她面前那只杯子。

满桌寂静之中，只听到他沉稳冷淡的声音："我代她。"

应隐愕然，一句"商先生"就要脱口而出了，被她硬生生咽下。

"我没事。"商邵的音量很低，只容她听到，只说给她听。

"柯屿不方便代，你这个助理，难道就师出有名了？"刘宗略笑一声，有些戏谑地问，"我早听说小隐你是海量，今天看来，还是我们几个老东西面子不够，所以你这朵声名在外的交际花，什么男人面前都肯笑过去，偏偏今天不肯笑。是吧，栗老师？"

栗山一直没开口，闻言，疲惫厌倦已极地沉了口气。他不喜酒局，约人谈事向来喝茶。今天一是他乡遇柯屿，他打心眼里高兴；二是投了刘宗所好。《雪融化是青》既在香港出品发行，那么电影节的选送就是要过香港电影制片家协会那一关的，如果他有冲奥的野心，如何获得这一协会的选送，就是他首先要面对的难关。何况还有其他的奖、其他的影展、其他的发行。刘宗，是这个协会的主要理事之一。

Chapter 05

即使是今天，香港电影的资本流派之争也从未停歇，从选片题材的明争暗斗，到影像奖上每个重磅提名的你死我活，演员、导演、发行，没有人可以置身事外。为了保下女主选角不被资本污染，栗山谢绝了香港太多资本代表，早将两派都得罪了个透。他固然有一身难啃的骨头，又有超然地位，但电影就像个孩子，寄人篱下的时候，头上总要有一片瓦。

栗山心里沉了一口气，目光越过桌面，对应隐细微地点了点头。意思是让她妥协，喝一杯。

如果一开始喝了，那这杯酒不过就是一杯酒，不代表任何东西。现如今场面横亘，那这杯酒，就不单单是酒了，是人情，是识时务，是妥协，是人在屋檐下，不得不低头。

应隐内心静了静，从刘宗说出"声名在外的交际花"开始，到她举起酒杯，不过数息。刘宗从那个年代的香港走来，习惯了对女星的高高在上、挥来斥去，要他尊重女性是痴人说梦。应隐这样漂亮的女人，从在酒桌上对他三次忤逆起，就已注定不能全身而退。

其实，也没什么大不了，这种酒局她经历得多了。说实在的，刘宗都不算当中最过分的。男人有了点权势，就容易是这种德行，玩捏女人像玩捏小猫，从低眉顺眼中获得沾沾自喜的抚慰。开黄腔的，醉醺醺动手动脚的，说下流笑话的，都不少见。往好处想，刘宗可是只让她喝一圈酒呢。应隐不无自嘲地想着，笑了笑。

她唯独觉得难过且难堪的一点，是当了商邵的面。她花了很多很多的心血，才成为一个问心无愧的女人，站在他的面前求一份平等的爱情。现在被轻飘飘的一句"什么男人面前都肯笑过去"给击碎了。她不敢看商邵的脸色。

还有一个人也不敢看商邵的脸色。那个人是于莎莎。她知道，有人正在盛怒之下，而她噤若寒蝉，连吞咽也不敢。

席间气氛的凝滞不过数息。应隐正要起身时，有一双并着的指尖，轻巧地按在了她那一只白酒杯上。

刘宗早忍了这个不知天高地厚的助理一晚上了，见他又来，黑沉的脸色里牵扯出一丝笑："怎么，你又要代？你是她什么人？小子，当影迷，要紧的是摆正自己的位置——"

商邵端起眼前的那只酒杯，另一手拎起白酒瓶。他垂着眼睫，将白酒汩汩地注满，继而上半身子倾越过去，将那杯酒在刘宗面前搁下了。

玻璃酒杯和木制圆桌发出一声轻磕，带走了这间房里所有的声音。

商邵摊了下手，意思是"请"。

他的手生得极好，邀请时自有赏心悦目的优雅。他看着刘宗的双眼也是很不紧不迫的，微眯着，那份怒意显得从容极了。

"她是我的未婚妻，未来的商家少夫人，你又是什么，值得她对你笑一笑？"

"什么商——"刘宗的话只讲得一半，另一半，凝固在他的瞠目结舌中。

因为第二天要上戏，应隐九点多就从酒席上告辞了。她一提，其余人也顺理成章地散场，可怜老杜刚把羊肉串烤得外焦里嫩、喷香流油，却没人有心思吃了。

散了酒席，刘宗一直在打电话，也没有顾上他新认的干女儿。柯屿不知道怎么跟栗山解释，只能陪着他在村子里一圈一圈地散步。

商邵送应隐回酒店，来时十几分钟的路程被两人走得很慢。

"他会不会乱讲？"应隐问。她不指望刘宗的人品。

天寒地冻，一讲话就是一团白雾。她没戴手套，两手拢在唇边呵气，商邵牵了，揣进自己温暖的上衣口袋里。

"他不敢。"

"好尴尬……"应隐身体快缩成一团。什么未婚妻，什么少夫人，听着像真的一样，把刘宗惊骇得面色涨出青红，应隐都怕他就这么一跟头撅过去了。

商邵瞥她一眼："尴尬什么？"

"替别人尴尬……"星空下，应隐半咬着唇，目光明亮地迎视他一会儿，跌了一步到他怀里，紧抱住他，"一定要送我回酒店？"

"你那里暖和，我屋子里很冷，你受不了的。"商邵拨一拨她鬓发，"咳成这样，早点睡。"

"那你走吗？"

"我得走，否则俊仪怎么睡？"他笑了笑，温热指尖勾滑过她的脸颊，"舍不得我？"

应隐下巴垫在他胸前，仰起脸："那你岂不是白来这一趟？"

商邵真不知道她脑子里都装着些什么，屈指在她额头上弹了一下："想什么呢？见到你就好了。"

轮渡运行到十点，现在才刚过九点，还早着。开船的大叔窝在驾驶舱里，身上的迷彩军大衣被他穿得像一床被子。船上没人，应隐被商邵从身后抱在怀里,在轰鸣的引擎声中,两人一起看着对岸天幕上的星星。

她的耳廓很冷,他的唇很热。

俊仪已躺在床上看综艺了,商邵不方便进去,便在门口道别:"早点睡。"走廊寂静,他说得很轻,怕隔墙有耳。

应隐点点头,站在房内。两人之间隔着一道窄窄的过门石,过了会儿,商邵一手抠着门框,一手握着门扇,越身过去,在半掩的阴影中安静吻她。

俊仪大气也不敢喘,商邵一走,她才敢在被子里翻一个身,长舒一口气。她起来给应隐倒了杯热水,盯着她喝完了,又看她忙里忙外地洗漱。洗漱完,将脱了的衣服又一件一件地穿回去。

"干什么?"俊仪问。

"去找他。"

"你们不是刚分开?"俊仪傻了。

应隐把围巾一圈圈套好:"不跟你说了,船要赶不上了。"

俊仪瞪大眼睛,压低声音:"你不回来啦?"

应隐把装满的保温杯往怀里一揣:"明早回来。"

酒店大堂根本没人,只有值班的前台在昏昏欲睡,消控室的门卫大爷形同虚设。应隐噌噌几步就跑出去了,白汽在夜空下氤氲一团。上了轮渡,就她一人,开船的大叔像见鬼一般看她。

不知道为什么,应隐觉得好像更冷了,浑身发抖,就连牙齿也打战。

她下了船,跑过码头,跑过栈道,跑过黑黢黢的梨园,跑上村子那条坡道的入口,那碎石路在月光下像发着蓝色的光。

她简直是在拔足狂奔,肺被冰冷的氧气切割,呼吸道像要烧起来。

到了老奶奶的院前,篱笆门半开着,应隐平复呼吸,看到了站在西边厢房门前的商邵。他指间点缀红星,月光下,微垂的脸模糊在烟雾中。

被人扑了满怀,商邵愣住,只下意识抬起胳膊紧勒住她。

"怎么又回来了?"他气息发紧。

烟灰在指间跌落成串,他来不及碾灭,双手紧箍住应隐,目光发沉地盯着她,将她半推半抱半拖。木门砰的一下,重重地扇上了。

"这里很冷。"他的吻不住落在应隐脸上。

衣服一件一件落到床上、地上。

"抱我。"

为了商邵,她时常变成初生牛犊,明知山有虎,偏向虎山行,不知天高地厚,一心只想到有他的地方。

第五章 探班

床是木板床，纵使垫了厚厚的褥子，也还是冷冰冰地硬着。也许连他踩过的地毯，都比这里要柔软。应隐脑海中蓦然出现这样一个念头，来不及反应，便不顾一切地贴到商邵怀里。床发出咯吱的动静，叫人难堪。

奶奶耳背，听不真切，提着一壶水叩响门扉："生炉子咯。"

屋角有一只柴火炉子，升起来后，屋子里便能暖一些，铜茶壶坐在炉子口，温了水正好用于洗漱或饮用。

商邵深呼吸着，忍过了令他眼前发黑的欲望，披了衣服，下床为她开门。床上隆得那么明显，奶奶却没察觉。升好了火，商邵送她出门，再上床时带了一身的寒气。

应隐被他圈抱在怀中，指尖贴在他文身的地方。她的手指很冰，带起商邵身体深处的战栗。

"谁让你来挨冻的？"商邵眯了眼，扣住她为非作歹的手腕。

"我想你。"

"这是别人的屋子，别人的床，不能做那种事，听不听话？"

应隐点点头，眼睛眨得明亮。商邵被她看得受不了，不得不用一只手盖住了她的双眼，难耐道："别这么看我，我没有那么正人君子。"

他果然没有那么正人君子。炉火在不大的屋内升起了温，不用床，他也有一百种方式占有她。

她连咳嗽也好了，跟商邵唇舌交融时，一心一意，连嗓子也不再觉得痒。她要融化在他的体温里。

商邵用手掌拂开她汗湿的额发，凝视了她一会儿，不知是真是假地问："要是有了怎么办？"

应隐心里被他这句话激起涟漪："不行……"

她拒绝的气势那么微弱。

"为什么不行？有了就生了，好吗？生一个宝宝，会叫你妈咪，叫我爹地。像你好，还是像我好？嗯？"

她几乎就要答应他，仿佛灵魂在这一秒不受控，可耻地堕落。商邵看在眼底，笑了一息，滚烫潮热的手指抚一抚她脸。

她乖顺又迟疑的神情让他心疼，也让他发狠。

不知道商邵和柯屿谁是福星，两人来了一遭，连日阴沉的大西北终于见了晴天，光照强烈，只把人晒得浑身冒汗。在老天如此的眷顾下，剧组马不停蹄连轴开工，以图将之前耽搁的进度尽快补上。

Chapter 05

作为这部电影的总监制,栗山在剧组多待了几天,收工后,跟应隐有了一番长谈。

"我这两天跟小岛旁敲侧击,想多了解了解你这位未婚夫的个性,不过听他的意思,好像他也不是很了解。"

柯屿一向谨慎,知道栗山不会平白无故关心女演员的私生活,因此谨言慎行,只提了几点,一是商邵平时很少看电影,一年到头进影院只为捧弟弟商陆的场;二是他个性沉稳持重,对待诸事一丝不苟,不是那种满肚子花心思的浪荡公子。

栗山忽然提商邵,倒把应隐紧张得够呛,首先想到就是澄清:"不是未婚夫,只是男朋友,那天是……"

她笑了一笑,栗山便懂了,沉吟一会儿:"男朋友也好,未婚夫也好,商家不是普通有钱家庭,你当了他女朋友,他对你的事业、电影,干不干涉?"

如果按以前栗山的作风,恐怕早就直截了当地问了,怎么会这么迂回,还提前找柯屿了解情况?可见他对《雪融化是青》很看重,对应隐这个女主角也很看重,甚至为此收敛了自己说一不二的作风,变得和颜悦色、瞻前顾后起来。

"他……"应隐想了想,说得保守,"我想他应该会尊重我的。"

两人走得渐远,片场的声音淡了,混在芦苇荡的风声中,成为一种遥远的、热闹的回响。

栗山站定,双手背着:"你和柯屿都是体验派,入戏深。了解的,知道那是'不疯魔,不成活',不了解的,这点孤独、这点奉献,是'不足为外人道也'。但是,柯屿有商陆,你呢?"

他微眯了眼,苍老的瞳孔中没有任何浑浊,只有洞悉一切的锐利:"商陆是电影人,能理解柯屿为了电影所放弃或者献祭的东西,某种程度上来说,他欣赏柯屿,甚至比柯屿更为忠诚地奉献。高山流水,我是没有这样的幸运,你觉得你有没有?"

栗山是一个好导演、好老师,但却不是一个好丈夫。妻子生一胎、二胎时,他都在片场披星戴月。年轻时肝火旺,不可一世,妻子在产房里打电话给他,他只觉得她不懂事。为了调教出最好的表演,他常常亲自上阵示范,诸多片场照流出来,妻子不解,认为他和女演员假戏真做,早就动了情、用了真。离开时,她对他说:"我只是一个俗气的女人,和不了你这一首曲子。"

栗山四十岁后就独居至今，别的导演搞学生、养外室、三婚四婚，他却始终深居简出，与绯闻绝缘，闲暇时，就飞去国外探望他与前妻的两个孩子。前妻曾经苦笑："你一心一意为电影，跟那些三分心思放家里，三分心思搞女人的导演比起来，真不知道谁带来的痛苦更多。"

栗山的婚姻变故，整个圈子都知道，他能拿出来自我调侃，一是释然，二是解嘲，倒是应隐这个听众一时间说不出话。

"说实在的，对于他能不能理解这部片子，理解你将要面对的情感、付出的心血，我是持悲观态度的。"栗山轻描淡写地下了定论。

午后四点，西北的月亮已经升起来了，很淡地描在山头瓦蓝的天上。

栗山眯眼远眺那影子般的月亮："应隐，我再给你三天时间考虑，你可以选择退出，但是一旦开拍，没有任何人可以介入、干涉我的拍摄，我不管他是谁，他跟你是什么关系，用什么来威胁你，你明不明白？我也不管你将来要嫁进豪门，拍这些戏会不会有失身份、不成体统。你如果拍了一半，跟我说，栗老师我要退出，可以，但你今后不要再想在亚洲电影圈有戏拍，了不了解？"

应隐知道，眼前这位导演从不说废话。她一个字一个字地听到心里，对栗山说："不用考虑，我现在就能答复你——我拍。"

从片场返程，湾流G550没有降落宁市，而是停在了香港国际机场。

一进公务机航站楼，商邵与柯屿便见商燊业一身双排扣式黑色西服，看着一如既往地冷肃。柯屿硬着头皮打招呼："叔叔好。"

商燊业脸上露出微渺笑意："刚回来就跟他结为同伙？陆陆和有宜在家里等你。"

柯屿难堪地抚了下额："商陆他……"

"他们都还不知道。"商燊业挑了挑眉，"对于他还不知道这件事，你好像很失望。"

柯屿当然失望。多瞒商陆一天，他就多受一份煎熬，将来还要多受一份惩罚！但是他能有什么办法，谁让当初他自己的事瞒了应隐几年之久，还是靠她自己火眼金睛看出来的。风水轮流转，现如今受的罪，多少得骂自己一声活该。

"我让升叔送你回去，你陪有宜好好聊聊，她很想你。"商燊业提点道，转向商邵时，换了一番更冷肃的表情，"你跟我走。"

此时正是下午四点，商邵不疑有他，只当商燊业有应酬要带他出席。进

Chapter 05

了停车场,才发现他自己开了辆低调的奔驰,连司机都没带。

商邵绕过车头,打开驾驶座的车门:"我开。"

吵架归吵架,不合归不合,他还有骨子里的周到妥帖。

商檠业心里受用,上了副驾驶座,看着商邵将外套脱了,扔到后座,又将衬衣袖子挽上一挽,半垂着眼睑问:"去哪儿?"

明明是很寻常的做派,但看在商檠业眼里却是一股说不出的风流。他火气骤然反扑上来:"一天天没个正形!看看你现在成什么样子?"

商邵一脸困惑,随后关切地说:"爸爸,更年期,也要遵医嘱的。"

商檠业被噎了一下,双臂环到胸前,高冷地不理他儿子。直到商邵将车开出地下车库,他才冷冷地报了个在西贡的地址。

西贡路远,平时较少去,商邵开了导航。公务车密闭性好,开起来静谧无声,更显得车厢里的沉默难挨。商檠业咳嗽一声,旋开瓶水润了润嗓子,才状似不经意地问:"她这次在哪里拍戏?"

他有心缓和关系,商邵给他面子,报了个地名,解释道:"在西北,黄河边上。"

商檠业不像他,一副对内地不甚熟悉的客套样。相反,商檠业对内地的风土人情和经济政治都烂熟于心,商邵一提,他便有概念:"那么苦的地方,她受得了?"

"确实挺苦,但她跟小岛一样,是个有信念感、敬业的人。"

商檠业这一生见了太多沽名钓誉之徒,只佩服有信念感、有理想和行动力的青年。听商邵这么一说,即使猜测这当中有特意讨好他的成分,也还是颇为欣赏地点了点头。

"怎么只见你大老远过去找她,什么时候也让她来找找你?"

商邵扶着方向盘,闻言不免笑了一声:"你当初追小温的时候,是让她追着你跑的?"

商檠业年轻时眼高于顶,谁都不放在眼里,上又有兄长顶走了压力,养成了纨绔个性。父亲商伯英让他跟温家大小姐联姻,他是完全不情愿的。首先,温有宜不够漂亮,放眼港岛名门,也就是个中人之姿,虽然气质绝佳,但二十出头的年轻男人,能欣赏什么气质?其次,听闻温有宜枯燥无趣、不解风情,举手投足都有许多老古板的讲究,更让商檠业望而却步。商檠业第一次跟她见面时,是掐着点告辞的。吃完晚饭,在外面浪到半夜回去,跟商伯英说,让他娶这样的女人,除非他死了。

成了被打趣的对象,商檠业脸上挂不住:"你跟我能一样吗?她跟有宜也不能比。"

"是，确实比不了，"商邵微微勾着唇，"她会不远万里飞到坦桑尼亚找我，你的有宜被你伤透了心，只会让你滚。"

商檠业额角青筋直跳，抱臂的手指无法忍受般烦躁地点着。他从前觉得他的叛逆基因到商陆那儿就过了，收拾服帖了小儿子，后半辈子总可以高枕无忧，哪知道商邵的叛逆姗姗来迟、来势汹汹。

"如果，"他停顿片刻，"如果我像处理你跟于莎莎一样处理你跟她，你打算怎么做？"

"与我无关。"

"什么？"

商邵再次重复了一遍，用极度彬彬有礼的口吻："你要怎么处理，与我无关。你祝福，我欢迎，你想拆散，是痴人说梦。"

商檠业沉默许久："你就这么喜欢她？"

"我就这么喜欢她。"

"喜欢她什么？"

商檠业这一瞬间为他想到了很多个答案。喜欢她貌美如花，喜欢她光耀夺目，喜欢她乖巧可人，喜欢她懂得逢迎……但商邵没有直接回答他。

"她在我面前像个妹妹仔，最开始怕我，但不知不觉地仰望我，崇敬我，向往我，我不愿看到她这副样子在别人面前盛开。"与其说他在阐述喜欢，不如说他在坦诚自己因喜欢而带来的独占欲。喜欢一事或许无形，独占的心情却容不得自我欺骗。

商檠业了解他这份想要独占的心情。因为他这辈子也深刻地拥有过这份心情，并为此深受折磨过。

一个多小时后，奔驰才开到目的地。

是一片僻静的海边叠墅村屋，坐山望海，景色宜人，但显然人迹罕至。车子只能在山脚停下，两人拾级而上。水洗青砖铺就的台阶上长了青苔，又被经年的海风雨水浇淋，走起来十分吃力。商邵搭了把手，扶着商檠业上山。

"来看谁？"他问。

"一个姑婆。"

商家累富五代，子孙后代个个开枝散叶，家族规模已然十分庞大，许多亲戚的姓名，商邵只在族谱中见过。商檠业一句"姑婆"，说了等于没说，只知道是位女性长辈罢了。

Chapter 05

上到山腰,在叠墅的栅栏门前停下。门铃响了数下,才有一个菲佣来应。

进了院门方知花园打理得很不错,远不是外头看着那般萧瑟衰败,石槽里水生植物欣欣向荣,睡莲没到开的时候,静卧在澄净水面上,就连一丛一丛的翠绿青苔也透着可爱。

穿过院子,跨上三级台阶,进到堂屋里,商邵见到了这个素未谋面的姑婆。她看不出年纪,因为面皮光滑,看着只有五十岁上下,但头发却花白近银白,显得七十有余。见了商檠业,过数秒才辨认出来。

"你来了。"她抬出长条凳给两人坐,"你来了,说明又一年过去了,日子过得真快。"

商檠业每年年末时都会来探望她,稍坐一坐便走,很少超过半个钟。因为两人都不是谈兴很浓的性格,往往就只是面朝着堂屋的大门,安静而沉默地坐一会儿。

门外景致很好,三文鱼色的朱槿花,玫红色的野蔷薇,像一圈雕花画框似的,圈着一望无际的碧海。风路过堂前,温热拂面。

姑婆这次也就是陪商檠业坐一会儿,也不问他身边跟着的男人是谁。

菲佣沏了茶过来,问商邵要不要吃糕点佐茶,过了会儿,印着珍妮小熊的铁罐打开,露出里面码得整整齐齐的酥脆丹麦曲奇。

"好吃的。"她盛情款待,拿他当小辈招待。

商邵颔首致谢,真拣了一块佐茶。

一直到要告辞时,姑婆才端详他一阵:"你长这么大了?"

"三十六,过几个月三十七了。"商邵恭敬地回。

"喔,那真是看不出来。"姑婆道,在围裙兜里摸索一阵,"你等会儿。"

她返身进卧室,过了会儿,手里拿了一封利市。长辈的心意,没有客气的道理,商邵双手接了,上半身微躬:"恭喜发财。"

这俗气的四字粤语,他念出来有他自己的味道,姑婆第一次笑:"一定有很多姑娘中意你咯?"

商邵抿唇,声音沉稳温柔:"没有的事。"

"阿业的孩子这么大了……"姑婆说了一句,转过身。她骨头硬掉了,转身时颤颤巍巍的。

两人下山,一路无话。到了山脚下,商檠业才开口:"你这个姑婆,连我都记不清她几岁了。"他只知道虽然她比他长一辈,但其实两人岁数相差无几,可以算是同龄人。

"她房子里没有日历，也没有钟表。"商邵答。

商檠业知道这些细节逃不过他的眼睛："她丈夫死了以后，她就不关注时间了。一年到头见不到几个人，拿我当日历来用，见了我，就知道一个农历年又走完了。"

"她丈夫……"

"在她四十多岁时，她丈夫突然自杀了。"

商邵怔住，没料到这个故事的走向，也不知道商檠业为什么要跟他说这些。

"他们很恩爱，她的丈夫平时总是很温和，关心国家大事，关心今年的花市上佛手柑够不够香，有一天她回家，看到她丈夫倒在血泊中。警察说，是自杀。"

"是……抑郁症？"

"也许，他确实看过心理医生，但似乎并不是那么严重。至今为止也没有人知道，究竟是他放弃了心理治疗，还是现代医学也没有及时发现他的不对。他死之后，你姑婆一直在找他走上那条路的原因，但是怎么想都觉得没有道理，他有一段和睦、恩爱的婚姻，一个日子过得很好的家庭，还有他的事业——他是个有口皆碑的老师。"

商邵安静一会儿，温和地宽慰他："人是孤独的，心在坠落时，世俗的圆满并不足以成为那颗压秤的砣。"

"你现在之所以看得很开，是因为你不是当事人。"商檠业勾了勾唇，有些讽刺地说，"你知道你这个姑婆经历了什么吗？她也自杀过，绝望过，为自己竟然没能发现爱人的失常，她痛恨自己，憎恶自己，惩罚自己。在外人眼里，她是个不称职的妻子，在那些流言里，她的丈夫一定深受折磨，比如她有非人的控制欲、嫉妒心，比如她不贤惠、不体贴。"

商邵深深地舒了口气，目光明白无碍、毫无感情地盯向商檠业："你想说什么？我不知道今天这一出，跟我有什么关系。"

"你的女朋友有自杀史，你跟我说，这种事跟你没关系？"商檠业也用目光回应他，比他的更锐利、更冰冷，"你也想成为一个不愿面对时间的人？"

"你说谁——"商邵的声音蓦然消失了。他的喉结滚了滚，似乎突然间失去了言语能力。

"看来你不知道。"商檠业一瞬间感到啼笑皆非，高冷地讥笑一声，"你跟她交往，去维多利亚港放烟花，去片场探班，送她你小时候最珍爱的马，

Chapter 05

几个月的时间就要把她介绍给家里,到头来,她却连病都瞒着你,连自杀过都不敢告诉你。"

五点的海边已降了温,连同着暮色也一并降下。橘色的太阳落在山的另一头,这里没有任何旖旎,只有降得很快的温度与天色。

在这种将暗未暗的光线下,商橥业眯着眼睛,问商邵:"她不告诉你,是怕你不理解、不接受,会离她而去,还是她根本就没打算和你走到最后——你自诩了解她,你扪心自问。"

"我不相信。"过了许久,鼓荡的海风中,商邵的声音冷静、沉稳、毫无起伏。

他想抽烟,可是他知道,此时此刻的他,一旦摸出烟盒,他腕心的发麻,他指尖的颤抖,他划不开打火机砂轮的失控,都会在一瞬间出卖他。

他不能在商橥业面前,有哪怕一丁点的示弱。

奔驰车灯闪了一下,因为车主的靠近而自动解锁。商邵揿着车门,一时间却没坐进去。

"我不相信你说的,你没有信用。"他再次说了一遍,仿佛多说几遍"不相信",这件事就会是假的。

"你可以自己去查,我也可以直接派人把资料放到你的书桌上,或是发到你的邮箱里。"

"那又怎么样?"商邵的目光越过车子。

暮色中,他的神情令商橥业感到陌生。那是一种他抓不住他儿子的陌生感,这种陌生让商橥业觉得失控。

"你是打算跟我先礼后兵,还是直接开始?"商邵冷嘲一声,看着他面无表情的父亲。

"我什么都不打算做。"商橥业缓缓地开口,"商家未来的女主人,不能是一个有自杀倾向的女人。从今天开始,你在集团的一切工作暂缓。你要美人,不要江山,我这次成全你了。"

「就给我一盏永远不落山的月亮。」

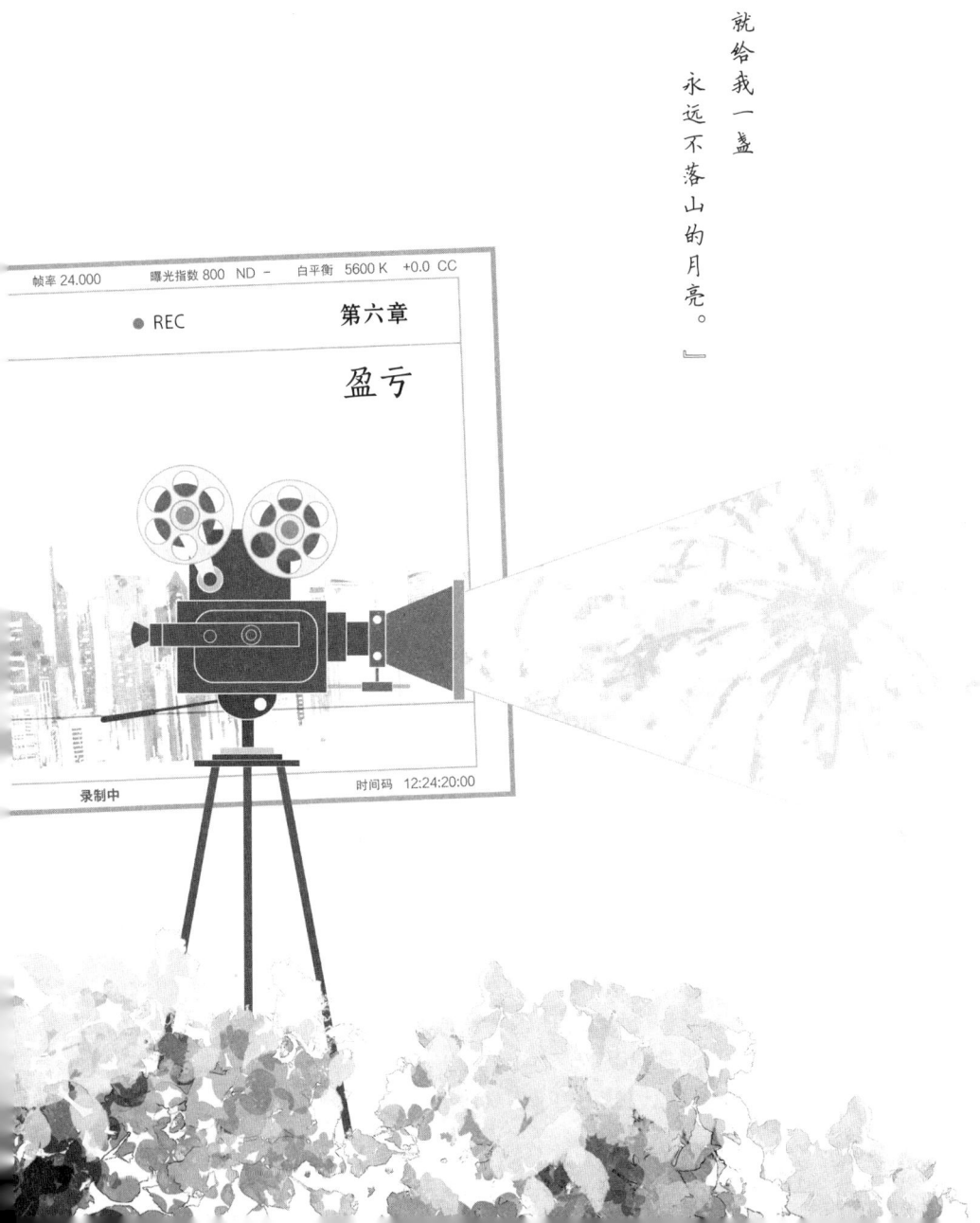

帧率 24.000　曝光指数 800　ND -　白平衡 5600 K　+0.0 CC

● REC　　　第六章

盈亏

录制中　　　时间码 12:24:20:00

进度追到第五天,应隐的戏份终于全部杀青,电影官微发了她的杀青照,她还是穿着那件蓝色短袄和棉裤,脖子上系了一条红色围脖,短直发在耳后捋得直直的,抱着捧花,在高大的芦苇丛中笑。米白色的芦苇花在空中飘得哪儿都是,不知道会落在哪片黄河滩上。

从定妆照和杀青照可以看出,应隐拍这部戏近乎素颜,整体妆造十分朴素,甚至在把她往丑了化,对她这样带有流量属性的女星来说,是不小的牺牲。但她的牺牲显然收到了正向的回馈,杀青照冲上热搜,连带着一些剧组工作人员偷偷拍摄的片场日常也被翻出,广场上,粉丝真情实感,路人好感一片。

难以想象这个角色原本是阮曳的(一些不地道的鞭尸行为)。

跟辰野解约后,应隐的变化有目共睹,这才是双星影后该出现在热搜上的内容。

期待英玉华!

趁着热度正足,早就注册好却始终未发布任何动态的《雪融化是青》官方微博发布了简短的官宣消息:

#雪融化是青#

由 @栗山执导、@宁吉影业出品,@应隐领衔主演,姜特、白榄主演。

#人生终途 洗净铅华#

"尹小姐,那一片青色的雪,我们一起去看一看。"

成名以来,栗山基本保持着每两年一部的出品速度,但在《雪融化是青》之前,栗山已经很久没有立项,唯一的动静就是那部主旋律片的监制。有人说,这是因为栗山已经拍尽了自己想拍的故事,也有人说,这是因为他身体欠佳,已经跟不上剧组的工作节奏。

沉寂的两年中，按到栗山头上的"饼"没有十张也有八张，这其中多半是资本拿来捧人抬咖的，还有些是吹上天的概念IP，每年拉出来遛一遛、兜兜风，懂行的人看透不说透——不过是洗钱工具罢了。

直到《雪融化是青》官宣，观众才知道，蛰伏了两年的栗山究竟在盘算着什么。

营销号的资讯下，评论区难得没有后援会控评，全是活人：

> 应隐这个进组速度可以的。
> 姐是真的很爱工作，事业粉安心躺倒。
> 这应该是应隐第一次正式跟栗山合作，已经开始期待了。
> 上一次《花心公敌》提名了主竞赛单元，柯屿拿到了戛纳影帝（别管是双黄蛋还是颁奖事故），这次可以期待一下华人女演员折桂久违的戛纳影后吗？

娱乐组就地盖楼吃瓜："搜了下这个宁吉影业，香港注册，合伙人和法人代表都是完全陌生的名字，商业版图和投资关系也很干净，似乎是为了这部片子专门成立的？"

在庄缇文的操作下，宁吉影业的背后看不到任何她和应隐的痕迹。这样的操作是必要的，尤其是对维持应隐在公众面前创作的纯粹性来说。

评论区挺认真地聊起来了：

> 栗山过去的片子，都有他自己公司出品的影子，这次完全退出投资，是闹了矛盾，还是有什么风险需要规避？
> 确实，这么一来的话，栗山就从投资并主控，变成了单纯的执导工具人，还蛮耐人寻味的，他这种导演，会放弃主导权？

有人去扒了《雪融化是青》的备案消息，不知道是哪一年的备案截图了，上面写着："妓女尹雪青金盆洗手，来到深山牧区避世散心，在这里遇到了离异的牧民哈英。在冬牧场的迁徙途中，两人情愫暗生。"

总局的批复是："暂缓安排，待你方重新审定内容后再行报批。"

好事的影迷总结道："这是三年前的备案，可见这个项目最起码已经搁浅了三年，目前不知道改到了哪一版？妓女从良的故事不少见，救风尘也是俗手，不知道栗山和沈聆这次是怎么安排的？唯一担心的一点是，现在在香

Chapter 06

港出品,是代表栗山干脆放弃了内地公映吗?"

一片热闹中,也有人关注另外两位主演:

姜特是谁,白榄又是谁……为什么一出道就能跟应隐搭戏?

这么一打的话,这片仨主演名字一个比一个怪……你们娱乐圈人好好取名字是会煳是吧?

举手!白榄我知道,老话剧演员了,但她在话剧圈也没有演过很卖座的大戏。

所以姜特是谁?一个小时了还没有标准答案!

过了整整一天,娱乐组和营销号齐力联动,才把这个姜特的信息扒出来。

"他是哈萨克族人,二十一岁,是不是科班的不知道,不知道栗导从哪里挖出来的,连我们都瞒着。"俊仪看着帖子里的内容,"这个照片也不知道是不是他,好神秘。"

应隐接过手机:"我看看。"

贵宾厅最角落的一组候机区,硕大的发财树掩映着皮沙发,沙发上,两个女孩用渔夫帽、黑口罩、大外套全副武装,两颗脑袋凑在一块,看着屏幕上的一张证件照。

"你觉得他会红吗?"俊仪问,"他看上去很有力量,不是现在受捧的那一种长相。"

证件照上,这张脸英气勃勃,轮廓很深,浓眉压着狭长重睑,骨骼线条走势粗犷利落,宛如书法重锋。

"他应该很上镜,能不能红,还是要看演技。"应隐中肯地说。

任何导演选演员,与角色的贴合度都是首要的,演技倒还是其次,因此常会出现某某小花小生在名导手下特别灵,换一部片子便水土不服,被群嘲出圈的情况。曾经的柯屿也是如此,他身上有一种独一无二的氛围感,因此做了栗山许多年的镶边三番。可是,栗山这样的名导的调教固然珍贵,能不能顿悟,却要看个人的造化。

栗山把这个男主捂了很久,谁也没提前告知,但据帖子里的八卦稿主透露,他已经被栗山秘密训练了许久。

怎么训练的?

扔山里放羊套马。

栗山，不愧是你。

底下评论区全在发"哈哈哈"。

"栗老师，不会故技重施吧……"俊仪笑不出来，已经想到另一件事了。

"什么？"

"把男女主关在一起二十四小时。"

应隐压了压口罩："他有他的方法……他要觉得得这样，那说明就是得这样。"

"那商先生不吃醋吗？"俊仪已经未雨绸缪起来了。

应隐心虚地咳嗽两声："这种细节，也没有必要告诉他……"

"喔。"俊仪点点头，"然后某天他就从营销号通稿上看到了，坦白从宽，抗拒从严，知情不报，罪加一等——啊！"她惊呼一声，眼泪汪汪抱住头，"干吗打我？"

应隐忍无可忍："不要诅咒我！"

飞往宁市的空客 A330 传来登机消息，半小时后，白色机体飞向晴空，在蓝天下划出一道长长的航迹线。

应隐拍起戏来就一天到晚沉在戏里，像裹在泥潭中，她自己也没什么要拔足而出的挣扎之心，因此比旁人更费心神，每次杀青离组，她总是缺觉得厉害。

她在头等舱睡了一路，下机时仍枕着颈枕，浑浑噩噩地在行李转盘等了半天，才发现帽子不知何时丢了，被陆续抵达的经济舱乘客认了出来。

几个小时前还在热搜高位的当事人此刻毫无防备，身边连个保镖也没有，要签名的乘客从两三个迅速变成二三十个，最后演变成整个到达大厅的混乱。最后还是机场安保出动，应隐才有了喘息之机。她跟俊仪两人提了行李就一路狂奔。

这种情况下，她们绝不可能上商邵的车。

至地下车库的扶梯因为超载而发出尖锐报警声，上哪儿都不缺看热闹的，闻讯而来的路人已经挤占了主要通道，应隐和俊仪在此起彼伏的闪光灯下终于钻进了一辆出租车。

上了车，她惊魂未定，缓了半天才给缇文打电话

缇文已经在后援会那儿看到小视频了："怪我，应该提前安排好保镖和接机的人。不过邵哥哥他没来接你？"

Chapter 06

应隐这才茫然地"啊"了一声——完了,一时惊吓,完全忘了这回事。

她急着要挂电话,缇文"哎"地叫住她:"你的双相……"

"怎么了?"

缇文张了张唇,终归道:"没什么。"

她什么也不能说。不能说商邵找她问过情况,也不能说商邵或旁敲侧击或咄咄逼人,问出真相后,他那些压迫性的气场倏然散了,精疲力竭地抬抬手指,屏退掉所有下人,一个人在阳台上抽了很久的烟。

半小时后,出租车确认身后没有尾随车辆,拣小路下了高速,停在了一条罕有人迹的县级国道旁。司机怎能不知身后这人是明星!但怪他不进影院,因此愣是不知道确切的名字,也没什么探究的兴趣。

等到港3抵达时,他嘴边的烟掉了,目光隔着挡风玻璃平移,行注目礼般目送应隐上了那辆传说级别的迈巴赫。

两边一望无际的芭蕉林十分安静,应隐跪着上后座,像小动物回窝般,全自动地在商邵怀里窝出了个舒服的姿势。

静音挡板缓缓升上,商邵看得好笑,指尖在她唇瓣上拨弄一下:"怎么这么沮丧?"

"对不起,让你白等了这么久。"应隐闭着眼睛,讲话嗡嗡的,还有鼻音,"是不是耽误你很多事?"

商邵日理万机,应隐从没见过比他更忙的人,让他无端在机场多等了近一个小时,不知道浪费了他多少金钱?

商邵的语气毫无迟疑:"没有,年底了,不忙。"

商檠业办事雷厉风行,说"暂缓"的第二天,便真停了他所有的职务,但并未出具正式的人事公告,只在内部高层会议上宣布,商邵因身体欠佳,需要静养一段时日。至于这个"一段时日"是多久,没人敢问。

集团高管早嗅到风声,但这是父子战争,不是派系争权,轮不到他们选边站。交接工作时,所有人都眼观鼻、鼻观心,只客气地说:"邵董注意身体。"

应隐睁开眼睛,跪坐在他腿上,边看着他,边低下头吻他。吻着吻着,她不安分,纤巧的手指拆着商邵的领带,又去解他衣领的扣子。

商邵只用一只手便牢牢握住了她的一双手,半眯着眼,喉结随着说话而上下滚动:"越来越胆大包天了?"

应隐不管,去吻他的颈,吻他的喉结。被如此撩拨,商邵却还是八风不动，脸上不见难耐欲色，仿佛是一场定力修行。

只不过，两分钟后，这场修行就宣告失败。他把人更贴合地狠狠按坐进怀里，大手包着她的臀。

"嗯……"应隐被他的逗凶弄得浑身发软，一颗一颗帮他将扣子扣好，又乖乖地重新打起了领带，"你还要回公司见下属。"

她撩完就跑，也不管他。

"不见。"

"嗯？"她抬眸。

今天可是工作日。

"难得休息，今天先跟我回去陪陪 Rich，明天我带你回香港。"

"又去香港？"

商邵勾了下唇："该见我家里人了。"

"上次说……"应隐眨眨眼。

"上次说太快了，现在已经过去了三周。"他有一股理所当然的笃定。

"我的意思是最起码……"应隐迟疑，明亮的眼神渗出些怯意，"一两年再见。"

"等不了这么久。"商邵平静干脆地说。

他是擅长延迟满足的人，讲究先胜后战、谋定后动，这一次，却生平第一次生出了要落袋为安的急切。

他怕。他没想过，有一天他竟会怕他的爱情夜长梦多。

应隐沉默许久，从他身上稍直起了身子。

她像从他的怀抱主动剥离了出来。商邵只暖了一阵，因为她的离开，他倏然觉得冷。

没有来得及多想，他掌心贴着她的腰，将她不由分说地按回了怀里。

"就这么说，别离太远。"他道。

应隐将脸埋在他胸膛前："我不能见。"

"为什么？"商邵身体一僵，又强迫自己松弛下来，保持不动声色，"你紧张？"他近乎自说自话，"不用紧张，他们都是很好的人。"

"我……我还有杂志封面要拍，早就定好的行程。"

"我等你。"他不假思索。

"拍完杂志，就该进组了。"

商邵无动于衷："我只要半天，两个小时。"

他的无动于衷近乎冷硬。如果应隐这时候抬头看，会发现他的下颌角也

Chapter 06

因为齿关紧咬而冷硬着。

应隐紧闭着眼。她不笨,很有些聪颖,忽然间懂了,知道缇文为什么好端端问她双相的事——因为商邵已经知道了。

他知道了所有情况,却还想带她回家。

她无力地攥着他的领带,缓了一会儿,抬起眼眸对他笑了笑:"我有没有告诉过你,其实我的本名没这么奇怪,不叫应隐,叫应盈?"

商邵浑身上下都紧绷着,乍然被她改了话题,他一怔:"哪个字?"

他不知道她为什么突然提这件事。

"盈亏的盈。"

"为什么改了?"娱乐圈讲究红,没人求"隐"。对明星来说,这是个不吉利的字眼。

"我原本叫应盈,两个字合起来,意思是天经地义的圆满。可是算命的说,天底下没有天经地义的圆满,我锋芒太露,月盈则亏,只有见好就收,才有生路,所以我改名叫应隐。"

应隐抿一抿唇,眼眸亮晶晶的,一眨也不敢眨,脸上笑意如满月。

"做你的女朋友、情人,能被你认真爱过,我足够了。我不贪,商邵。我们不见父母,好吗?"

机场高速路途漫长,怕就怕话说透了,路却还没走完。因为挡板升着,前排的康叔和俊仪都不知道后面的沉默已经持续很久。

"这样就够了的意思是,你接受一切结局。"商邵缓缓地说,"但唯独不接受,你跟我有一个圆满的可能。"

"圆满不了。"应隐苦笑,"商邵,我有病,你已经知道了。"

那是一种什么样的病呢?亢奋时,觉得全世界都在她掌中,都在她脚下,她可以三天三夜不睡觉,像一剂肾上腺素针直插心脏,创作,喋喋不休地背诵台词,沉浸在戏里又哭又笑,每分钟转过两万五千个烟花般绚烂但无用的念头,抱着一桶花生酱当舞伴,在房间里挥鞭跳直到摔倒。当那股亢奋从她大脑中平静下来后,像满天的灰尘都死寂了,她的精神、她的感知也都跟着陷入黑暗的沉睡,她可以三天三夜躺在沙发上不动弹,每五分钟眼珠子才迟缓地动一下,所思考的东西都与怎么死有关。

双相情感障碍,躁郁症。

那两年,她的生活按序周转在宇宙大爆炸和黑洞之间,彻底失去了像一个正常人般生活的权利和能力。她无法工作,无法出席活动,无法跟人正常

第六章 盈亏

交往。她很丑陋,狂躁时用头撞墙,跪在地上痛哭流涕,抑郁时像条死鱼,谁从身边来了又走了,她漠不关心。

有一天,她对着镜子修眉,鬼使神差地,将刀片移到了她柔软的、充满胶原蛋白的脸颊上。轻轻地一划,血流了下来。

有一道声音说,再划重一点,再划重一点,没事的,否则,会有不好的事情发生。

那是她的脸,她价值连城、独一无二的脸。

可是她划了第二道,手指抵着刀柄,手腕微微下沉,发着抖。刀锋划破表皮,划破真皮,几乎就要划破肌肉。血从脸颊流到脖子时,洗手间被俊仪破门而入。她一把夺走修眉刀,惊恐地用看鬼一样的目光看着应隐。

是从那一天开始,应隐意识到自己必须去看医生了。一同去看的,还有整形修复科的专家。她几乎就要留疤了。

得病的两年,应隐的身边没有别人,只有麦安言和程俊仪。她没有告诉任何人,包括应帆,对所有朋友的说辞都是要休一段时间的假,去国外游学。拍摄《再见,安吉拉》时,她用轻描淡写的语气把这件事告诉柯屿:"娱乐圈谁没个病啊。"

病情反复,折磨得人心力交瘁,可她那么想好,那么想活着,那么想走到蓝天底下,痛痛快快地笑一笑,晒晒太阳。医生说,她的康复速度是一个奇迹。

可是双相很难得到百分百的治愈,也许唯一值得庆幸的一点在于,她的病是后天的,家族里没有任何遗传病史。

在见到商邵前,她已经过了五百七十一天的正常日子。还剩多少,她不知道。

她的人生就像是一个沙漏,漏着一颗一颗星星,多一颗、多一天,都是赚的,可是倒计时总有终点,她看不见,不知道这个终点会在明天还是后天到来。

在那个终点到来时,她不想看到商邵在那里等她。她是一朵不吉利的花,不应该被击鼓传到商邵手上。

"那又怎么样?"商邵问,他一点也没有粉饰太平,只是静静地望着她,"你有双相,你自杀过,那又怎么样?"

"商先生,你们做投资的,最喜欢说的一句话是'看长线',可是我生了这个病,没有长线。我们之间没有圆满。也许明天我跟你回家见了家人,你愿意娶我,我愿意给你生孩子,但是十年、二十年、三十年之后呢?你会很

Chapter 06

痛苦。"

"我不介意。"

"你真的不介意吗？也许有一天，你忙碌一天回到家，迎接你的不是妻子的笑脸，而是一地的碎盘子，你的用人都胆战心惊，不敢说话。你去哄她，用最熟练的方式，心里已经没有波澜。她扇了你一巴掌，让你滚开，说看到你就厌烦。那些都不是她的心里话，可是她发病了，她就是要说，就是要伤害最爱的人，就是要破坏最好的生活。

"也许有一天，你忙了一整年，终于有时间好好休假，你带着妻子和管家去国外，去海边，阳光很好，你们坐在沙滩上，你的妻子说，为什么自己还没死呢？这之后的每分每秒，你都在担心她会一声不吭地走向海边。

"也许很多很多年后，你的父母不在了，你的兄弟姐妹都有了各自的家庭，那个平常的下午，你推开门，看到你的妻子躺在浴缸里，已经没有了呼吸。那个瞬间你知道，你在这个世界上最爱的人和最爱你的人，已经走得干干净净了，你在这个世上成为孤家寡人。

"你们当然也会有幸福的、平静的日子，她不发病时，是你的妹妹仔，你们每分每秒都很相爱，但正是这些爱，这些幸福，才让你余生的每一天，都更为煎熬，都痛苦万分。"

应隐平静地叙述着，明亮的视线停在他脸上，一瞬也不错："你不介意吗？"

"我不介意。"商邵也回给她平静。从知道这个病的那一刻开始，他就已经充分地想象过所有画面、所有可能。

"可是我介意……可是我介意。"

她介意他本该很好的一生，都葬送在她身上。也许她病发的概率只有百分之一，而幸福到老的概率却是百分之九十九。可是为了这百分之一让他万劫不复、覆水难收的可能，她宁愿不赌那百分之九十九。

应隐的指尖停在他平整的衣领上，垂下眼眸："不见父母，不结婚，好吗？我可以当你一辈子的女朋友，你想什么时候结束，就什么时候结束。我会心甘情愿，直到你厌倦我的那一天。"

商邵静了半晌，用陌生的目光看着她："应隐，你觉得自己很大方是不是？"

"不，我很自私，我只想跟你有快乐。"应隐有些难过地抿一抿唇，"一年也好。"

"你原本的打算是——"

"一年就分手。一年以后,我会告诉你我从没想过结婚,如果你能接受,我们就继续交往,直到你有了结婚对象的那一天。我隐瞒了我的病,对不起,因为我不想在你眼里成为一个疯女人。何况……"应隐停顿了一下,"不以结婚为前提的交往,也没有必要把自己最难堪的一面都讲清楚吧。"

她努力地提起肌肉笑一笑,两片唇角却控制不住地往下发着抖。见好就收,是刻在应隐人生齿轮中的信条,不管命运载着她驶向何方,她的车辙印里,都刻好了"月盈则亏"。她计算得很好,欢爱一场,尽兴一场,唯独没有计算到的是,商邵居然会想娶她。

他居然想娶她,在短短几个月内。

他们这样的人,该为女朋友摆正位置而高兴,该为女朋友的识趣而松一口气,能玩多久就玩多久。向来都是女的追着他们要名分、要地位,不惜用生孩子来拴住抚养费,他却反过来。

高山上的雪,为她融化得太快了。

"一年就分手。"商邵重复了一遍,点点头。

他在这一瞬间明白过来,商檠业又赢了他一次。

商檠业洞若观火,知道她隐瞒病情,是因为从不曾真正想跟他走下去。所以商檠业只是"暂缓"他的职务,因为商檠业知道,他们总有结束的那一天,或者讲清楚的那一天。

这个"讲清楚"是指——他会明白,会被应隐明确无误地告知,他们不会有以后。

"对不起,我破坏了你的兴致。"他抬起手,抚一抚应隐的脸,"别掉眼泪了。这么爱哭,也是因为生病吗?"

应隐又哭又笑,眼泪滑下来,温热地濡湿他的指腹:"为什么要道歉?你什么也没做错。"

"怪我操之过急,年纪大了,好不容易遇到这么好的你,就想快点娶回家。"他几不可闻地笑了笑,曲起指侧,自她湿润的眼睫下拭过。

应隐仰起脸望他。

这样平静的对视维持不了几秒,商邵猛然将她重新抱回怀里。他抱得那么发狠,恨手臂不能更用力,好把她揉进骨血里。

不知道是不是应隐的错觉,她始终仰望着的、总是气定神闲的男人,在此时此刻好像被打断了筋骨。他气息冰冷,束缚在西装下的身躯已经绷得那么紧了,却还是控制不住地、一阵一阵细密地发着抖。她看不见,不知道这个对全世界都意兴阑珊的男人,紧闭的眼中滑下了一行热泪。

Chapter 06

"但是,我总是要结婚的,你明唔明?"商邵说着,下颌线咬得如石刻般,语气却没有任何异样,"我总要生小孩的,你明唔明?"

他像是在语重心长地跟她讲道理。可是这道理应隐从来都明了,不明了的是他自己,所以,这道理也许是讲给他自己听的。

"我知道。"

"我没有资格陪你谈一辈子恋爱,到时间了,就要找一个女人重新去爱,去陪她生活,去跟她生儿育女。"他咬着牙,"我会爱她,我做得到。"

"嗯。"应隐的眼睛睁得很圆,不敢眨,因为里面蓄满了眼泪。

她伏在商邵的肩头,这声"嗯"带笑,很乖,直观无碍地听进他的耳里、他的心里。

"所以,谈一年就分手,或者两年、三年,对我对你,是不是都太残忍?明知道不会有结局,为什么还要走在这条路上?应隐,人不能清醒地当傻子。"

应隐似乎渐渐地明白过来,他将要说什么。

"你说你舍命陪君子,我现在懂了。我不要你的命。"商邵抚着她的头发。

她为了戏把头发剪短了,但商邵眼前,还是浮现着跟她第一次见面的情形。她的长卷发很美,橘色的晚霞下,她回过头,晚风扑面,白色裙摆勾勒着夕阳的光芒。

他的眼前,也还是浮现着他们吃第一顿晚餐时的情形。她用一根碧玉簪子绾起发髻,上车要送她离开时,他抽走了她的簪子,她的长发披散下来,在空气中晕开青翠山果的香。

但现在,她的头发短短的,在耳后整齐抿着,像个学生。商邵微微侧过脸,贴着她的黑发。右眼滑下的眼泪,就这么悄无声息地消失在了她发间。

"分手,就到今天为止。"他的掌心很用力地扣着她的后脑,将她的脸死死按在怀里,"就到这条路为止。"

一阵难遏的心痛,不知道击穿了谁。

一定是最烂的编剧,才会在短短几个月内,给他们安排了这么多烂俗的戏码。一定是最烂的故事,才会拥有这么多失控的起承转合。爱之一事,对世界上大部分人来说,不过一句你喜欢我,我中意你,对小部分人来说,也不过是我奋力一搏,你尽兴以赴,唯独对于她和他,却是山海几重。山那边风景那样好,可他们飞不过。

祈求上帝听到心声,把他受过的伤分一点给这个人,把她生过的病分一点给那个人，或者，把他的钱财富贵换成她等价的勇气，把她的星光坦途换成自由无畏，给她一点孤注一掷的孤勇，给他一点早知道真相的时间，他会一步步走好，她也会一步步走过去。他们会是健全的两个人，在面对第一个难关时就轻巧地携手跨越，此后日子既好且长。

可是没有用了，他是这样的人，她也已经是这样的人。怪就怪，也许不该彼此吸引。

平时从机场来回，总觉得漫长，纵使补觉也嫌光阴闲掷，今天却觉得短，几十公里，车速那样快，故事在窗外成为浮光掠影，快得她来不及看清。两旁行道树茂盛蓬勃，有什么树一年到头都在春光里，一年到头都在开着花，阳光这样好，如果一辈子都在这车里了，其实也不错。

可是路总会开到尽头的。

康叔知道他们两个要回家一趟，港3便径直驶向那栋小巧的市郊别墅。

轮胎在花砖路上一阵摩擦，是上坡了，到了桃花心木的浓荫底下，车子稳稳当当地停住。俊仪推开门跳下车，伸了一个长长的松弛的懒腰，继而回过身，看着应隐从后座下车。她知道不能打扰应隐和商邵，因此懂事地站得远远的，和康叔挨在一块儿。

"你上次送我的披肩，果然很舒服暖和，这次进组多亏了有它呢。"俊仪天真烂漫地说，"等这条用旧了，你能再送我一条新的吗？"

康叔点点头，两眼看着商邵将应隐送到门边。他直觉有什么不对劲，可是究竟哪里不对，他说不出。总不能搭个车的工夫，就有什么变故。

"我不进去了。"商邵站在那道黑色铁艺门边，像很久以前突然造访时那样彬彬有礼地站着，揿响门铃，等她相迎。

应隐点点头："再会。"

"你开心过吗？"

应隐的热泪几乎又要涌出。温暖的微风中，她微微偏过脸，静静望着那高大的桃花心木一会儿，才转过来，微笑着说："每天都很开心。"

"我做得不好。"他说，"下次……"

不会再有下次。

他停住话，应隐也安静着，午后的风温温热热地从两人之间穿过。

"Rich……"

"我很喜欢它，可是，我照顾不了它。"应隐攥紧了手袋的链条，"祝它长命百岁。"

商邵不知为何笑了一下："你也是。"

Chapter 06

"你也是。"

应隐与他对望着,两人脸上都挂着笑,跟这风一样温温热热。

过了许久,她抿起唇角:"我的命留住了,会活很久的。"

现在分开,一定好过两三年后结束。她都懂的,其实,真的拥有过一年的快乐的话,分开后,她还能活吗?她现在还能微笑,还能好好地站在这里不觉得吃力,便说明她现在一切如常。至于心脏底下一阵紧过一阵的阵痛,睡一觉就好了。

"有任何事,都可以找我。"商邵说。

"一定。"应隐答得很快。

金属链条被她的掌心濡湿,很滑,很沉,她几乎要攥不住。

不该再有话说,否则这场道别是否太过漫长?商邵上前一步,抱着应隐的手臂由松至紧。

"我想过我们孩子的名字。"他最后说,嗓音发紧,那么沙哑。

应隐的眼泪毫无预兆地滑下。

她何曾没有想过他们的八十岁。

Moda 杂志总部。

一本时尚月刊最具重量级的月份,除了金九银十,便是三月份的开季刊。在三月,各大品牌方竞相投放广告,以便为自己在今年的春夏季时尚市场上拔得头筹。对 *Moda* 来说,三月份同时也是中国区创刊的时间,具有多一层的纪念意义,也因此,这一期封面人选的重要性不言而喻。

银色电梯从主编办公室降至造型化妆间和摄影棚所在的楼层,身穿 Joysilly 秀场款的主编丰杏雪,一身浓郁春夏气息,走进化妆间时,一贯快速的脚步扬起裙摆,果然是如一阵春风般拂进忙碌现场。

化妆间内,折叠式化妆箱展开数层,满满当当的各种粉墨如颜料炸开,接线板上,十几条黑色绝缘线蜿蜒缠绕,连接向梳妆台上分不清的各种吹风筒、夹板、卷发棒,二十几平方米的房间内,竟同时站了五六名化妆师和化妆助理。

圈内顶级的摄影师抱着臂,正和杂志造型总监小声交谈,虽然拍摄企划早就经由品牌、杂志和封面嘉宾三方审核过,但他们还是要为现场的各种微调而交换意见。

丰杏雪环视一圈,径直先往应隐那边去了。

"我听缇文说你最近身体抱恙,我还跟她说不行的话咱们拍摄时间就往

第六章 盈亏

后缓缓。"她两手亲热地搭在应隐身上，弓下腰，从镜子里看着她的双眼，"今天感觉好些了吗？"

应隐的妆已经上了一半，明亮的化妆灯下，她的妆容看上去轻薄透亮，但事实上，为了打造出这样无瑕的效果，光底妆就上了三层，这些厚厚的假面敷在她的面容上，令人看不穿原本的脸色。

她"嗯"一声，不冷淡也不热情，但眼眸微妙地一转，躲避开了与丰杏雪的对视。

"我没事，是缇文关心则乱。"她下意识地转着手上一枚蓝宝石戒指。

做时尚这行的，哪个不是火眼金睛？丰杏雪早先就是顶刊珠宝编辑出身，一眼便认出这戒指的来头，同时浮现在脑海中的，还有一连串的零。她是第一次见应隐戴，却聪明地没有多问。娱乐圈没有女星会傻到自己去买上千万的珠宝的，因此丰杏雪知道，这枚戒指背后的人和事超出了她该八卦的界限。

丰杏雪在这边寒暄了两句，才去张乘晚那边。上次时尚大典，张乘晚抢压轴差点酿成直播事故，又正逢丰杏雪与 Moda 续约、被委任中国区助理总裁的紧要关头，她肚子里有怨，面上却笑得如沐春风，问张乘晚："你代言的保健品暴雷的事，处理好了吗？"

一屋子的人都竖起耳朵，就连摄影师和造型总监也停下了交谈。

张乘晚虽几乎将牙齿咬碎，但还是笑着谢谢丰杏雪的关心。

"虽然这些山寨品牌给的钱多，可您是影后呀，钱再多，出了问题不都算到晚姐您的头上？这次出事，Greta 那边特意打电话来关照过。"丰杏雪微笑着，意味深长地拍一拍张乘晚的肩，"要我说，Greta 不懂，晚姐在我们中国的知名度和认可度都是顶级的，一个小小的山寨保健品而已，哪能让晚姐掉咖？"

她的话指桑骂槐、明褒暗贬，极尽奚落之能事，又暗示自己给张乘晚在品牌方那边卖了人情，张乘晚有火发不出，一向趾高气扬的大花此刻突然懂了人情世故，竟然对丰杏雪服软了。

意大利奢侈时尚品牌 Greta 是这次封面的金主，张乘晚是全线代言人，应隐则是香氛大使。三月刊封面的企划，最迟也要提前三个月定下，彼时两人算是买一送一——虽然双影后的噱头齐了，但应隐是附赠的那一个。如今时移势易，从品牌到杂志的意思都是，换应隐成主咖了。

应隐没有想过，登一次游艇，长尾效应竟能延续至今。可带她上船的人已经不在她身边。

Chapter 06

做完了首套造型，一群人移步摄影棚。应隐将那枚蓝宝石戒指摘下，交给俊仪保管。

双影后的配置，拿捏一张小小的封面是轻车熟路。丰杏雪亲自盯现场，她本来还担心应隐状态不佳，但从实时同步的成像看，她的表现比张乘晚还要到位。

换内页造型前进行茶歇，张乘晚屏退外人，一边搅了搅咖啡杯里溶进一半的脱脂牛奶，一边主动开口道："一个小代言出事而已，他们老外就是容易大惊小怪。"

应隐反应迟钝，像是想睡的样子，张乘晚话音落了几秒，她才"嗯"了一声，当作回应，又过了一会儿，她才想起来问："你挑代言一直很谨慎的，曾蒙也同意？"

曾蒙也算是有名的公子哥了，虽然圈内多有传言，他父亲是靠当白手套起家的，但在八卦盘点中，曾家的资产高达数百亿，东省一处小离岛上，他家度假村占地数千亩，被冠以"小曾岛"的名号。

张乘晚面色僵了一下。顶尖咖位又有什么用？都是虚的。那保健品给的价码一年四千万，她不接，曾蒙倒哄着她接。没想到出事竟然这么快，多媒体广告刚铺进电梯没两个月，就传出来恶闻。张乘晚跟各大品牌关系那么好，事情一上热搜，赵漫漫竟委婉地说，年底两场活动的高定暂时是不能穿了。

"哪个不能穿？"

"所有牌子都不能穿。"

张乘晚丢不起这个人，自己掏了三百万，又只能挑软柿子捏，买了两条从未合作过的品牌的古董高定。

"曾蒙是不同意的，你也知道他这个人大男子主义，一直跟我说不需要我在娱乐圈抛头露面。"张乘晚捧紧了咖啡杯，口吻却很不以为意，"但高嫁归高嫁，不管嫁得多好，总要自己赚点体己钱心里才踏实。你将来要是有机会嫁进去，也要记得这句话。"

她们有自己的暗语，管嫁入高门叫"嫁进去"，既含蓄，又精准。

应隐笑了笑，也不知道听进去了没有。

张乘晚瞥她一眼，似乎是怕她不信，生硬地转道："不过话又说回来，富豪娶名流，也是刚需，你别看曾蒙有钱，但他去约商邵，就没约到。后来听说他未婚妻是我，竟然主动派人送了一封请帖过来，请我们去喝茶。"

曾蒙有桩海外生意在谈，商宇是业务上游，虽没直接关联，但轻轻美言两句，就有助于曾家拿下这单。曾蒙原本不敢贸然打扰，但听闻商家大少爷近期正抱病在家休养，让他有了很好的探望借口。曾蒙托中间人约了一回，被婉言谢绝，以为没戏了，却没想过了两天，大公子的贴身管家亲自来了一通电话，询问张乘晚是不是他的未婚妻。

"是，订婚很久了，只差办婚礼。"

管家后来用了一个非常得体的说法，说大少爷是张小姐的影迷，若方便的话，还请曾张夫妇到商宅小叙。为表诚意，管家当晚就派人送了正式的请帖过来。曾蒙晚上给张乘晚捏背，夸她不愧是华人电影之光。

张乘晚没说这么多细节，只说曾蒙借她的光，可见名气总还是个好东西。她这么沾沾自喜，没留神应隐那一瞬间的僵硬。

"那你……去了吗？"应隐垂着眼眸，轻声细语地问。

"没呢，后天去。"张乘晚拨了拨头发。见应隐出神，以为她心有所动，真心劝道："你算了，他那样的人，不是我们能高攀的，动了对他的心思，那是自讨苦吃。"

应隐点点头，仍是垂眸的沉静模样："你说得对。"

"不知道他好不好相处。"张乘晚喃喃细语，"曾蒙都紧张好几天了，连条领带都没选好。"

"他喜欢绿色。"

"你怎么知道？"张乘晚奇怪地看她。

"听说的。"

张乘晚一点也不怀疑，因为应隐是豪门通，对这些世家公子的喜好都一清二楚。不过，号称研究得最透的人，却至今还没跟任何人交往过。

圈内说她是"待价而沽"。他们甚至都不愿说一句"洁身自好"，只因她爱钱。

"还有呢？"张乘晚继续问。

他喜欢海，喜欢帆船，喜欢清晨时划皮划艇，喜欢哲学，喜欢海德格尔和拉康，但是他最近车子的中控里还放着那本黑格尔的书。

他喜欢动物，用自己的钱做了很多有益于海洋环保和野生动物救助的事，站在大自然中时，是他最松弛、最愉悦的时刻。

他邀请过她听雨，在森林里，那辆高大的银色路虎支起侧边帐篷，雨点打在防水篷布上，一切都很安静，他抱她在怀里，戴着眼镜，一手抱她，一手夹着书页，安静地翻阅着。

她很崇拜和钦佩他的专注力，裹着毯子听着他的心跳声和雨声入眠。

Chapter 06

夜晚雨停，森林里的水汽成雾，天却澄净明亮。银河倒悬，偶尔传来枯枝从树梢折落的噼啪声，与白天的隆隆雨声形成两个世界。

应隐知道很多很多他喜欢的事，知道他喜欢数字3，因为"事不过三"的做事哲学，因为"吾日三省吾身"，更因为生日。

可是她还不知道他的生日，到底是几月三号。

"没有了。"应隐对张乘晚笑，"他很捉摸不透，不让别人知道他喜欢什么的。"

"伴君如伴虎，难怪他单身到现在。"张乘晚挑挑眉。

眼眶很热。他不是这样的，应隐想说。他是个很好很好的人，只是对他人和自己都珍重，所以才显得格格不入。

她眼圈红了，可是眼部的妆容那么浓，是春天的娇艳，这份濡湿的红倒也应景。

拍摄一直持续到了傍晚，虽然累，但丰杏雪很满意，最起码Greta下半年的广告续投可以说是妥了。

临近收工，化妆间如打过仗般乱，俊仪怎么也找不到那枚戒指。

那枚戒指就放在她随身小包的夹层里，她不过是觉得这里面空调开得热，避着人脱了件衣的工夫，戒指竟然就不见了。

"我就放在这里的……"俊仪在满坑满谷的衣服里翻找。

"会不会是实习生送珠宝回去，没注意，顺便带走了？"负责对接企划的明星编辑打电话问手底下的助理。

那边回复说品牌已经当面清点过，并没有多余的一枚戒指。

"不可能丢的。"俊仪脸色红得不正常，额头冒汗。

丰杏雪听闻，叫了所有进出过化妆间和摄影棚的人进来，挨个问。阵仗弄得这样大，应隐洗过脸出来，知道了来龙去脉，说："算了。"

"那是——"俊仪张了张口。

"没关系，你别哭。"应隐抄起大衣，平静地说，"走了，去吃火锅。"

俊仪用袖口用力揩着眼睛。她不走，从傍晚翻找到八点、九点、十点，杂志社人去楼空，留下来陪她的工作人员也走了。大楼的灯灭了一层又一层，只有摄影棚和化妆间的灯始终亮着。怎么能找不到？俊仪不信，不信命运会对应隐这么差。

找到十二点，终于在一条裙子中抖落出了那枚蓝色的戒指。俊仪两手紧紧捏着指环，跪在沙发旁，劫后余生般仰头深呼吸，热泪盈眶。

下了楼，她想打车，却看到应隐的车就停在正门口。她走近车边，那里面昏黄的灯亮着,人也醒着。俊仪把戒指从车窗递进去,一句话都没说。

风从半降的窗边平行吹过,她看着应隐接过戒指,垂目定定地看着。过了很久,眼泪才掉下来。又过了更久,应隐双肩颤抖起来,终于伏在方向盘上放声大哭。

"可是俊仪,人我找不到了……"她断断续续地说,"人……我找不到了啊……"

这是自那天从机场回来,俊仪第一次见应隐哭。

她就站在深夜的车边,却感觉像被一阵海浪拍得很远。这种遥远像她陪在应隐身边的那两年,她无法抵近应隐,哪怕一丝一毫,有时候,她甚至怀疑自己的陪伴是毫无意义的。

两天后,张乘晚陪着她的未婚夫曾蒙,到了商邵的海边庄园。

这是这座房子第一次接待外客,饶是曾蒙这样的公子哥,一路开进来时也瞠目结舌,一路到头了,才晓得吞咽一下。

光这块地就价值七十亿,这还是陈又涵友情价卖出的,而这只是商邵的一处别居,一间暂时落脚的地方。

到了房子,先由用人带他们前往茶室,管家康叔候在那儿,颔首致歉:"请稍等,邵董很快过来。"

曾蒙马上说,是他们来得太早了。

过了五分钟,张乘晚见到了他们一直想见的男人。

他走进来,面容在张乘晚眼中从逆光至清晰。身量很高,但不给人以高大感,而是清隽修长的,加上他面容沉默,举止优雅,便让人觉得他生来就离人很遥远。

他比那场晚宴时瘦,张乘晚看得出。

说来也奇怪,曾蒙与他年纪是相当的,差不了一两岁,但站在他眼前,养尊处优的曾蒙,竟显得那么浮滑而无担当,像个小孩。

男人经不起比,一比,张乘晚就惭愧起来。他还是她的影迷呢,让他见了她另一半的不上台面,那种难堪如石块垒叠,压得她心口喘不过气。

要一直到离开这座房子足够远时,张乘晚才会清醒过来,绝不是曾蒙不上台面,也不是她这个大花没见过世面,而是这个人远超了她仰望的范围。她踮脚抬头,也只能看到他脚下的台阶而已,甚至看不到他鞋尖。

康叔为商邵一一介绍来客。

"幸会。"他伸出手,简短地说。

Chapter 06

曾蒙握住，觉得他手指很凉，果然如外界所言，是抱病之躯。

坐下来喝茶时，总不能上来就谈需求。曾蒙聪明，把话题放在张乘晚身上，聊着她的电影，她的奖项，她在片场的趣闻。

"听说，"男人执杯垂眸，没有情绪地问，"张小姐最近有杂志要上。"

这是很细的行程，只有粉丝才会关注。张乘晚受宠若惊，眼睛都亮了："对，确实，是 *Moda* 今年的开季刊封面。"

"拍完了？"

"拍完了。"

"杂志的拍摄工作，是否很枯燥？"他不动声色地问，大约是因为抱病，音色有些许倦哑。

"比起电影来，当然没那么有意思，不过这次跟应隐一起上，也算有说有笑。"

"有说有笑？"他抬眸，怔然。

"嗯。"

他不知道想到了什么，令人看不透喜怒的面容上，划过很短的一丝走神。

"也好。"

张乘晚不知道他的"也好"是什么意思，话赶着话地聊，怕冷场。

"邵董还记得她？"她问，"上次晚宴，她当了您半截女伴，后来身体不舒服，舞也没跟您跳成。"

商邵轻微点一点头，沉默的面容上，掠过转瞬即逝的一丝温柔。

"我迷路了，是她好心带我。"

"她也是个很有意思的人，要是有机会，该把她介绍给您认识。"张乘晚察言观色，聪慧地说。

"不必。"他说着，沉默一会儿，问，"介意我抽根烟吗？"

此处视野开阔，对流的海风穿堂而过，很快就将烟味带走。商邵没抽几口，便用掌根抵着额头，垂下眼，露出疲倦已极的心不在焉。

这场会面没有超过半小时。曾蒙他们走时很忐忑，觉得自己没表现好，直到晚间时接到康叔电话，告诉他非洲的那个地块要好好开发。

被商檠业停了职，其实该趁机好好放松休息的，最起码从二十岁起，他就已经没有过这样的日子了。

但商邵睡不着。什么吾日三省吾身，什么事不过三，都形同虚设了，他一天不知道抽几根烟，不是在鲸鲨馆里沉默，就是去书房练字。

有一天用过晚餐，温有宜忽然发给他一段视频，那是十岁的他，穿着马术服，蹬着马靴，头上戴着黑色头盔，正骑在一匹黑色小马上，那小马的额心有一抹棱形白，他给它取名叫 Black。他还小，但已一本正经了，在马术师的牵引下，训练 Black 跨小小矮矮的栏。

"爷爷给你拍的。"温有宜发来语音。

商邵从头到尾地看了，伸出手去，隔着屏幕摸一摸 Black 的额心。

温有宜说："我这两天总觉得心口很闷，看着书走起神来，但是他们个个都很好，是不是你不好？"

"我有事。"他回答她母亲，"一切都很好。"

温有宜道了晚安后，过了半个钟，显然没睡着，又发了一条文字：

"阿邵，你小时候好像比现在更懂得怎么开心。"

走到外头时，他才知今夜月亮很亮，如圣诞夜。

Rich 站着睡了，眼睛阖着，被脚步声惊醒。它乖乖地被牵出马厩，在月光下嘚儿嘚儿地跑了会儿后，回头看他。

他又不开心，害它白跑。

来到异国他乡，小马好似也被迫长大，眼眸里有一股天真的沉静，不再无忧又狡黠地犯蠢，知道跑回他身边，将脑袋挨向他掌心。被男人抱进怀里时，Rich 一动也不动，过了会儿，脖子上感到一阵濡湿的热意。它可讨厌被弄湿的感觉了，但还是懂事地没有甩头。

几天后，缇文为他带来了应隐进组的消息。

事归事，情归情，缇文虽然知道他们分手了，但也只是为难惋惜了一阵子。她随应隐进组，给商邵拍了片场的实景照片。

"这里冰天雪地。"

"她怕冷。"

"我知道，我给她准备了电热毯和油汀。"

油汀这么接地气的东西，当然是俊仪准备的，把缇文这个南国大小姐新鲜了很久。

缇文把片场地址给了商邵："如果……万一……你有空。"

"谢谢。"

他给她写过信，贴上邮票，让康叔寄走。只是信封的地址上，那么自然而然地写错了门牌号。

我整晚地睡不着，因为想你。晚上做梦，梦到你有事找我帮

Chapter 06

忙，我很高兴，但好像办得不妥，没来得及办完就醒了。梦做得很乱，会回到飞往德国的飞机上，你那么倔强，不肯开口求我。你的骄傲一直让我喜欢也害怕，我会怕你再苦再难也不对我开口，我准备了很久的双手，来不及接住你。

Rich 终于习惯了新的草料，它吃东西很香，等你拍完电影，我会请你来看一看它。不过，这个借口一直也没有成功过，我时常怀疑，你是不是其实并不喜欢它？我有没有送过一件你真正中意的东西？思来想去，只有在德国向你请罪时的那一束花。

你说这是你第一次收到异性送的花。你不知道，这句话更像是你送给我的礼物。

我不擅长表达，内心为此欢欣很久。

我是一个连爱都要你先开口祈求的人。梦无可梦的时候，我翻来覆去地想，该怎么更好地表达，才能说清楚我的心意。

梦到我说："给我你的一辈子。"

说这句话的时候，地上树影被风晃动。原来是那棵桃花心木。醒过来时才被提醒，那天我说的不是这句，而是"就到今天为止"；你说的也不是"我愿意"，而是"再会"。

再会之前，祝你健康、快乐，这样才能长命百岁。我无法令你快乐，也无法令你健康，那就把这次再会留到九十九岁，在此之前，答应我，你会比跟我在一起时，更懂得怎么快乐。

月色明亮，许我爱你。他现在觉得这句话不吉利。

月亮会下山，街灯会熄灭，烟花会落尽，梦里看花，似乎什么都没拥有过。

在信纸的背面，那句小话如此不起眼，如他这一生的一句批注：

就给我一盏永远不落山的月亮。

位于雪山脚下的村庄阿恰布，是哈萨克族人从逐水草而居转向定居生活后所形成的自然村落，一百年来，族群在这里婚丧嫁娶、繁衍生息，过着相对封闭而散漫自得的生活。

这里距离最近的县城也有一百三十六公里，至今为止，公路也尚未完全通到村庄脚下，许多路段只有砂石铺就的硬路基，即使是越野车行驶其上，

第六章 盈亏

也能感受到强烈的颠簸。更何况,这条路蜿蜒曲折,起伏于苍茫原野之上,要翻越五座山头后,才通向终点。

栗山早年拍摄一部实景武侠巨制时,曾深入新疆考察过整整四个月,这四个月,他带着编剧沈聆和美术指导田纳西翻山越岭,体味风土人情,从帕米尔高原走到塔克拉玛干沙漠,又辗转至天山脚下、喀纳斯深处——阿恰布,就是在那个时候进入他的故事蓝图中的。

太偏,剧组拉拉杂杂的三辆大卡、八辆厢货、一辆大巴外加四部商务车抵达后,呼啦一下下来数十号人,全都跪在雪地里吐了个昏天暗地。

缇文哪受过这苦,一边吐,一边冲栗山竖起大拇指:"栗导,您是这个……"

栗山穿着羽绒冲锋衣,旋开保温杯盖,一派老谋深算的淡然:"大雪封山,路确实要难走一些。"

缇文在心里骂娘。她早先做投资评估时,就知道会在一个艰苦的片场拍戏,心里还窃喜,觉得吃老乡的、住老乡的,省钱了,没想到现实如此残酷,光进山一项就折磨了她个昏头涨脑、四六不分。

他们一早八点从县城出发,抵达时已过下午三点,但这里与北京时间有两个小时的时差,因此从生物钟上来说,差不多是习惯上的一点半,正是午后。

阳光直射雪面,照出强烈反光,大雪覆盖下的村庄原本寂静无声,随着剧组的进场驻扎而喧闹起来。

村里的村主任、支书和卫生员,以及三四个一眼便知忠厚勤快的哈萨克族青年,前来接待他们。作为名义上的总制片人,缇文跟制片主任罗思量作为代表与他们对接,并按照预先定好的安排,将各组人员的住宿一一落实好。

按哈萨克族的习俗,他们在冬季是需要转场至冬牧场窝冬的,但阿恰布的位置得天独厚,正处于开阔河谷处,四面群山环抱,草原辽阔连绵,因此冬天来临前,他们不必携带家当、赶羊牵马地转场,而只需要打好草垛、加固房屋、熏好马肉,便可以安然越冬。

缇文把事情交代清楚后,就陪着应隐前往她的住宿处。俊仪艰难地拖着一只二十四寸行李箱,另外还有两个剧组工人肩扛二十八寸大箱子跟在她们身后。

"说实在的,我担心你。"

雪吸纳着声音,一路只有咯吱咯吱的靴子踩雪声,缇文关怀的语句在这

Chapter 06

旷野里显得寂寥单薄。

"你太小看我了。"应隐拢着手,细心看这素白的世界,"就当拍了一场戏,这时要出戏了。"

她爱而不得的经验少,出戏的经验却多,虽然痛苦,但如果告诉自己这一切原本就是要结束的,现在只是到时候了,便不觉得那么难挨。

只是走着走着,看着这银装素裹的世界,她不知想到了什么,停下脚望一望远处,对缇文说:"这里真美。"

缇文举起手机拍了一张,替她发送给商邵。

阿恰布的村屋沿河流分布,如此安静跋涉了十几分钟,终于抵达应隐住宿的那一间。松树与杉树垒的木屋,圆木与圆木之间由泥土填缝,塔形瓦顶上铺着干草,以此来保暖防风。

这样的拍摄条件下,就算是大明星也没什么可挑的余地,何况以栗山这样的地位,住的不也是一样?进了屋,炉子已经升起,沿墙从东到西砌了大通铺,木板床上垫着厚薄居中的一层褥子,褥子上是硬毛毡,另铺了一层金线刺绣毯子。靠墙处,大红大绿的锦被叠成长条状,各人的枕头堆于其上,要晚上入睡前才会铺好。

"这是村子里少数几家有抽水马桶的,你将就一下。"缇文介绍着,俨然没再把自己当千金,反过来宽慰应隐,"等会儿我们自己换一换被套好了,唯一的难处是冷,这点炉子的温度,早上起来得受罪。"

正说着,身后剧组工人敲门:"俊仪老师,油汀给您放这儿了。"

俊仪应了一声,接过,利索地插上电源。

"这是什么?"缇文问。

"油汀啊,电暖片。"俊仪理所当然地答,"她怕冷,有这个也未必够。"

确实不太够,第一夜,应隐就给冻醒了。俊仪和缇文在身侧熟睡,独她难眠。

可是她已经穿了保暖衣裤,脚上套着厚袜子,脊背和小腹贴着暖宝宝,但纵使如此,也还是冻得头疼。

枕头是家里带过来,睡熟悉了的,辗转时,想到商邵来留宿过的几晚。

好傻,她买一对枕头,从来是她一只,俊仪一只,他每次来都那么突然,总是深更半夜,她懒得去柜子里翻找新的,就与他共枕一只。但她又用不上,因为她总是枕他臂,在他怀。

枕头洗晒几回,早没了他的味道。

屋外头怕是有零下十几摄氏度,羊绒袜下的脚趾头冻得要掉,应隐侧躺，蜷起身子，用掌心包住脚尖。德国的那个隆冬，她下了飞机上车，也是这样冷得发抖，那时有他焐她双脚入怀，义无反顾，不觉得有失身份。

木屋的窗口开在头顶，结了浓浓一层雾气，硫酸纸般映着外面深蓝的夜。应隐消瘦的下巴尖抬出被窝外，望着那扇窗，眼睛久久地不眨。过了会儿，眼泪从酸透了的眼眶中滑落。

她太娇气，很不应该，可是想他想得心疼。

或许是因为太冷，失眠一夜后，第二天一早起来，脸上竟然不见浮肿。

按栗山剧组的惯例，开拍前，所有演员要进行剧本围读，编剧沈聆也在——他要帮助演员们找寻到角色的意图、情感，和隐藏在文本之下的内在事件。

好的小说家也许能成为好编剧，但好编剧一定不是成功的小说家，因为电影是属于导演的综合影像艺术，表演、故事、景框、调度、美术，本质上都只是导演手中的一块块积木，供他调配，被他差遣。

栗山是场面调度大师，景框内的空间——大至构图、景别、镜头关系，小至一个道具的摆放，都是他的表达手段。这样的一个导演，他的电影语言注定沉淀在画面中，而非文本中。

沈聆是栗山用得最趁手的电影编剧，因为他的创作风格与栗山完美适配。他的剧本单看的话，可读性很差，只有一行接一行的对白和最简单的场面，很少有文学性的渲染，更别提角色内心深处的涌动。只有拥有最敏感触角的人，才能光看他的剧本就落泪。

当初跟应隐在茶室的第一次见面，她阅读剧本时沉浸的神态与脸上的微表情，就是最好的试镜。而大部分演员，拿到沈聆的梗概、小传和剧本时，都很茫然，好像被扔到了一片苍茫雪地上，到处都是留白。要画什么圈，演员不知道。二律背反的是，栗山却又是一个对表演精度要求很高的人，这就如要巧妇做无米之炊。因此，为了准确把握角色的本质，这样一场围读必不可少，演员们会听到来自导演和编剧最直接的补充解读。

围读在单独的小木屋里举行，这里进行了重新布置，以当作临时的导演组工作间。应隐在工作中从不迟到，早早地出发了。

一路新雪覆盖，只有马蹄印深深。她抱着保温杯和热水袋走进去时，屋子里果然只到了一个人。

这人很高，从背影看肩宽背阔，穿得与本地牧民无异——意思是，很单薄的黑色棉夹克，深蓝色牛仔裤，咖色工靴，让人怀疑他不是处在一个零下四摄氏度的冰雪世界里，而是在春天。

Chapter 06

不过，当地的青年习惯了佝偻着肩，个个肩膀都耸得很高，两手插在裤兜里，他的姿态却很舒展，正将两手放在火炉上烘烤。

听到脚步声，他抬起脸，望向被掀起的棉被门帘。

"风进来了。"他说。

应隐怔了一下，反应过来，往前一步走进屋子，手一松，那门帘重重地坠了下去，阻隔了外面的风雪。

"我叫姜特。"他自我介绍，从炉子边让出一些，"你看上去很冷，来这里烤火。"

听到他的名字，应隐不算意外。他身上有电影感，将他从这平凡日常的世界里剥离开来。

姜特是一个毫无表演经验的新人，全剧组都不知道他是从哪儿冒出来的。《雪融化是青》官宣以来，无数人扒他的背景，甚至传言他家富可敌国、人脉深厚。但应隐看见他的第一眼，就知道那些说法是假的。

他身上没有那种矜贵的气息，也没有富人的松弛感，反而充满了一种敏锐的警惕性和封闭性。他像是随时会进攻，但在此之前，如果你不惹他，他不会对你感兴趣。

应隐只一眼就明白，他与故事里的男主角哈英一模一样。

"栗老师他们还没有来？"她抱着热水袋，垂眸站在炉前。

她显而易见地有些不自在，不仅仅是因为与陌生异性单独相处，更在于姜特看她的目光，那么直接，那么探究，像一把剑刺破社交距离。

"也许在路上。"姜特还是看着她，"你还没有跟我自我介绍。"

"你不认识我？"应隐有些啼笑皆非，在他深邃的目光中，努力装出不经意的模样。

她的笑很淡，但足以点亮世界。姜特的目光避也不避："认识，但一场认识，还是要从正式的自我介绍开始。"

那一瞬间，应隐好像被定住。

商邵跟她说过很像的话。他也是相逢装不识，耐心地等一份正式介绍。

原定围读开始的时间已到，但小木屋依然无人前来。应隐推开了半扇凝了雾气的窗户，顺着雪地往来路看。

北京时间十点，当地时间清早八点，入目所及尽是白茫茫一片，但凝神听，四下却到处都是声响。马的哼鼻声，挤牛奶时奶牛的哞声，奶锅上沸腾的咕噜声，哈萨克族妇女的打馕声，喝奶茶时舒适的叹息声，都闷在各家的

第六章 盈亏

院子里。

"还没有人过来。"应隐从窗前离开,将窗户重新封上。

插销很细,被冻得生涩,她按了会儿,才将它插进孔中。转身时,没再靠近火炉旁,而是就地靠着窗台,与姜特保持着微妙的距离。

今天参与围读的人不多,各组的指导都需要先将本组的人员及器械安排清点好,因此来的人只有两个主演、导演、两位副导演及编剧。姜特瞥她一眼:"你可以打电话问一问。"

应隐便真的打电话问了,直接联系了栗山,得到的答复是走错了方向,正往回走,让她再稍等一会儿。

窗边气温低,那点溢进来的阳光可以说是没有温度。

"你怕生?"

"我没有。"

"那么你怕热。"

应隐只好走过去,在炉子边的沙发上坐下。沙发前放着长条茶几,玻璃下压着花布,上面的果盘里放着坚果果干,和一碟坚硬的馕。她来得赶,早饭都没吃。拣起一块馕撕了一下,没撕动。

听到一声笑,她抬头,不明所以地看着男主演。

"这是两个月前做的,要用刀子割。"

"你很了解这里的生活。"应隐说完,方觉不对,疏离地笑了笑,"我忘了你是哈萨克族人。"

"我母亲是汉人,所以我算两族混血。"

应隐终于认真端详了他数秒。他轮廓很深,一双眼比沈籍的看着还要自带深情,果然是混血的感觉。

"那你是怎么成为演员的?"她问。

"我还没成为演员。"姜特掂起茶壶,"要跟你演过对手戏后,才是演员。喝茶吗?"

他很自在,径直拿起应隐的保温杯,旋开,将沸腾的热水注入:"我看过你所有电影。"

"包括烂片?"

"你有烂片,但没有烂角色。"

"好角色在烂片里更让人难以忍受。"

姜特笑了一下:"那么你觉得,这会是部烂片,还是好片?"

应隐怔了一下:"栗老师没有烂片。"

Chapter 06

"他很厉害？"

应隐更震惊："你不知道他？"

"我不知道。"他伸出手，掌心平摊到应隐眼前，"跟我握手。"

"什么？"

"握一握。"他轻颔首，目光自上而下注视她。

应隐以为他要补上两人初见的社交礼，便确实伸出手，与他简短地握了握。他的掌很宽厚，掌心粗糙。

"你的手像真丝，会被我的刮坏。"他的瞳孔颜色是带灰调的琥珀色，如苍鹰，"这双手是放牧的手，牵缰绳，钉马掌，打草，你们的世界我不了解。"

他这么说了，应隐重新打量他，或者说审视他。

他讲汉语虽然很流利，但可以听得出些微口音，这种口音不是方言区人说普通话的不标准，而是带着某种生硬。他的措辞表达也很直接，总是"你"啊"我"的，平铺直叙，没有折中，没有委婉，这其实是语法上的生疏所带来的。

"这是你的村庄？"

"不是，我的家乡是另一片牧区，在阿勒泰。你口中的栗老师来我们那里做客，原来的向导生病，我去带他，他问我想不想换一种生活。"

"你说……"

"不想。"

应隐估计，当时栗山的表情就跟她现在的一样复杂。他到底知不知道他拒绝的是一个什么样的机会？

"但你还是来了这里。"

姜特略笑了下："我看了故事，我只需要在故事里把我自己的生活再过一遍，这不难。"

"那么我的电影，也不是你主动看的。"

"他把我关在房间里，电视里一直演你，我不得不看。"

黑色的液晶屏因为她的一颦一笑而被点亮。他原本不耐烦的，看多了，却窝进沙发里盘起双腿。被苍茫原野和崇山峻岭养出来的锐利双眸，如此目不转睛。

"你不上镜。"他说。

"你每句话都在判断和下定义。"应隐回道。

"我的意思是，你很美丽。"

应隐两手抓紧了热水袋。她还需要时间去熟悉他的表达风格。

"这个故事很不应该,像你这么美丽的女人,不会出现在我的生命里。"

"不是你,是哈英。"应隐纠正他。

哈英才二十四五岁,却已经离了婚。牧民的婚嫁之事进行得很早,往往二十出头就已经生儿育女,因此,哈英虽然只有二十四五岁,但看着却已经脱了稚气。尹雪青第一次见到他时,以为他年过三十。这种误会源自于他身上的沉默、沉稳、自在,而非相貌。他的相貌是英俊的,正如姜特。

"所以,你不相信这个故事?"应隐问。

尹雪青和哈英,在五个月的时间里经历了相遇、相交、相爱、分离、重遇、死别。在死别前,他们已经有刻骨铭心的感情。在死别后,有一个人注定万箭穿心。

"五个月的爱情,你信?"他反问应隐。

他是问了一句很可笑的话吗?为什么眼前的女人会笑起来?

这种笑跟刚刚那种带着礼貌和生疏的笑不同,是明亮、温柔却又释怀的。她像在看一桩很遥远的事,是真实的,但因为业已失去,无法追回,便只好这样笑,不敢触碰,像雾里看花,隔着梦境。

"我信啊。"

姜特紧抿上唇,不懂。他歪过脸,狭长重睑下的双眼微眯,琢磨着她。

又等了半刻钟,栗山他们还没到,应隐只好再度打了个电话:"栗老师?"

栗山那头有回声,不似在户外。他的语气倒是坦然:"我在片场,跟田纳西他们一块儿,他们的美术出了点问题。你让姜特带你在村子里转转。"

应隐终于听出意味,再度叫了他声"栗老师",很无奈的语气。

栗山气定神闲地笑:"让他招待你,你们可以聊聊故事,聊聊电影。"

挂了电话,她看向姜特:"他让你带我在村子里转转。"

见姜特脸上没有意外,她沉了声:"你早就知道。"

"求之不得。"

"我们可以只在这里坐着吗?"应隐对他乱用的成语避而不应,"外面太冷。"

"这是他的命令。"姜特微微躬身,伸出一只手邀请她,"我不仅要带你转村子,还要带你回我的房子。"

出了木屋,空旷的山谷间终于见到了人的活动痕迹,通往村子的主干道已被鞋子和马蹄踩出泥泞,一侧的溪流中,清澈溪水汩汩流着,浅色山石密

Chapter 06

布，裹着厚雪的模样颇为可爱。

"你想踩雪，还是走路？"姜特问。

应隐深一脚浅一脚地走到雪地里。那雪蓬松，在靴子底下发出咯吱声。她穿着长筒雪地靴，浅驼色的皮子很快被濡湿成深色。

"你只穿这么多，不冷吗？"她没话找话，问姜特。

"不冷。这里有温暖的冬天。"

应隐瞥他一眼："你对温暖的理解不对。"

她埋怨得好自然，姜特抬起唇角："在我的家乡，十月份就该准备转场了。转场的途中，我们穿很厚的军大衣，它们被风雪吹得僵硬，像一块铁皮，让你连弯腰都不行。那样才叫寒冷，我们顶着那样的寒冷，从山的这面迁徙向另一面，就是为了找一个风平雪停的地方，那种地方我们叫'冬窝子'。阿恰布，就是一个冬窝子。所以你了解了？这里的冬天只有零下四摄氏度，而且没有风，对我来说，就是温暖的。"

应隐礼尚往来地交换她家乡的信息："我生活的地方一年四季都在二十五摄氏度以上，只有一二月份的几周偶尔会到二十摄氏度以下。"

"所以你和我是不一样的人。那位尹小姐，也来自你的家乡？"

尹小姐尹雪青，也来自四季温暖的城市，不过不是宁市，而是在宁市的隔壁。那里烟囱林立，人行天桥四通八达，钢筋的塔尖高耸。那里被誉为世界工厂，承接着来自全球各地的外贸加工订单。无数的打工人南下，如浮萍般漂在一个又一个厂房中，辗转在一间又一间上下铺的宿舍里，站立在一条又一条流水线前。

那里银白色的月亮，如尹雪青比喻的，如同工人手里打饭的饭盒。

尹雪青来自这个城市，这个城市有很多像尹雪青一样的人。曾经她们闻名全国，成为一个城市某种文化的象征。后来，她们有人隐没到商务 KTV 里，也有人隐没到群租的出租屋中，每天迎来送往。

尹雪青长得像应隐一样漂亮，所以，她总有向上的出路。她们都有一个梦想，攒够钱，金盆洗手，回老家盖房子、结婚生子。这是几千年下来，她们这行传承不变的梦想。家乡有没有风言风语，不要紧，要紧的是在山村里，父母率先盖上了光鲜的大房子，走在路上挺直腰杆——春风买来的地位，当然也要春风满面地受。

三十岁这年，尹雪青终于攒够了一百万的私房钱。她是固定做体检的，不过每次只做特定的几项。当她决定停止做工时，她用两千块做了一次全身体检，这份报告为她诊断出一种绝症。发现得太晚，已不太来得及。

"我不太能想象,你要怎么表演她。"姜特诚实地说,口吻轻描淡写,用词却直白辛辣,"她很风骚,你穿得很严实。"

"你觉得我不像她。"

"你像后来的她。最开始的尹雪青,有一种很完整的骚浪,后来的她,是一种碎掉的干净。"

"从工整被打碎。"应隐重复了一遍,认真地、深深地、久久地看向姜特,继而轻微摇了摇头。

这不是否认,而是她觉得不可思议。栗山从哪里找来的人?怪不得确定女主时,有无数资本带着雄厚金钱来入股,以图空降男主,但栗山的话是,没有人比他所选定的更像天赐的人选。

他们走了二十多分钟,沿着溪流一直往下,走到了村子的尽头,才抵达姜特所住的房子。栗山要他熟悉这里,如呼吸吃饭般自然、自在,因此他早早就搬了过来。在这里的生活与他从前的日常无异,喂马、放羊、歪在榻上无所事事地打牌,入了夜后喝酒。

男主角和女主角这样堂而皇之地并肩而行,引来全剧组和村民共同的打量。其实大家都很忙的,无不是手里干着活儿、肩上扛着箱子,但见了两人,总侧目而视。

那是一种不自觉的凝视、观望与窥探,正如尹雪青和哈英在村子里所遭遇的一样。

天净无云,太阳已攀升至空中,阳光笔直地照在人身上,但应隐在迎来送往的目光中蓦然打了个冷战。栗山的安排与训练不动声色,反应过来时,他们都已经掉进了他的陷阱。

姜特的房间很干净,比应隐昨晚上搬进去的那间还干净。不过,显而易见,这里只有一个单身男人居住,看不见哈萨克族妇女所喜欢的金线红花毯子,也没有那些花花绿绿的锦被。房内陈设简单,墙壁上挂着一张暗红色挂毯,榻上一方敦实的实木矮桌,银色热水瓶靠墙放着。

"我给你冲奶茶。"姜特邀请她坐,打开木盒子,捻出碎茶叶末,放进一柄小巧而细密的筛网里。

应隐看着他的动作。他浇出热腾腾的马奶,又拔开热水瓶的软木塞,冲进滚烫热水,最后撒进了糖。做着这一切时,他娴熟而沉默。

"哈萨克族人的奶茶该是咸的。"应隐拆穿他。

"你喝不惯,倒了浪费,喝下去委屈,不如直接放糖。"姜特言简意赅地道,"给。"

Chapter 06

他冲的奶茶浓郁，应隐将杯子捧在手心，那股烫，熨帖到她身体深处。

"应小姐。"姜特叫她。

应隐已听不了这三个字，听了，茶汤从她的怔忪和走神中泼洒出来。

"别叫我这个，叫我隐姐，或者应老师。"

姜特干脆不叫了："栗山让我加你微信。"

栗山的一切安排，当然都有他有关电影的用意。应隐只好掏出手机，调出工作微信。姜特看着，拒绝扫码："是另一个号，不是这个。"

"都一样。"

姜特意味深长地看着她，唇角自然抿着。如此三秒，应隐躲开目光，低下睫来，换出了私人号："扫吧。"

姜特发送好友申请。她的微信名很有趣，也很长，叫"隐隐今天上班但有空"。

"你在等谁找你？"他敏锐地问。

"没有特定的人，"应隐回答，"合作方，客户，任何赚钱的邀约。"

姜特笑了笑，没有多问，也没有拆穿。

他们后来拍戏人仰马翻，忙得吃饭喝水都很匆忙，可她的微信名从未改过。

隐隐今天上班但有空。

隐隐今天上班但有空。

隐隐今天上班但有空……

多希望你能来找一找我。你说了做朋友的。

可是她知道他们做不成朋友的，他怎么会找她？就像她有难处，也不会找他。十年足够时过境迁吗？那么她要从今天起倒数十年，等到他坦然时，他们再会。

姜特陪她在房子里单独待了很久，门窗自然是闭着的，有时聊天，更多时候沉默。她试着了解他，他也试着了解她，但她眼神总躲着，停不了三秒就撇开。

"你没有女朋友，或者未婚妻吗？"应隐问，怕重蹈在沈籍老婆那儿的覆辙。

"我没有心爱的人，也没有有契约的人。"姜特分为两次回答，"爱一个人的眼神是什么样子的？是黎美坚看徐思图的那样？"

他很喜欢那部《凄美地》，因为那里面的生活和他认识的很不相同，灯红酒绿,纸醉金迷。他是习惯了遒劲的风、习惯了崇峻的山的男人,还不习惯霓虹灯光、葡萄酒杯。他直觉,应隐那么多电影里,唯有黎美坚爱得最深。

戏里戏外,他这个外行人是分不清的,后来在镜头前,也终于看到应隐用那样的目光看着他了。他以为那就是爱,直到有个男人成为不速之客。他衣着光鲜,黑色大衣考究,但深沉而疲惫,像是不远万里,为了更改命运而到此。

他看到应隐看他的眼神,才知道什么是她真正给出的爱。

栗山拍电影很慢。做他电影的制片人,要随时做好掐人中的准备。

他是一个严格的导演,有最高精度、最细致的项目推进表和最折磨人的高要求。

诚然,在观众的想象中,成熟的导演拍摄一场电影也就该像他这样,蓝图是既定的,模块是清晰的,机位是提前定好的,在开动前,导演成竹在胸,所有人只需按部就班。

但事实上,拍摄电影如同打仗,在自然环境而非棚内、影视城中拍摄的电影更是如此。战场瞬息万变,片场也风云变幻,光线、环境、演员间的化学反应、一切景框内的调度,都要根据战局微调。

一切该牺牲的,都是能牺牲的。作为导演,仁慈是最大的灾难。这是栗山在星河奖大师班里留下的名言。

虽然栗山不说,但所有人心知肚明,这个健康但年迈的导演的作品是拍一部少一部,因此,虽然他整日拿着手持取景器,带着摄影指导老傅和大摄蔡司漫天漫地、细细地构图取景,但并没有人催问他究竟什么时候开拍。

阿恰布的村民渐渐习惯了这群陌生人的存在。

村头的小饭店开起来了,深夜能炒菜的小酒馆也开起来了,钉马掌、宰全羊这样日常的牧作活动,总会迎来阵阵围观惊奇。

有时候,应隐就在围观的人群中,身边陪着姜特。

姜特每天的生活很简单,除了陪应隐转村子,就是放牧。他的马儿不在这里,因此他是免费帮别人放。近百匹马越过溪涧,原本该将土地踏得震颤的,却因为雪的缘故,如此静默无声,马蹄扬起雪沫,溅起晶莹溪水。

应隐看着这样的画面,想的是尹雪青的心情。她是尹雪青的眼。尹雪青在呼吸,尹雪青的心跳了——

她用入戏,来出戏。

Chapter 06

　　有一天，夜冰天雪地的冻着，她从温暖的被窝里出来，没有惊动俊仪，也没有吵醒缇文，推开被风霜凝结的木门——吱呀一声，她来到门外。

　　凌晨三点，雪反射着月光，她跪在雪地上，睡衣系带从腰间解开，衣襟从肩膀滑落，露出她瘦又丰满的上身。

　　她是那么怕冷的人，但她捧起一捧雪，用雪轻柔地、沉浸地擦着身体。

　　那是尹雪青的戏，她在冬夜用雪洗澡，望着雪地里的月光。镜头将自背后取景，照见她纤细而舒展的脊背，和那一截微微低垂、如风动荷花的后颈。

　　气温太低了，那些雪像粉霜，并不融化。

　　门没关严，被风打开。俊仪睡在风口，摸索着跨过门槛时，惺忪的睡眼蓦然睁大。寂静的雪夜，她在雪地里跌跌撞撞，扑通一下摔进雪中，又连滚带爬地起来，一把拽住应隐的手——

　　"应隐！"她气喘吁吁，眼睛圆睁，大声叫她名字，像叫魂。

　　应隐的魂不知道回没回来，身体抖了一下。

　　"俊仪。"她垂着眼睫。

　　"跟我回去。"俊仪斩钉截铁地说，蹲下身，将应隐的衣服披上。

　　应隐的魂回来了，她轻轻搂住俊仪。俊仪一动不敢动。

　　"我好想他。"四个字，念台词般的语气，足够俊仪落下泪来。

　　缇文那箱从香港寄过来的快递被送到时，应隐的高烧来势汹汹。

　　代为派送快递的是村庄的护林员，他在冬天工作清闲，便骑着马，驮着信件与快递箱，沿着溪流上上下下。

　　那一箱快递很沉，被拆开时，还带着南国的温热。

　　这是一箱精美的瓷，青花的样式，在日头底下透光。缇文不愧是大小姐，拥有着有钱人一以贯之的松弛感。作为唯一投资方，她对进度完全不急，整日走马观花，还有闲心泡茶。她嫌这里的茶具粗糙，这箱英式下午茶瓷器，便是她点名让用人打包送过来的，随之寄来的还有昂贵的红茶。

　　"你发烧，没有胃口，刚好喝点茶热热身体，我让罗思量给我找个牧民送牛奶，我给你泡伯爵红茶。"缇文说着，瞥一眼应隐的面容。

　　她裹着被子盘腿而坐，脸上没血色，伸出手去，帮缇文拆那些包得严实的器皿。

　　叮叮当当的，拆出满满一茶几。

　　什么东西包瓷器最妥帖呢？用人用的是旧报纸。也不算很旧，最起码没有泛黄,只是过期了,那上面的名字,那上面的事情,都已经是昨天的黄花,旧时的光景。

敬告广大市民:

维多利亚港将于 12 月 24 日,亦即平安夜当晚八点,举行烟花表演,诚邀各位前往观看。

特此敬献应小姐。

原来这是 12 月 23 日的报纸,是去年的了。

应隐做梦般,轻缓地将拆出的杯盏放到茶几上。蓝色的茶杯歪了一歪,没能站稳,擦着边,坠落地上。咚的一声,也没碎,只是声音那么沉。应隐却没听见,只是专注地用双手拿着那份报纸。

那报纸包过东西,都是折痕,她伸展掌心一遍遍抚过。

"敬告广大市民……"她嘴唇动了动,没有声音,一丝温热的湿意濡湿她的唇。

俊仪和缇文都没了动作,看着她,听到她呜咽一声哭。

那哭很快止住了,她抽气,微笑着,默念上面的公告。眼泪啪嗒啪嗒不停,在旧报纸上,在她和他的故事上,晕开一个一个湿润的圈。

那天维港的烟花,她为什么没有拍照?因为她那时洒脱地想,拥有过一次就好,余生不必怀念。

放她回去。放她回到那个时候。

"俊仪,好痛。"应隐捂着心口,双眼紧紧闭着,嘴唇颤抖不停,只知道求助,"俊仪,我好痛……好痛……"

有什么东西在她身体里撕裂了,她的心脏血肉模糊。那阵痛让她血液倒流,心肌几乎坏死过去。

"呼吸!应隐,吸气,吸气!"俊仪不懂,只知道叫她吸气,紧紧抓住她两只胳膊,急得眼泪打转。可是应隐的呼吸越来越短促,张着唇,不停地吸气,却觉得氧气稀薄,根本来不及走到她肺里,便散了。

"她过度换气了!"缇文扔掉手中东西,当机立断起身。她四处找,终于找到一个塑料袋,将之拢到应隐唇边,以指成圈扎紧堵死,引导她的节奏:"呼气,吸气,呼气,再吸气……"

塑料袋中的二氧化碳回到应隐的肺里,她度过了这一遭,却精疲力竭,像油尽灯枯。

Chapter 06

这一场高烧发了三天,那三天,栗山没有让姜特靠近她。

第四天时,她晨起,又是晴天,推开门,院子里的云杉树上,雪堆从枝丫坠落。

栗山站在院门外,看了她许久,说:"可以开拍了。"

官宣开机的照片,不是寻常的定妆照,也不是开机仪式的照片,而是苍茫雪地上,应隐和姜特踽踽行着。她穿绿,绿色的掐腰大衣,他穿牧民的夹克,半旧。两人没有说话,只是默默走着,照片上不见飞鸟,不见生机,只见他们两个。

开拍后,人员的往来骤然频繁起来。有一天,美术道具组的一群人自身边经过,应隐闻到一阵熟悉的香味。

高山高纬度的清晨,洁净的清洁感,如雪岭云杉。

她愣住了。商邵用什么牌子的香水,她至今也不知道。以为是定制的,原来不是吗?还是说,这是她似是而非的幻觉?

那阵香味消失得很快,她的脚步也追得很快。追了两步,她停住,不再追。

倒是美术指导田纳西问:"应老师,有什么问题?"

应隐摇摇头:"闻到一个好闻的味道……不要紧。"

她回着"不要紧",回过神,微微笑着,点了点头,转身走掉。

一阵海风吹过,将龙骨帆船吹得晃悠。

这船的风帆是束着的,因此它并不会在这大海上随波逐流。太阳温和地晒着躺在船尾绞盘旁的男人。他不用电动绞盘,还是用最原始的手动绞盘,收帆放帆、转动帆向,都需要他抽拉缠绕绳索。出于这样的原因,他修长漂亮的手,掌心其实布满了薄茧。也出于这样的原因,他的手指灵活,修长有力,解女人胸衣的搭扣时动作那么轻巧,被误会为惯于此道。

商邵躺着,在远离海岸线的浪上,似睡非睡。

被那阵心悸剧痛攫取时,他猛然翻身坐起,大口大口喘着气,掌心扣在心脏的位置。

龙骨帆船很稳,绝不会有倾覆的危险,但还是随着他的动作一阵剧烈晃动。

心痛难遏的两秒内,商邵的目光完全空白而茫然,只知道指尖发抖、浑身发冷。太阳被他宽阔的肩背挡在身后,他的眼神落在阴影中,聚焦不了,亦没有光。

第六章 盈亏

发生了什么事？

他似乎梦到她结婚，跟一个看不清面貌的男人走入了布满鲜花的殿堂。又似乎看到她从悬崖上坠了下去，飘然如一只风筝。

缇文接起电话。她避着人，停顿一下，才叫他："邵哥哥。"

在问出口前，商邵缓了很久的呼吸与心跳。

"她是不是出什么事了？"

缇文不知道他为什么会这么问，并且问得这么明确。

"没有，一切都很顺利，她状态也不错。"高烧已经是一周以前的事，缇文觉得没有必要再说过期的情报，何况，应隐也不希望她通风报信。

商邵在电话那端沉默。听筒中，只余海风的声音。

"我梦到她了。"他说。

梦到她已经习惯了没有他的日子，并不再为此感到恐惧。梦到她习惯了没有他的日子，并觉得，这也没什么大不了。

所以他惊醒。

所以他惊痛。

三十岁的尹雪青从医院出来，将一叠方方的诊断报告撕了撕，丢进垃圾桶。

她晚上还有客人，是个半新不熟的客。楼下是棋牌室，二十四小时亮着灯，总是烟雾缭绕。

尹雪青的房间打理得干净，充满温暖的生活气息，种一些时髦的虎纹绿叶，再添置一些少女心的物件，给客人以私会女友之感，而非交易。在这一晚，她如往常那样接待着那位客人，在帷帐有节奏的晃动间，她始终睁着的眼睛里流下两行泪。

客人停下动作，问："哭什么？"

她用涂着猩红指甲油的指尖抹过脸，眼神是死的："今天太厉害了，疼。"

客人满意，不再嫌她眼泪扫兴，而是把它当嘉赏。更卖力之余，浑话里都是中年男人的沾沾自喜。

做完了这一单，尹雪青收拾行李，将房租转给了老家来的姊妹，孤身一人踏上列车。

火车震荡驶过中国乡土大地，镜头巧妙转场，窗外从绿荫江水变成积雪云杉。

Chapter 06

冬日游客寥寥，火车换成小巴车，车内没有其他女人，只有尹雪青。她上了车，穿过零散男人的注视，走到最后一排坐下。驾驶座的后视镜中，透出司机的一双眼。他也看她。不过，这些目光并非有什么实质性的内容与意义，只是男人对女人的打量。他们确实太习惯于打量女人了。

但尹雪青也是个习惯于被打量的女人。她摸出瓜子，一边嗑，一边呸的一声，轻巧吐掉瓜子皮，对着那面高悬的后视镜眼波流转。那阵眼波把司机的目光给荡走了。

这是世俗赐给她的凶悍，以风情为刃。

车厢内晕着一股暖烘烘的气味，难闻，让人昏昏欲睡。尹雪青睡了五个小时后，大巴抵达目的地。县城车站陈旧冰冷，出了门，她上了一辆更旧的面包车。镜头挂在摇臂上，从一侧山崖上横摇而过，天地皆白，雪化之后，砂石路如铅笔素描线。

"这里什么都没有，夏天才有人来玩。"

近景镜头自尹雪青的肩头越过去，照出司机讲话的侧脸。他扶着方向盘，目光看着前方。这是重量严重失衡的构图，司机松弛闲聊的侧脸主控了画面，占三分之二，而尹雪青的小半张脸，却被禁锢在景框与司机之间。

缇文待在栗山身边，跟他一起注视着监视器中的画面。作为女性，她本能地感觉到一种挤迫，以至于她呼吸微屏。

景框内的空间处理，是一种含蓄的电影语言，它透露着故事中角色的心理氛围，以及角色与角色之间的上下关系。

空间即权力。很显然，在这部电影中，尹雪青作为一个女人，时时刻刻都受到男性的窥探与挤占。即使他们是无意识的、松弛的，但画面中的女人，仍感到封闭而无助。

尹雪青的身体歪着，靠着车门，远离中控。她"嗯"了一声，道出不高明的谎言："去看朋友。"

车子在下午六点抵达目的地。这里只有一班固定班车，每天清早发车，冬天时调整为三天一班。

蓝色的公交站牌竖立在新雪中，醒目孤立。尹雪青在这儿下了车，用现金付了车资。拿钱时，她微微侧身，挡住司机视线。

栗山的这部片象征意味浓厚。他要打扫干净屋子，剔除掉过于时代性的元素——譬如扫码付款，给故事腾出一个纯净的空间。

尹雪青抵达的是一个小村庄，坐落在天山脚下、莽原深处，因为背包客的造访，这里逐渐被渲染为夏季的天堂。村里一半的家庭都开起了客栈、青旅、饭店与小卖部。但即使是在旺季，这里一天的客人也不会超过十人，到了冬天，更是冷清。尹雪青走向与面包车司机相反的方向，在溪流的上游住了下来。

拍片所用的木屋是从牧民手里租下来的，进行改造后，成为一间标间，内壁刷着清漆，露出原本的木色。洗手间在走廊尽头，是冲水式蹲坑，但水箱形同虚设，因为它其实并没有通管道，上完厕所，还是要手动从水桶里舀出水。

吃完晚餐，女主人问她明天有什么安排。她没说。其实她明天决定进山徒步，最好死在那里。

这里地形辽阔，原野的起伏曲线毫无辨识性，即使是夏季前来，想体验徒步的话，也必须找向导。村子里许多青壮年牧民以此为副业。在攻略中，从村子后头沿着道路前进，经过一片茂密的针叶林后，便会来到更高海拔的草原上。草原上有一片湖泊，照着雪山尖。在少数民族的历史传说中，湖泊总是雪山的妻子，即使它们相隔很远。

尹雪青的首要目标，是看看这个冬天的妻子，看看它的心有没有结冰，如果结冰，她愿卧冰而死。如果迷了路，没见到湖她就冻死了，或者让在雪地刨食的野兽吃了，也不坏。

她果然迷了路，没见到湖，反而见到一个男人。

她小看了这里的寒冷，或者说高看了自己的求死意志。冻得迷糊时，她看到木屋，爬也要爬进去。

尹雪青想推门，但木门从内被拴上。

这样的木屋，通常是夏天牧人在放牧时用以过夜的临时居所，冬天自然是没人的。尹雪青以为门是被霜雪凝住了，更用足了力，两手艰难地推着。

门开，她猝不及防地半跪，扑倒在男人弯腰的怀里。雪有及膝高，他把她从无情的雪中拉了起来。

"女人？妖怪？"他问，原本挽着她胳膊的手顺着袖筒滑至手掌，干脆利索地抽走了她的手套，捏住她通红的掌尖，另一手扣住她的手腕。

他的手很粗糙，关节突出，她的手很柔嫩，如凝固的羊脂。

一串动作在眨眼之间，倏尔一切都静止了。他凝神感受一会儿她的脉搏和温度，看着她的双眼："你是活人。"

美丽的活人，比他见过的一切面庞都要美丽，胜过山间的小鹿，跪乳的小羊，刚融化的湖水。

尹雪青嘴唇哆嗦，眼睛也不会眨。她被他腾空抱起，放到炉边的木头床

Chapter 06

上,用两床被子盖住。

"你想死吗?"他认真地问,并不是反问的语气。

尹雪青摇头又点头,最后摇头。

因为她一连串的摇头,他没有把她丢到雪里,而是给她倒了热茶。

他叫哈英,是牧民,也是护林员。夏天时,他一个月工作十五天,另外十五天用来放牧。冬天,他一个月只工作一天,今天上山,明天下山。

"如果我想死呢?"尹雪青回过魂来后,问。

"那就出去。"

尹雪青在这四个字里笑了。她的羽绒服已经脱掉,穿一件紧身的玫红色线衣,十分俏丽,将她的身段裹得很好,胸脯高高鼓鼓的,腰身细细的。她穿得很密实,但一笑,那种经年累月的骚情,从骨子里渗出来。

演到这里,栗山喊了咔。

一歇工,俊仪就马不停蹄给应隐送上保温杯,盖上一直烘着的毛巾毯。

"不对。"他从监视器后起身,走进片场,"是哪种骚?"他问应隐。

应隐喝着枸杞水,被他问住:"我不明白您的问题。"

她演得很好,眼角眉梢的风情,很柔媚,且廉价,稍带些市井世故。

"尹雪青,本来就是很骚的,这种骚是被职业和男人规训出来的,成为她的本能和气质,但是她面对哈英不同。那不是妓女对嫖客的骚,而是女人对男人的。"栗山语气稍缓了些,"什么叫女人对男人的?她相中他,被他的气质和相貌吸引,又觉得他的行事作风有意思。她中意,于是她不自觉献媚,向他释放自己的性吸引力,这个过程其实很纯,是生物性的,比她勾引嫖客的动机和过程都要纯洁。但是,因为她是妓女,所以她的廉价、她的放荡又刻在骨子里,被程序性地带出来。"

缇文跟俊仪咬耳朵:"我完全听不懂。"

俊仪想了想:"她的心把他当男人,但她的身体把他当恩客。"

"你在设计时,眼神、肢体要媚,但又有点不自在,那是跟一个英俊的男人独处一室的害羞。她身体里的女人和妓女在交锋,现在是女人的部分落下风,等演到用雪擦身体那场,女人的部分到了上风,她被打碎了,只剩下一半,所以她的灵魂更纯粹,但世俗给她的凶悍也一起被洗掉,所以无法支撑她面对接下来的那些窥探和恶意,加速了她的死亡。"

在这一场之前,应隐几乎没 NG 过,因此这是她第一次听栗山讲戏。

他讲得有多精准,就代表他有多高精度的要求,如一把刻度明确的尺子。

第六章 盈亏

这一次的 NG，直接卡了三天。

片场明面儿上没动静，私底下各种小群里却很热闹：

这才男女主第一场对手戏。
不应该啊，我本来以为会是姜特接不住戏。
谁说不是呢？
双星影后这水平，我有点难以理解。
别价，水平还是在的，栗导要求高吧。我是看不出问题。
笑死，再咔下去姜特这小子一准受不了了。
哪种受不了？
姜特看她的眼神很自然。

第三天收工，这场戏仍没过去。栗山坐在监视器后半天不动，把应隐这三天的每场戏都回看了一遍。

应隐道歉："对不起，我会再找状态。"

"你有没有对谁动过心？"栗山以问句作陈述，"你把黎美坚演得很好，但尹雪青灵魂里跟黎美坚同样的东西，你封闭起来了。你在抗拒姜特，为什么？"

始终沉默坐在床沿边的姜特，抬起眼眸看她。其实他不算意外，但他想听应隐的回答。

"我没有。"应隐半笑着，"您让我们熟悉了这么久，转了半个月的村子。"

"你不对他动心，你的心里有个声音，在阻止你入戏。"

"我真的没有。"应隐捧着热水袋，说完话，唇抿得紧紧的。

"来，到镜头前跟姜特对视。"栗山吩咐，"摄影机！"

一号镜位的掌机蔡司，比了个 OK 的手势。姜特配合地站起身。他很高，垂着眼看向应隐。

"推特写。"栗山的命令很简洁，"来准备好，3，2，1——不不不，这场不需要打板，没事的都走。"他清除掉闲杂人等，"好，准备，对视，Action！"

应隐的目光跟姜特对上，心里默读着秒。1秒，2秒，3秒……渐渐地，时间迷失在她和他的对视中。她心底的声音模糊起来。

"别躲。"栗山捏着导筒喊道。

Chapter 06

应隐刚刚想躲开的目光，不得不又回到姜特的视线中。他的目光天然深情，居高临下，是密密的一张网。

演员最基本的职业素养之一——只要摄影机没停，导演没喊咔，戏就要继续。

在静谧中，应隐的心底渐渐染上焦躁。是谁说的，对视超过三十秒，一个人就会爱上另一个人，即使不爱上，心跳也会加快，脉搏也会激烈，呼吸也会急促。那也许是吊桥效应，给人以心动的错觉。

她转开眼，这一次，栗山没提醒她别躲。可是他没喊咔，姜特仍然在注视她，她躲不了太久，只能再度回到与他的对视中。

特写镜头前，她的眼睫毛像蝴蝶轻颤，眸光仓皇着，不得不看向他。坚定中染着一些逃无可逃的可怜。

"吻她。"栗山说。

镜头前的两人都心中一震。他们是有几场吻戏，但那是之后，而非现在。但这是导演的命令，现在不吻，之后也要吻。

栗山搭着腿，身体前倾，手肘支立在膝上，手指抵着下巴。他目光冷峻，目不转睛，从清晰的特写镜头中审视两人的状态。

姜特看着眼前这张脸，缓缓低下头。他不会接吻，没接过，不知道要不要扶住她的肩膀，或者搂她的腰。可他不敢轻举妄动，两手插在裤袋里，俯身时，也不知道要闭眼。

应隐往后退了一步——或者说半步。女演员骨子里的职业性，让她止住了这一步。但她好紧张，目光都发紧，呼吸急促起来，不得不闭上眼。

在两双唇即将触碰上时，栗山终于喊了"咔"。

片场如凝固的水，在这一声救命的咔中，再度流动起来。所有人的心都落了回去，找回了呼吸。只是还没缓上一口，栗山便鼓鼓掌："所有机位灯光准备，场记！"

二三机位的掌机回到镜头后，场记一溜小跑回到镜头前，改好场次举起板。打板声随着一声"Action"落下，尹雪青和姜特的第一场对手戏再度开拍。

这次，她一条过。

缇文在监视器后目睹了所有。她在栗山起身鼓掌时转身走了出去，越走越快，眼泪忽然汹涌而至。直走到泥泞的雪地里，她仰起头，深深地、身体颤抖地呼吸。

她不知道她在为谁难过。

这一条之后，是无穷无尽的应隐和姜特之间的对手戏。

这本来就是两个人的电影，白榄饰演的哈英的前妻，戏份加起来不超过二十分钟，要到新年后才进组。

哈英带她骑马。高大的哈萨克黑马踏雪涉水，他小臂横过她身前，大手握住她单薄的侧身，固定住她，保护着她。马行颠簸，她柔软的腰身被他有力地半禁锢住。尹雪青两手紧抓着缰绳，哈英的另一只手就这样包住她小巧的两只手，俯身在她耳边低语，教她如何驭马。

他带她去山上看树，教她："这是雪岭云杉，移栽过来时，只有两三米高。你知道吗，一株雪岭云杉的新苗扎根需要三年，一圈年轮的长成需要六年。这一棵雪岭云杉有四十厘米粗，它八十岁。"

"比我们都老。"尹雪青说。

"比我们加起来都老。"

并不是应隐入了戏，找到了状态，就拍得轻松了。栗山的戏不好过，这些平实的对话里藏着暧昧的细枝末节，往往要演上七八遍。

第一场激情戏，在腊月二十六之前开拍，在哈英的房子里，也就是姜特的房子里。

开拍前，栗山细致地讲戏："她的衣服很紧，因此是用你的手掌虎口推上去的。"他做了个精确的动作演示，"这是你们的第一场，但也是哈英脑子里的第一百场。他忍耐很久，在这一晚，在尹雪青的目光中，他知道不用再等了。所以他有一股急切，但不是急色，这个急切中有狠劲，是他被崇山峻岭喂出来的天性。衣服上去以后，你的左手推上——只是一个动作，镜头只到这里，就会切你的脸，但你的手还是入画的，所以你不能动第二次，否则就会显得色情，明白了吗？"

姜特连吻都没接过，照理来说不明白。但他明白，栗山说的每字，他都明白。

"应隐，"栗山转向她，"你有经验，我应该不用多说。她现在，妓女的重量还是拉着她的灵魂，这当中的尺度你要分配好，肢体越娴熟越好，表情越期待越好，是一种割裂的状态，但是他想要亲吻你的时候，你转过了脸，把脖子让给了他。这其实是一种绝望的自我厌弃，来得很快，眼泪要控制在他亲你脖子的那一秒落下，在此之前，烛光在你眼底，你的眼睛可以湿润，也可以不湿润，由你定夺，但不能流下泪。"

应隐点点头。

栗山的目光在两人脸上转了一圈，最后说："我会清场。"

Chapter 06

"我不能走。"缇文说。她是女生,又是应隐的经纪人,栗山同意了。

三个机位,男女主特写各一,其中男主那个是轨道机位,呼吸画面,女主的是固定机位,静态画面,因为她的生命正在流失,要凝固成标本。剩余一个机位在侧位中景,仰拍,构图偏低,带一点床底的黑暗,这是影片从一开始就有的偷窥隐喻,即使在激情时,观众也会感受到一股严峻的不安感。

除了三个掌机,房间里所有人员撤离。

床头蜡烛燃烧得笔直,另外还有五处未入画的烛火光源,早已调试布置好。

正式开拍前,栗山给了他们两分钟的准备时间。

应隐反复深呼吸,姜特捏紧了垂在身侧的拳:"冒犯了。"

"演戏是这样的。"应隐笑了笑,垂下眸,躲开他的目光。

但这样一场复杂的戏,对姜特来说太难了,不仅超出了他的表演经验,也超出了他的人生经验。他眼神到位,又似乎不到位,因为他紧张、羞涩、喉结滚动,远不是哈英的掌控与笃定。他推着尹雪青的衣服,眼里看到的是应隐的脸。应隐的脸往常是尹雪青的脸,但在这一瞬间,她在他眼里拥有的是本名。

栗山咔了四次,每一次都在他左手推上的动作前。这意味着从一开始,姜特的戏感就不对。

"应隐,你带他。"栗山示意。

当对手戏演员经验不足时,便需要前辈的能量带他入戏。应隐是一个在镜头前能量很强的演员,但她的能量来自哪里?她也不是活力无限的人。

她看着他的眼,想到的是另一双沉沉如山雾的眼。

姜特看着她的眼神,心头的躁动静止了下来,绷在火山口,化为一种危险冷凝的质问:"你在看谁?"

他眯了眯眼,如同被冒犯。

三位掌机的摄影机静谧运转。他推上她玫红色的线衫,抿着唇,下颌线冷硬深刻,左手推上去时,他呼吸顷刻间屏住,瞳孔蓦然放大。

应隐的目光凝视着他,胳膊从被窝里伸出,娴熟地搂住他的脖子。在他即将要出戏的那一秒,他被带了回来,俯下身将要吻她。尹雪青咬牙转开脸,闭上眼时,应隐想到春坎角绮逦那荒唐的一夜。

是谁说,将来拍激情戏,就带着他留在她身体里的东西拍。

他留在她身体里的,只有痛苦。

哈英的吻到了她的颈侧,应隐的眼泪自紧闭的眼中滑了下来。

商先生，我的命留不住了。

俊仪抱着她的羽绒服，在片场外来回转悠着。月光蓝蓝地照在雪地上，她在等应隐拍完，太冷，只好用力抱紧衣服。

那衣服底下，怎么有一个圆圆的东西？俊仪伸手捏了捏。不应该，这里不是口袋，而是衣角。圆圆的，像什么瓶子。

俊仪在这一刻身体定住。她不是想不到答案，正因为想到了，眼睛才睁大，呼吸也屏住。过了片刻，她手指发抖地伸进这件黑色羽绒服的兜里。兜的内衬布有一个不起眼的洞，俊仪一手隔着衣摆将那个瓶子托起，一指伸进洞里，把那个瓶子挖了出来。

那上面的药名，她闭上眼都会背。

帕罗西汀。抗抑郁、抗焦虑。

那药瓶无声地掉进了雪里，又被俊仪捡起来。她一直蹲着，掉着眼泪，机械性地拂着药瓶上的雪和脏。

湾区的富人，向来是注重过年传统的，商家更如是。每一年的农历新年，商家五个子女无论是分散在世界各地还是忙碌到脱不开身，都要飞回香港过年，即使是远在美国的商明卓也不能例外。

对商橥业和商邵来说，农历新年的繁忙更有另一层意味。商宇全球员工过万，许多华人被外派到海外，一年到头都与家人团圆不了，新年也要驻扎在项目上。因此，对这些员工的新年慰问，便成了商橥业和商邵的惯例。

但今年，所有活动都只有商橥业一人出席。董事会再三旁敲侧击，得到的答复都很肯定："执行董事商邵因身体尚未康复，暂不参加新年活动。"

所有员工这才后知后觉地意识到，对啊，今年腊月十六的尾牙[*]，邵董也没有出席呢。毕竟按往常，尾牙向来是由商邵作为董事局代表发言的，届时全球员工都会在同一时间听到他的辞旧迎新、鼓励慰问之语。

执行董事是实权实职，许多事情，商邵远比商橥业介入得更深。被暂缓职务后，高管工作的请示审批一度乱了套，还是习惯性来询问他，他也不推辞，点拨数句，帮他们拨云见日，但更多的就不说了，笑一笑，平淡地说："不在其位，不谋其政。"

他从法国 La Base 回港的那天，商橥业亦在深夜回了家。

"我放你去谈恋爱，你倒去法国玩帆。"商橥业递给他一支烟，将自己

---

[*] 企业年终聚会。

Chapter 06

手中的雪茄在桌上磕了磕,"是谈腻了,还是想通了?"

整个庄园的光都熄了,只有书房的灯亮着,父子两人隔着那台雀眼纹的书桌相对而坐。

商邵没抽他父亲的烟:"分手有一阵了。"

商檠业错愕,皱眉抬眸:"为什么?"

"怕再谈下去,她活不了。"

商檠业抿着唇,指间夹着那支雪茄,迟迟没了下一步动作。他太敏锐,只言片语,就够他推敲出全部。

"她本来就要跟我分手的,一天也没想过做商家未来的女主人,你的动作,我的动作,其实都很多余。"商邵略抬了下唇角,"她不想嫁给我,因为她比你更明白那种病,比你更不想拖累我,给我添麻烦。她说,她愿意一直做我的情人,直到我要结婚,或者厌倦她为止。"

"我在那条我二十岁买的船上,终于想明白了一件事。她一直称自己是情人,而不是女朋友,这不是内地和香港的语言有别,而是,女朋友是要谈婚论嫁的,情人却不会。放烟花的事你知道了,是吗?我在那天晚上跟她表白,现在想想,'女朋友'三个字也是我教她说出口的。"

"她不图你什么?"商檠业终于把雪茄抿进唇中。

"她什么也不图。"商邵坐着,两肘立在桌沿,两手抵住了深深闭着的眼窝。

"你怪我吗?"商檠业问出了一句非常不属于他的问题。他似乎弄巧成拙了。

"我不怪你。"商邵自嘲地笑了一声,"我怎么会怪你?如果不是你,我要多晚才会发现她的病?那个时候还来得及吗?我该谢谢你,留住了她的命。"

商檠业顿了数秒,脑海里滑过一道声音。

他不该问的,但如果不问,也许他将永远亏欠长子。一个相识短短数月的女人,都能把他一生的快乐放在首位,他这个做父亲的,却被家族责任蒙了眼太久。

"你怎么知道,"商檠业审视过自己,淡淡地问出口,"现在是来得及的?"

商明宝第二个回家,在花园里头碰见康叔,才知道她大哥也在家。她有好多话要跟商邵聊,便径直把花束扔给用人,也没顾得上去跟温有宜问安,蹬蹬的一阵就跑向商邵那边。

商小妹还心有余悸的,知道他的书房不能擅闯,手指节叩叩门:"Do you wanna build……"

这首歌也不敢唱了。

房内传来一声回应:"进来。"

明宝进去,脚步尖轻轻地落地,有种参观帝王领地的小心雀跃。

商邵躺坐在一张单人沙发上,长腿搭于脚凳,一本厚重的书摊开了却没看,而是盖在脸上。

温热海风攀上山崖,徐徐吹入,正是午后散漫好时光。

"有些人焦虑得都看不进去书啦?"商明宝拉开他的办公椅,舒舒服服地坐进去,"是不是怕大嫂入戏太深,忘了你啦?"

她还不知道他们两个已经分手,话语里充满了看好戏的幸灾乐祸。

商邵掩在书下的面容毫无表情,听到这一句,他手指夹着书,将书拿走:"她拍戏还顺利吗?"

"你不知道,反过来问我?"明宝奇怪道。

"我不知道。想要什么?哥哥给你。"

他的温柔很奇怪,明宝被他吓到,陷在椅子里一动不敢动:"我……"

似乎,要多少钱都不合时宜。

明宝只好老老实实地说:"我也不知道啊,你还不如去问缇文快一点,她不是经纪人吗?栗山拍戏很严格的,他要求演员毫无保留。"她忽然想起来,"哦,我说过没有?他就是那个让男女主单独相处二十四小时的导演。"

"这样。"商邵也忘了明宝是否说过了,但他心绪平静,那阵心底的钝痛,是海底的沙子,很缓慢地扬了起来。因为在海底,所以一切都无声而黑暗。

将来有一天,他会不会看到她和男主角因戏生情的恋爱故事?也许那个时候,她会面对镜头,笑得很甜。

商明宝打开微博:"开机官宣照你有没有看过?大嫂也真是,怎么什么都不告诉你?"

"她入戏,不能用外面的事情打扰她。"

明宝想说什么,一时忘了,先把照片找了出来,递给商邵:"你看。"

纯白雪中,她和男主并肩而行,身后留着一串长长的脚印,身前是望不到头的雪。她穿绿色的掐腰大衣,像一朵早春的花。商邵认出来,那是在德国时,Anna买给她的。漂亮且衬她,他会心动,别的男人也会心动。他试

Chapter 06

图体悟她身旁男主的心情。那男主高大年轻,沉默锐利,有很强的进犯性。

明宝陪他一起看:"对了,我刚想说来着……越是入戏,越是需要外面的事情打扰。"

"为什么?"

"因为她需要一根风筝线。"明宝明亮的双眼注视着他,天真且无烦恼,"比如小岛哥哥入戏,商陆就是他的风筝线。这根线是把他从戏梦里拽出来的线,如果没了这根线,他们会落不了地的。大哥,你是应隐的这根风筝线吗?"

因为商明宝的这句话,商邵夜里无法入眠。他梦到过,她从悬崖上坠落,如风筝飘走。

柯屿在半夜三点接到他的电话。手机振了会儿才把他从睡眠中振醒,他看着来电显示,目光从迷茫到震惊,最终变为更深的迷茫。

商邵找他,只可能因为应隐。

"大哥。这么晚。"他披衣去了起居室,点起了一支烟,以让自己提起精神。

商邵不是那种半夜三更打扰人的性格,柯屿指间擎着烟,笑了一息:"你一来电话,我就心惊肉跳的。她怎么了?"

"拍电影入戏,是一种什么状态?"商邵毫无迂回地问他。

柯屿怔了一怔,想起应隐去拍了栗山的电影,心中了然。

他跟应隐是君子之交淡如水,不会三天两头联络,但她要借两千万,首先想到跟他开口,而他也不会推辞。栗山当时为《雪融化是青》观察过许多女演员,最终敲定应隐,有柯屿推荐的一份功。应隐进组后,他们只联系过一两次,他问她拍摄进展,她说一切都好,只是太冷。

柯屿跟应隐交流过表演经验与心得。他想了想,从表演方法论开始讲述:"现在影视界最流行的表演体系是方法派,方法派的技巧是'回忆情感',也就是通过回忆自己的人生经验,去挖掘出角色和演员本人相似的情绪,然后再去理解自己正在演的角色。还有另外两种是表现派和体验派,但表现派已经过时。体验派,是一种可以归纳出方法论,但实际上很难践行,且违背天性本能的表演方式。我跟应隐从某些方面来说都属于体验派,但有所不同,我是自发的,被商陆点拨以后,才转为自觉,但应隐是自觉的。"

柯屿稍停了停,并不担心对面的男人会听不懂。他抽了口烟,继续说:"方法派的第一要义,是'表演时必须时刻活在角色里',而体验派则是,我就是角色。因此用'入戏'来表达我们的状态并不准确,对体验派演员来说，我就是戏，无论镜头有没有对准我，我都在戏里。比如，她这次要演的角色是个妓女，如果是方法派的演员，她首先会找到自己与这个妓女相似的人生经验，比如被偷窥、被觊觎、被廉价对待、被潜规则，然后再投射进表演中。但体验派去演，那么我就是妓女，我就是人尽可夫，我就是放荡廉价。"

商邵没有说话，但柯屿知道他在认真地听。

"如果演一份绝望的爱，方法派会找到自己曾经相似的时刻，但应隐是体验派，这份绝望的爱，就是她正在经历的。但是……"柯屿迟疑了一下，烟在他指尖静静燃着，"有一点我不太确定，那就是她的表演方式里，我认为是有方法派的痕迹的。她的表演里揉合了方法派的技巧，也就是说……如果她演的戏，跟她本人的状态、经验很接近，那么就会是一种强化和叠加，她会更难区分现实跟戏，因为她同时拥有角色的情感，也在唤醒自己的情感。"

柯屿给自己倒了杯水，笑了笑："不知道你有没有被我绕进去？所以从某种层面来说，应隐拍戏要比我危险。如果她不想把自己私验性的东西带到表演里，那么她就必须做一种切割和区分。这种区分，等同在分血肉和筋络，怎么分？可是如果不做切割，那么就是人戏不分，现实和戏交融，她会更看不清回来的路。对我们来说，拍电影是'生活在别处'，但是我知道，商陆就在摄影机后等我。只要一想到他在等我回去，我就会找到回去的路。"

透明水杯抵在他唇边，月光摇晃其中，反射进柯屿沉静的双眼。

"大哥，你是她回来的这条路吗？"他勾了勾唇，"她是一个很有事业心的演员，虽然年轻，但成就无与伦比，因为无与伦比，显得好像这几年都在原地转圈。几年前，有一档演技性的综艺节目邀请她当四位带队老师之一，好跟另一个知名影后打擂台，她拒绝了。要知道出品方给的价格是十二期八千万，她多爱钱，但拒绝得眼也不眨，经纪人也没逼成她。因为她认为这样的综艺有损她的演员生命，她在镜头前关于表演方法论的侃侃而谈越多，她在电影里'应隐'的成分就越多，技巧的痕迹就越多，而留给角色的完整性就越少。"

因为柯屿问了"你是她回来的这条路吗"，商邵再上床时，梦境里就出现了一条路。

但是这条路曲折空白，他左等右等，都等不到人。是她不愿回来，还是不觉得身后有路？

Chapter 06

帕罗西汀被应隐从俊仪紧攥的掌心里强行抠出来,俊仪哭了。

小药瓶被她攥得很热,带着汗湿,应隐用袖口仔仔细细地擦着,垂着脸半笑着说:"被你发现了啊。"

"为什么?"

"什么为什么,病了就吃药咯。"

"你病了,还怎么演戏?"

"这话说的,难道要我退组吗?缇文投了这么多钱,这里面还有我自己的两千万呢,你想让我又投资失败啊?"她温温柔柔的,"何况吃药和演戏也不冲突。"

"可这是治抑郁症的药。"俊仪用手背揩眼泪。

"我去看了沈医生,做了诊断,你该恭喜我,双相变成抑郁了,少了一头,是不是好事?"

"不是这个道理。"俊仪一直哭,鼻腔酸得忍不住。

"我没什么问题,你看我好得很,演戏也不木。演完这部戏,我就休上一年半载的假,我带你去玩好不好?你知不知道法国有个地方,叫La Base?那里停了很多帆船,我想去看一看。"

俊仪不住地摇头:"我要告诉缇文,我要告诉栗山,你别想骗过我。"

"你告诉他们什么?不要小题大做。就是你做事不灵光,我才不敢让你发现。你要给我添麻烦?"

"栗山总说你入戏慢半拍,说你不看姜特,是不是因为吃这个药?它会让你迟钝。"

"这个啊。"应隐被她问住,停顿一下,笑容宁静,"我不想这么快就忘记爱他的感觉。"

她的演戏方法太笨了,简直像俊仪一样不聪明。她既不想把爱商邵的经验分给尹雪青,分给姜特,斑驳了它,献祭了它,也不想彻彻底底体验到尹雪青的人生,因为那样,她就会彻底忘记商邵给她的感觉,当她出戏的那天,爱过商邵的应隐,早就死了很久了。

可是,她其实很想忘掉爱商邵的感觉。

她以为自己已经忘掉了,看山、看水的时候,她是尹雪青,可是看到姜特的时候,她总是应隐。她一直警戒着,不允许自己成为尹雪青。

她以为自己已经忘掉了,在闻见与他相似的味道时,她可以转身走掉。

她笨拙地努力了这么久,一个应隐想抢走商邵扔掉,另一个应隐死死地抱着他,咬紧牙不愿放手。能怎么办呢?总有一个要输。只是现在,还不知道哪个会输。

"俊仪,我好累啊。"应隐说,晃了晃药瓶,听到哗啦哗啦的声响,"好像药快吃完了?该开一瓶新的了。"她喃喃地说,转身往木屋走去。

还有四天过年。在这个牧村里,一切有关新年的气息都是由剧组带来的。制片主任罗思量让人寄了许多春联、福字、灯笼和年宵花过来。在这样寒冷的地方,年宵花很喜庆,但不过是注定要凋谢的娇艳。

电影拍摄时的场次安排,通常是出于经济性的考量,譬如演员的档期、机器和场地的租赁等等,但也会考虑到演员的表演状态,一些状态相似的戏,往往也会被安排在一起集中拍摄。

《雪融化是青》需要清场的激情戏就是循此理安排的。

拍过了第一场后,一连三场,应隐越来越娴熟,姜特的眼神也越来越准确。她抚摸他健壮的身体,柔软的手心自他胸肌流连至腰。她被他托抱在怀,举起来压在墙上,闭上眼仰起脖子。他们在点燃烛火的木屋里翻滚,马皮地毯在身下被滚皱,外面风静雪停,他们大汗淋漓。

这些戏里,都没有吻。

吻是咒语,是隐喻,导演克制着不滥用。肢体的接触可以大胆、频繁、强烈,姜特甚至可以捂着她的脸,五指张开近乎要令她窒息,身体做出凶狠撞击的动作,可是他们不接吻。

栗山是特意的。带接吻的亲密戏什么时候拍?由他定夺。他定夺的标准是,应隐看向姜特的眼神里,究竟还有没有她自己。

他要她迷醉,要她迷离,要她毫无保留。

可以拍吻戏的那一天,只能是"应隐"真正坠落的那一天。从那一天的那一吻开始,她的身体和灵魂里将短暂地不再有"应隐",而只有尹雪青。从此以后,被哈英的前妻窥探时,被村民孤立时,被混混调戏时,她才可以痛尹雪青所痛,惊尹雪青所惊,惧尹雪青所惧。

栗山的眼,看人是一把尺,谁的状态差了一道缝隙,他都看得透。他有耐心等,有方法磨,一双鹰目般的眼注视一切,一双鹰爪般的手设计一切。

一切该牺牲的,都是能牺牲的。仁慈,是最大的灾难。

腊月二十九那天收工时,栗山给全剧组拜了年,通知明天拍到下午四点后大家一起过年。人散了以后,他单独留下姜特和应隐,说:"明天拍吻戏。"

应隐怔了半响,没说什么,点了下头。

"拍完吻戏后,再返回来补上之前跳过的几场暧昧戏。"栗山口吻平淡

Chapter 06

地安排,"你们现在看对方的眼神,都到位了。"

在镜头中,他们的眼神终于缠绵热烈,躲不开,化不掉,在空气中触一下就轻颤,移开一分便思念。

应隐平静地接受了他的判断。她要道别了,她身体里死死抱着商邵的部分,要被丢掉了。她已经失去力量,精疲力竭,将要和商邵一起被丢掉。

她会忘记爱他的感觉。

原来跟他告别的感觉是这样的,并非那日在港3上的平静与平和。那时,她还有十年后,还在期待着十年后,时过境迁,她和他再会。现在,没有了,她不再期待十年以后,也不再期待见他。

应隐的手停在心口。那里空空荡荡的,似有穿堂风。

你为什么要背叛我?她问。

明天就是大年夜,小木屋里也张灯结彩,俊仪下午剪了窗花,贴在总是雾蒙蒙的玻璃窗户和墙裙上。春联和福字则等到明天一早贴。

应隐卸掉了尹雪青的妆,换上了自己的衣服。那件绿色大衣,在德国时Anna买给她的,像绿色的玫瑰。换好,她拨了一个视频出去。

手机振动,弹出视频请求,那上面的名字陌生:

隐隐今天上班但有空。

商邵手中的烟灰扑簌落了。

原来人的心跳,在坐着的时候,在什么也没做的时候,竟也会如此快。他料想她是喝醉了,深深地吸气,屏成薄薄的一息慢慢匀出后,他用平静的脸色点了接通。

"商邵。"应隐叫他的名字,脸上带着些微的模糊笑意。

夜这么浓,月光照着雪,雪反射着月光,将她洗净铅华的脸照得十分明亮。

"怎么了?"他有太多想问。他没有别的可问。唯有这一句,那么安全。

"没什么,今天收工晚,明早六点开工,要拍到很晚。想到是过年,要跟你说新年快乐。"应隐一五一十地解释着,"新年快乐,商先生。"

商邵勾了勾唇:"新年快乐。"

他的目光,会不会太贪婪?他克制着自己的眼神,可是目光久久不愿意挪开。

"新年快乐。"应隐又说了一遍,笑了起来,"你还好吗?"
"我不太好。"
因为这一句,应隐一直微笑着的脸,险些落下泪来。
她堪堪忍住,像是被冻到了似的,吸了吸气:"我也是。"
她自始至终都笑着,像个妹妹仔。
"我想问你要那个 La Base 的地址,就是你停了帆船的地方,等我收了工,可以让俊仪带我去看一看。"
"我发给你。"商邵的指尖冰冷,不知为何细密地发起抖,"应隐……"
他以为她想通了,即将回来。
"你还是老样子。"应隐站不住了,在雪地里蹲下身,如在 Edward 游艇上的那晚,她蹲在他的床头,目不转睛地看着喜欢的他。
他的模样还是很英俊,只是消瘦了些,看着更深沉了。他穿着一件白衬衫,可见香港暖和。应隐都快忘记暖和的感觉了。他那么温雅贵重,注视她的目光温柔依旧。她想到第一次见他时,他坐在迈巴赫的后座,侧脸那么沉默遥远。那时候她怎么敢想,他们会有故事?
很值了,这一生。
"工作还是很忙吗?"她问。
"不忙,最近很闲。"
"你应该好好休息。"
商邵点点头,努力保持平静的面容上,眉头轻蹙了一下:"你是不是遇到了什么事?"
"没有,就是这部戏拍得比较难,有些累。"
应隐怕他多疑,深深地看了他最后一眼,说:"导演突然叫我,我该说再见了。"她挥了挥手,两侧唇角抿得很高,"拜拜,再会,商先生。"
她挂了电话,转身回房间。俊仪和缇文都在罗思量那儿帮忙,应隐蹲下身,伏在床沿,用一支圆珠笔在一张并不正式的纸上写着:

俊仪:
　　我的账号密码你都知道,交给应帆,给她养老。股票她不会玩,让她不要玩。
　　还有两张大额存单,存在中国银行里,加起来总共五百万,赠予你,你好好生活。
　　不要为我难过,把我的骨灰带到 La Base,地址在我手机里,

Chapter 06

打开我跟商邵的聊天记录，你会看到。你挑一个晴天，带我去看一看那里的船。有一艘叫"自由意志号"的龙骨帆船，那是他二十岁时存在那里的梦想，让我看到，把我撒在那里。往后他来这里，就有我陪他。

我死后，一定会上新闻，瞒不住他的。他问你什么，你只要说，那段时间她很快乐。

请他好好生活，娶妻生子。说我喜欢 Rich，只是照顾不好它。

代我照顾好应帆，你父母待你不好，她会把你当亲生女儿。

我这一生没有遗憾，被他爱过是当中最好的事。我死后，会不会成为传奇？你长命百岁，帮我看着。

写完这些，她把纸折了一折、两折，夹进那张香港寄过来的报纸里，字迹亲密地贴着那则烟花公告。

夹好后，她把报纸压到枕头底下，如常吃了药，洗漱，上床安睡。明日还要早起，她不能水肿，也不能这副面貌离开。

又做梦了。

梦里栾花落尽，他乘着他的船出海，不知道他船上曾落过湮灭成灰的她。

"应隐,我就在这里……你不用来见我,我来见你,我来见你。"

第七章 南山雪落

她说的早上六点起来拍戏,并不是胡说。拍戏的准备工作复杂细致,六点开工,往往五点半就得在片场了。应隐得化妆,因此更早。

尹雪青是一个珍惜容貌的女人,即使到了这样与世隔绝的地方,她也还是每日对镜贴花。她一生没剪过短发。应隐为了革命主题电影而理的齐耳短发又接了回去,成了过肩的卷发,被一只薄纱发圈绾成低矮发髻,额前碎发凌乱,是充满风情的女人味。

冬天的阿恰布,要北京时间八点多才天亮,当时针指向六点时,其实正是阿恰布的四点,是黎明前最浓黑的夜。

化妆师画了这么多场,早已是熟手,在困倦中凝神为应隐描好了细眉和口红。整理化妆箱时,冷不丁听到应隐说:"能不能给我留一些化妆品?"

化妆师热情,把整个箱子都打开:"你挑。"

应隐点点头,认真挑起来。她对化妆一事十分惫懒,没带自己的彩妆过来,收工后洗了脸,要想再上妆,就只能借。

"这个眼线笔更适合你,细,自然,尹雪青用的粗。"化妆师挑出一支。

应隐便攥进手心。

"这个眉笔的棕调好,削好了一直没用过。"化妆师又说。

应隐笑起来,接到手中。

"口红就很多了。"化妆师拉开抽屉,整整齐齐的上下两层。

"要一支淡的,自然一点。"

"这支怎么样?它是丝绒质地,跟眉笔的暖调是一致的。"化妆师说,"很适合这样的冬天。"

应隐以前用过这一支,她回忆了一下,轻微地颔首,将口红也接了:"这样就好。"

化妆师便重新把箱子合上,与她笑谈:"很少见你私底下化妆的,今天是因为要过年了吗?"

应隐"嗯"了一声,轻言细语:"今天不一样。"

化妆间也不过是个小木屋,梳妆台却精致,是屋子的女主人自用的,上了白色的漆,边角雕花,抽屉镶着小小的黄铜拉环。听说这是女主人的新婚

第七章 南山雪落

嫁妆，她爱护地用了三十年。应隐拉开其中一只抽屉，将她挑好的这些化妆品放进去。

推开门走出去，启明星亮着，月亮已不知所踪了。

片场一片忙碌，速溶咖啡的甜热香气氤氲在空气中。应隐亲自试了光、走了镜位，带着姜特排练了一遭。她很耐心，一点点地教姜特调整肢体。

这场戏是属于哈英的，他和妻子努尔西亚离婚的事情被尹雪青知道，两人就此展开谈论。

哈英是这个村庄里过去五十年来第一个离婚的男人，离婚的理由无关暴力、家庭龃龉或生活习惯，只是因为不再爱她。

当然，他是爱过努尔西亚的。牧民的爱情来得羞涩而直接，也许只是瞥见她清晨在院中挤牛奶的模样，就动了心。牧民的婚姻也来得很快，双方父母见过，宾客与新人在六月份的草原上跳上一场欢快热闹的舞，便成婚了。但两年后，爱情消磨一空，两人尚未生育，他决定离婚。

"我的妻子也不爱我。只是我的不爱表达出来，她的不爱在忍耐。"他对尹雪青说。

离婚的过程周折，两族人都来劝他，请他不要任性妄为。他的妻子也请他忍耐。

"你才二十三，你喜欢木拉提，你们从小一起长大，只是你察觉得比较晚。为什么不跟他一起生活？"他问他的妻子。

"这里没有人离婚。"

"法律规定了我们都有这个自由。"

"这里所有人都是这么生活的。"妻子惯于忍耐的面孔麻木地看着他。

这里所有人都是这么生活的，围绕着一年四季与晨昏三餐，围绕着灶台与马匹，早晨赶羊，日暮归来，陀螺般地转。他们关注小马今天的心情好不好，关注树木的生长，却无法关注自己的东西。那东西是什么，哈英说不清楚，但他感觉到了。

这里所有人都是这么生活的，因此，离婚后，他和努尔西亚在村庄里都成了一道奇异的影子。影子没有主体性，被大家参观、侧目、议论。努尔西亚每日从溪流中汲水回去，肩上扛着木盆，经过哈英的木屋时，她总要偏过脸，透过窗子看一看他在里头如何生活。她的眼神奇异地淡漠而麻木，如一条白色的胶带。

这场戏，哈英是主角，尹雪青是聆听者。哈英最后问："肥皂被水溶化了可以买新的，冰被晒化了就等明年冬天，马厩的食槽空了就添上新的草，

Chapter 07

为什么爱消失了,人却不走?在阿勒泰,我们冬天要转场,因为夏天的草吃完了,我们知道带着羊群去有草的地方。但是我们却不允许生活转场。"

"因为生活里不仅有爱,还有责任。"尹雪青说完这句话,蓦地发笑。她笑"婊子无情,戏子无义",她一个妓女,教男人责任。

"你们把爱看得太严肃了。爱本来是美丽的东西,你们给它挂上锁,所以它变得很重。"他说着,解开马匹的马嚼子和缰绳,在它屁股上狠拍了一巴掌,"驾!"

马仰脖嘶鸣一声,奋烈奔腾远去,四蹄下扬起雪沫如花。

姜特与应隐走完了戏,看到她怔怔的,好像忘了词。

"怎么了?"

"爱本来是美丽的东西,你们给它挂上锁,所以它变得很重。"应隐喃喃念着。她也不是第一次听到这句话,只是此时此刻,姜特用他那双属于雪山草原的眼,注视着她说出口时,她却像是头一次听到一般。

"沈聆老师的对白真好。"

她回过神来,提点了姜特几句,很细,且耐心。

姜特久久地凝视她,觉得她今天似乎有什么不同。

"你演完了这部片,接下来打算怎么办呢?"应隐似乎不经意地问。

"回到属于我的山。"

应隐抿了抿唇:"你恐怕回不去。你演了电影,就会成名,会有很多人爱慕你,闪光灯照向你。你在哈英的世界里走了一遭,出去时,已经不是你了。"

"我还是我,只是我见过了你。"

应隐微微歪了些脑袋,平静注视着他:"姜特,你要懂得分清戏与现实,这是为你自己好。"

"我是不是不能再见你?"

"如果你还想再见我,你就会失去你的山。"

姜特心中一震,如滚石隆隆,震起夏季闷雷般的回响。

应隐看着他一会儿,很轻很缓地摇了摇头,脸上带着柔和的笑:"记得换一种更保护你自己的演戏方式。"

她说完这句话,不再等姜特的回应,转身回到她自己的休息位。那里升着炉子,木椅上盖着毛毯。她坐下,专心致志地烤火,等待开拍。

因为是姜特的主场,拍戏的进展不受应隐掌控。试戏时明明还好的,当摄影机开始运转时,姜特却明显心不在焉。

"你心里装着什么事？"NG 多次，栗山把人叫到导演组棚下，严厉而直白地问，"你心乱了，回去。"

姜特抬起眼眸，当中的疑问深刻而锐利，继而瞥向棚外的应隐。她今天似乎很忙，每条戏的空隙，她都在发消息。

跟应帆说，新年快乐，长命百岁，漂亮到老。

跟柯屿说，新的一年事事顺心，跟商陆一起拍一辈子的电影。

跟麦安言说，祝你手下艺人都大红大紫，身心健康。

最后，她给商邵发微信消息：

商先生，下午好，新年夜忙吗？马上就要告别我们拥有过的一年了，我还像做梦。来年会更好的吧？雪融化了，底下是青青草原，都是生机。祝你四季快乐，三餐准时。

她幻想着，商邵在他如艺术展厅般的香港的房子里，身旁陪着温柔明义的母亲，围着和睦亲密的兄弟姊妹，大家一起喝茶叹世界。阳光很好，海风也好，用人在身后忙碌穿梭于客厅与厨房，四处角落都弥漫着花香。他的空间都洒扫一新了，他的心也总会洒扫一新的。他什么时候会再去 La Base 呢？她好再见他。

商邵没回。

阿恰布的时间走得那样快，拍完两条戏，忽然就到三点半了。下一条是栗山临时提上来的吻戏，要转片场和重新布光。显然，今天又延宕了，四点绝对收不了工。

副导演和各组指导分别安抚，让大家提起劲，一鼓作气，争取早点结束，好热闹过年。

"应老师不在！"灯光组的一个师傅喊道，"傅老师，您看到她了吗？"

老傅是摄影指导，兼顾摄影和灯光两个大组，他虽然算是栗山的御用人员，但也接很多外活儿，跟应隐合作过两三次。

布光是重中之重，是烦琐又漫长的工作，一场具有充沛暗示意味的画面，往往要花上一两个钟头才能调试好灯光。为了节约时间、减少工作量，许多演员有"光替"，代替他们配合布光，这无可厚非，但在栗山的片场不被允许。因为一个演员必须熟悉灯光与镜头，才能最大限度找到自己在画面中的表现力，而布光和走镜位这样枯燥机械的过程，就是熟悉的过程。

应隐一直以来都是亲自试光的，此刻不在，灯光组的工作进度慢了

Chapter 07

下来。老傅的目光在片场转了一圈，瞧见俊仪，喊她一声："俊仪！应老师呢？"

俊仪听到他找，才意识到应隐不在灯光组。

"去找找！"老傅喊着，挥了挥手。

俊仪找到缇文："缇文，你看到我姐了吗？"

缇文也不知道，四处张望一下："是不是被栗山叫去讲戏了？"

栗山此刻也不在，这个推断是合理的。俊仪便点点头："那我去回老傅。"

她从棚下又返回到片场去："傅老师，应老师她……咦？"她惊奇地怔住，眨眨眼，"栗导在这里，那应隐呢？她没有跟你去讲戏？"

栗山手里拿着手持取景器，穿黑色棉布鞋的双脚迈得很开，上半身后仰着，正透过取景器推敲景框。这些其实早就定过一次，但他忽然心血来潮调整也是常有的事，摄影组便都等着他。

听到俊仪的话，他又凝眉琢磨了数秒，才站直身体，把老傅叫过来的同时对俊仪说："我没见过她，是不是跟姜特在一起？"

俊仪像个小陀螺，在片场周而复始地转。遇见姜特，问他，他说没见着。俊仪便走向休息室。她之所以最后走向那里，是因为应隐在工作时很少回去那边休息，多半就是在座位上喝喝热水。休息室和化妆间是同一个木屋，俊仪抵达时，察觉到门锁上新落的雪有明显的松动。

推开门，炉子的余温还在，梳妆镜前不见旧人。

"姐？隐隐？"俊仪叫了两声，没人回应。

或许是这里太空了，令她的声音有回声，她心头忽然间涌上一股心慌。俊仪忍耐着，脚步有些虚浮，推开洗手间的门。那简易的洗漱台湿漉漉的，像是刚被人用过一回，敞着的纸篓里，丢着一团湿沉的洗脸巾。

有人在这里刚洗过脸。但会是谁呢？还没收工，她不应该卸了尹雪青的妆。

俊仪撑着门框，眼睛睁得大大的，咕咚吞咽一口，猛地转身走掉。

她的脚步越来越快，目光空空洞洞，过了半晌才聚焦。

雪地靴踩在村子泥泞的道上，带起因为融雪而软烂的泥块。砰的一声，女孩们的卧室被用力推开，撞到墙上。这里也很安静，不像有人来过。

俊仪已经很小心了，怎么会知道，衣柜里的绿色大衣已经不见，取而代之挂着的，是属于尹雪青的戏服。

她早已换回了自己，在吻戏之前。

第七章 南山雪落

"不会的，不会的……"俊仪出声安抚着自己，一阵风似的跑向缇文，"她不会的，她在吃药，她还没见过商先生，她还没杀青……"

她找了许多充沛的、充满逻辑的理由。

还没跑回导演组棚下，热泪却已经不知不觉流了满脸。那一次，上一次，她没来得及，她好笨，被应隐支开，如果不是麦安言突然觉得不对，她就要在那张床上永远睡去。急救通道的灯多冰冷，俊仪不知道，只记得那盏高悬的"急救中"，颜色好红。

她还是惊动了缇文，缇文也惊动了导演。栗山的取景器啪嗒掉在地上，他苍老的面容一贯坚毅冷峻，却因为此刻的惊愕而前所未有地生动。

"去找！去找！"他顾不上弯腰去捡，手臂一挥的同时，年迈的脚步因为骤然跑动而趺撞一下，"快！"

"栗山！"缇文叫他全名。

栗山回头，与这个年轻女孩的目光对上，已明白过来。他用沙哑的声音吩咐副导演："所有人安排出去找，就说还剩最后一场戏，等着应老师试光。"

这片雪域太大了，无边无际，黑色的雪岭云杉立在山腰上，半天也等不到一只鸟落脚。

剧组百十号人，沿着村庄的条条小道散落开来。

他们租用的房子太多了，哪一扇门推开，都有可能目睹意外。村里的牧民也被惊动，他们反复被问有无见过一个绾着发髻、穿着玫红色线衣和黑色羽绒服外套的女人。

"她不会在村子里的。"俊仪斩钉截铁地说，"她会出村！"

"找脚印！"缇文当机立断，"派一些人出村找，找新鲜的脚印！"

从直升机上看，地面上的行人，如渺小的蚂蚁，跋涉得那么惶惶然。它从省会机场起飞，在空中跨越五百公里而来。

"商先生，我们在哪里降落？"飞行员在驾驶舱内操纵着，令手中这一架双旋翼直升机悬停在可以目视地面的高度。螺旋桨的破风声震耳欲聋，他不得不拎开一边耳罩，吼着问。

许许多多的人都停了下来，不知道为什么此时此刻天空中会出现直升机。是剧组的吗？之前没听空飞组提过。

鲜绿的人影在雪上只是小小一点，像一抹嫩芽。

商邵瞳孔骤缩。他什么也不知道，只是认出了她。心中强烈的直觉那么

Chapter 07

不祥，他不顾一切要飞机降落。

"这里无法降落！"飞行员回道，探身俯瞰地形，"我只能把你放在那边！"

那里是一处天然平台，稍矮于山腰，离应隐的直线距离过百米，如果要徒步上去，恐怕得十几二十分钟。

"用云梯！"

"做不到！你没有经验，我要对你的生命安全负责！下面地形复杂，以云梯的高度跳下去，你可能会被树枝穿透！"

他不再听商邵的命令，推着操纵杆缓缓下压。直升机俯冲而下，螺旋桨带起剧烈气流，将雪刮得起舞。

悬停数秒后，飞机降落。只是还未等停稳，机上的男人就纵身跳了下去。机舱内，只剩未挂起的耳麦来回晃悠。

雪太深了，而他对中国内地的气候一无所知，只穿着一双黑色巴洛克皮鞋。一脚下去，雪几乎没到小腿，拔起时，积雪落进鞋中，濡湿他的裤管鞋袜。

那悬崖几乎和他梦中的一模一样。他眼睁睁看着她坠落，她太轻了，从空中坠下时，如一只没有重量的风筝，被大风刮得无处依傍。

商邵大步大步地跨越，山腰线是浓密的雪岭云杉林，深雪之下，枯枝断木横亘，他被绊了一跤，跪倒在雪中。顾不上掌心被什么枝丫刮破，他不顾一切地用尽全力向上攀登。

血一点一滴地渗进雪中，如野浆果。

晚一点，再晚一点。

慢一点，再慢一点。

别那么快就走。

彻夜未眠的心脏因为剧烈的跋涉而绞紧发疼，他一手捂住心口，呼吸道被冰冷的空气灼烧，每次呼吸都让他感到刺痛。

他答应了要托住她的。

好像够久了。

应隐不知道自己站了多久，只觉得骨头缝如上了锈般僵硬。

她弯腰，将手机轻轻地放到雪上。不想它被摔坏，里面还有许多重要的东西，还有 La Base 的地址要让俊仪看到。

从山崖上看，世界银装素裹。这样美丽，她已看够。

第七章 南山雪落

下一次再来玩。

应隐将手从温暖的口袋中伸出,从翻立交叠的衣领开始,一点点地抚过、抚平,又将两侧袖子轻轻地拍了拍,扫去雪沫。最后,她深呼吸,微微笑,往前,平静而优雅地走着。

好可惜,她还不知道,他为他们孩子取的是什么名字。

"应隐。"

她听到有人叫她。

雪吸纳着所有的回响,一切声音在这里都显得寂寥,寂寥得不真实。

她僵了一下,定在原地。过了会儿,她转过身,笑容有些恍惚:"你来了?"

商邵紧紧抿着唇,鼻腔中的呼吸剧烈急促。他的双眼一瞬不错,像要用目光锁住她。

"到我这里来。"他再次开口,注视着她,紧哑的嗓音不让人察觉它的颤抖,听上去只有坚定沉稳。

应隐这次怔了一下,眼睛轻眨时,从死境的恍惚中清醒过来,脸色倏然变了:"……商先生?"

她不敢置信,轻声地问。

脸颊从苍白到泛红,不过转瞬一秒。她定定地看着他,未曾意识到自己的嘴唇和四肢都在发抖。这阵抖逐渐攫取了她的全身,从身到心,从外到里。

她的心脏,抖得她几乎无法承受。

"别往前走。"商邵朝她伸出手,"到我这里来。"

"你怎么会在这里?"应隐看向他的身后。

只有一串深深的脚印。脚印旁跟着一串血迹。她目光一动,下意识转向他的手。他的掌间鲜血蜿蜒,淅淅沥沥地往下滴着。

"你的手……"她眼神受惊,为他而痛。

"不要紧。"商邵眼也不眨,"你的新年祝福,我收到了。我回复了你,你看了吗?"

应隐不自觉地瞥向手机:"关机了。"

"为什么关机?"他不敢挪动脚步,因为雪中跋涉的动作太大,怕将她从这种氛围中惊醒过来。

"我……"

"你想静一静,是吗?"

Chapter 07

应隐迟疑着:"嗯。"

她轻点了点头,手又拢回了大衣口袋中。

"怎么离片场这么远?"商邵接着问,"不是要拍到四点?是提前收工了,还是你翘班了?"

应隐垂下眼睫:"我不知道怎么拍,就先走了。"

"为什么不知道怎么拍?你是很厉害的演员,是影后,不是吗?"

应隐在这一问中滚下眼泪。眼泪那么滚烫,砸进雪里,却湮灭无痕。她眼眶、鼻尖和脸颊都很红,像是受了委屈。

"你知道我为什么会出现在这里吗?"商邵继续问。

"为什么?"应隐抬起眼,隔着距离望他。

天阴沉着,惨淡的太阳光被掩到铅灰色的云层之后,像是日暮。她眼中的男人一身肃黑大衣,面容苍白,眼底青黑,因为不远千里而来,他的身上沾满风雪气息,那么冷冽深沉,令人觉得遥远。

可他明明就在咫尺,就在眼前。

"因为你昨天晚上跟我说,这部戏拍得有点难,你觉得累。"

应隐的眼珠子动了动,忆起这一句。她笑起来的模样那么好看:"没有一部戏是简单的,你太当回事了。"

"我说过了,只要你开口说难,我就一定会来帮你。"商邵斩钉截铁地说,"你忘了?在你别墅的门前,你答应我,我也答应你的。"

"你坐飞机来的?"

"直升机。"

"你看上去很累。"

"你离我太远,我怕来不及。"

应隐吸了吸鼻子,纤薄的手掌被冻得红红的,自温热的眼下抹过,抹去眼泪。

"可是今天是新年。"她笑了笑,唇角轻微上扬。

"所以新年快乐。"商邵试着向她走了一步,看着她脸上细微的反应。

可是天色太暗,他看不穿。因为看不穿,他每靠近她一步,心都如在悬崖,随时可能万劫不复。

应隐站在原地一动不动。她的脸红了起来,并非冻的,而是自动升温。

"你别过来。"她轻声说。

"为什么?"商邵平静地问,湿透了的鞋袜又被冻上,他的脚尖已经感觉不到冰冷,只有僵硬和疼痛。

应隐微微撇转过脸。

为什么？因为她站在这里，预备的是告别一切。他会不会觉得她很懦弱，对她失望？她像是做了一件不好的事，被他当场拆穿，她羞愧难当。

眼泪近乎汹涌，她不知道是羞，是愧，是怕，还是辱。

冷透了的身体，随着他的靠近和这些眼泪而变热。她的身体里一汩一汩的热度上涌，令她抖得厉害。

她不回答，商邵却已经走到了她身边，只离她一步之遥。

他的心落了回去，落到了坚实的平安处。

"告诉我，为什么要哭。"他站着，伸出手去，拭过应隐挂泪的鼻尖。

雪的气息里，那股充满清洁感的味道鲜明深刻。

应隐深深地闭上眼，呼吸是微弱的一线。

她终于说："我想你。"

这是多么可耻的谎言。这是多么单薄的真话。

"我想你……"她的尾音急遽颤抖，嫣红的嘴唇哆嗦着，眼泪大颗大颗滴下。她想抬眸望向他，却没成功，因为她被他一把抱进怀里，抱得死死的、紧紧的。

"他们要我拍吻戏，我拍不好……"眼泪渗进她紧抿的唇缝中，"我想你了，我想去见你……"

一丝呜咽狼狈地泄出，她终于大声地哭出声音："商邵，我好想去见你……"

"我就在这里。"商邵目光停在雪面。

怎么回事？他分明是失而复得，眼神却反而空洞，瞳孔中的光破碎凌乱，失着焦。

是谁在后怕，双臂交叠得这样紧，按着她的腰，抵着她的背，血洇进大衣的鲜绿色中，留下无法磨灭的印记。

"应隐，我就在这里……你不用来见我，我来见你，我来见你。"

吻如南山落雪，落在她的耳廓上，落在她点了微小红痣的耳垂上。

"你只要别走……别走。"

因为在冰天雪地里待得太久，应隐近乎失温，身体虚弱得不像自己的。

她被商邵背下山。虽然草原远看起伏平缓，但其实坡度陡峭，一上一下都很耗体力。进入密林，深雪之下只有些羊肠小道，是被马蹄踏出来的，厚厚的腐殖层下树根盘根错节，行人稍有不慎就会滚下山去。但商邵一步一步

Chapter 07

走得平稳。

应隐伏在他背上,两手环着他肩。从她的视角看,这些路步步惊心,但奇怪的是,她连一丝一毫的担忧胆战都没有。她那么放心,心跳平缓,嗅着他颈间的气息,像是脱了力般,缓缓闭上了双眼。

已经四点半了,如果是在小时候,是在城市,现在已经放起了新年鞭炮,年夜饭热气腾腾地上了桌。她喜欢吃八宝饭,在蒸笼里一蒸,糯糯的,裹着红豆泥的馅。

天开始下雪。那些雪似温柔的光点,在无风也无声的树林里,缓慢地降落在他们的身上。

"下雪了,商邵。"她闭着眼,轻轻地说。

商邵的脚步定了定:"别睡。"

"我不睡,我想喝热水。"

因为她平常的一句喝热水,商邵闭上眼,微微仰起脸时,右眼眶里终于滑下一行泪。

谢天谢地,她还想喝热水。

"下山就喝。"他的手掌在她身下垫了垫,"很快。"

直升机已经降停,周围的雪都被气流扫空,露出坚硬的泥土面,那上面都是灰褐的草根,被马和羊刨烂了,要等来年开春才生发新芽。

舷梯降着,飞行员跳下舱,抖开急救毛毯盖住两人。

"她还好,只是有点失温。"飞行员受过急救培训,进了机舱观察应隐的体温和体征后,判断道,"缓一缓,抱紧她。"

他的注意力都在应隐身上,丝毫没关注到商邵痛到蜷不起来的左手。

"给她倒点热水。"商邵撤下抚着应隐额头的手,沉稳吩咐道。

不锈钢色的保温杯足有一升的大容量,飞行员用杯盖当容器,注入热水后递给商邵。他抿了一口,试温度。

应隐裹着毯子,依偎在他怀里,听到他说:"张嘴。"

她紧蹙的眉心皱得更深,杯子都抵到唇边了,她却把脸撇开:"不要。"

"怎么?"商邵贴着她耳问。

"不是我的杯子。"她把脸埋向他怀里,像是受了天大的委屈。她冻糊涂了,神思恍惚,又待在他身边,什么心防都不剩,反而任性。

商邵静了静,将唇抵向杯沿,自己喝了一口后,低下头去,抿含住她的唇。舌尖根本不用撬开她的齿关,应隐已经自觉地张开了唇。

热水在两人贴紧的唇中带着丝丝的甜,顺着她的喉线熨帖到身体深处。

飞行员又跳下了舱,四处望风景。

如此方式一口一口喂完,剩最后一点,应隐呛了一下,咳嗽起来,将游离的魂咳回了身体里。她睫毛轻颤了颤,眼眸转开,自下而上地定定望了商邵半晌。

他比她梦里所见的,要疲倦多了,也英俊多了。

应隐抬起手,像是想抚摸他的脸,下一秒,手腕连着柔若无骨的掌一同被扣住——商邵将她的掌心贴在脸侧,垂首吻了下去。

他体内有什么暴虐的因子在躁动,妄图靠狠狠掠夺的方式来确定一切,但他却吻得那样浅,那样轻,怕弄碎她,只辗转在她的唇和舌尖。不舍她憋气,吻流连至唇角,啄吻着,久久地停着。他闭起眼,鼻息滚烫。

他失而复得的珍宝。

但应隐还是憋了气,刚刚还雪样白的脸涨红,脸颊透粉。

"是不是难受?"商邵留心着她的呼吸。

应隐摇头,目光仓促地撇转开,说了文不对题的一句:"你是真的。"

商邵一定:"我什么时候是假的了?"

应隐裹紧了那不太干净的急救毯,妄图从他怀里离开一点:"你出现得好奇怪。"

她的小动作一点都没成功。商邵将她按回怀里:"你就算现在在南极,我也已经出现在你面前。"

"我在那里……"她难以启齿。

"是在散心。"商邵代她回答。

应隐被他垫了理由,嘴唇半张着,一时没了话。商邵将刚刚充上电的手机塞她手里:"开机。"

应隐总是听他话。她果然开机,信息和未接来电雪片般飘入,手机嗡嗡振了快一分钟才停下。那上面都是俊仪和缇文打给她的电话。

"他们找你。"

应隐不敢面对他沉沉如山岚雾霭般的双眼,蹩脚地找借口说:"因为着急赶进度……"

手机又振,又是俊仪。

她定了定神,滑开接听键。

"俊仪。"

电话那端的俊仪,脚步蓦地停下了。她气喘吁吁,肺部火烧般,空洞的目光一时茫然。听到声音,她呆了一呆,脑袋转不了弯。过了两秒,她哇的

Chapter 07

一声号啕大哭。

"应隐……应隐……你没走……太好了，你没走……"

"我只是……去散了散心。"应隐声音柔和，眼眶酸涩，盛不住眼泪，"你别哭，哭什么？"

"我怕……"俊仪跪坐到雪地里，话语因为不受控的抽噎而断续，"我以为……以为你……"

她甚至小朋友般打起了哭嗝。

"是我不好。"应隐垂下脸，眼泪颗颗砸落，面上却笑了一笑，"你去告诉缇文，还有剧组的大家，让你们担心了。"

电话从俊仪掌心滑进雪里，她跪着，两手撑入雪里，张着嘴，一边无声地大哭，一边用力用拳砸着地面。她什么都说不出，一颗血肉做的心却像石头压死了她。倏尔，她又振作了，胡乱地抹干眼泪，捡起手机往前跌撞着起身，一边跑，一边拨出电话给缇文。

"缇文，缇文……"

缇文腿软了一下，被栗山搀扶住。仰起面时，眼眶已然湿润。"她没事。"她喃喃又清晰地说，"她没事。"

乱套的世界，还需要好一阵子才能回序。

挂了电话，商邵问："让直升机载我们下去？"

"不要！"应隐受了一惊，本能地拒绝。

这么小的村庄，坐直升机空降，很奇怪。

商邵勾了下唇。这是他两天以来，头一次露出类似于笑的表情。

这个女人有胆量自我离开，现在倒是知道低调了。这些属于活人的细微情绪，比"想喝热水"更让他心安。

"那还是我背你下去。"他把她挨着椅子放下，站起身，"裹好毯子。"

应隐嗅到了血腥味。她忆着，目光找到他的手时，呼吸凝住。

被她牵住时，商邵的动作停住，由着她展开他的掌心。一双养尊处优的手此刻皮开肉绽，血凝固住，糊满了整个掌心指缝。都是血，应隐甚至找不到伤口在哪儿。

眼泪啪嗒掉在上面。

"你的手……"她肩膀抖起来。

"没关系。"商邵不想让她再看。他撤出手，抽了两张纸巾按住掌心，冷静而斩钉截铁地说："真的没关系。"

应隐仰起眼眸，蒙眬的泪眼令她看不清他的僵硬和紧张。

"应隐。"商邵叫了她一声,认真地看着她,再度说,"真的没事,你看着我,我没事。"

你没给我添麻烦,也没有伤害到我。我没有因为你的存在而有任何不便,也没有因为你而有任何负累。

信我。

自山腰向下回村,坡度平缓,路况好上许多。

商邵是顺着她来时的脚步回去的,一步步,用自己坚定宽大的脚印,盖住她渺小虚浮的一串脚印。

尚未进村,就听到潺潺的溪水声了。冬季雪山结冰,这水不知是从哪里来的,涓涓的一股细流,挺可爱。

"沿着溪一直往上走。"应隐给他指路。

却是多余。溪流下游,村子后头,早就站了许多人。看热闹的人是没有的,有人目光紧张,有人不明就里,有人将注意力迅速转到了背着女星的男人身上,有人劫后余生。

栗山站在最当头,沈聆回宁市了,是副导演扶着他。他七老八十了,颈上皮肉松动,喉结突出来,如山石般嶙峋坚硬,此刻却滚动着。这样有话难言的优柔从来不属于他,是几十年来的头一次。

商邵与他静静地对望着,脸上一丝表情也没有,过了数秒,他什么话也没说,目光在出众的姜特身上掠过,停了一瞬,转到缇文身上。

"带路。"

栗山的镜头语言与现实产生了奇妙的交织。人们不自觉退让开,好给眼前这个男人更多空间。

"放我下来。"应隐在他耳边轻声,内心窘迫。

瞒不住了。这样的出场方式完全不比直升机好多少。

"可以吗?"商邵微微瞥过脸,用只有她能听到音量问。

他脸上表情仍然很淡,但在场的人都忽然觉得他温柔了一些,刚刚那股危险的压迫感,在接触到应隐时神奇地收敛了——是收敛,而非消失。

应隐脸颊红透,眼神垂落,点点头:"嗯。"

他算得上对她百依百顺,竟真将她放落了地。

应隐身体还软,但站得条顺,将手抄回大衣口袋,落落大方的,歉意地笑:"对不起,栗导,因为他忽然要来,就想去接他,没想到迷了路……"

她顿了顿,神色如常,问:"是不是该拍下一条了?"

栗山一瞬间掐紧了副导演的腕。他深深地看了应隐一眼,锐利的眼中划

Chapter 07

过迷茫和探究,却在下一秒颔了首,脸色冷肃道:"下不为例。去试光,拍完这条过年。"

剧组人面面相觑,眼珠子快瞪掉出来。不是吧,都这样了,还拍?而且……

所有人都拿余光觑商邵。他们不敢明目张胆地看,目光停一停似乎都是一种冒犯。

他穿得太少了,鞋袜尽湿,单薄的皮鞋与西装裤管都透着深色,但他却那么从容,不见萧瑟之意。暗淡的天色无法遮掩他的气度,他是天生的上位者,只是沉冷着不开口,就已经让现场气氛难挨。

是影后的男朋友吧……这只能是影后的男朋友了。

当着她男朋友的面拍吻戏,这大过年的,是不是有点不人道了?

栗山却已转身往片场走:"半小时,我等你试光。"

要重新拍那一条,不仅仅是试光的问题,妆容和造型也得回到尹雪青中去。

栗山一回片场,其余人也都各就各位。本来心里是期待着四点多收工喝酒的,突然来这一遭,心里多少有些落差。应隐早就给剧组上下准备了新年礼物,此刻唤过俊仪:"你去把那几箱礼物送了。"

她在剧组的口碑很好,从不迟到耍大牌,拍戏敬业,请下午茶是经常的,遇上年节,礼物也绝不会少,且不分三六九等。这次进组撞上了过年,因此香氛礼盒和糕点手信早就下了单,前些日子寄到时,剧组专门给腾了个木屋出来。

一想到这些新年礼物差点就成了道别礼物,俊仪眼圈就红得厉害,死命摇头:"我不要,你别支开我。"

应隐无奈,转而分配给缇文,让她找人送礼物,又命令俊仪:"那你带商先生去我们屋子里洗澡,找罗思量借一下衣服和鞋袜,他湿透了。"

俊仪还是摇头,死死攥着她的手:"我不。"

俊仪扭头看了眼商邵:"商先生,你自己去,我给你钥匙,沿着这条路一直走,左转,进去的第三间……哎呀!"头顶冷不丁被敲了一下,俊仪眼泪汪汪看向应隐。

应隐轻轻地舒一口气,看着她双眸轻声商量:"商先生是客人,你帮我招待好他,好吗?"

俊仪点头又摇头:"我们陪你去化妆间,然后我再送他过去。"

她根本不敢再让应隐离开视线,送她过去时,一路都盯得很紧,怕她藏了什么瞬间消失的法术。

村庄道路早已被踩得泥泞,冷冽的冰雪中,飘着马粪、牛粪、羊粪的气味,天地够大,气味散了,但到底不好闻。应隐闻了这么些日子,此刻心里倒紧张起来,两手交握在身前:"这里条件很差……"

"还好。"

到了化妆间,妆造组已经在等了,三人站定,应隐抬眸望着他:"直升机……还走吗?"

"走。"

应隐怔了很短的一下。心想这样也好,不然等会儿怎么拍得下去?

"去买八宝饭和仙女棒。"

"八、八宝饭?"应隐目光一动,很不解。

"你下山的时候自己说的,想吃八宝饭,"商邵停顿一下,"还有,想玩仙女棒。"

"什么?"应隐蒙住,眨了下眼。

那是她半睡半醒间的梦,不是吗?这些小孩子喜欢的东西,她怎么可能说出口。

雪的脸颊晕开樱的粉,商邵看着,抬起手来,在她温热的眼下抚了抚:"还想要什么?"

应隐赶紧摇头,商邵问:"年宵花要不要?年橘?"

案上摆年宵花和金佛手,门口摆年橘,都是大湾区的过年景象。每年花市,花户们的棚子连成一排,将这些花木沿街摆出数千盆,以供市民挑选。不过,一地一风俗,这些东西在新疆不知好不好找。

"不要,不要不要……"应隐认真拒绝,"那些只是我随口说的,我冷得……"她纤长的手指点点太阳穴,"脑子出问题了……"

商邵无声地失笑了一下,依她:"好。"

不知道为什么,俊仪听到这日常的几句,迟迟没归位的心似船舶回港。

她带商邵继续向前,往她们三个女孩子睡觉的屋子走去,耳边听到商邵问:"这部电影要拍多久?"

"按排期是四月份杀青,之后回宁市会再补拍一些前期的戏份,预计一两天。"俊仪回道,"不过在栗山手里,这一切都说不准,他总磨洋工。"

"这里的条件跟上次比,哪个更辛苦?"商邵再问。

"这里。因为上次住酒店,好歹有正经的床,有暖气,这里什么都没有,

Chapter 07

抽水马桶都是新装的,太阳能出的热水经常不够用,每天都在吃面片、馕和大盘鸡,全是碳水,隐隐不能吃,所以我给她单独煎鸡胸肉,煮玉米。她想吃青菜,但不跟剧组说。"

"为什么?"

"物资进山很麻烦,生活制片有背景,罗思量不太能管到他——罗思量是制片主任,总是开小灶的话,采购统筹会很麻烦,生活制片就用这个当借口,他给隐隐赔笑,伸手不打笑脸人。"俊仪简洁又啰唆,讲话像新浪潮主义的片子,跳接得过分。她良心发现,停下来问:"商先生,你听得懂吗?"

商邵颔首:"继续。"

"其余的,就是电影上的事了。"

"比如呢。"

俊仪摇摇头,知道分寸:"我不能说,你去问她,要是她愿意说,她会自己跟你说。"

"她生病了,是吗?"

俊仪被他这一眼看得定住,身体里灌满了铅石般动弹不得,也无力说谎。她的眼神已经出卖了一切。

"一直在吃药……"俊仪的声音弱下去,"是重度抑郁。"

"不是双相?"

俊仪垂着脸,摇一摇头:"不是,她没有发作过躁狂。她什么时候看的医生,我不知道……也许是她自己瞎吃,也许不是。商先生,为什么要离开她?"她望向商邵,眼圈很红,"你对她好残忍。是你喜欢了别人,还是你要去结婚了?"

有一柄小锤。

有一柄小锤,随着俊仪的字句,一下一下锤打着他的心口,令他的心脏血肉模糊,软和痛交织成血色的雾。

"是我想错了。"商邵用最寻常的字句回答她。

俊仪的眼泪滚了下来,她也没擦,而是摸出钥匙,对准锁孔插了进去,将木屋打开。里头有女孩子生活的脂粉香气。俊仪还得把尹雪青的戏服给应隐抱去,她推开洗手间的门:"今天有太阳,有热水,你用吧,都用光了也没关系。你用隐隐的浴巾,叠在柜子里,是干净的。"

商邵点头,由她指挥。

"你穿秋裤了吗?"

商邵表露出恰到好处的求知和不解:"什么是秋裤?"

俊仪的目光停在他腿上。

　　一条羊绒呢料的黑色西装裤，高级的质感和光泽，笔挺的裤线，不知要用人打理多久。听康叔说，他有两名用人，专为他熨烫衣服。俊仪感叹他如此跋涉一遭后，衣着还是如他那般体面矜贵，却也难免好奇："香港也就算了，你在英国留学，冬天也不穿秋裤？秋裤就是保暖裤。"

　　商邵明白过来："没有冷到这个地步。"

　　"那你现在……"俊仪的目光又自下而上地移上去。他穿了黑色羊绒大衣，里头是西服和马甲，自然也是高档羊绒面料的，最里面是衬衫，领带饱满地打着。

　　她不必问了，因为商先生看着确实不冷。

　　俊仪转而笑起来："你看上去，像要到主席台上发言。"

　　商邵温和而疏离地笑了笑："早上走得急。"

　　私人飞机随商桀业去了新加坡，要中午才回来，他是先匆匆到了宁市，再从那边乘坐航班过来的。一切从急从简，他只带了身份证件和手机，在机场想买一个充电宝时，只从大衣皮夹里摸出一沓港币。那时他心神不宁，与导购大眼瞪小眼半响，才被对方提醒："可以支付宝。"

　　"没有。"

　　"微信。"

　　商邵凝眉，如实说："也没有。"

　　平心而论，他出入任何地方，不是主办单位负责，就是康叔和董事办随行陪同。他几乎没有自己花钱的机会，餐厅签单，裁缝铺每年结账，奢侈品店有他的预留衣架，专人专寄 lookbook，康叔每月派人造访一次，将合适的款式取走，要给谁打钱转账，也都是由康叔代劳。他的生活井井有条，看不到什么钱的痕迹。

　　导购只好微笑："那么先生，您也可以刷卡。"

　　于是那张处理上亿额度的卡片，头一次完成一笔私人生活化交易，显示扣费 99 元。

　　俊仪预备把戏服送给应隐后就去给他借衣服鞋袜，再拿一个烘鞋器，好把他那双手工巴洛克皮鞋烘干。

　　"我先走了。"她打招呼，掩上门，也没注意到商邵自始至终抄在大衣口袋里的左手。

　　热水来得还算快。劣质水管的水温和水量都很不稳定，商邵在水龙头上

Chapter 07

研究了半天，眉头皱得很深。

很烫。怎么变凉？手指刚探入水流之下，就烫得他缩回了手。

不如用冷水。但冷水刺骨。

温有宜的电话打过来时，他刚研究透这玄奇的出水装置，水温控制在温暖偏烫，他冲洗着受伤的那只手，看着血色由浓变淡，顺着白色的陶瓷盆冲入下水道。

"阿邵，新年快乐。"温有宜问候道，身后跟着一串更热情的声音，一听就知道是商明宝他们。

"新年快乐。"商邵面容温和下来。

"接到你朋友了吗？"温有宜问着，完全没留意身后四个子女的眼神互动。

"什么朋友啊，让大哥年都不过了？"明宝挑挑眉。

"一定是好朋友咯。"明羡跟她唱和。

温有宜打了她的女儿各一下，明卓什么也没说，也被雨露均沾地打了一下。

"Leo朋友有要紧事，不是要紧事，怎么会在年三十惊动他？"温有宜点点明宝鼻子，"不许乱说。"

她转向商陆："还有你。"

商陆原本懒洋洋坐在一旁听好戏，这会儿没处说理，搭着的腿也放下了，人也坐直了："我他……"

正月里不能骂脏话，他硬生生咽下，暴躁但乖巧地坐了回去。

水流声中，商邵的哼笑声若有似无："接到了，不过她比较忙，现在就我一个人。"

"那你吃年夜饭了没有？"温有宜关切他饿肚子。

"还早，等会儿吃。"

"你去得那么着急，康叔也没跟着，一切都好？"

商邵停顿了须臾，才"嗯"了一下："都很好。"

只是挂了电话后，他两手撑着台盆边沿，沉默地站了很久。

洗澡也是件麻烦事，因为屋主将冷热水的出水方向装反了，导致他等了很久也还是冰水，抱着变通的心情试试看，才等到热水。亏他身体好。

水流声中，俊仪在外面敲门，十分歉疚："商先生……衣服没借到。"

她问了一圈，奇了怪了，那些剧组的同僚、村民没一个肯借，都笑而为难地推说没有。在他们反复说着的"很脏""没洗干净""埋汰"中，俊仪渐渐明白过来。他们不是不肯借,而是不好意思借,因为他看着太尊贵,而他们的衣服却如此朴素陈旧。

"罗思量,你肯定有。"俊仪抓住制片主任不松手。

"别开玩笑,我这衣服哪能给他穿。"罗思量笑着,向她求饶。

太高不可攀的人,让别人想施以援手时,都首先考虑自己够不够资格。

商邵关了水,还是简短的两个字:"无妨。"

俊仪便蹲下身,将烘鞋器塞进他冷冰冰的皮鞋中,打开开关,又聪明起来,将他的西装裤搭到了油汀上。她的聪明实在是只有一半,否则刚刚就想到,这会儿说不定都烘干了。

她告别后,商邵才从浴室走出。洗过澡,手心刚凝固的伤口又开始流血,他一件件换上原来的衣服,用领带在掌心缠绕数圈,面无表情地等待那抹鲜血停止渗透。

哈萨克族传统的大通铺上,亲密整洁地叠着三床被子,被子上盖有毛毯。三床被子花色各有不同,当中的那一床,高支长绒棉,纯白的底,小小的黑色蝴蝶结是人工刺绣的,很疏散地分布着,四周镶一圈荷叶边,荷叶边由细黑线绲边。

是她会喜欢的风格。商邵面上浮起细微的笑意,在床边静站了会儿,窒涩的心脏让他缓缓俯下身,将脸贴上那只枕头。

是她的气味。他深深地嗅着,嗅着他的山果,嗅着他青翠欲滴的雨。外人眼里连穿一穿化纤面料都算是辱没了他,可他此时此刻却站立不住。

商邵缓慢地在床边跪下,将她的枕头情难自禁地紧紧抱进了怀里,继而将脸深深埋了进去。

心脏的扭痛一阵紧过一阵,如潮涌循环往复,带走氧气。

他赶上了,是吗?他反复问自己。他也只不过是个差点永失所爱的男人。

有一沓什么纸张无声地掉落。

商邵没有注意,在缓过了心脏的疼痛后,他才捡起。

晨报的标题排版是他熟悉的,12 月 23 日这个日期,更是刻进他的记忆里。是香港那天的报纸。

他展开时是如此不设防,因而看到一页随手写在剧本背面的字,不经意地读着时,眼眸中的痛色也来得如此猝不及防。

　　你挑一个晴天,带我去看一看那里的船。

Chapter 07

把我撒在那里。

他问你什么，你只要说，那段时间她很快乐。

他逼自己，一行一行，一字一字地读着，近乎自虐。读到最后，心里反反复复地只剩下一个声音：原来她是真的决定去死。

这道声音如此平静，像研究了很久后宣读的定论。这是她的遗书，这是她的决心。

很奇怪，他最后目光停留的，是那一行："请他好好生活，娶妻生子。"

目光从惊痛到平静，从平静到愤怒，从愤怒又止息了下来，变为一种没有任何光亮、如墨般浓重的黑色。

她怎么敢？她怎么好意思？

没烘干的鞋子又被穿上，但商邵穿上的动作那么慢条斯理，丝毫不见为难。他穿戴整齐，将捏皱了的晨报抚平，压到应隐枕下，继而将遗书平整对折好，绅士地收进大衣的贴身内夹。

做完这一切，他出门，在新年的暮色中沉默地走向那间化妆间。

应隐刚换好戏服和妆，正准备去片场，出门迎到他，不禁错愕："你不是走了吗？"

"直升机走，我不走。"

应隐立时紧张了："那你睡一下，等我拍完？你看着很累……我很快。"

"你要拍什么戏？"商邵从容地逼近她，几乎是不动声色的。

应隐莫名其妙被他逼回了屋中。这还不够，她步步后退，噔的一下，后腰抵上梳妆台，将上面的瓶瓶罐罐碰倒。

没得退了。

"商邵？"尹雪青的妆此时在她的脸上十分违和。

"告诉我，你要拍什么戏？"商邵耐心又问了一遍。

他的眼神完全不对劲。应隐从当中看不到光，也看不到情绪。不能说是空洞的，因为这里面的内容如有实质，压得她不敢喘气，可是，她又分明什么都看不穿。

她想到了前几日暴风雪前的浓云，也是如此黑，如此深，如此低。

"我拍……"应隐咽了咽口水，"吻——"

这个字只说了一半，她的唇就被商邵不由分说地封住。

应隐僵在当场，但她多么不争气，第一反应竟是久违了，她险些落下泪来。

商邵几乎是在用唇舌侵占她。

应隐"嗯"了一声，招架不住，倒在梳妆台上，不住推他的胸膛。

"商邵！商邵……我的妆！妆……"

"什么？"商邵气喘吁吁，目光迷离而眷恋地停在她脸上。

这种迷离和眷恋也是很古怪的。他好像完全不清醒。

"我要去片场……嗯……"她的呼吸连同舌尖的津液一同被勾缠走，心也找不到支撑了，说，"门……有人……有人！"

门掩着，外头没人，但商邵动作停住，眯了眯眼，面无表情地将人托抱而起，转身。砰的一声，木门被应隐的身体重重撞上。

"关了。"他屏着呼吸，冷静而理所当然。

应隐："我得走……"

"去哪儿？"

"片——"

"La Base，是吗？"

应隐身体被定住，一股热流不知从哪倾泻而下，如火山岩浆般将她浇了个透彻。

她脸煞白，又涨得很红。

"什么叫让我娶妻生子，好好生活？"

"我……"

"应隐，你懂不懂什么叫娶妻生子？"商邵用那只缠了领带的手扼住她的下颌，指腹不断粗暴地揉着她的唇。

"娶妻生子，是要跟自己爱的人一起的。你怎么敢？你告诉我，你拍拍屁股走了，让我跟另一个女人共度一生是吗？"他贴在她耳边问道，字字低沉冰冷。

应隐闭了闭眼，一股绝望和羞耻同时折磨着她。

她不该让他进房间洗澡的。

"你要在 La Base 陪我是不是？要在天上看着是不是？"商邵的呼吸一次短促过一次，光线暗淡的屋中，他的眼，他的脸，终于彻底陷进黑影中。

他盯着应隐丰润的唇、绯红的脸："你告诉我，我宠另一个女人，对另一个女人好，你看着，就不怕自己嫉妒吃醋得投不了胎？"

他问得太畜生，应隐紧闭的眼眸中滑下眼泪，鼻腔也被堵住。

"睁开眼看着我。"

应隐摇着头，但还是睁开眼眸。

Chapter 07

"你不懂什么是娶妻生子，我教你。"

娶妻生子这种事，怎么教？应隐一听就觉得不妙，一边使劲推着商邵，一边将唇从他的吻中逃开："商邵……商先生、商先生！我还要去拍戏……"

商邵的虎口卡着她的颈项与下颌，丝质领带随着他的动作摩挲在应隐脸上。

"你叫我商先生？为什么叫这么疏远？"

应隐眉心拧得厉害，目光中满是不可思议。他好像开始不讲道理了。

商邵低下头，凑过去反复亲她的唇角，应隐逃脱不得，支支吾吾连哼带喘地说："你冷静一点……"

糟糕的声音从她鼻腔溢出。

"我们回来、回来再谈……"她一边理智地说，一边渐渐感觉到自己身体的不受控制，竟仰起脖子，任由他吻住。

"我很冷静。"商邵吮着她颈侧，感到她身体在发抖。

"别……"应隐半张着唇，将门扇抵得不能再紧了，手掌止不住地下滑，在深色的实木门上留下汗湿印。

商邵充耳不闻，盯着她求饶泛红的眼，手从她玫红色的衣摆间探入，眉眼很显而易见地皱了一下："怎么穿这么多？"

他已经习惯了贴到她滑腻的肌肤，腰臀线条的起伏如沙丘，与他的大手正正好好贴合。

但尹雪青穿得太多了，里三层外三层的，保暖衣、玫红线衣，还有一件白绒绒的兔毛开衫，很难说清是女人味还是俗艳。

妆造是人设的一部分，镜头会拍到这些，因此应隐总是从里到外穿得一丝不苟。

唯一的好处是，尹雪青穿裙子。秋冬配色的格纹呢料一步裙，及膝，两侧开小口，故而没那么紧，倒有些知性优雅的意味。裙下是黑色打底裤，又紧又厚，穿脱都十分吃力，但把应隐的腿形裹得纤长。

在这种麻烦中，商邵果然稍稍冷静了下来。

"真的一定要去拍？"

他的平和让应隐天真地放下了心。

她"嗯"一声，默默地将堆至腰间的裙子往下抻平。她的唇都被他吮肿了，口红也花了，推开门一走出去，别人就知道她刚被怎么对待过。

"跟谁拍？"商邵明知故问，脑海里闪现出姜特的脸。

那时天色已暗，但他依然看清了对方眼里的不客气、探究与敌意。像狼，但不知天高地厚。

"跟男主角。"

应隐回答，眼睫刚垂了一些，脸就被迫抬起。他扼着她的下巴："他看上去很会吻。"

"我不知道……"应隐吞咽了一下。

她是真的不知道，还没拍过呢。可是总归要拍的，而且就在片刻之后。一想到这点，她语气微弱下来。

这点心虚根本躲不过商邵的眼，他的目光意味深长又冰冷，观察她，问："真不知道？"他唇贴近她耳廓，压低的声音将字句送进她耳朵："是他亲得你舒服，还是我亲得你舒服？"

瞳孔的边缘随着他这一问而散了。

应隐猛烈摇头，身体里涌起一阵又一阵的羞耻："我真的不知道，还没拍过……"

"那拍过什么？俊仪都告诉我了。"

俊仪是笨蛋，应隐对她也没什么更高的期待，以至于被商邵一诈，她信了个十成十。从实招道："一些激情戏……"

"一些？"商邵压下眉心与眼睑。东方式的温润内敛长相，在此刻尽数变为不可捉摸。

他的手揉到了不该揉的地方："这里？"

应隐沉默着，身上热得要命。她能感到脊背上的汗意，保暖衣贴着，十分不舒服。

不说话，就是默认。

商邵压抑地深呼吸，被领带包扎的手转而往下，隔着裙子，手指用了些力压下。

"这里？"

应隐惊慌失措："我们拍的不是色情片！"

"那你告诉我，动作是怎么设计的？那么多次，每次都不一样，是不是？"

应隐难以启齿，惶恐道："都是栗山教的……"

她实在好无辜。

"你是影后，总该有自己的发挥。"

应隐只顾得上摇头了。

"好，"商邵退让，不再逼问她，沉哑的声音带着风度道，"我会包

Chapter 07

场看。"

应隐五雷轰顶。

"所以,"商邵试着总结,"他摸了你,揉了你,而你,"他意味身长地停顿,"准备带着他留给你身体的触感去死?"

应隐蓦地抬头,接触到他暗淡无光的眼神,想说什么倏尔都忘了。明明不是这样的道理……可她辩驳不出,半张着唇,哑口无言。

商邵面无表情,暮沉沉的屋子里,他脸色黑得骇人。

"商邵……"应隐试着叫他。

"今天是新年。"商邵没头没尾地说。

"新年快乐。"应隐细声道。

商邵却不理她,语气平静地说:"你想让我在新年这天失去你。"

应隐心里一紧:"对不起……"

"以后每一年除夕,都会是你的忌日。"

"不是的……"

商邵的目光奇怪地停在她脸上,反复看着:"每一年的春节,别人阖家团圆,我只会记得你在这天埋在冰雪里。"

应隐憋了很久的眼泪流了下来。她一直忍着,为了尹雪青的妆。

"你是真的觉得你走后,我还可以好好生活?"商邵用拇指指腹抚着她脸上的湿痕,"觉得你走以后,我一身轻松,没有负担,伤心几个月,顶多一年半载,就能走出来,开开心心拥抱新生活。偶尔想起你,为你的病可惜,关注我妻子儿女的身心健康,告诉他们爸爸有一个朋友就是这么走的,是吗?你是真的觉得,只有你的爱才是爱,我的爱不是爱?我不爱你,或者只爱一点,所以你可以想走就走?"

应隐泪流满面,只能无力地说:"不是这样的……"

"你走之前,有没有想过哪怕一秒,'我走后,万一商邵接受不了,他要怎么办?他要怎么过好这一生'?"

"我想过。"应隐垂着脸点头,安静地吸一吸鼻子,眼泪从眼眶里径直砸落地上,"我想过……我真的想过。"

她说完这一句,腰肢蓦地被商邵死死按住。他不留余地,深入地吻进她。眼泪滑进唇齿中已经温热,苦涩地化开在两人勾缠的舌尖。

吻着吻着,他失控失态,好像什么都忘了,忘了这里是片场,忘了剧组一大帮人正在等她,只一心一意地吻她,要把她失而复得的生命都强行留在吻里。

第七章 南山雪落

应隐的呼吸一滞，绯红的双眼惊慌地看向他。

商邵也在看她。他目不转睛地看着她，居高临下的脸上没有丝毫表情，将应隐看得忘了呼吸。他要她。

却又不是真的要，因为时间不够。他盯着她，在对视的目光中，指腹划过她的唇缝，捻上上方的唇珠。应隐软下来，站不住，快顺着门扇滑坐下去。

"站好。"

他不扶她，只是托着她的那只手青筋突起。黑色羊绒大衣风度翩翩，如此齐整。

应隐一点声也不敢出，呼吸已经用力屏着了，但还是颤抖。

商邵的唇贴住她滚烫起来的耳廓："想我吗？"

应隐说不出口，但她的身体替她说了。其实前后算起来，也不过就是一个多月，可是她身体里偏偏住了一个食髓知味的灵魂。

片场左右等不到人，又不敢吭声，俱蹲着抽烟。栗山抱臂坐在导演组的户外椅上，冷声吩咐俊仪："去叫她，问问怎么回事。"

姜特沉默地拨弄灶膛，那里面塞满了木柴，被火烧得通红，正随着他的动作而带起一连串的火星。

俊仪应声，抄近道摸黑过去，一推门，没推动。

"有人吗？"小姑娘天真地问。

应隐的眼神慌张又迷离，身心都紧提着，神情向商邵求饶。商邵沙哑的声音没了实质，只剩气息："问你呢，不回答？"

俊仪警觉得很："谁呀？谁在里面？"

应隐只能紧着嗓子说："是我……我难受……再等一会儿，五分钟。"

商邵提醒她："五分钟好不了。"

俊仪眉头一皱，觉得事情很不简单："你一个人？你是不是又想——"她声音轻下去，不敢把那不吉利的字眼说出口，"你别做傻事！"

"不会……"她又被商邵吻住。

这种时候的吻，跟那些纯情的当然不同。她舌尖被缠出唇外，漂亮的唇半张着，津液无法吞咽。

她没了声响，俊仪急了，更用力地推门："应隐！你开门！"

砰的一声，开了一道缝的门又给严严实实地撞了回去。

俊仪脑袋冒问号，眼里冒眼泪，听到门里应隐无奈地说："我不是一个

Chapter 07

人，我……我……"

"她跟我在一起。"商邵终于好心地出声。

俊仪愣了愣，轰的一下从头红到脚。

门外又传来远远的问话："她在里面？"

怎么是姜特？俊仪刚满脸通红地蹲下，不敢蹲太近，怕听到不得了的声音。一见姜特，她噌的一下又站起来，手指不自在地擦着裤缝："她她她……她闹肚子！"

姜特看得出她在撒谎，脚步仍在靠近，夜色也挡不住他锐利的双眼："她是不是又出什么事了？"

俊仪一个头两个大，主动向前一步挽起姜特胳膊："你不懂，女孩子的事情你懂什么？美女的事情你少管，你漱口了吗？拍吻戏要漱口的！我给你拿漱口水……"

"你的男主角找你，你想不想吻他？"商邵俯下身，堪称克制地亲她耳垂。

在他要命又充满占有欲的问题中，身体里一直堆叠的感觉却临了界，应隐喉头溢出细微又短促的哼声，不顾一切要推开商邵，脚尖在高筒靴里绷紧了。

动静却在这时候止了。

"该去拍戏了。"他彬彬有礼地说，看着应隐的眼，将右手并着的食指和中指在左手缠着的领带上细致地正反擦了一遍，擦掉水痕。

应隐大张着双眼，那眼神如此单纯懵懂，里头只有不敢置信。可她倔强，纵使腿还软着，玉似的鼻尖还脆弱地红着，却真预备走了。

商邵眯了眯眼，猛的一下将她禁锢回怀里，左手五指张开，托住她下半张脸，有淡淡水腥味的领带跟着捂进她唇中，收住了她的失声惊呼。

他深深地看着她，强势扣住她腕骨："真舍得走？"

下一秒，应隐被他翻折过身，按到门上。

目光在门扇上持续了几秒，才从迷离中找回焦点。

她纤细的腰肢还软陷着，就着姿势回眸，看向已经退出一步的商邵，不知道是委屈，还是怪罪。

商邵匀了匀呼吸，沙哑着低声问："灯在哪里？"

"不开灯。"

"想看你。"

"不要！"应隐唤了他一声，按住他抬起的手。

她衣衫不整，穿的又是尹雪青的戏服，十分俗艳，远不是她平时端庄大方的样子。她不想让商邵看到这副模样。

商邵依她，不再有动静。

黑暗中，衣料轻擦的窸窣声响了一阵。应隐沉默着穿衣，身体深处还留有他的热度和触感，因为久违，所以鲜明深刻。他进得强势，退得干脆，像是只为了满足她。应隐心里想，原来真的有男人对这种事毫不贪恋。

待窸窣声静了，商邵抚一抚她的眼："好了？我陪你去片场。"

他多不想放她去，但她是演员，把她强行留在这儿，让她翘了这场戏，改天就该有爆料说她耍大牌。

他来这里，是为了托住她，而不是拖住她。是为了当她的风筝线，而不是缰绳。

"你这样……"

太羞耻，她没能说完，商邵回道："过一会儿就好。"

已经过了六点，月亮还没升到窗子上，屋子里黑沉沉的一片，一切东西都只剩轮廓。厚实朴拙的手工家具，被褥与沙发，塔形的梳妆台——一切轮廓都显得那样粗笨，唯有他和她相对的剪影流畅着、纤细着，像两笔工描。

应隐挨过去，贴抱住他，内心想，要是这是精神分裂，该怎么办呢？好真实，好美丽，靠她自己，怕永世都清醒不了。

但愿长醉不复醒。

商邵拉开门，陪她出去。外面有月光，比屋子里要明亮不少，是一种深蓝色的明亮，像沁在克莱因蓝的亚克力中。鞋子踩雪的咯吱声静悄悄地响了几步，停了下来。

商邵拉住应隐的胳膊，就着这样的光线凝目看她。

她的面庞、颈项，都如凝脂白玉，肉贴着骨，如此紧致精巧，纤秾合度，在月光下莹莹一片。眉心、鼻尖、下颌缀着的一点月光，恰如水头。

他看得如此仔细，让人感觉到他目光的实质。应隐抬首，与他对望一阵，眨眼时，被他安静地吻住。这是补上刚刚在屋子里荒唐过后的。

离片场还剩一小截路时，两人便已能看到木屋里透出的灯火之色。应隐准备的新年手信派上了用场，一进屋子，牛奶曲奇、杏仁酥与陈皮饼的甜香味飘满了空气，没什么等着上工的焦躁氛围，倒有些等着吃年夜饭的温馨。

Chapter 07

"对不起大家，迟到了一会儿。"应隐诚意地道歉。

这是她头一次迟到，剧组一会儿觑商邵，一会儿觑栗山。

就刚刚那一会儿工夫，关于影后男朋友的身份已经从内地游艇协会会长猜到了香港富商，又从海归高管猜到了大学教授，说什么的都有。

不可能是高管，不像。

手上那块表看着是真低调，一千多万，不知道的还以为是块破万国表。

那直升机也是他的吧？

那就不是啥教授。

最终什么也没扒出来。如今人到了眼前，心底的那些声音又偃旗息鼓了，只觉得他尊贵，往那儿一站，按说也没吭声也不盛气凌人，但就是让人不敢大声喘气说话，最无赖的人在他面前都恭敬了三分，最粗鄙的人到他眼前也懂了教养——瞧大摄蔡司，平日里最爱蹲着抽烟，剔牙都不避人的，这会儿站得笔直，手是手脚是脚，脸上无端笑三分。

按三流小说写的，他像神祇，像天上月，出现在这儿，让人诚惶诚恐。

栗山没关注小小片场内的气氛变化，看了应隐数秒，叫过化妆师，下巴轻抬示意："补妆。"

不必副导演和各组指导喊话，所有人已经各就各位。

姜特刚被俊仪按着灌了小半瓶漱口水，嘴里火辣辣的疼，心想你们城里人是真会给自己找罪受。此刻见她又拿了新的递给应隐，便散漫地抄着手，等着，看着。

他没看商邵，但身体的感知如草原丛林里的狼，敏锐地捕捉着一切。感觉到商邵的目光在他身上暂作停留，姜特也将视线从应隐身上挪开。

他毫无情绪地看商邵，商邵也毫无情绪地看他。

不知道谁胜了，姜特只知道自己捏紧了双拳。

其实他大约明白，眼前这个男人拥有他们社会里顶级的地位，他一双皮鞋、一条裤子，价钱就超过他们家所有的牛、所有的羊。那种气质，是因为有天生上位者的从容与气度托着他。

她喜欢这样的？可是第一次见她，她明明就像头鹿、像头羊，细弱、纯净，天生适合被雄兽按在爪下——她是能同时激起男人征服欲、捕获欲、保护欲与掌控欲的女人。

可是这个男人，不像。他看着四平八稳、八风不动，不像姜特已知的雄兽。

应隐讲究，漱口是避着人的。走到洗手间里，拧开水龙头，水流声响了一阵，再出来时，她唇瓣水润，正用纸擦干，好方便描口红。

"我们再讲一遍戏。"栗山拍拍掌，"时间不早了，状态也到位，争取三条内过。"

他的视线射向应隐，用只有她懂的眼神和话语，隐晦地询问："你可以？"

虽然刚刚的惊魂还没有在他血脉里平息，他还在心悸，心悸得咳嗽，一张脸犹带着骇然与颓然的神色，显得比平时更苍老了些，但他的女主角主动请拍，他没道理推辞。

只是，导演生涯中唯一一次仁慈，出现在了此时此刻。

他的目光告诉应隐，如果她喊停，他可以给她台阶，过了今晚再说。

应隐迎视着他："试试。"

"好。"栗山开始讲戏，"这是尹雪青和哈英的第一场吻戏，在这之前，他们已经有过情欲的触碰，但一直没吻过。为什么？因为尹雪青觉得自己不配，她觉得自己很肮脏下贱，这张嘴，被很多男人造访过，那些男人跟她一样下贱肮脏，所以她是抗拒被哈英吻的。但这一次，她接受他的吻。还记得我说的灵魂配比吗？到这一场为止，好，她女人的分量，胜过了妓女的分量，她不再把她跟哈英的一场感情当作是临死前的露水情缘，而是将其视作一段爱情恩赐。她败给了爱和欲的拉扯，把她身心浸到了爱情里，这是一片纯白的雪域，是她生命第一次涉足的地方，她战栗、欢欣、欢愉，但是——"

栗山示意应隐，让她接着讲。

"但是，她知道他们一定会分别，他们在一起的每一天，都是倒计时。她跟这个男人投入多一分，就拽着这男人的人生往下沉一分。"应隐轻轻地说，眼睫垂下去，"所以她绝望，多一天，就是挣一天。她也深深地厌恶自己的自私，但她顾不了。'我死以后，烈火烹油，万劫不复，生前欢，死后还'。她是个爱情豪杰，用的是自暴自弃得到的勇气。"

"我死以后，烈火烹油，万劫不复，生前欢，死后还。"这句话写在尹雪青的人物小传里，她写的，给沈聆看，问沈聆对不对。沈聆那时久久地不说话，看她的眼神那么复杂。他说："尹雪青不得奖，会是栗山一生最大的

Chapter 07

败笔。"

他说的是"尹雪青不得奖",而非《雪融化是青》。

应隐的声音落下,栗山冷肃的脸一时愣住,因年迈而光滑的皮肤上,迅速蹿起了一股针刺毛孔般的战栗感。他知道自己已不必再讲。

哈英的层次要简单许多。他知道这个女人瞒着他许多秘密,一个冬天跑到雪山来找死的女人,怎么会没有秘密?但他无法探寻到。他是个靠直觉而非逻辑和道理来生活的人,所以这一场吻,对他来说是一种得偿所愿。他生命里第一次真正知晓爱,与之比起来,此前和努尔西亚的婚姻,淡得像日光下轻薄的假象。

毫无疑问,为了将男女主面部表演收录完整,这场戏一定是特写的。三个机位,姜特的特写,由应隐的肩膀越肩推过,双人特写则是侧面对称构图。栗山的调度设计,在于应隐的特写——她的镜头,是对着一面贴在墙上的镜子来拍摄的。

镜子常常象征着谎言、虚妄,在这里还意味着伪造的纯净——它毕竟不是天然水晶。同时,它也是人造景框,透露着摄影机的存在,将观众从激烈的情绪中抽离出来,给了他们窥视、冷凝的视角。

观众也许会审判她,也许会同情她,这是与人生经验高度相关的私验性感受。

吻戏是常规戏,不必清场。无关人员退出片场,所有人都在等栗山令下,但栗山独独给了应隐几秒。他以为她会走过去,跟商邵说两句话的。但她没有,而商邵也没走。

栗山不再等,场记举板进入镜头,念出场号镜号,"Mark"声后跟着打板声落,表演开始。

导演组的监视器后,栗山和缇文坐着,副导演、摄影指导、俊仪站着。

俊仪原本想问一问商先生来不来,却见他面无表情地站着,手指间掐着一支未点燃的烟。

俊仪目光一动,不知道他为什么要把领带缠在掌间。这么不正式,不像他。

镜头中,应隐举着烛火,那火光微弱,凝结烛泪。她转身,在狭小的空间内与姜特对上。两人对视一阵,前面已聊了许多话,所以他们双方情绪饱满,她怔了一怔,在两秒间,情绪由紧张至松弛,认了命,似哭带笑。

一切都很好,堪称"影后时刻",直到该吻上时,应隐下意识回头,看向了站在屋角的男人。

第七章 南山雪落

"对不起，对不起……"应隐瞬间抽离出来，"我不是故意的……"她连连低头。

栗山深吸一口气，没苛责她："前面很对，调整一下，一分钟后拍下一条。"

一分钟后。

"咔！"栗山放下导筒，搭起二郎腿，面无表情，双手环胸。

摄影指导老傅回头看屋角的男人。灯光甚至没有照到他，他站在阴影中，低调得很。

应隐深呼吸，将目光从商邵身上尴尬地移向栗山："对不起栗导……"

栗山挥挥手，耐心道："一分钟。"

应隐在灯光下踱了两圈，反复深呼吸，仰头，清空自己。

商邵的存在感太强。他什么也没干，并非沈籍老婆那种死盯着的凝视，只是漫不经心地玩着指间烟管，注意力甚至是抽离的。可是他在，应隐总想回头看他，好像在说："那我先进去了，你要等我。"

又一个一分钟后——"咔！咔咔咔，咔！"栗山甩下导筒暴躁起身，"给我出去！制片，清场！通通给我滚蛋！"

虽然导演骂的是"通通"，但全片场没一个人有"通通"的自觉，全都去看屋角的那个男人。

商邵把玩烟管的微末动作停了，眯眼看向缇文。

缇文的宁吉影视先后管他借了八千万，这当中有应隐跟原经纪公司赎身的违约金，有公司成立的注册资金和各项杂费，以及后期为栗山这部片子的投资费用。盘子拉得太快，一切从急，许多费用都比平日高了一截，更不提缇文为了电影在香港立项审批所投入的运作经费。

因此，严格来说，商邵算是这部片子的半个资方。虽然这资方隐姓埋名，除了缇文，在场的谁也不知道。

要在娱乐圈做事，缇文首先想要收拢倚仗的，并非商邵，而是手握 GC 文娱的陈又涵。GC 文娱原本不是圈内的顶级出品方，但几年前看准了中国电影市场黄金期的到来，豪掷百亿打造"明锐"电影专项计划，一跃成了出品龙头。当初商陆开赴内地拍片，也是首选 GC 为他打开局面，毕竟这两个字母的背后，就代表了人脉和关系。

栗山的《雪融化是青》没有找过 GC，一是因为他的公司跟辰野合作紧密，跟 GC 在圈内实属两个派系，二是这部片子风险大、投资回报不清晰，

Chapter 07

很弱势，这时候引入资本巨兽，栗山极有可能在片场失去主导权，这是他不能忍受的。

缇文原本已经做好了所有的提案和路演准备，也约好了陈又涵。怪就怪她为了以防万一，请教了一下商邵，问他这种场面是否带上女主角才更显有诚意。

"你的意思是，"她对面的男人喂着袖珍小马，不动声色道，"你想让陈又涵当应隐的出品人。"

缇文心想，本质是没错，但听着怎么怪怪的……

"缺多少？"

"三千万，但我还想跟陈又涵谈一谈海外发行的问题。"

"这么点。美金？"商邵十分轻描淡写地问。

"当然不是！"缇文吓到，"人民币。"

"出品人，会去片场吗？"商邵问了个十分不起眼的问题。

"不一定，看心情，但当然有资格。等电影制作完成，进入宣发阶段，出品人要露的面才比较多，比如接受采访，跟剧组一起走各种电影节红毯，参加海外发行宴会。"缇文一五一十地答，"如果出品方居功甚伟或者有点可挖，那就还可能一起拍时尚杂志之类。"

她说完，也不知道对面男人盘算了些什么，只知道他把最后一把草料喂完，轻拍掉手心沾染的草末，说："我出。"

缇文被他吓到："你都不看电影，也不了解这部片。"她踌躇起来，"邵哥哥，实话实说，这个项目是我自己玩心大，我想看看能玩到什么程度，不一定能赚的。"

她的心情有点像被长辈审阅，事情能不能成还不一定，先自己说点客气的丧气话。

商邵却说："我不需要了解，就当我个人赞助你玩，赚了，bonus（红利）你看着分，赔了就再说。你只要记得，"商邵瞥她一眼，"以后你有任何想请陈又涵出面的地方，都先来问我。"

这一切都发生在十二月。

此时此刻，缇文被商邵一瞥，虽然紧张得快灵魂出窍，但也只能瞪着眼睛用眼神回应他，整个表情都写满了"爱莫能助"。

拜托！有些人心里一点没数吗？影后为什么入不了戏，进度为什么一再延宕，百十号人为什么还没吃上年夜饭，不都是拜你所赐！缇文内心怒吼，而且这是栗山！栗山！她一个初出茅庐，有几个借来的小钱的小制片，能拿一个地位超然的业内大拿怎么办?!

"小庄!罗思量!"栗山气急败坏,两手叉着腰,黑色千层底棉鞋在屋内水泥地上来回踱步转圈,见没人动弹,抬头怒吼一声,"等花轿呢?要我亲自给你们抬出去?!"

暴君动了真怒,原本还存了看好戏心态的职工们终于灵光了起来,纷纷卷起器材提桶跑路。

应隐硬着头皮走到商邵身边:"商先生……"

她不敢叫他商邵,怕剧组人心细听去,又不敢叫阿邵哥哥,否则被八卦小报辛辣一写,又成了她工于内媚。

"我也要出去?"商邵将烟咬上唇角,但没点。

那烟管被他手指掐得折了些,与他整个人的内敛工整极不相配。

"嗯。"

栗山的命令,谁敢不从?应隐两手抄在上衣口袋里,仰面的眸中有一丝恳求:"就去外面等一等我好不好?很快。"她知道周围多少双眼睛盯着,但也顾不上了,讲话声细细的,"你在,我总是想看你。"

她的诚实让商邵脸上浮起些微笑意。

"为什么?"他不动声色地问,将烟从唇角取了下来。

"我想确认你在不在。"

走至门口,月已升起,淡淡地拓在天空,如一张影印。

商邵问:"要吻几次?"

应隐被他问得心提起来,指尖掐着掌心:"为了你,只一次。"

她一路陪他走到外头,踏到雪地里,说:"我走了。"

说了走,一时却没转身。商邵便轻缓地揽住她腰,垂下首,看着她的双眼。

"别忘了回头。"

他吻她,只印在唇角。

应隐点头,转身,在身后留下一串实实的脚印,眨眼,唇角轻微扬起来,眼角却有温热湿意。

她快步往镜头前走去,那里灯火通明,是她过去十几年的梦中之地。

片场内已清好场,只留下掌机。都以为她要安抚男朋友好一阵,蔡司几个都嘴角衔烟,正要吞云吐雾,却见她步伐轻盈地跃过门槛,冻得通红的鼻尖下是一张微笑的唇:"我准备好了,随时可以。"

连栗山也惊到了,但他不显山不露水,吃惊都严实地压在肚子里。他没

Chapter 07

有多问，径直回到监视器后，给了应隐和姜特两分钟入戏时间。

屋外空地上，听到清脆的打板声落下去，孤身站立的男人僵了一僵。

亲眼见证虽然残忍，但总比这样无尽等待好。

他远没有刚刚表现得那么从容、松弛，一双手伸进大衣兜里，漫无目的地摩挲一阵，隔了一会儿，才缓缓想起自己是要摸出打火机点烟。白瓷烟盒的上盖弹开，里面没有烟，也没有打火机。也许是不知几时滑了出去。

演到什么地方了？没听到导演喊咔，证明戏走得很顺，正在照既定的分镜演下去。

那么……就是已经吻上了。

商邵咬着烟，从侧面看去，他的颌角如石刻雕塑般僵硬而苍白。

正聚在一起抽烟的几个制片，突然迎来了想都不敢想的不速之客。

"请问，"初来乍到的男人很少开口，却有一把极好的嗓音，"有打火机吗？"

几人愣了一下，竞相反应过来："有，有有。"

制片主任罗思量率先将手掏进兜里，摸出一枚粉色塑料的，递给他："是滑轮的。"

他多余地解释，怕商邵用不惯。

商邵点点头，偏过脸去。星月下，他垂着眼睑，情绪一丝一毫都未泄露。砂轮轻擦一声，火苗簇起，商邵受伤的左手拢着，就着这火，深深地长抿了一口。

周围的人都噤声了，木屋窗户和门缝里泄出的光漫进雪地里，映在他侧立的身形上。

他好像靠这口烟续了命。烟雾缭绕开来，很快就被冷空气带走了温度。商邵将打火机递还回去："多谢。"

罗思量大小也是个人堆里混上来的精，虽比不上老杜水滑，但接触过的大拿海了去了，哪个不是整天在热搜上腥风血雨的？今天他却真有点不自在，接过打火机，讪笑两声，呵出白气，没了声响。

还是另一个制片人眼尖："您手怎么了？拿领带缠着，受伤了？"

这声"您"来得平白无故，但没人觉得不对劲。

那手正擎着烟，商邵闻言，侧眸一瞥，平淡的语气："不碍事。"

"我们那儿有医药箱，有跟组医生，要不我带您去处理下？"罗思量问，一口地道京片子，"不远，一来一回，等回来时估计他们该结束了，正巧。"

商邵原本已经念动，听到后一句，尚未抬起的脚步又落定回去。

他不能让她出来时，第一眼见不到他。

"您是头一回探班？"话匣子开了一次就不惧第二次了，罗思量寒暄着问。

商邵点点头，也许是嫌负伤的手太过惹眼，他轻巧地换了只手夹烟，在月光下，修长的手指有一种峥嵘挺拔的骨感。

"您不冷？"另一人问，拍拍自个儿戴棉手套的手，"不像我，手指头都差点儿冻掉。"

商邵还是点头，吁了口烟："南方长大的，没那么怕冷。"

唯这一句透露出烟火人气，剩下的人都笑了，气氛随他的大发慈悲而松快了些："应老师也是南方人，可怕冷了，剧组上下出了名的。"

听到应隐的名字，他"嗯"了一声，脸上显而易见柔和了些，又想起什么，淡淡说了句"失陪"，转身走开的同时摸出手机。

身后没什么窃窃私语，几人都干站着，目送他远去，手里头红星明灭，配着淡白呵气，看着就有股冷。

"应老师这眼光。"半晌，不知谁说了一句。

拨给飞行员的电话很快接通。他已降落在省会城市，从机场接了空乘递给他的行李，正要去买八宝饭和仙女棒。仙女棒好找，八宝饭却新鲜，最后在一家南方大饭店的年夜饭菜单里找到了，没让后厨加热，打包好，用冰块保鲜着。

"您是说油汀吧？"飞行员听了他的描述，准确地念出名字，"行，要几台？"

"一百台。"

"……"

其中两台放在应隐她们的房间里，剩余的分给剧组众人。他也可以选择给所有屋子安装空调，但正值新年，工人师傅不好安排，且他刚刚观察过，这些屋子并没有留下空调机位和孔位，是件麻烦事。当然，最终改变心意，还是因为缇文之前那一句，"邵哥哥，油汀真是个神奇的东西，比空调舒服多了呢"。

他偏心，让飞行员再带一台雾化加湿器过来。

"还有呢？"飞行员无奈道，"您自己没有需求？"

飞行员受康叔雇佣，要照顾好商邵，满足他的一切要求，如果觉得太不可思议、天方夜谭，也不要紧，打电话给那位林存康先生求助，他会安排好一切。

Chapter 07

商邵不为难他:"我会跟康叔说。"

打完电话,心口的沉闷紧涩只是稍稍缓了两秒,回过神来后,那股窒息感再度铺天盖地。

他深深地吸气,缓慢地呼气,每一次呼吸中,都有疼痛作祟。烟快燃烧到末尾,他夹着烟,手指微蜷——那痛从心脏连接指尖,连接神经末梢,他张不开手了。

手表成了摆设,他没法看时间,怕时间走得太慢,度日如年的痛原来不过半分钟。

俊仪也不来陪他。她怕,就只远远地看着。

他怎么受得了的?俊仪想,宁愿他不必当什么光风霁月的君子,不必当什么尊重另一半事业理想的灵魂伴侣,反正他也不看电影,就算不理解活在这光影里的人和梦也无可厚非。他不必当她的高山流水,大发雷霆,甩脸色、撂狠话,让谁都不好过——他又不是没这个能耐,这事情又不是那么少见。

谁嫁了豪门、谈了富商或有了金主,柔柔弱弱地跟导演说一句,不好意思,我不拍吻戏和亲密戏的。这种故事,俊仪也听多了。但俊仪远远地看着他沉默的背影,又想,谢天谢地,他是光风霁月,照亮应隐踽踽独行的雪地。

紧闭的片场门,传来一声插销被拉开的声响。

商邵身体一僵,过了会儿,才转过身去。

身后咯吱咯吱踩雪的动静由远及近,在离他还剩两米的地方停住了。应隐站在那里,背着身后的片场灯光,目光游离又陌生地停在他脸上,似在用力辨认他的意义。

指尖在烟蒂上掐出弯月印痕,商邵由着她看一阵,低声叫她:"应隐,到我这里来。"

应隐回过神来,微笑道:"晚上好。"

她的笑很怪,似对路人,透着某种疏离和敷衍,听到动静,不自觉看向另一个方向。那个方向有栗山和姜特,两人站在门槛外,在灯辉下聊着些什么。

商邵呼吸一紧,心尖的抽痛猝不及防,以至于失去理智。众目睽睽之下,他扔下烟,阔步将应隐猛地一把拉入怀中。

"你在看谁?"他的气息和尾音都一起颤抖,"告诉我,你想看谁?"

他的怀抱太紧,把应隐的身体勒疼。她皱了下眉,半抬的手迟迟没落到他肩上。

"拍个吻戏,你就把我丢了,是吗?"

他问得好没有道理,却像一柄匕首刺进应隐的心里。那柄匕首如有实质,刺得应隐瞳孔骤缩,呵出战栗的一口气,像被人从躯壳里踉跄着推了出来。

"不是的……"开口时,眼泪已不知何时滚了下来。

商邵没有听她废话,当着远远近近所有人的面,他箍着她的腰,按着她的背,将她的身体死死抵进怀里,承受他的吻。

他的吻密不透风,凶狠强势,占有一切,取代一切。

他不允许她记住别人带给她的感觉。

"看我。"他命令道,漆黑的眼眸如潭似霭,专注地逼视着,要她醒,"你的心,在我这里,在我商邵这里。"

应隐被他搂得腰肢后折,在雪里头站不稳,跌撞软进他怀里,双手攀缘上他的颈背。她被他如此居高临下地看着,身体抖了一抖,闭上眼,依赖地迎他的吻:"商先生……"

怎么都带鼻音了?听着很委屈,像告状。商邵满意了,身体里想吻她的念头却更汹涌。要不是时机不对……他会把她扔回床上,或者就地,用更荒唐、坚决的方式。

收工时刻往往最是热闹,但四周此刻静极了。

其实无论多用力想看清,也是看不清的,因为月色很淡,而男人在黑色大衣下的身影隔住了一切目光。再说了,哪好意思真看呢?

他们不敢在言语间、目光间唐突他,从此不单是因为他非富即贵,而是因为他在这冰天雪地里孤独自撑的八分钟。

静止的片场再度活动起来,远近都有人吆喝着收工过年了,有人问放不放烟花,有人问红包在哪儿。罗思量的声音穿透各组:"咱在 A 座 13 栋吃年夜饭啊,不醉不归!把栗导灌醉,明儿放假!"

冷意中的热络更显动人。在夜晚七点的互道新年好中,不知道谁放了一簇烟花,小小的,留下一尾烟,点亮了不丁点儿大的世界,却引所有人仰首观看。那丝璀璨映在应隐眼底,倏尔烟花寂灭了,她的瞳却仍然明亮。

栗山勾了勾唇,将视线从相拥的两人身上收回来。他迟滞了一下午的心也活了,收回来了,为电影,为她,为自己的晚节。

看向身边的男主角时,栗山的目光中有责任,也有释然:"现在,你还要跟我谈一谈你太过入戏的事情吗?"

Chapter 07

梦里不知身是客，一响贪欢——他该见一见真正坚定盛大的爱意。

拍戏是很无聊的，要是在城市里还好，收了工还能吃吃消夜喝喝酒，在这样的穷乡僻壤、荒山野岭，一入夜就两眼一抹黑，不给自己整点乐子，两三个月的日子根本过不下去。

给小木屋按别墅区的方式划分单位，就是剧组找的乐子之一。否则单说哪儿哪儿哪儿，费劲，划拉片区，立个单位，一目了然。A座13栋，那就是第一溜儿数下去第十三座小木屋——剧组的五个饭堂之一。

负责烧饭的是在阿恰布就地找的妇女，做的是新疆当地菜，每天早上烤馕配奶茶，中午烩面片、熏马肉，晚上大盘鸡和手抓羊肉改善伙食，再喝几盅小酒，香是真香，胖也是真胖，一个月下来，人人腰上三圈肉。

摄影指导老傅嗟叹一句："过年了不想吃肉，就盼着来点儿素的，奶油小白菜、白灼油菜心、姜汁炒芥蓝、姜蓉水东芥！嘻呀！"

后头跟着的摄影组、灯光组都会心笑起来，罗思量"呵！"一声："您瞅瞅就知道了，今晚这年夜饭，正宗咱岭南风味啊，包您宾至如归！"

他一个地道的北京人，说一句"正宗咱岭南风味"，让全剧组都大笑起来。"您是哪门子的岭南人？陈公祠的门朝哪边儿开？"

其实每日收工后，各组清点器材、整理素材、养护设备都还得再用上好大一会儿工夫，今晚是新年夜，经栗山特许，大家才放开了，得以先吃完饭喝完酒再去忙活。

"虽说年味是越来越淡，但怎么着也是一日子……"罗思量说着，音量低了，又呵出一口气，快意敞亮地说，"想俩孩子咯，每逢佳节倍思亲嘛！"

似乎是心有灵犀了，这条蜿蜒了百十号人的路，欢声笑语悄寂了下去，取而代之的，是高高低低的聊电话声。

应隐跟商邵走在最后面。她要先回去卸妆换衣，之后再赴宴，顺路，便听着他们热闹了一路。不知道是出于什么默契，全剧组的人都离他们数步距离，不提栗山，就连缇文和俊仪两人也并行说着私话，把他们两个甩在了身后。

"你家里人该吃完年夜饭了？"应隐问，讲话呵出白色轻雾。

"吃过了。"

"我记得小岛跟我说过，你们家人很注重过年，大年三十是一定要团圆的。"

"确实是惯例。"

第七章 南山雪落

"那你……出来得这么匆忙。"

商邵听明白她的意思:"不碍事,事急从权。"

"我总是给你添麻烦。"

商邵瞥她,语气平淡但具有威慑性地问:"你是不是还没出戏?"

应隐:"……"她唇都被他弄肿,哪有不出戏的余地。

商邵不再说话,大庭广众之下,他牵住她的手。他宽厚的掌心拥有与天气截然不同的温度,将应隐的手完好地包住,指腹摩挲着她葱白的掌尖。

"需不需要我提醒你,全剧组现在都知道我们的关系了。"他问。

"我会跟他们打招呼,让他们不要拍你的照片,也不要乱传。"应隐担心的东西与他想表达的意思可以说是风马牛不相及。

"我的意思是,"商邵捏紧了她的手,"你要是现在还不承认我的身份,是不是有点说不过去?"

应隐目光乱闪,躲着:"什么身份……"

她含糊其词,商邵也不逼她。下榻的木屋近在眼前,剧组的其他人已经在前头路口转弯了,独有缇文在等着,见了两人,招呼道:"你回去卸妆换衣服,我们先过去,导演主创组在16栋。不急,栗山说等你到了再开动。"

推门进屋,体感比外面还要冷上几分。应隐第一件事就是开油汀,先蹲着烘一阵手,等缓过劲儿了,才起身脱衣。对哈萨克族来说,床既是床,也是沙发,铺盖一卷,露出底下的花色垫毯便可用来会客。因此,这小小一方卧室里没有拿来坐的地方,商邵只能斜倚着站在窗边。

那里冷,贴了窗花的玻璃上满是雾气。

应隐将自己那床被子收拾掉,请他坐。

"这里条件很差……"她解释着,感到些微窘迫。

商邵脱了大衣,依言坐下,长腿支着。应隐转身想走,被他牵住一手。他看着她眼,把她拉近身前。

"他们还在等……不能让他们再等太久的。"她的那份不自在可太明显了,脸上的红潮,目光的躲闪,都那么动人。

商邵闻言,失笑一下:"你想什么了,嗯?"

他的拇指摩挲着她温凉的指尖,察觉到她想逃,手上更用了力。他盯着她,说:"坐。"

应隐认命似的,坐到他腿上。

沉甸甸的重量,让商邵的每根骨头都觉得久违。奇怪,分明只是分别了一个多月。他喉结滚动着,几乎要逸出舒服的叹息,将人结结实实地抱住,

Chapter 07

闭上眼，鼻尖抵着她仰起的下颌处，嗅着。

"演戏的时候也这么香？"他的声音低得若有似无。

"你不喜欢的话……"

"喜欢，所以换一支。"

应隐"嗯"了一声，被他闻着，似一朵只给他闻的花。

屋子里渐渐暖起来，窗户上的雾气更重了。

商邵解着她的外套，将属于尹雪青的衣着一件件剥了，怕她冷，留了一件黑色保暖衣，左手隔着这层，将搭扣熟练地捻开。

应隐发起抖来，他还什么都没做，她却有暖流。过了一会儿，格纹裙尚且好端端地穿着，上衣却被推上去。

她抖得厉害，一阵一阵的，细密。商邵不问她是不是冷，而是将一旁的黑色大衣展开，为她披上。那上面还有他身体的余温。

披上后，他一手隔着大衣揽住她，用那只缠着领带的手托住，吻上去。

应隐蓦地更剧烈地抖了一下，仰起的脸上双眼紧闭着，沐浴着白炽灯的冷光。她不知道该做什么，只一味地用双手捏紧大衣领口，好不让它滑落。

"你现在告诉我，做这些事的时候，我们是什么身份？"

他现在讲道理越来越厉害，从容不迫，守株待兔，迂回极了。

应隐睁开眼眸，深深地凝望他一阵。过了一会儿，她亲吻他的文身，将唇印上去，吻那一串"未经审视的人生是不值得过的"古希腊文。面对他的讲理，她也学会了反客为主。

"应隐。"商邵叫了声她的名字，喉头咽动，眸色已经沉了下来，半眯着。

他没阻止她。房间里安静得很，剧组的欢腾声遥远而隐约。应隐不知道他忍耐着心头火起，被他拉起，折腰跪进怀里时，眼神迷离："不喜欢？"

商邵掐住了她的下巴深吻。"喜欢。"他回得简短明确，"但没这么快。"

应隐："……"

"除非你不想去吃年夜饭了。"

"不行！他们会想歪……"

商邵帮她整理着衣服，深色的眼眸看她数秒，微抬唇角："也不算想歪。"

"是你过分。"应隐含糊着控诉。

"是我过分。"他承认得眼也不眨。

"问就问，非要这么问……"

"你呢？回答就回答，这种方式，是不是太委屈自己？"他指尖轻触上她的唇角。那里显然比别处红，似有细小的伤。

这才哪儿到哪儿。他甚至都没动。

应隐咬住一点唇，听到他问："好吃吗？"

在他这一问中，应隐几乎受惊，脸色绯红，无措的模样。商邵用吻安抚她，又将她柔缓地抱住："明天医生就来，答应我，好好吃药，好好看病。"

"这个吗？"应隐的指也轻碰上唇角，"没有这么夸张。"

被他极度无奈地看了一会儿，应隐才明白过来。她心里条件反射地一紧，为他知道了真相，又随即松弛下来，因为他总是未雨绸缪，想知道的事，也总会知道。

对抑郁和双相病人来说，心理医生好不好是其次，关键是彼此之间的信任。建立信任的过程是痛苦的，也是艰难的，他们毕竟不是逢人就打开心扉，还有可能遇上一些居高临下的医生，审判病人的病言病语，相当于施加了二次伤害。

应隐却乖巧地点点头，说："我会信任医生。"

只要是他信任的，她就信任。

"是沈喻吗？你看的那个医生。"

应隐一怔，眼睛懵懂地瞪大。

"他搭明天下午四点的飞机来。"

"你把他叫过来了？不对，你怎么知道我的心理医生是他？"

商邵心里一静："我爸爸告诉我的。"

应隐脸上表情苍白地凝住。他爸爸？那个吓人的、让人连头都不敢抬的男人？

"他早就知道你的病，是他告诉我的。"

"所以你今天来……是不顾他反对来的。"应隐一眨眼，眼眶已经湿了。没有一个父亲能接受未来儿媳是这样的病人，何况是商家这样的顶级豪门。她几乎能想象到所有糟糕的场面。明明不想给他的父子关系雪上加霜的，却还是弄巧成拙。

"他不反对我们。"商邵屈起的指侧在她脸颊滑过，"他祝福我们。"

卸妆不费什么工夫，应隐草草洗了脸，抹上面霜，最后换上了自己那件绿色大衣。到了吃饭的地方，不算迟到很久，导演组和主创们都在喝茶闲聊。

Chapter 07

罗思量真不算夸海口，为了这顿年夜饭，他跟生活制片也算是用尽了心思，桌上连干鲍炖鹅掌这样的粤式功夫菜都有，烧腊拼盘也很有模有样，老傅点名要的姜蓉水东芥、白灼油菜心，还有那沙拉汁拌冰草都鲜灵得不行。

应隐合掌抵着下巴，惊喜道："糖拌西红柿！"

罗思量咬着烟笑得够呛："我就说应老师最好养活，一道糖拌西红柿就高兴了。"

老傅招呼着："来来来，大家上桌，隔壁都已经二两下肚了！"

俊仪勤快，把几瓶陈年茅台开了，还搭着些红酒和威士忌，洋的红的白的摆在一起，大有不醉不归的架势。

栗山原本是不好酒的，今天却也高兴，晃着手指警告道："别打我主意。"

"不敢不敢，"副导演推他落座，"灌醉应老师，那明天不也一样休息吗！"

满堂喝彩一阵，都鼓起掌来，起哄地看向应隐。

"我看难，应老师今天是有人护着的。"

商邵知道他们在点他，气氛冷了一下，都等他反应。他脱下黑色大衣，极矜贵地颔首一下，道："她酒量不好，有什么冲我来。"

有他这一句，剩余人都大声喊"好！"，副导演一挥手："那就一起灌！"

座位明面上没讲究，实际上都在大家心里。栗山自然坐主桌，缇文这个总制片坐他左手边，右手边则是应隐，她旁边本该是姜特的，但商邵在，所有人都推他坐。

全剧组都是酒蒙子，没一个不好酒的，今天有了特赦，都铆足了劲儿喝。平心而论，商邵完全没喝过这种阵仗的酒。肚子里没垫几口，已经三杯下去了，一杯栗山起头，敬新年，一杯缇文起头，敬项目，一杯副导演起头，敬电影大卖。

应隐虽然好酒，但对自己斤两很有数，回回只抿一半，被罗思量眼尖捉到了，道："应老师不局气啊！"

俊仪肝胆相照、义薄云天，噌地站起来："我帮她喝！"

老傅"啧"一声："不懂事呢小俊仪，下去！"

俊仪哐当一下坐回去了。

应隐端起杯子："我自己喝我自己喝……"

不知谁起哄，掷地有声地喊道："姐夫喝！"

这里头除了俊仪、缇文，个个都比应隐大，一声姐夫叫得应隐一口酒呛出来，脸色顿时红了："别乱叫！"

栗山端起杯子："上回在宁夏，他不是介绍说你是他未婚妻？那么我看是没叫错的。"

栗山很少凑这种热闹，冷峻儒雅是他的贴身标签，没想到一开口就是一条重磅爆料。满席皆静，一秒过后，更沸腾起来："未婚妻！栗老师都开口了！"

罗思量转向商邵，正是酒壮人胆，他也顾不上什么敬重什么谦卑了，问道："我们说了不算，得您一句准话——您说，我们到底有没有叫错？"

缇文目瞪口呆，一脸茫然。这是什么时候的剧本？

应隐快把一张餐巾玩皱，掌心潮得不行，心想，那是场面话，他们现在才重新在一起，还有许多问题要解决，还有病，有家人，有……冰凉的手背被他掌心覆住。她心底的声音和风暴都静止了。

商邵两指压着红酒杯的高脚，将之轻轻前推，示意旁人给他斟满，颔首道："没叫错，应隐，是我的未婚妻。"

开了"未婚妻"的口，往后应隐的酒，都顺理成章地由他代了。

商邵很少喝过这么多白的，更别说几种酒混起来喝。他当然也有应酬，但到了他的地位，已由不得别人劝酒，喝多喝少全凭他心情，至于各种酒会沙龙，有一张上流社会的皮子在，更是一个个都端得风度翩翩，喝急一点都怕有失风雅，让这位太子爷轻看。

今天这场酒注定不同。剧组就是江湖，就是帮派，这一桌人，个个都浮滑得如江河鱼龙，有一百种说辞来劝酒。

罗思量说："祝您二位百年好合！"

商邵喝了，自己一杯，应隐的一杯。

老傅说："好事得成双，再来一杯！"

商邵又喝了，仍是自己一杯，应隐的一杯。

美术指导田纳西续上："商先生大年夜还不远千里来探班，这份情，感天动地！可歌可泣！来！为了这份感动，我提议我们大家一起来敬一杯！"

转眼间已不知喝了三两还是半斤，红酒至少半瓶，威士忌掺杂着，已计算不清了。他们也不讲究酒具器形，更无所谓醒不醒酒，都倒一只玻璃杯里。酒都是好酒，这么喝倒也不糟蹋，毕竟个个都很尽兴。

喝至三巡，众人掉转枪头向栗山。栗山气定神闲，小半杯白酒十分经喝，让众人去忽悠缇文："庄小姐是我老板，明天能不能放假，那得看她的。"

Chapter 07

栗山只言片语就把矛头转到了缇文身上。缇文哪见过这阵势,护着酒杯可怜兮兮地看向商邵。一会儿想,他才是真老板,你们喝他去,一会儿想,表哥表哥,救我救我。

商邵哪能救她,自斟自饮一杯浓茶消酒,微微颔首,把她清场前那个"爱莫能助"的眼神还给了她。

缇文在桌子底下踢姜特一脚。这人一晚上都沉默寡言,如锯嘴葫芦般,脸上看不穿心事。所有人都以为他是因为跟一群异乡人过新年,还没融入。

缇文祸水东引,先爽快地干了一杯,继而道:"你们灌姜特,他没人护,灌倒了他,明天一样放假。"她毕竟担着出品人和总制片的名头,又看得出来是栗山放到心上的后辈,这么一说,其余人有了台阶,果然又争先恐后去找姜特喝。

姜特真是个闷的,半句话都不多说,敬什么喝什么。喝多了,还笔直地坐着,面上不显,由着这指导那指导的来给他说道理。一个圈着他肩,要他红了以后勿忘初心;一个拍着他背,语重心长道花花世界不好混;一个拉过椅子坐他身前,把自己从业以来教过的学生、拿过的奖历数一遍,涕泪横流;一个在他面前痛哭,叫他哥们儿、兄弟。

如此闹哄哄了一个小时,隔壁几栋的职工师傅们也乌泱泱来敬酒了,一拨一拨的,直敬了十来杯。没人记得时间,也不知是谁先打起了拍子,一帮人开始合着声唱《真心英雄》。

"把握生命里的每一分钟,全力以赴我们心中的梦……不经历风雨!怎么见彩虹!没有人能随随便便成功……"

"栗导一起来!"

栗山没被他们架起来,但苍老的手轻轻在桌上打着拍子,脸上也有醉意了,浮出半梦的笑意。

唱着歌,推开门,到了雪地里。在屋里酒酣耳热的,出来一吹风,不见清醒,一双双眼反更见迷离。旷阔雪谷中,夜色甚浓,歌声嘹亮,但实在算不上好听,乱糟糟的,惹得阿恰布的村民出来看笑话。

哈萨克族是能歌善舞的民族,听见这样的热闹,这夜晚便注定不能随随便便过了。音响连着唱片机被搬到屋檐下,放的是他们民族的流行乐,听不懂,但旋律明朗动感。

他们教起剧组跳舞。

俊仪托着下巴坐在门槛上,看到应隐被阿恰布的女人拉着。她们要教她跳一种传统舞步,用俊仪的标准看可真是太难了,但她们跳得很自如,虽然穿得臃肿，但头巾、大衣、裙子都绣着金线，在白雪的衬托下十分华丽。

"你跳，你跳。"她们示意应隐。

应隐回眸看了眼商邵，见他站着，一手拢在大衣口袋里，另一手夹着烟，目光似笑非笑，只凝在她身上。

她是学现代舞的，这些舞步和舞姿对她来说很简单，但她已很久没正经跳过，只在宴会上与男宾客们跳两支华尔兹。

"好，我跳。"应隐微微笑着，点一点头。

音乐恰好至下一首。她跳得太轻盈，大衣的伞状衣摆随着旋转飞舞起来，如绿色玫瑰绽放，哈萨克族妇人教她的耸肩摆胯，她也一一学了，恐怕自己学得不好，一边跳一边害羞地笑起来，摆手说："不行不行，太久没跳。"

她的笑很明亮，明亮而生动，不像一个病人。商邵从没见过她笑得这么生动。想到几个小时前，她差一点在这片雪原殒落，想到吃完饭夜深人静，她还要避着人吞下两粒药片，他的指尖忽然感到钻心的疼痛。

没人肯放过她，都起哄，手拢在嘴边喊道："应老师，再来一个！"

应隐笑着推辞，被哈萨克族妇人牵到空地上，月光拢着，她们带她，于是很多朵花绽放开来，金线绣的缠枝花在夜空下显得浓墨重彩。

跳着跳着，她边笑，边气喘吁吁，想到躁狂发作时，她在客厅里独自一人周而复始地挥鞭跳，眼泪不知不觉滑下来。那时汗水洒满地板，她滑倒，跟腱撕裂般剧痛，她低伏着身号啕大哭，为自己失控的精神与身体。

雪被人来人往踩实，已变得很滑。应隐头晕目眩，脚下一滑，眼看着是要摔倒了，被商邵稳稳扶住。他右手有烟，虽然仓促地丢了，但还是条件反射地用左手去扶。

应隐扑倒在他怀里，右手揿在他掌心，被他托住。

欢闹中，似乎听到了一声闷哼。她仰头，被商邵看见脸上晶莹泪痕。他伸出手，非常习惯性地替她抹掉："以后要少哭。"

简简单单的一句，应隐鼻腔却蓦然酸楚，破涕为笑地"嗯"一声。

她终于发现商邵左手的领带，记起他的伤。

"俊仪没有带你去包扎？"她托起他那一只手，看见领带上隐约的血色。

"没告诉她，忘了。"他轻描淡写地说。

应隐拆开他系得很紧的蝴蝶结，一圈一圈，至最后一层，商邵按住她的手："别拆了。"

早就被血粘住，怕是要带着伤口一起撕裂。

Chapter 07

心底的慌张显在脸上,应隐两只手都捧着领带与他的手:"我带你去找医生,我们有医生……"

"等等。"商邵反牵住她,掌心不能蜷,便只是手指微微勾着,松花绿的领带在两人之间顺着风扬起来。

"等什么?"应隐不明。

"听到风声了吗?"

应隐凝神听了会儿,确实听到隐约的风声,激荡着,由远及近。是直升机来了。

所有人都在夜空中仰头看,等着,找着,谁指了一指,喊了一嗓子:"在那儿!"

云层被月亮照得发白,那架可以进行千公里航行的直升机出现在众人视野中,悬停一阵,在前方空白雪地上稳当落地。

激荡的风声并未停止,过了一会儿,第二架直升机也顺利降落。

飞行员打开舱门,径直跳下来,一边摘手套,一边走向商邵汇报道:"一百台油汀耽搁了会儿工夫,分两趟太慢,所以叫了朋友一起执飞。"

商邵轻颔首:"辛苦。"

过了会儿,商先生带来一百台油汀的事就传遍了剧组。众人苦这苦寒久矣,一听消息,一边问着真的假的,一边眼里已经放出光彩。罗思量派人去帮忙卸货搬运,一屋两台,有剩的再看着屋子大小调配,十分公正。

俊仪不等飞行员安排,飞一般跑到直升机下,爬上去把仙女棒和八宝饭翻了出来,抱在怀里。跑过来时,留下跟跟跄跄的一串脚印。

"我去给你蒸!"她跑到应隐跟前,气喘吁吁的,说话间都是白气,"你放心,我把锅和蒸布都给你洗干净,一点油烟味都不沾。"

她跑了两步,扭头回来,把仙女棒塞到应隐怀里,边道:"商先生,你的行李也交给我!"

仙女棒用大红的油面纸包着,数不清多少根,只知道有厚厚一捆。商邵抽出一根,递到应隐手里:"现在玩?"

他摸摸兜,没打火机,去找人借。

"我有我有我有……"一下子十几个打火机递了出来。

商邵勾起唇,取了一个,指尖按压,弹起一簇火苗。

"先看医生。"应隐将仙女棒收回去。

"不急。"商邵握住她的手,将那支纤细的仙女棒取出来,凑上火苗。

呲的一声,金色火花点亮雪地,映照她眼。

第七章 南山雪落

快乐只有短暂的十秒。

但通往医务室的路上,商邵一根接一根地帮她点燃,塞进她手里。

"不挥?"他问。

应隐一下失笑出声:"我又不是小女生。"

"不是吗?"商邵侧过眼眸,似笑非笑地问。

应隐用力抿住唇,从后面合抱住他腰,又被他抬起胳膊圈进怀里。两人用这种姿势亲密而别别扭扭地走着。

"就比我大八岁而已……"她嘟囔。

"八岁很多。我在上大学时,你小学刚毕业。"

"那……我十六岁出道演《漂花》时,你在干什么?"她抬起脸,憧憬地问。

"在干跟现在一样的事,只不过没现在做得好,还在耐心地学。"

那时候他还没进董事局,别人叫他小商总,进了公司便是助理总裁,在几个分集团间轮换。他只做事,不开口,拥有一双与如别无二致的眼,沉如深潭,晦如山霭,旁人说再没见过比他更沉得住气的年轻人。他也曾见过一些叔伯介绍的女孩,彬彬有礼、按兵不动地喝一小时咖啡,话是特意地少。女孩回去,说商先生很难聊天,不知道怎么讨他喜欢。

"不谈恋爱吗?"应隐问。

商邵搂着她,微垂的眼眸深邃,映着一旁屋檐下的灯辉:"女朋友还未成年,谈不了。"

应隐把头埋在他胸前,觉得面颊生烫。一定是冻的。

商邵把她推到木屋廊檐下,压着风雪亲吻她。交融的鼻息间,有仙女棒的硫黄味和酒味。

"你喝醉了。"应隐从他舌尖吮出酒的甜意。她其实也喝了不少,但控制着量,没过界。

"嗯。"商邵没否认。

"多醉?"她关心地问。

"很醉。"他简短地回。

"我让俊仪给你准备醒酒汤。"她说着就要摸手机,被商邵扣住。

他亲吻她的掌心,温热的嘴唇贴着,让她觉得痒。

"不用,别跟别人说话。"

他好像确实是醉了。

可是根本看不出来,他还是那么温雅贵重、一丝不苟,就连下午雪坡的

Chapter 07

那一场艰难跋涉之后的疲累也已不见踪影。硬要说的话，不过是垂眸之下，意兴阑珊的感觉更明显了些。

到了医务室，医生等候已久。他是被罗思量一通电话叫回来的，紧赶慢赶，哪里想到他们比他慢。

拆领带、消毒、涂碘酒、缠上绷带。

"伤口太深，少不了留疤，您好好养着，指不定能好些。"医生也是北方人，一口被传染的京片子。

商邵颔首，又听他说："一天上两次药，别碰水。"

这一次，不知道想到了什么，他在点头前迟疑了一下。

出了医务室，俊仪的八宝饭也该蒸好了，便往食堂走去。怀着对这儿山林的敬畏，剧组什么烟花爆竹都没安排，一群大老爷们儿沾了应隐的光，玩了会儿仙女棒，此刻已散了，通通钻被窝洗洗睡去。油汀暖气充足，新的一年新好眠。

俊仪守着那一盘八宝饭凝眉瞠目，既怕它里头的红豆馅软了化了，又怕它冷了，严阵以待。等到木门推动，她一跃而起，揭开大锅盖。扑面而来的热气中，灯辉如雾，八宝饭的甜香味飘散开来。

"这个八宝饭是正宗的。"俊仪斩钉截铁地说，"我没偷吃，我闻出来的。"

应隐忍不住笑。她用一柄水果刀将之切开，一分为四，是她、俊仪、商邵和缇文的。俊仪蹦跳着去找缇文，缇文正跟栗山喝茶，于是栗山便也慢悠悠地跟着来。他提着铜茶壶，铜茶壶外裹一层小棉被，缇文怀里则抱着洗好的杯盏，进了屋，黑布棉鞋印下浅浅一层霜雪印。

四人俱匀了一块给老导演，坐下来，围着方桌一块儿认认真真地吃了。谁也没提下午的事。

吃了八宝饭，喝了两盏茶，灶膛里的火烧到了尽头，柴火冷了，他们也冷了，便互道了新年好和晚安。

踏雪回屋，应隐问俊仪："商先生睡觉的地方收拾好了吗？"

俊仪看缇文，缇文看应隐，表情中写满了"还有这回事"。

应隐便知道，这一个两个都忘了个干净。

俊仪立刻撇清自己："我以为缇文会安排的，她是商先生表妹！"

缇文喊冤："我以为应隐已经吩咐你收拾了。"

应隐："我以为俊仪跟你商量好了。"

商邵："……"

第七章 南山雪落

一推开门,三台油汀灯都亮着,屋子里暖如春天。通铺上早已铺好了被褥,却只剩应隐那床白底黑蝴蝶结的,另外两床不翼而飞。

缇文和俊仪勾住木门上的铜环把手,弓着背咬着唇,嘻嘻笑着往后退:"我们睡高级套房去啦,拜拜!"

没等应隐有反应,两个人关上门,踩雪声和笑声顺着小径飘远,她们跑着离开了。

只剩两个人,应隐反而不自在起来,视线都不知道该往哪儿放。瞥见床边一个墨绿色的大纸盒,她"嗯?"了一声,抬眸问商邵:"这是什么?"

商邵一边脱衣,一边说:"拆开看看。"

应隐抽开丝绒蝴蝶结,揭开盖子,拂开薄纸,看见里面有一件羊绒大衣,上面叠着一条真丝裙。都是绿色的,不过是不同的绿,大衣是淡淡的水玉青,真丝裙是初夏的桃叶绿。

应隐看回商邵。

"过新年,当然要穿新衣。"他将西服挂到墙边简易的衣帽架上,"喜欢吗?"

这是康叔和他夫人挑的,挑时,特意打电话问了温有宜的意见。温有宜听闻康叔是要送给很重要的人,便打了电话给品牌。大年三十的,品牌调了所有绿色成衣集中到门店,其中有一款是许多挚友顾客排队要买也买不上的,便是应隐眼前这一件。

应隐抱着衣服,想笑,又像是想哭。想到商邵今天跟她说以后要少哭,眼泪便听话地回去了。

她洗了很久的澡,不知道商邵去了栗山那边。

栗山似乎知道他会来,床榻上茶几未撤,煮茶以待,门也没锁。听见动静,他眉梢未抬,径自用竹木镊子取了茶盏,放到小桌对面:"请。"

"打扰。"商邵颔首,在他对面盘腿而坐。

明人不说暗话,栗山静等着。

"她在吃药,你的医生我不放心,明天会有新医生过来。我希望在接下来的拍摄过程中,你可以尊重她的状态,如果医生喊停,我会想尽办法带她走。"

栗山笑一笑:"她是一位好演员,我很庆幸她的另一半是你。"

商邵不避他目光:"君子一诺,回答我。"

他逼迫的气场太强,栗山注着茶汤的手一顿,沉默半响,脸上皱纹松动。

Chapter 07

"我也不是草木之心。"他叹息着说。

应隐从浴室出来时,商邵已经坐回床沿。她对他们这一场短暂的对峙一无所知,坐到他腿上时,只觉得他满身风雪气息。

奇怪,刚刚脱下的西服怎么又穿上了?

商邵一身西装革履,揽她入怀,目光认真,自上而下看桃叶绿的她。

"冷不冷?"他嗅着她颈项,若有似无地吻着。

"不冷。"

"不冷,怎么发抖?"他说着,手顺着颈侧流连至肩,手指插进肩带间。随着他继续下滑的动作,松垮的肩带也一并滑落了下去。

平时总嫌冷的床铺,只是因为多了一个男人,就热得冒汗。

被热醒时不知是几点,透过窗户望出去,天还黑着,在室内投下深蓝色的光线。应隐动静微小,只是想稍稍从他怀里离开些,商邵就睁开了眼。

他一时没说话,先是下意识地将她按回了怀里,接着才问:"怎么醒了?"

性事过后的嗓音沉哑,有一种餍足后的倦怠之意。

"热。"

"热?"商邵稍稍清醒。

"嗯。"应隐从鼻尖哼出声音,手掌抵着他胸膛,自他怀里疏离了些。她出了一层薄汗,身体被潮热拢着,让商邵彻底懂了"温香软玉"四个字怎么写。那股欲潮并未从他身体里彻底消退,他眸色还惯性地暗着,将被子从应隐巴掌大的脸上推下,人还是给按回了怀里。

"这样睡。"

应隐推一推,听到他冷峻警告的声音:"别动。"

应隐果然老老实实地一动不动,如小动物般拘了一会儿,问:"你明天走吗?"

"不走。"

"那……后天走?"

"也不走。"

应隐忍不住抬起下巴,迷茫一下,自顾自找到答案:"忘了,你也有新年假。"

商邵笑了一声。她太天真,他都无从解释。新年是他最应酬不暇的时候,今年他撂了挑子,再联系到年前的病假停职,就很耐人寻味了。家族里的叔伯长辈少不了要将两件事联系起来揣测。

在他任下牢固一心的高层,也开始有了异想。他们原本觉得是父子打架,没什么好操心的,这会儿也开始传,太子爷是否真要成废太子了?但他做错了什么事?人们竟然打破了脑袋也想不出一桩一件。

"你想让我什么时候走?"商邵亲亲应隐鼻尖。

"我不想让你走。"应隐困到乖起来,"可是你好忙,一分钟上下几亿……"

近乎梦话。

商邵收紧怀抱:"那我就一直不走。"

应隐渐渐再度睡了过去。她呼吸温热绵长,有甜香味。商邵闻着,忍不住低下头,含住她唇瓣吮吻了一会儿。应隐在梦里也对他百依百顺,他要,她给,微微张开唇,接纳他的舌尖和气息。

再醒来时,应隐是被屋外的人声吵醒的。

她听到罗思量从窗外经过,不知道跟谁打招呼说:"喝茶啊!走走走!行政走廊打牌去!"

应隐蓦地翻身坐起——糟了!忘了请假,大家会不会说她耍大牌?怎么没人叫她?她急匆匆套上羽绒服,下了床趿拉上棉拖,快步小跑着到了门前。

铜环晃撞了几下,木门被猛地拉开,门前,雪地反射着晴天强光,让应隐倏然眯起眼。

商邵正在门前打电话,听见动静,回过眼眸,夹烟的那手盖住电话,道:"早。"

电话那头的商檠业听到他语气,克制地沉了声。

应隐指指他手机,商邵便说:"已经挂了。"

父子两个正在聊集团内部事务,或者说,是商檠业在单方面跟他聊,商邵只是听。他到底担着长子的名头,秩序还是守在骨子里的,因此也不会大不敬地真挂了商檠业的电话。

"怎么没叫我?"应隐站在门内,那阵慌里慌张随着清醒而平息,她一边问着,一边将胳膊套进羽绒服袖筒中。

"看你昨晚上累,没舍得。"

应隐脸色有些红,小声嘟囔道:"你别乱说,被别人听到……"

"没有别人。"商邵看着她穿衣,将烟咬回唇角,"怎么不穿我送你的那件?"

Chapter 07

"反正待会儿开工了就要换。"

"今天不开工。"

"啊？"应隐蒙了，拉着拉链的动作也停顿住了，"不可能。"

这电影里投了她的钱，她知道资金情况，而且因为她自己的状态和栗山一如既往的延宕，费用已经吃紧。剧组百十号人，工费、器械场地的租赁费、日常生活杂费，都是钱。不管是缇文还是栗山，都不可能真答应停工一天的。

对剧组职工来说，别人过节时他们赶大夜也是常态，昨晚上虽然都嚷嚷着灌醉老板初一放假，但事实上都扣着数儿，谁能喝谁不能喝那是心中了然——要不然最终被灌最多的，怎么刚好是千杯不倒的姜特呢？

"真的。"商邵掸了掸烟灰，散漫道，"缇文说的。"

缇文快把计算器按爆了。她在早上七点天还没亮时就被一通电话叫醒，报了地址的十分钟后门被叩响，她披衣起身，看见她一身矜贵气息的表哥站在门前，通知她："今天停工放假。有问题吗？"

缇文诚恳地道："我有很多问题，但不敢有。"

"那就是没有。"商邵颔了颔首，"回去睡吧。"

缇文冻得打喷嚏，可怜兮兮地说："你完全可以在电话里说……"

商邵回眸："顺便出来透口气。"

"现在？透气？"缇文习惯性地看表，但睡前摘了，腕上是空的。她望天色，月亮还在，启明星闪烁。

商邵拢手点了支烟："刚忙完。"

缇文无话可说。可怜她大早上七点编辑微信消息知会栗山，又通知各个分管制片和指导。这个点儿，鸡都没醒，如此喜讯石沉大海，没迎来一条"老板英明"。窝进房内，俊仪也醒了，正倒水呢，见缇文行尸走肉般，问："谁找你？"

缇文迷茫地将视线转向她："应隐好厉害。"

俊仪："嗯，她确实很厉害。"

两人在截然不同的领域达成了共识。

电话对面的商榘业，数次把手机放下又拿起，最终环臂抱胸、大马金刀地坐在书房椅上，睨着通话上的读秒，脸上全是冷笑。

倒要看看大不孝子能聊出什么花。

听到是缇文说的放假，应隐心里松了口气，把拉上的拉链又给拉下来了："那我还想睡……"

一定不是药效的原因，毕竟她今天还没吃药呢，人却觉得很昏沉。

罪魁祸首就在眼前，低了声问："用不用我陪你？"

应隐抬起的眼眸里全是惊惶，像走投无路的小梅花鹿："别……"

商邵摸她的脸："不碰你。"

虽然他说的话总是不作数，且前科累累，但应隐迟疑起来："真的？"她贪恋他的温度。

"真的。"商邵笑了笑，跨过门槛，将她搂进怀里，低头与她自然而然地接了个吻。

唇齿交融总有水声。商櫆业面无表情地推开椅子，又腰在书房里踱了一圈后，吻声仍没停，他烦躁一声："升叔！"

升叔没叫进来，倒把两个接吻的吓了一跳。应隐推着商邵，凌乱气息中脸红得滴血。她在商櫆业面前的形象不能好了！

商邵安抚地压了压应隐的黑发，凑她耳边："不怕。"

忍耐地沉舒了口气，他才将手机贴面，皱眉问："你怎么不挂电话？"

商櫆业自己没道理，冷讽一声硬讲："你还知道我在等你？"

商邵把手机递给应隐，自然寻常的语气："打个招呼。"

这种场面，又是年节，装死确实失礼。应隐只好接过手机，战战兢兢宛如一个被家长抓包早恋的高中生，说："商叔叔……新年好。"

商櫆业："嗯。"

大概是觉得太凶，他温和下来，才说："新年好。听说你在拍电影？"

应隐揪着袖口，用尽全身力气才维持住大方得体："是的，在新疆。"

"新疆现在应该很冷。"

"雪一直不化。"

商櫆业点点头，挥退了被他召进来的升叔，道："注意保暖。"

应隐很快地接："好的，我会的。"

商櫆业给自己倒了杯茶："你不用紧张，是我没教好他。"

这话应隐接不了，商邵截走手机："好了，大年初一，你该去陪小温。"

商櫆业用手指点了点书桌，径直问："休了这么长时间的假，是不是该准备回来了？"

"不是你帮我选的，要美人，不要江山？"

他怀里的美人听得云里雾里。

商櫆业沉着气："你是停职，不是撤职，我的意思，你一向都一清二楚。"

Chapter 07

　　商邵无声地笑了笑。他知道，他停职的这一个多月，商檠业飞了六趟，按原定行程，他该飞十一趟，但他实在分身乏术，都扔给底下总裁代理。内地跟华融合作的生物医疗项目，有着数不清摸不透的门道，商檠业坐山顶太久，看的是顶层设计和底层逻辑，项目高管请示，三分钟的决策要用三十分钟，多出来的二十七分钟是因为要为他厘清现状，并对他阐述原因。

　　董事不董事的名头，商邵不在乎，但执行董事这位子他坐了快七年，整个商宇集团，早就成了一条必要流经他的河。

　　不过，集团公司是现代资本的庞然大物，没有谁是一定必要的，商邵心里对此一清二楚。商檠业身体康健，真要动真格，这些都不算什么。他之所以会失去耐心，是因为外面有风声说他有私生子要认祖归宗，这一出废太子的戏，是为了给私生子让路。

　　没有什么消息比关于豪门私生子和争家产大战的消息传得更快，尤其是在香港，尤其是在他们这个圈子。商檠业不能不急，要是被温有宜听到，她虽然笃定他不会，但一定会追问到底，届时商邵身上的事都会拔出萝卜带出泥，那他就不是睡上几个月次卧的问题了。

　　商邵对这些一清二楚，却丝毫不急。他把剩一截的烟捻了，回得不动如山："还病着，不急。"

　　商檠业忍住火躁，蹙眉问道："什么病？"

　　电话那头，他儿子吐字慵懒："分手后遗症。"

　　挂了电话，应隐终于敢喘气，迷迷糊糊地问："什么要美人不要江山？"

　　商邵将她打横抱起："你听错了。"

　　他往房内走去，晦沉的双眼盯住她脸。

　　"是，江山美人，我都要。"

（未完待续）

『一切均好,在阿恰布发生的所有事,没有遗憾。』

帧率 24.000　曝光指数 800　ND -　白平衡 5600 K　+0.0 CC

● REC　　　　　　　　番外

"失恋"阵线联盟

录制中　　　　　时间码 12:24:20:00

"分手后遗症"这四个字落下,电话也随之被挂断。嘟声之后是商綮业飙升的血压,一扭头,升叔一副训练有素的样子,一手拿药、一手端水杯,站在他身后。

商綮业:"……"

升叔一脸诚恳:"大少爷得了分手后遗症,全商宇上下可就指望您了。"

大年初一,商綮业原谅了他的油嘴滑舌,但拒绝了小药丸,冷笑一声:"现在他已经气不到我了。"

是吗?机不可失,升叔默默提醒:"今天大年初一,您有两场会议、两段应酬,还有一场新春赛马会需要亮相。"

要是商邵在的话,这里面至少三场——算了,全部都可以推给他。

商綮业端起升叔手中托盘里的温水喝了一口,紧了紧领结,冷冷道:"廉颇老矣,尚能饭否?"

一推门,发现小女儿商明宝在门外,穿得喜气洋洋的,正踮脚要走。

"偷听什么?"商綮业眯眼。

商明宝壮着胆:"哪……哪有,我是来跟爸爸说新年好的。"一连串的溜须拍马,眼也不眨,声音清脆:"爸爸去年辛苦了,爸爸是天底下最好最能干的爸爸,新的一年也要继续加油哦!"

商綮业睨她一眼,虽然觉得怪怪的,但还是受用,"嗯"了一声。

"希望大哥忙完朋友那边的事可以早点回来。"

商綮业又是一声冷哼:"指望他?"

商邵的恋情牵扯甚广,是父子俩之间的秘密,商綮业没再多说,吩咐升叔备车出门。

劳斯莱斯驶下山坡,名为"大哥今天脱单了吗"的群里,对话条飞快刷新。

大年初一的上午各有各的忙,上完头香回去睡懒觉的商明卓,此刻还躺在床上,而她人称女超人的大姐商明羡则已经在春坎角绮逦穿着高跟鞋派了三个小时的利市,商陆和柯屿则刚在 M+ 博物馆看完了展,此刻正对着蔚蓝的维多利亚港喝咖啡吹风。

明宝："完了完了完了！"

商明羡忙里偷闲看了眼手机："大年初一说点吉利的。"

明卓窝在被子里打哈欠："发了发了发了。"

柯屿："+1"

明宝："唔是啊！是大哥分手了！"

一石头激起千层楼。

明羡、明卓和商陆在群里发出一连串问号。

柯屿："不可能。"

商陆盯着屏幕蹙眉："你怎么知道不可能？"

柯屿心头一跳，含糊其词："因为大哥是个对待感情郑重的人，这才谈了多久。"

商陆："他女朋友甩了她？"

柯屿又说："不可能。"

商陆眯眼："你怎么又知道不可能？"

柯屿目光躲闪："大哥这么优质的对象，别人想谈还来不及，怎么舍得甩？"

破案了，商陆淡定地在群里发了一条："小情侣吵架而已，再探，再报。"

商明宝急得跳脚："冇啊！是我听到 Daddy 跟大哥通电话，升叔又讲什么分手后遗症！"

商明羡一上午保持微笑的脸迅速垮了下来，将剩余红包往下属手里一塞："你接着派。"便踩高跟鞋如踩风火轮般笃笃地走开了。做了美甲的十指翻飞："你确定你没有听错？大哥怎么舍得分手？"

明卓："怎么你们都一副知道大哥女朋友是谁的样子？"

商陆："怎么你们都一副知道大哥女朋友是谁的样子？"

出于某种心虚，柯屿："+1……"

商陆："不过大哥昨天确实走得很反常。"

明宝："对啊！他什么时候缺席过除夕！"

明卓："难道不是女朋友召唤，只能二选一跟女朋友过年？"

柯屿："不可能。"

商陆扭过头："你怎么今天就知道发'不可能'？"

事到如今，债多了不愁……柯屿咳嗽一声，淡定地说："我的意思是，大哥这把年纪千挑万选的人，肯定是漂亮懂事识大体，不是那种作天作

Side Story

地的。"

商陆又被说服了。

明羡:"昨天视频时大哥看着很苍白。"

明宝:"呜呜一脸破碎感。"

明卓:"你俩这是踩着大哥的伤口硬嗑 CP 啊。"

玩笑归玩笑,兄妹几个脑海中不约而同滑过了昨晚视频里商邵的模样——脸色苍白异样,与家人聊天时也有股游离,似乎是电话外有什么巨大而要紧的事牵扯了他全部的注意力。

这好像是一场狼人杀游戏,所有人都不确定除自己外别人知不知情,便只能打着哑谜。

明宝:"会不会是因为准大嫂工作的原因……"她没说完的话是"戏内移情别恋了"。

柯屿听明白了:"工作的话,大家都还比较有敬业精神和职业素养。"

演员也不是演爱谁就爱谁的好吗?

明羡:"追准大嫂的人太多,竞争对手太强,大哥被比下去了?"

女明星受到的诱惑毕竟还是太多!

只剩两个不知情人明卓和商陆,看他们猜了半天后终于忍不住了。

明卓:"大哥又不是失联,问问呗。"

商陆:"电话正在接通中。"

柯屿凑过去看他的屏幕,为保证信息传递高效准确,商明卓直接发起了群语音,商陆按下了免提,柯屿则把手机喇叭口凑了过去。

"嘟……"挂了。

所有人一片沉默。

商明宝:"大哥肯定是伤心得不能接电话。"

遥远的阿恰布,冰天雪地的大年初一。

度过了上午的一番热闹后,整个村庄再度安静了下来,能听到围栏里马喷响鼻,蹄子刨开晶莹的雪,翻出下面的草根。剧组的人不知在干什么,抑或是有什么默契,都不怎么往这栋木屋来。应隐这一天醒了又睡,睡了又醒,这会儿睁眼了,留神听着外面。

身体的变化没躲过商邵,他将人往怀里搂了搂,吻印上她的额头。

"几点了?"

木屋只有一扇高窗,太阳高了,又远了,在地上投入一方斜斜的四边形光亮。

"十一点。"

应隐莫名哼笑出声,把头往商邵怀里埋。

商邵便问:"笑什么?"

"这是不是你第一次躺在床上过大年初一?"

"不是。"

应隐抬起头,星眸望他:"不是?"

她蹭来蹭去的,蹭得商邵皮肤痒,像怀里抱了个什么毛茸茸又不安分的小动物。

"小时候还有一次。"

"嗯?"

"生病了,被医生要求卧床休息。"

应隐:"这怎么能相提并论!"

"你情绪生病了,也要卧床休息。"商邵亲了亲她的额头,"我陪你天经地义。"

应隐无话,知道他话中的另一层意味——她病如他病。想到此,心底没来由地一阵绞紧,眸里划过一层郁色,被商邵捕捉到。他捏住她削尖的下巴:"别多想。"他吻上去。

这种时候不能不愈演愈烈,拥抱着,缠绵着,沉浸着。商明卓的电话进来,刚响了一声就被按断。

应隐怕他耽误要紧事,商邵面色无波澜:"我现在的要紧事只有你。"

香港。

浮云在波心投影,让海面呈现出深浅不一的蓝,轮船游弋而过,穿新衣的游客举着手机赞叹两岸高楼。

更显得小群安静了。

商陆又拨了一次,这次铃声响了很久,但依然没人接。商邵那边早已按了静音键,由得它自动挂断。

明卓终于意识到事态严重,从床上坐起来,突然道:"大哥不会犯傻吧?"

其余几人脱口而出:"唔可能!"

反驳完,商明宝却忧心忡忡道:"年前我回来,看到大哥一个人在书房看书,样子虽然没什么大变化,但给人的感觉很消沉。"

I Side Story

柯屿随之补充道："有一天凌晨三点，大哥……"

他刚想说商邵在凌晨三点专门给他打了个电话问应隐的表演方法，但感知到商陆狐疑的视线后，硬是改口："我看到大哥在花园里一个人散步。"

明羡一脸凝重："不行，大哥好不容易脱单，我们当兄弟姊妹的，必须得帮他。"

明卓："怎么办？"

第一艘邮轮缓缓划过了。

第二艘邮轮缓缓划过了。

第三艘邮轮也缓缓划过了。

所有人都泄了一口气。

明卓："你们知道的，我没谈过恋爱。"

明羡："你们知道的，我没遇到过真爱。"

商陆："你们知道的，我没追过女人。"

柯屿："你们知道的，我只有戏文经验。"

明宝："……"

不敢相信，竟然也有她商明宝扛起商家重任的一天！全深水湾的指望都在她身上了！

天将降大任于斯人也，必先……明宝语无伦次："我、我先摇个外挂……"

过了会儿，"大哥今天脱单了吗"显示群消息：

"明宝"邀请"斐然"加入群聊。

向斐然，二十九岁，植物学博士，现植物所研究员、"杰青"、国家级项目主持人、实验室PI、博导，是商明宝的初恋、前任及现任，简言之，两人经历了一轮破镜重圆。

事发突然，明宝火速跟他交代了一下前情提要，问："怎么办，你有什么建议？"

向博沉默一会儿，严谨地问："这个问题，已经严峻到要请教我的地步了吗？"

谁会把一个三棍子打不出个闷屁的植物学博士和情感专家画等号？可见商家全员已经病急乱投医。

明宝："这个群里只有你被女孩子甩过又重新追过。"

远在宁市的向博瞥了眼群名，半天，缓缓地吐出一句："首先，要不把群名改吉利一点？"

同为科研工作者的明卓崩溃了："你听听你科学吗？"

跟所有香港商人一样笃信玄学的明羡两眼放光："有道理！大哥本来脱单了，但是我们群名没换，所以现在他又单了！"

好有说服力！明宝说干就干，点进设置，问："那改什么？"

明羡："大哥抱得美人归！"

商陆很有逻辑地反问："照你刚刚的逻辑，那要是大哥这个女朋友其实不好看呢？那不就又落空了？"

明羡、明宝、柯屿同时斩钉截铁道："不可能！"

事不过三，商陆额角青筋跳了跳，起身问道："又'不可能'，你今天除了不可能就没别的话了？你肯定有事瞒我，你怎么知道大哥的女朋友不可能不是美女呢？"

柯屿还是清了清嗓子，故作云淡风轻那一套："毕竟是大哥嘛。"

不行，太心虚了，接下来不能再说"不可能"了。

商明宝嗅出了不对劲，但柯屿此刻和她小哥哥在一块儿，根本没办法交换敌情，只好跟个会议主持似的将众人注意力吸引回来："那群名就先改成这样，下一个议程，怎么帮大哥追回人？集思广益，斐然哥哥先发言！"

系统消息："明宝"将群名更改为"大哥抱得美人归！"

向斐然那端又是一阵沉默。

明宝："斐然哥哥？你网卡了？"

向博淡定划着屏："没，在看文献。"

其余人："……"

明卓心生敬意："不愧是你，一切皆可查文献。"

身在哈佛从事科研工作的商明卓，打开了本校知名公开课——幸福课。

爱情婚恋，不仅是小说永恒的母题，也是心理学、哲学经久不衰的研究课题。哈佛幸福课名噪全网，其中第十九集的标题赫然就是："爱情——如何让爱情地久天长"。

现在上课显然太迟，明卓找到了一份文字版材料，一目十行地扫过去——谢天谢地，这位同僚没有用各种后现代晦涩术语填满行文！

十分钟，群内的建言献策已经从送对方名贵珠宝、绝版爱马仕稀有皮到了香车宝马、海岛庄园、英国爵位、法国勋章的地步！

柯屿委婉道:"钱确实是万能的,但也不能这么万能吧……万一对方不是个爱财如命的人呢?"

说完这句他就想掌自己嘴——糟了,还真是,柯屿就没见过比应隐还爱财如命的女人。

明卓上完课回来了:"你们这都不行,哄哄露水情缘的招数,首先我们要假设大哥和对方是深度亲密关系。我看过了,这课前面都是怎么维系婚姻的,比如共同抚养孩子之类,后面倒是有些小妙招,我给你们念念。"

她清清嗓子:"有个叫 Peter Fraenkel 的,是纽约 Ackerman 家庭服务中心的,推出了一个叫'一天里的三十秒的幸福点'的理论,意思是多用三十秒就能完成的小事去累积好感,比如深吻、夸夸、诉衷肠,不吝啬袒露自己有多爱他、离不开他的表达。"

大哥深吻,大哥夸夸,大哥说"我爱你爱得要死,我不能失去你"吗?

商陆今天把质疑精神坚持到底:"我想象不到。我的意思是,虽然大哥绝对是一个情商过关的男人,但感觉应该不怎么玩情趣,也不太会说情话。"

明羡想到那个清晨绮逦总店的一幕,沉默了。

明宝想到在大哥书房撞见他抱女明星在怀强势深吻的一幕,沉默了。

柯屿想到商邵隐瞒身份去艰苦的大西北探班的一幕,沉默了。

商陆:"怎么没人说话?"

明卓:"说明无人认可你。"

商陆忍下一句脏话,冷峻道:"算了,你们根本不了解大哥。"

在他身边的柯屿欲言又止。

明卓续道:"我觉得课里第二个能用的办法是性,'性的至高点'是使爱具体化。"

"Angry sex!"明宝恍然大悟,"有用吗?"

明羡含蓄:"这就得让大哥自己判断了。"

明宝:"二姐,还有呢?"

明卓翻完了课件,无情地说:"没有了,这个课适合情侣一起上,不适合做分手咨询。向博,你这边呢?"

向斐然快速地看了些文献研究:"亲密关系里的理论都不能构成效果立竿见影的行为指导,还是要具体情况具体分析。大哥的女朋友是一个什么样的人?他们为什么会走到分手这一步?如果不了解这些,单纯只是送礼物、angry sex,说我爱你,那即使关系修复了,问题也仍然存在。"

小群里不约而同地又陷入了沉默。

明卓:"向博说得对。"

向斐然顿了顿:"比如我和 Babe,我们的问题是,我曾经是一个坚定的不婚主义者,而明宝从小时候就期待婚姻。在这种对人生定位的参差中,我们的行为也都在变形,双方离对方都越来越远。我和 Babe 能重归于好,也是因为我改变了我的想法,意识到她对我来说,是胜过一切的独一无二。"

他的口吻淡然冷静,仿佛在剖析什么客观案例,商明宝在电话那头却听得鼻酸。

"我也是听妈咪的分析才渐渐明白了自己想要什么、做错了什么。"明宝道,"要是妈咪能帮忙出出主意就好了。"

所有人:"别——"

柯屿面露紧张之色:"Tanya 既然还被大哥瞒着,就说明大哥有自己的计较,我们不要越俎代庖。而且新年这段时间 Tanya 也忙,知道了估计又该睡不好。"

六个高学历高智商高见识的人讨论了一圈,最终竟然毫无头绪。

"斐然说的很有道理,大哥的情况我们都不知道。"明羡长舒一口气,"算了,要相信大哥处理个人问题的能力,是真爱他会把握,玩玩而已的话,我们也不必太操心了。"

群内语音通话结束,没人说话,气氛似乎消沉——实际上大家全都在争先恐后打商邵电话!

商邵站在冰天雪地里抽着烟,笔挺的黑色大衣在荒原雪色中还是显得矜贵肃穆,夹烟的手没戴手套,修长的手指瞧着有些苍白。

没别的,外面冷,站会儿凉凉他的热血,免得又折腾应隐。倒不是欲望难克制,而是只有这样,只有这样不眠不休地占有,肌肤的温度,交缠在鼻尖的潮热,皮与皮、肉与肉的亲密无隙……才能反复确认她真的还在。是活的,不是一抹灵魂。

他一直做梦,悬崖上那孤单的一笔绿影,淡得仿佛无所依傍,他梦里伸手,一遍遍来不及,看她如风筝飘进风雪中。

兜里手机振动,他用包扎着的左手掏出,滑开接听。

"喂。"

没料到打通了,商陆顿了一下:"新年快乐。"

商邵勾唇:"新年快乐。"

| Side Story

商陆试探地问:"你今天过得怎么样?"

"很好。你们呢?"

商陆便挨个汇报了各人的动向:"我和柯老师看展,Babe 和明卓在家里休息,明羡去酒店派利市,斐然在宁市。"

商邵笑了笑:"香港天气不错?"

不知为何,他这句尤其令商陆有尘埃落定之感,甚至觉得维港的晴天都因此而更舒适了一些。

"是,大晴天,云很漂亮。"

兄弟俩在聊天时,柯屿巧妙地避开了商陆的视线,快速发微信给应隐,问:"靓女,听说你们分手了?"

应隐在床上睡得昏沉,自然没有回。

木屋后,雪地里一行脚印延伸到黑色大衣男人驻足的地方。从他所站的地方望过去,正好能看到木屋的窗户,虽然结了一层霜,但只是望着就让商邵安心。

跟商陆扯了几句,另一通电话进来。他微怔,说:"稍等,我切一下。"

来电显示 Monica。

商明羡没正事不会打他电话,商邵便直接问:"Monica,有事?"

商明羡也开门见山:"那什么,你昨晚是不是跑过去探我代言人的班了?"

商邵低声笑了笑:"在睡觉。"

商明羡在那端拍胸脯,声音却装若无其事:"行了,新年快乐,我派利市去了。"

"辛苦。"

商邵切回了商陆的通话,将烟捻了捻,垂首吁出最后一口:"刚刚聊到哪里?天气。我这边冰天雪地,不过也晴朗。"

这句刚说完,又有电话进来。这次是明卓。

商邵狐疑地眯了眯眼。这帮人这么密集地给他打电话,是约好了整蛊他?他不动声色,没问商陆,只交代说:"又有电话,稍等我。"

切出去:"明卓?Happy new year."

"Happy new year,大哥。"明卓冷静中有一股麻利,"我有个很配你的同学能介绍给你,你有没有兴趣?"

商邵挑眉:"你什么时候开始操心这个了?你有大嫂了。"

商明卓:"哦!"

原来是假情报虚惊一场。商明卓利索地说:"那好,祝你们百年好合,Bye!"

"Bye。"

商邵再度切回与商陆的通话,道:"我该进屋了,年后见。代我向柯老师问新年好。"

商陆挂了电话,对柯屿说结论:"一切正常。"

柯屿在刚刚几分钟里一直在回想商邵那晚和他通话的细节,他无比关注应隐的表演方式,难道是应隐这部戏出了什么问题?栗山调教演员向来不留余地,应隐又是一个会本能地献祭自己的演员……

他接受了商陆对两人感情状态的判断,但还是编辑了一条新消息给应隐:"有事你就说话。"

顺着来时的脚印,过不了两分钟就回到了木屋前。午后的村庄倦了,人畜皆歇,也不见剧组的人打牌,偶尔能听到道具组和灯光组的交谈与搬动器械声,但似乎有默契,都绕过了这幢木屋前后。

商邵拉开门锁,尚未进屋,手机连振数下。

倒也不意外,毕竟人还差一位。屏幕一亮,果然显示商明宝发来了消息。

明宝把刚刚明卓说的哈佛幸福课上的理论整理成文字逐条发了过来。商邵挑了挑眉,看着上面的"激吻三十秒""拥抱三十秒""说情话三十秒""对视三十秒",以及 sex——这不能三十秒了。

电话随即而来。一滑开接听,就是商明宝带哭腔的声音:"呜呜大哥,都怪我,我不应该跟你说栗山就是那个把男女主演关一起二十四小时培养感情的人,害得你怀疑大嫂感情出问题。"

商邵冷静:"我没有怀疑她。"

商明宝一愣:"呜呜那也还是怪我,上次见你不该幸灾乐祸,我还取笑你消息慢,还让你做大嫂的风筝线,怕她出不了戏,在你的伤口撒盐,其实她早就移情别恋甩了你……"

商邵冷峻:"她没有入戏不要我。"

商明宝再一愣:"呜呜那……"又眼泪汪汪地愣住了,"啊?没有移情别恋吗?"

"没有。"

"没有分手吗?"

商邵冷酷:"完全没有。"

"哦……那都怪爸爸，散布假消息。"商明宝心虚甩锅。

原来是因为以为他分手了，所以这帮人才一个接一个地给他打电话试探安慰。商邵勾起唇角，感到啼笑皆非，眼底眸光却温柔下来。以他对商槊业的了解，他断不会让这件事被第三个人知道，中间到底怎么传的不知，但总之……他叫了一声"Babe"。"谁也不怪，"他温柔地说，"有你这句风筝线，大哥护你一辈子。"

商明宝怔然，又有点眼热脸红，心想这个时候趁机跟大哥要好处是不是太没眼力见儿了？算了，还是做一个读得懂空气的好貔貅吧。

于是，她支支吾吾道："那我刚刚发你的那些东西你都用不着看了，本来是为了帮你和大嫂修复感情的……"

商邵意味深长道："谁说用不着？"

挂电话，推门而入，日过午后三刻，阳光已西斜，在地上透出很窄的一抹淡金色。床上的人睡得安然，黑发如瀑，拢在奶白色床单上，拢在她玉般的脸庞上。虽然淡淡的阴影笼罩着她，但空气中无端是一股美好的静谧，那是因为阳光来过，且日日会来。

商邵脱下大衣挂好，隔着被子拥吻应隐。她面颊睡得酣热，被他带有冰雪冷冽的气息一触碰，恰到好处的舒服，眼睫颤颤，转醒过来。

"你出门了？"她手掌停到他宽阔的穿黑衬衣的肩膀上。

"接了家里的几通电话。"商邵没说细节，而是捏住了她的下巴，呼吸交融，低着声问，"激吻三十秒，拥抱三十秒，说情话三十秒，对视三十秒，还有 sex，中意哪一项？还是我们……一样一样来？"

应隐后来回复柯屿：

一切均好，在阿恰布发生的所有事，没有遗憾。

图书在版编目（CIP）数据

有港来信 . 2 / 三三娘著 . -- 北京：中信出版社，
2025. 7. -- ISBN 978-7-5217-7472-6
Ⅰ . I247.5
中国国家版本馆 CIP 数据核字第 2025PE3996 号

有港来信 2
著　者：　　三三娘
出版发行：中信出版集团股份有限公司
　　　　　（北京市朝阳区东三环北路 27 号嘉铭中心　邮编　100020）
承印者：　河北鹏润印刷有限公司

开本：880mm×1230mm　1/32　　印张：11.25
字数：395 千字　　　　　　　　　插页：2
版次：2025 年 7 月第 1 版　　　　 印次：2025 年 7 月第 1 次印刷
书号：ISBN 978-7-5217-7472-6
定价：48.00 元

版权所有·侵权必究
如有印刷、装订问题，本公司负责调换。
服务热线：400-600-8099
投稿邮箱：author@citicpub.com